돌솥 치즈비빔밥과
토마토 카레돈가스

(현아와 아무란)

돌솥 치즈비빔밥과
토마토 카레돈가스

(현아와 아무란)

유충열 장편소설

유랜드출판사

작가의 말 〉〉〉

유 충 열

인생은 만남의 연속이다. 인생의 출생에서부터 인생의 마지막인 죽음이라는 비극적 종말까지도 만남의 연속성 위에서 존재하는 것이다. 어떤 인생을 만들고, 어떤 죽음을 맞이하는 것은, 많은 부분이 우리들의 선택과 노력에 달려있다. 비록 출발과 끝은 우리들이 선택할 수 없다고 해도, 그 중간 단계인 삶의 여정만큼은 수많은 만남 중에서 우리들이 선택하고 노력하는 것에 따라서 달라질 수 있다. 인류사의 시작에서부터 인간은 끝없이 만나고 교류하며 살아왔다. 나라와 나라는 물론, 동서양이 서로 만나고 교류하면서 축적된 역사가 지금의 인류사인 것이다.

그런 만남의 인생은 요리의 변천사에서도 유사하게 나타난다. '돌솥 치즈비빔밥' 또는 '토마토 카레돈가스'처럼 서로 다른 음식의 소재들이 만나서 또 다른 새로운 맛을 창조해 내는 것이다. 이처럼 우리들의 인생도 서로 다른 인연과의 만남을 통해서 새로운 인생으로 창조되는 것이다. 현대 사회는 갈수록 글로벌화하고 있다. 지구촌이 하나의 영화에 열광하고, 같은 드라마에 공감하고, 하나의 뮤지션에 지구촌 전체가 팬을 형성하는 시대가 되었다. 유행과 패션, 주거와 식문화가 이젠 동일한 라이프 스타일로 변화되어 가고 있다. 그런 의미에서 이미 오래전부터 동서양 식재료들의 만남은 조금씩 글로벌한 음식들로 진화의 노력을 해왔다고 말할 수 있다. 오늘날에도 끝없이 이질적인 다른 식재료들이 만나서 새로운 퓨전 요리를 창조해 나가고 있다. 따라서, 전혀 다른 사람들이 만나서 새로운 인생을 엮어나가는 것도, 끝없이 변화하고, 진화하며, 또 새롭게 창조해 나가는 우리들의 삶인 것이다.

이번 소설 '돌솥 치즈비빔밥과 토마토 카레돈가스' 부제(현아와 아무란)을 펴내면서 이 글을 읽는 독자와 나에게, 또 다른 변화와 진화, 그리고 작지만 새로운 창조의 계기가 되길 기대해 본다.

이번 작품을 내면서, 물심양면으로 큰 도움을 주신 '세계로미디어' 민경호 대표님께 지면으로 다시 한 번 감사의 인사를 드립니다. 또한 저에게 과분한 축하와 격려를 해주신 '한국소설가협회' 김호운 이사장님께도 진심으로 감사의 인사를 올립니다.

끝으로, 이번 '돌솥 치즈비빔밥과 토마토 카레돈가스'를 읽어주실 독자 분 한 분 한 분에게도 미리 감사의 인사를 드립니다. 항상 제 곁에서 도움을 주시는 모든 분에게도 더욱 정진하는 작가가 될 것을 약속드리며 감사의 인사를 마칩니다.

－ 2022년 11월 단풍이 깊어진 가을날에

문화의 세포분열을 가져오는 소설의 '관계(關係) 미학'

- 김호운(소설가 · 한국소설가협회 이사장)

소설의 사회적 역할 가운데 중요한 한 부분을 차지하는 게 '관계(關係)'다. 사람이 살아가는 데 있어 가장 중요한 역할을 하는 에너지가 바로 이 관계다. 세상에 태어날 때부터가 그렇다. 서로 낯선 사람들끼리 만난 부모님의 사랑에 의해서 태어났고, 성장하면서 동네 또는 학교에서 만나는 친구와의 관계, 직장 동료 또는 비즈니스 관계 등 수많은 관계 속에서 우리의 삶이 형성된다. 사람과 사람의 관계뿐만 아니라 사람과 사물, 사람과 동물 등 우리는 수많은 관계를 만난다. 이러한 관계가 넓고 깊을수록 그 사람의 삶은 웅숭깊어진다. 그러나 우리가 살아가면서 만나게 되는 관계는 시간과 장소에 따라 한계를 지닌다. 이 한계를 채워주는 역할을 소설이 한다. 소설 속에는 작가가 창조한 낯선 세상이 있으며 그 세상에서 한 번도 마주치지 못했던 낯선 인물들을 만난다. 이것을 우리는 간접체험한다고 말한다. 소설 작품을 많이 읽은 사람은 당연히 덜 읽은 사람보다 관계의 폭이 넓고 깊을 수밖에 없다.

소설가 유충열은 천상 소설가로 태어난 사람 같다. 그가 살아온 내력을 살펴보면 그렇다. 이십 대에는 극단에서 연극을 했다. 출판사에서 일하기도 하고 유명 일간지 지역 지사장을 지냈으며 부동산 관련 일을 하기도 한다. 전혀 연결고리가 없는 듯한 직업을 경험하고 체험했다. 소설가가 되기 위해 꼭 다양한 직업을 경험하고 다양한 체험을 해야 할 필요는 없다. 그가 체험한 이러한 인생 내력이 그의 소설에 한 축으로 이어지고 있으며 소설가로 자리매김하는 데 중요한 역할을 하고 있기에 언급한다.

문인이 되고 난 뒤에도 유충열 작가는 한 장르에 몰입하지 않고 소설가로 활동하는가 하면 시집을 낸 시인이기도 하다. 이 또한 '문학(文學)'이라는 큰 틀에서 볼 때 매우 바람직하다. 우리는 문학인, 즉 문인이라고 소개할 때 꼭 장르를 앞세운다. 시인, 시조시인, 소설가, 수필가, 평론가, 아동문학가 등 장르를 앞에 내세워 밝힌다. 장르의 벽을 탄탄히 쌓고 그 안에서만 문학을 하려고 한다. 심지어는 장르와 장르 사이에 벽을 쌓고 다른 장르 문인을 별개의 문학을 하는 줄 오해하는 분들도 있다. 문학이라는 큰 기둥을 둔 채 장르로 갈라진 문학의 한 줄기를 잡고 줄기차게 갈고 닦는 모습이다. 문학 장르를 통섭(統攝, consilience)해야 '문학이라는 큰 그릇' 안으로 들어간다. 다양한 장르를 두루 창작하기는 어렵지만 주된 장르 외의 작품을 즐겨 읽으며 이해하려는 노력이 필요하다. 소설가가 시를 쓰고 시인이 소설을 쓰며 수필가가 시인이기도 하고 소설가이기도 한다면 문학을 온전히 가져가는 것이다. 유충열 소설가에게서 그런 모습을 보게 되어 반갑다.

이번에 펴내는 장편소설은 제목부터 예사롭지 않다. 제목이 『돌솥 치즈비빔밥과 토마토 카레돈가스』다. 왠지 어울리지 않을 것 같은 음식들이 서로 만났다. 작가의 말에서 유충열 소설가는 "인생은 만남의 연속이다"라고 시작한다. 앞서 언급한 '관계'의 미학을 말하고 있다. 돌솥에서 치즈 비빔밥을 만나고 카레와 돈가스도 만난다. 어떤 맛일까. 낯설지만, 그건 우리가 만나지 못했던 낯선 맛일 것이다. 진보와 진화는 늘 낯섦에서 시작한다. 익숙함은 편하고 안전하기는 하지만 반복의 연속이다. 낯섦에서 낯선 체험을 통하여 차이를 발견할 것이며, 이를 통해 우리는 앞으로 나아간다. 프랑스 철학자 쥘 들뢰즈(Gilles Deleuze)가 말한 '차이와 반복'이 그렇고 소설 역시 그러하다. "이번 소설 '돌솥 치즈비빔밥과 토마토 카레돈가스'가 나에게 또 다른 변화와, 진화와, 새로운 창조의 계기가 되길 기대한다" 작가는 이렇게 작가의 말을 마무리하고 있다.

이 소설은 이탈리아 요리학교에서 아무란과 최진구의 만남에서 싹튼다. 동서양이 만나고 동양 음식과 서양 음식이 만나 새로운 문화를 창출한다. 이탈리아에서 이들은 이미 문화 퓨전 (fusion)을 하고 있었다. 이들이 자주 가던 이탈리아의 한국식당 '동식(東食)'에서 그렇게 문화 세포분열이 시작된다.

갑자기 비행기 안이 시끄러워졌다. 비행기가 인천공항에 가까워지자 잠을 자던 사람들도 모두가 눈을 뜨고 창밖을 향해 다들 한 마디씩 떠들곤 했다. 아무란은 조용히 보던 책을 덮었다. '미슐랭가이드'였다. 그 속에는 파리에 있는 유명한 한국식당이 소개되어 있었다. 그는 이탈리아에서도 공인된 요리학교에서 이제 막 공부를 마친 젊은 셰프였다. 그는 요리학교에서 함께 공부한 한국 친구를 만나기 위해서 한국을 찾은 것이다. 그는 양쪽 귀에서 하얀색 이어폰을 뺐다. 좀 전까지도 그의 귀에선 BTS의 'DNA'가 울리고 있었다.

　　- 장편소설『'돌솥 치즈비빔밥과 토마토 카레돈가스』첫 문단

　마치 무라카미 하루키의『노르웨이 숲』첫 장면이 연상되는 듯 이렇게 시작하는 이 소설은 음식을 통해 문화의 융합과 분열로 새로운 세계를 보여주고 있다. 소재의 발상과 구성이 새롭다. 작가의 말에서 그가 "이번 소설 '돌솥 치즈비빔밥과 토마토 카레돈가스'가 나에게 또 다른 변화와, 진화와, 새로운 창조의 계기가 되길 기대한다"라고 한 것처럼, 독자에게 큰 사랑을 받는 소설가로 변화하며 우뚝 서길 기대한다.

차 례

1

이번 서울 여행이

이번 서울 여행이, 자신의 미래에 어떤 영향을 미치게 될지 알 순 없었다. '우리들에게 인생의 정답이란 없다. 각자 자신이 생각한 대로, 열심히 창작하고 만들어 갈 뿐이다' 아무란은 평소에도 그런 생각을 하고 있었다.

갑자기 비행기 안이 시끄러워졌다. 비행기가 인천공항에 가까워지자 잠을 자던 사람들도 모두가 눈을 뜨고 창밖을 향해 다들 한 마디씩 떠들곤 했다. 아무란은 조용히 보던 책을 덮었다. '미슐랭가이드'였다. 그 속에는 파리에 있는 유명한 한국식당이 소개되어 있었다. 그는 이탈리아에서도 공인된 요리학교에서 이제 막 공부를 마친 젊은 셰프였다. 그는 요리학교에서 함께 공부한 한국 친구를 만나기 위해서 한국을 찾은 것이다. 그는 양쪽 귀에서 하얀색 이어폰을 뺐다. 좀 전까지도 그의 귀에선 BTS의 'DNA'가 울리고 있었다.

아무란의 한국 친구는 아마도 지금쯤 인천공항 게이트에서 그를 기다리고 있을 것이다. 그의 이름은 최진구. 그와 함께 같은 요리학교를 나온 동창이다. 서른한 살 동갑인 두 사람은 이탈리아 요리학교에서 처음 만났다. 그 당시 아무란은 케이 팝과 한국드라마를 통해서, 이미 한국을 어느 정도는 잘 알고 있었다. 두 사람은 자연스럽게 친구가 되었다. 그들은 이탈리아에서 같은 날 똑같이 요리사 자격증을 땄다. 그게 오 개월 전이었다. 졸업 후, 한국으로 돌아온 최진구가 먼저 취직되었다. 그의 직장은, 한국에서 맛집으로 유명한 이태원 B호텔 레스토랑이었다. 최진구는 아직은 취직이 안 돼 시간이 넉넉한 아무란에게 한국 여행을 제안했다. 아무란은 최진구의 제안을 흔쾌하게 승낙했다. 그는 지금이 아니면, 따로 시간을 내서 한국이란 나라를 여행한다는 것도 쉽진 않을 것 같아서였다. 아무란은 한국 요리에도 특별한 매력을 느끼고 있었다. 그렇게, 그는 최진구와 한국이라는 나라를 보고 싶어서 찾아왔다. 아무란은 이탈리아에서 요리를 공부하는 동안에도, 최진구와 한국식당을 자주 가곤 했었다. 그곳에서도 나름 유명한 '동식(東食)'이라는 이름의 식당이었다. 그곳에서 불고기, 김치, 잡채, 비빔밥 등 여러 가지 한국 요리를 접하면서 한국의 음식 문화에 차츰차츰 더 관심을 가지게 되었다. 그는 이번 여행에서 가능하면 한국 음식을 더 많이 접해 보려고 생각하고 있었다.

아무란은 키 백팔십삼 센티미터, 몸무게 칠십구 킬로그램의 훤칠한 체격의 청년이다. 그의 얼굴은 부드러우면서도 입체감 있는 윤곽을 가졌다. 미남은 아니었지만 얼핏 보았을 때, 매력 있는 인상을 풍겼다. 푸른 눈동자에 머리는 붉은색이었고, 피부는 희면서도 약간은 분홍빛이 감도는 색깔이다. 그의 얼굴에는 머리 색과 같은 붉은 턱수염이 많아 보였다. 그의 얼굴은 단정하게 면도를 한 상태였다. 그는 비행기에서 내렸다. 가방에서 꺼낸 녹색에 가까운 연초록빛 선글라스를 썼다. 인천공항의 초여름 하늘은, 파란색 수채화 물감을 풀어놓은 것처럼 푸르고 높았다. 그리고 햇볕은 따가웠다. 선글라스를 쓴 아무란에게는 더 푸르고 매력적으로 아름다웠다.

최진구는 아무란의 비행기가 도착하기 이십 분 전부터 게이트에서 기다리고 있었다. 그는 아무란 보다 키가 팔 센티 정도 더 작았다. 백칠십오 정도의 키에, 칠십오 킬로그램으로 아무란 보다 작아도 대신 단단해 보이는 체형이었다. 최진구 옆에는, 그의 여자 친구 이수진도 함께 나와 있었다. 드디어 아무란이 나왔다. 몰려나오는 사람들 사이에서도 아무란은 큰 키 때문에 금방 알아볼 수 있었다. 두 사람은 멀리서 서로를 보자마자 팔을 흔들었다. 가까이 다가선 두 사람은 악수하면서 끌어안고 서로의 등을 두드렸다.

"하하! 어서 와! 아무란!"

"와하~ 징구! 징구! 언제 나왔어?"

"좀 전에! 잘 왔어. 아무란! 여긴 내 여자 친구 수진이야! 이수진! 전에 내가 얘기한 적 있지?"

"안녕하세요! 수진씨!"

"안녕하세요! 아무란씨!"

"전부터 징구에게 많이 많이 들었어요!"

아무란의 목소리가 얼마나 굵고 큰지, 옆으로 지나가던 여성들과 주변 사람들이 그를 쳐다보면서 웃었다. '징구! 징구!'라고 말하는 그의 엉성한 한국어 발음 때문에 더 그랬다. 사실 그의 발음은 '징구! 징구!' 로 들렸다. 이탈리아에서 그에게 친구와 벗, 그리고 우정이라는 단어를 처음 가르쳐 준 사람이 최진구였다. 두 사람이 요리학교에서 처음 만났을 때는 영어로 서로를 소개했었다. 최진구라는 자신의 이름을 말하자 아무란은 '태징구?'하면서 반문하며 웃었었다. 그런데 아무란은 아직도 진구와 친구 발음이 비슷했다. 그의 발음은 얼핏 들으면 진구인지, 친구인지, 징구인지 늘 아리송했다.

"직접 와 보니까 한국 어때?"

"와우! 코리아 원더풀! 여기 공항도 근사하고 굉장한데! 공기도 좋고 하늘도 원더풀!"

아무란은 그의 긴 두 팔을 벌려서 하늘을 가리켰다. 한국말을 아주 잘하는 것은 아니었지만, 최진구 덕분에 이제 웬만한 의사소통쯤은 문제없이 다 할 수 있었다. 처음에 최진구는 아무란이 혼자서 한국말을 배웠다는 것에 깜짝 놀라지 않을 수 없었다. 하지만, 그는 이탈리아에 있으면서 차츰 알게 되었다. 이탈리아에서도 한류 드라마나 케이팝을 통해서, 한국어를 배우는 젊은이들이 많다는 것을 알았다. 특히 젊은 여학생들이 많았다. 오랜만에 만난 두 사람은, 이탈리아에서처럼 영어와 한국말을 섞어가며 대화를 주고받았다.

세 사람은 최진구의 차를 타고, 먼저 아무란이 머물게 될 게스트하우스로 갔다. 최진구가 예약한 게스트하우스 건물은 그다지 크진 않았다. 방이 열 개 정도 있는 이층집이었다. 일 층에 다섯 개, 이 층에 다섯 개로 되어 있었다. 건물 앞으로 넓은 마당이 있어서 답답한 느낌은 없었다. 마당에는 작은 진달래와 철쭉꽃 나무들이, 담을 따라서 줄지어 나란히 심어있었다. 넓은 마당 한쪽으로 조경석 사이사이에 키 작은 향나무와 주목들이 나란히 가꾸어져 있었다. 건물 제일 구석진 마당 끝으로, 수령이 삼십 년은 넘었을 키 큰 편백 나무 한 그루가 서 있었다. 편백 나무가 서 있는 바로 앞 끝 방은 집주인 아주머니가 쓰고 있었다. 그 옆방은 하우스 손님들을 위한 휴게실로 꾸며져 있었다. 이곳은 원래는 다가구 임대 주택이었다. 서울에 외국 여행객들이 많아지자 십 년 전에 게스트하우스로 리모델링을 했다. 혼자 사는 주인아주머니가 직접 관리하고 있었다. 주인아주머니는 나이가 한 육십 대 중반쯤 되어 보였다. 보통 여자의 두 배쯤 되는, 아주 뚱뚱한 체격이었다. 근데 그녀는 언제나 잘 정돈된 부분가발을 쓰고 있었다. 머리숱이 너무 없어서 가리기 위한 것이었다. 처음 본 사람들은 잘 몰라도 자세히 보면 알 수 있었다. 대화 도중에도 가끔, 그녀가 가발을 손가락 끝으로 잡고서 살짝살짝 앞으로 내리는 것을 볼 수 있었다. 그런 그녀의 행동은 여간 자세히 보질 않으면 알 수 없었다. 그리고 대화 중간에, 영어 단어나 일본어 단어들을 섞어가면서 말하길 좋아했다. 그녀의 대화 습관인 것 같았다. 그런 습관이 게스트하우스 손님들에게는, 그녀를 더 편안하게 느끼게 했다. 그녀는 마음씨가 아주 고운 아줌마처럼 보였다. 최진구는 이 집을 결정하기까지 일주일 전부터 인터넷을 뒤지고 뒤졌다. 그 집은 인터넷상에서 평판도 좋았고, 이미 젊은 외국 여행객들에겐 제법 알려진 집이었다. 휴게실로 꾸며진 거실에는 각 나라 젊은이들의 사진들이 다닥다닥 붙어있었다. 이곳을 다녀간 손님들이었다. 손으로 직접 쓴 엽서들도 자신들의 사인과 함께 가지런히 벽면을 장식하고 있었다. 이곳을 다녀간 짧은 감상문들이 많았고, 주인아주머니에 대한 감사의 인사 글도 많았다.

　세 사람은 그녀를 따라 이층으로 올라갔다. 아무란의 방은 아담하지만 세련된 가구로 잘 정돈되어 있었다. 잘 절제된 깨끗함이 느껴져서, 세 사람은 모두 맘에 들었다. 창도 넓어서 방안이 환한 것도 좋았다. 세 사람은 그 방으로 결정하고 비용을 선지급했다. 세 사람은, 그 방에 아무란의 캐리어와 가방을 남겨두고 그 집을 나왔다. 최진구는 그곳에서 멀지 않은 자신의 오피스텔도 아무란에게 보여주기로 했다. 그런 다음에 거리 구경도 할 겸, 세 사람은 밖에서 함께 식사하기로 했다. 처음에 아무란이 오기로 했을 때, 최진구는 아무란이 자신의 오피스텔에서 같이 머물기를 원했었다. 아무란의 여행경비도 줄이고, 함께 룸을 쓰는 것도 재미있을 것 같았다. 하지만, 아무란은 게스트하우스를 따로 하나 잡기를 원했다. 하루 이틀도 아니고, 보름 이상 있기로 했기 때문이었다. 두 사람 다 편하게 생활하면서, 여행을 즐기는 것이 더 나을 것 같다고 고집을 부렸다. 세 사람은 게스트하우스를 나와서 최진구의 오피스텔로 갔다. 최진구의 오피스텔은 거기서 차로 십 분 정도의 거리에 있었다. 아마 걸으면 한 삼십 분은 걸릴 거리였다.

　세 사람은 최진구네 오피스텔에 도착했다. 진구는 곤 색에 흰 줄이 있는 추리닝 복장으로 갈아입었다. 냉장고에서 캔맥주를 꺼내서 하나씩 주었다. 안주는 수진이가 공항에서 산, 감자 스낵과 냉장고에 있던 아몬드였다. 아무란은 캔맥주를 단숨에 다 마셨다.

　"아무란! 캔 하나 더 줄까?"

　"아~ 땡큐! 캬~시원해!"

　얼마 후, 그들은 캔맥주를 다 마시고서 오피스텔을 나왔다. 걸어서 큰 길가를 지나 이면 도로로 접어들었다. 길 양쪽이 다 식당들로 빽빽한 먹자 골목길이었다. 간판들을 두리번거리면서 돌아다녔다. 얼마쯤 가

다가 최진구가 수진에게 물었다.

"아까 말했던 춘천닭갈비가 어떨까?"

"오빠! 거기가 좋겠다! 식당도 넓고 사람들도 많고!"

"아마 아무란이 조금은 맵다고 할 거야! 그래도 재미있잖아! 맛도 있고! 아무란에게 한국식 닭갈비에 소주 맛도 보여주고!"

"맞아~오빠! 거기로 가!"

"..."

아무란은 두 사람을 번갈아 보면서 웃고 있었다. 그들이 오 분을 더 걸어서야 춘천닭갈비 식당 간판이 눈에 들어왔다. 세 사람이 자리를 잡고 앉았다.

"아무란! 춘천 닭갈비 어때? 한국 닭갈비 맛을 보여줄게! 여긴 우리가 자주 오는 단골 식당이야!"

"와우~ 충성 달갈비! 기대되는 데~! 징구!"

아무란의 발음 때문에 세 사람이 다 같이 커다랗게 웃었다.

"이모! 여기 닭갈비 삼 인분 주세요!"

"네~!"

금방 서빙 이모가 다가오더니, 커다란 철판에 닭갈비 요리를 한가득 부었다. 아무란은 닭갈비 요리를 위한 둥근 철판의 크기에 우선 놀랐다. 서빙 이모도 아무란의 표정이 신기했는지 자꾸 보면서 웃어주었다.

"이 친구가 오늘 이탈리아에서 처음 왔어요! 이모!"

그들은 LED조명등 아래에서, 하얗게 반짝거리는 작은 소주잔을 들고서 건배했다.

"자 ~ 건배! 건배! 건배!"

건배가 끝나자 진구가 말했다.

"아무란! 한국에서 마시는 소주 맛이 어떤지 마셔보고 말해줘!"

"그러지 뭐! 크~으! 하~! 괜찮은데. 징구! 좋아. 최고!"

"어! 그럼 다행이군! 아무란! 여기까지 오느라고 수고 많았어!"

"아무란씨! 만나서 반가워요!"

"저도요! 너무 반갑습니다. 수진씨!"

진구와 수진도 서로를 바라보면서 씩 웃었다. 그러면서 세 사람은 다시 건배했다. 소주잔을 든 아무란은, 큰 손에서부터 팔뚝까지 붉은 털이 수북하게 나 있었다. 수진이 눈에는 진짜 외국 사람이 맞았다. 아무란은 닭갈비 요리법이 너무 궁금했다. 진구는 한국어와 영어를 섞어가면서, 철판에서 익고 있는 닭고기와 양배추, 그리고 가래떡과 찹쌀 고추장에 대해서 열심히 설명해주었다. 요리하는 방법도 자세하게 알려주었다. 그 집에는 특히, 매운 닭갈비와 같이 나온 하얀 동치미가 일품이었다. 아무란에게는 조금은 매운 요리였다. 요리에 들어가는 재료와 소스를 자세히 물어보면서 아주 맛있는 음식이라고 여러 번 감탄했다. 그는 동치미도 좋아했다. 입 안이 매워서인지, 헐헐 거리면서 연신 동치미 국물을 마셔댔다. 한국에서 처음 먹어보는 음식이라 그런지, 그는 모든 것들을 신기해하면서 좋아했다. 따라서 진구도 기분이 좋았다. 덩달아 수진이도 기분이 좋아졌다. 세 사람의 술자리는 얘기 반, 웃음 반으로 시간가는 줄 몰랐다. 그들의 얘기는 이탈리아로 갔다가 서울로, 다시 서울에서 이탈리아로 지구를 넘나들면서 이어졌다. 수진이도 옆에서 거들면서 함께 신이 났다.

"수진아! 아무란 어때? 너무 멋있지 않아? 유럽 남자들은 다 잘생긴 것 같아! 난 이탈리아 처음 갔을 때 무척 놀랐다니까! 남자들이 모두 패셔너블해서 왠 모델들이 저렇게 많이 길가에 서 있나 했다고! 남자인 내가 봐도 잘생겼다니까!"

"오빠! 그럼 이탈리아 여자들은 어때?"

"여자들도 예쁘지! 헤어 색깔도 다양하고! 패션 감각들도 뛰어나고! 그렇지 않아? 아무란?"

"응! 우린 잘 모르겠는데 다른 나라 사람들이 오면 많이들 그렇게 말해! 특히 남자들이 패션이 좋다고!"

"내가 보기엔 이탈리아 사람들은 멋을 아는 민족인가 봐! 그쪽 분야가 유난히 발달한 민족! 그런 거 있잖아!"

"그 정도는 아니야. 징구! 자네도 멋지고 수진씨도 예뻐요!"

"감사해요! 아무란씨! 오빠! 나도 언제 한번 가보고 싶다!"

"수진씨! 내가 돌아가면 다음엔 두 사람 같이 놀러 와요. 내가 초대할게요!"

"정말이죠? 아무란씨!"

"당근요! 언제든지 환영이야! 이번에 내 여행 끝나면 진구랑 같이 가도 되고요!"

"수진아! 오빠가 다음에는 꼭 데려갈게!"

"진짜지? 약속했어. 오빠! 아무란씨도 약속 지켜야 해요!"

"알았어요. 수진씨!"

"앗싸~! 오늘 술맛이 당기네! 오빠! 아무란씨! 우리 건배해요!"

"얘 또 발동 걸렸다. 이제 큰일 났다! 아무란! 얘! 기분파야! 기분 좋으면 막 마셔! 이런다니까!"

"수진씨! 뷰티플 걸! 너무 좋아요!"

"아무란! 땡큐!"

"아~ 안돼! 아무란! 얘는 칭찬해주면 좋아서 더 날뛴다고! 술도 더 많이 마시려고 하고!"

"오빠! 이런 날 안 마시면 언제 마셔! 그렇다고 내가 취하는 거 봤어?"

"아~알았으니까 우리 천천히 조금씩만 마시자! 건배! 진짜 아무란이 와서 기분 너무 좋다! 오늘!"

술이 들어가자 세 사람은 하루의 긴장이 모두 풀렸다. 시간 가는 줄 모른 채 그렇게 있었다. 밖은 금방 어두워졌다. 세 사람은 거기서 나와 노래방으로 갔다. 노래방은 아무란이 오면, 꼭 같이 가고 싶은 코스 중 하나였다. 그는 아무란에게 노래방, 찜질방, 통일각 그리고 경복궁을 꼭 보여주고 싶었다. 그 밖에도, 아무란이 한국 요리에 관심이 많기 때문에, 고급 한정식 맛도 보여주고 싶었다. 또, 광장시장에서 먹거리 체험하기와 남대문시장 체험도 생각하고 있었다. 그리고 고택이 많은 북촌마을도 생각했다. 노래방에서 그들은 신나게 노랠 불렀다. 아무란은 주로 팝송을 불렀다. 가끔 진구와 수진이가 함께 부르는 케이팝 노래도 같이 따라 불렀다. 그는 다른 유럽의 젊은이들처럼, 케이팝과 한국 드라마에 이미 익숙해져 있었다. 서유럽과 동유럽의 젊은이들은, 이미 케이팝을 좋아했다. 좋아하는 아이돌들의 팬카페 활동들도 많이 했다. 가끔은 큰 광장에서 플래시몹도 심심치 않게 열리고 있었다. 아무란도 그 정도는 아니지만, 한국 친구인 최진구와 친해지면서 한국을 더 좋아하게 되었다. 세 사람은 자정이 지나도록 노래방에서 나올 줄을 몰랐다. 새벽 한 시가 거의 다 되어서야, 진구와 수진이는 아무란을 게스트하우스까지 바래다주었다. 게스트하우스에 들어온 아무란은, 자신이 지금 서울에 있다는 사실이 실감이 나질 않았다. 이번 서울 여행이, 자신의 미래에 어떤 영향을 미치게 될지 알 순 없었다. '우리들에게 인생의 정답이란 없다. 각자 자신이 생각한 대로, 열심히 창작하고 만들어 갈 뿐이다.' 아무란은 평소에도 그런 생각을 하고 있었다.

2

나의 인생

'나의 인생에서 이처럼 슬픈 차별은 사라져야
한다. 21세기를 달리는 대한민국 안에서
세계의 많은 나라들도
한국을 새롭게 인식하고 공감하는 이 시대에서
나는 비정규직이다!
이 사회에서 이런 비참한 족쇄만은
빨리 없어져야만 한다'

현아의 일기장에는 이런 글들이 적혀 있었다.

'지금 대한민국에서 청년으로 산다는 것은 어렵고 힘든 일임에 틀림
이 없다. 젊은이들은 이제 막 해빙이 시작된 이월의 살얼음판 강을, 맨
손으로 건너야만 하는 것과도 같다. 누구든 자칫하면, 얇은 살얼음판
이 깨지면서 얼음 속으로 영원히 잠수하게 될지도 모른다는 뜻이다.
중 고등학교 시절을 거쳐서 청년이 되기까지, 대학에서 졸업장을 따고
취직의 문턱에 서기까지, 그들이 얼마나 힘든 여정의 길을 걸어왔는지
모른다. 그들에겐 다신 걷고 싶지 않은, 악몽과도 같은 스트레스의 순
간들이다. 이 엄청난 긴장의 터널을 뚫고서 사회로 나온 청년들에게,

기다리는 것은 더욱 냉혹한 취업의 문이다. 바늘구멍보다도 몇십 배는 더 좁은 취업의 문은, 슈퍼 나노급 실오라기 정도 되어야 좀 여유 있게 통과할 수 있을까? 그만큼 대한민국의 취업의 문은, 누구에게나 열려 있는 개선문이 아니다. 차라리 누구에게나 닫혀있다고 말하는 편이 더 적절한 표현일 것이다. 또 우리나라는 비정규직과 정규직의 문제 역시 심각하다. 그들의 임금 격차는 최소 1.5배 이상 차이가 난다. 그것도 그들이 이런 직장을 포기하지 않는 한, 거의 반평생을 그런 차이를 감수하며 살아야만 한다. 말 그대로 이번 인생은, 기울어진 세상 속에서 시작하고 끝내야만 한다는 것이다. 비정규직 인구 비율은 현재 21%로, OECD국가 평균 수치인 10%의 두 배를 넘어섰다. 그 비율은 해마다 점점 더 올라가고 있다. 다시 말해서, 비정규직들이 똑같이 일해서 벌어들인 회사의 이익을, 정규직들만 더 많이 가져가고 있다는 얘기이다. 대한민국의 비정규직은 이미 육백만 명에 달하고 있다. 이 수치는 임금 근로자 전체, 천오백만 명의 삼 분의 일을 넘은 수치이다. 엄연한 민주주의 평등국가에서, 불평등이 만연해진 것이다. 같은 회사에서 같은 근무를 하면서도, 비정규직들은 동등한 대우를 받을 자격을 박탈당하고 있다. 내가 아는 민주주의는 법의 평등, 교육의 평등, 기회의 평등, 기본 권리와 의무의 평등국가이다. 민주주의 국가는 자유와 평등의 가치를 지키는 것으로 존립의 근거를 인정받는다. 이쯤 되면, 절반의 민주주의라고 말해도 무방할 것이다. 모든 국민이 동등한 기회와 동등한 대우를 받지 않는다면, 이건 분명한 민주주의의 퇴보이다. 태어날 때부터 양반과 상놈이, 귀족과 천민이 존재했던, 봉건주의 사회와 별반 다르지 않은 것이다. 십 년씩 같은 일을 하는 사람들이, 누구는 정규직이어서 정당한 대우를 받고, 다른 사람은 비정규직이어서, 똑같은 대우를 받을 수 없다면 정의로운 사회가 아니다. 그런 사회는 민주주의 국가에선 없어져야만 한다. 그런 불평등한 회사는, 민주주의 사회에서는 존재해서는 안 되는 것이다. 이 나라의 모든 비정규직 직원들은 다 같이 뭉쳐서 싸워야 한다. 그런 회사와 싸우고, 사회와 싸워서 뜯어고쳐야만 한다. 누군가가 이 불평등하고, 절반의 국민을 무시하면서 우롱하고 있는, 이 사회를 바르게 바로잡아야만 한다.'

또, 다음 장에는 이렇게 적혀 있었다.

'비정규직이라는 건, 여우같이 사악한 자본가들이 속임수처럼 만들어낸 슬픈 규정이라고 생각한다. 이런 것들이, 부익부 빈익빈을 양산하는 잘못된 사회적 제도이다. 이런 제도가 없어서는 안 되는 올바른 제도인 것처럼, 정치가와 자본가들의 비호 아래 수십 년 동안 이어지고 있다. 오히려 점점 더 비정규직의 비율을 늘리고 있다. 오늘도 비정규직 노동자들은 차별 속에서 위험한 죽음의 현장으로 내몰리고 있다. 이 나라에선 정부도, 국회의원도, 누구도 뜯어고치려 하질 않고 있다. 돈으로 만들어진 사교육의 학벌과 부의 대물림으로 인해서, 사회적 빈부의 격차는, 좀처럼 깰 수 없는 거대한 철벽이 되어 버렸다. 덩치 큰 대기업은 더 큰 대기업으로 성장하고, 반대로 중소기업과 자영업자들은 잘해야 현상을 유지하거나, 아니면 무너져 버리는 악순환이 계속되고 있다. 부자는 더 부자가 되고, 가난한 자는 상대적으로 더 가난해지는 것이다. 이 사회에서 젊은이들이, 대기업에 정규직으로 들어간다는 것은, 하루아침에 로또에 당첨되는 것만큼이나 좁은 문이 되었다. 빈부의 격차가 심할수록, 서로를 외면하는 삭막한 개인주의가 양산되고 있다. 서로 간의 갈등의 벽이 더 높게 쌓이고, 분열의 간격은 더 벌어질 뿐이다. 지금도 비정규직을 양산하는 대기업들은, 모두가 이런 현실을 무시하고 있다.'

그때, 현아는 자신도 너무나 정규직이 되고 싶었다. 이런 비장한 문장도 함께 적어 놓았었다.

'나의 인생에서 이처럼 슬픈 차별은 사라져야 한다.
21세기를 달리는 대한민국 안에서
세계의 많은 나라들도
한국을 새롭게 인식하고 공감하는 이 시대에서
나는 비정규직이다!
이 사회에서 이런 비참한 족쇄만은
빨리 없어져야만 한다.'

현아는 사회에 나와 첫 직장을 다닐 때, 이런 자신의 심정을 적어놓았었다. 이것은 김현아의 생각이었다. 하지만 그녀에게는 힘이 없었다. 자신이 나서서 그런 사회에 적극적으로 저항하지도 못했다. 비정규직 철폐 시위가 광화문에서 대대적으로 열릴 때, 몇 번 참석한 것이 전부였다. 그녀는 평범한 작은 여성일 뿐이었다. 현실에 목을 맨 채, 하루하루 열심히 노동으로 채워나가는 여성이었다.

그런 악몽 같은 취업의 문을 지나서 지금, 김현아는 제약회사에서 비정규직으로 오 년째 근무 중이다. 그곳에 들어갈 수 있었던 것도, 그녀에겐 거의 행운에 가깝다고 할 수 있었다. 그녀의 원래 전공은 실내

디자인이었다. 맨 처음에 인테리어회사에 비정규직 그것도 인턴으로 취직한 그녀는, 팔 개월을 버티질 못하고 그만둘 수밖에 없었다. 인테리어회사의 현실은, 학교에서 배운 것과는 너무나 달랐다. 그다지 알아주지도 않는 전문대학을 나온 그녀였다. 인테리어회사에서 맨 처음 주어진 일들은 심부름과 막노동이었다. 회사에서는 인부들이 부족하거나 일손이 달린다는 것을 핑계로, 인턴이나 비정규직 사원들을 뽑아서 현장의 부족한 일손을 충당했다. 게다가 그녀는 재수 없게도, 바로 위 직속 선배를 잘못 만났다. 그녀의 직속 선배는, 그녀를 부려 먹지 못해서 안달 난 사람처럼 굴었다. 현아를 마치, 자신의 정규직 자리를 넘보려고 온 경쟁자라고 생각하는 것 같았다. 어떻게 해서든지 현아를 괴롭혀서 내쫓을 생각만 하는 사람 같았다. 이건 말이 인턴사원이지, 여성으로서 건설 현장의 잡부만도 못한 취급을 받았다. 현아는 더는 견디질 못하고, 팔 개월 만에 회사를 그만두었다. 그 회사는 별로 크지도 않은 데다가, 미래가 보장되지도 않았다. 물론 모든 회사가 사원들의 미래까지를 다 보장할 수는 없다. 그래도 이 회사는 아니다 싶었다. 회사의 자본금이 탄탄한 모습을 느낄 수도 없었다. 오래된 선배 직원들의 실력도 믿음이 가질 않았다. 특히, 그녀의 직속 선배는 더 그랬다. 욕심만 가득한 여자였다. 무슨 안건을 내는 것조차도, 현아에게는 주어지질 않았다. 공식 회의에 참석시키지도 않았다. 현아는 선배가 시키는 일만 죽도록 하라는 식이었다. 그 선배 앞에서 사회 초년병인 현아는, 숨을 쉬는 것도 힘이 들었다. 직속 선배의 눈치를 봐가면서 숨도 쉬었다. 어쩌다가 힘들어서 큰 한숨이라도 쉬면, 바로 직격탄이 날아왔다. '어린 애가 사무실에서 무슨 그런 한숨이냐! 오전부터 재수 없게 시리!' 그러는 그녀에게 이렇다 할 변명이라도 붙였다간, 그녀의 입속에서 야구방망이만 한 몽둥이가 십여 개는 튀어나올지도 몰랐다. 현아는 무조건 시키는 대로, 조용히 참는 수밖에는 달리 방법이 없었다. 정규직원이 될 때까지는 어쩔 수 없었다. 시간이 흐를수록 자신의 전공에 깊은 회의가 들었다. 그런 막노동을 견디면서, 언제 오를지도 모를 정규직원까지 올라갈 자신도 없었다. 결국 현아는 사표를 내고 말았다.

그녀가 그 회사에 처음 입사했을 때, 함께 입사한 박수정이라는 한 남자 직원이 있었다. 현아는, 그 남자 직원과 함께 서로를 위로하면서 직장을 다녔었다. 그 당시에는 그가 유일한 현아의 위로였다. 대구에서 올라 온 박수정은, 그의 이름만큼은 아니어도 현아가 보기에는 맑고 깨끗한 청년이었다. 두 사람은 친구처럼 지냈다. 팔 개월 만에 현아가 회사를 그만두게 되자, 박수정은 너무 아쉬워했다. 현아는 인테리어회사를 그만두었지만, 계속해서 실업자 노릇을 할 처지는 아니었다. 현아는 다시 여기저기 이력서를 보냈다. 시골 부모님에겐 자초지종을 알리지는 않았다. 정규직 비정규직을 따질 입장도 아니었다. 이젠 그냥 오래도록 다닐 수 있는, 마음 편한 직장이면 만족하기로 했다. 이번에는 세악회사에 들어갔다. 비정규직이었다. 그래도 정말 다행이었다. 며칠 후 박수정이 현아에게 전화했다. 두 사람은 현아의 회사 근처 커피숍에서 만났다. 그리고 박수정이 현아에게 프로포즈를 했다. 박수정은, 그동안 마음속으로 너무나 많이 좋아했었다고 사랑을 고백했다. 그리고 이제야 용기를 내게 되었다고 말했다. 그 자리에서 현아는 감격의 눈물을 흘렸다. 그녀가 난생처음 받아보는 프로포즈였다. 그리고 자연스럽게, 두 사람은 연인이 되었다. 서로가 외로운 객지 생활이 힘들기도 했다. 서로가 생각이 비슷했기 때문에, 더 빨리 가까워질 수 있었다. 그 이후부터, 두 사람은 각자의 회사에서 퇴근하면 늘 함께 있었다. 박수정은 고향에 늙고 병든 부모님이 계셨다. 그래서 월급이 나오면 거의 다 부모님에게 보내고, 자신은 적은 돈으로 근근이 생활했다. 그 모습에서 현아는, 박수정의 착한 마음씨와 바른 생활을 보며 좋아했다. 그녀 역시 시골에 부모님이 계셨기 때문이기도 했다. 그다음 해에, 원하지 않은 임신이 되었다. 현아의 피임이 실패해서 생긴 일이었다. 결혼식도 안 한 처지라 걱정이 되긴 했지만, 그래도 현아는 싫지만은 않았다. 두 사람이 힘을 합치면, 적은 수입이라도 아이 하나 키우면서 잘살 수 있다고 자신했다. 우선은 둘만 알고 있기로 했다. 머지않아 배가 불러오면, 그때 양쪽 부모님에게도 알릴 계획이었다. 그러다 일개월쯤 지난 어느 날, 박수정이 갑자기 현아에게서 사라졌다. 박수정이 혼자서 하늘나라로 먼저 가버렸다. 박수정이 현아에게서 영원히 없어진 것이다.

그날은, 전날 밤부터 비가 많이 온 날이었다. 하늘이 아직 먹구름으로 컴컴한 아침이었다. 두 사람은 각자 회사로 출근했다. 박수정은 현장으로 곧바로 출근했다. 전날 마치지 못한 작업을 다시 해야만 했다. 현장에서 박수정은 오전 내내 실내 작업을 마무리하고 있었다. 그러다가 잠깐, 현장 내부에서 외부로 공구를 가지러 나갔다가 참변을 당했다. 건물 옥상에서 떨어진 철골 자재에 머리를 맞아 즉사하고 말았다. 119 구급대가 바로 출동했다. 그를 병원으로 옮겼지만, 병원에 도착하기도 전에 숨이 멎었다고 했다. 현장에는 경찰들이 출동해서 조사를 벌였다. 출근 후, 세 시간이 지났을 때였다. 회사에 있던 현아는 직원들과 함께 있는 자리에서, 박수정의 죽음 소식을 들어야만 했다. 박수정의 자취방 주인으로부터였다. 현아는 박수정이 옮겨진 병원으로 달려갔다. 박수정은 병실에도 없었다. 병원 뒤에 있는 영안실에서 현아는 박수정을 보았다. 앞날이 창창하던 비정규직 젊은 청년은, 그렇게 허무하게 죽어 있었다. 이미 싸늘하게 죽은 박수정을 보고서, 현아는 그 자리에서 기절했다. 그때까지도 박수정의 고향 집에서는 누구도 오질 않았다. 병든 부모님들이 빨리 올 수도 없었다. 박수정에게는 친척들도 몇 명 없었다. 두 사람의 관계를 아는 사람도 없었다. 한참 후에 인테리어회사 사무직원이 혼자 나왔다. 그는 박수정의 죽음을 확인했다. 그때까지도 현아는, 회사 사람들 누구에게도 둘의 관계를 말하지 않았었다. 두 사람은 나중에 결혼하게 되면, 그때 가까운 지인들에게만 알려도 충분하다고 생각했었다. 현아의 그렇게 달콤하던 첫사랑의 시간은, 너무나 짧은 비극으로 끝이 났다. 현아는 영안실 복도에 서 있다가, 자신도 모르게 벽에 기댄 채 쓰러졌다. 현아가 깨어났을 때는, 현아의 자취방이었다. 회사 직원 중 누군가가, 현아를 부축해 차로 데려다주었다. 며칠 후에도, 현아는 그때의 일들이 또렷하게 생각이 나질 않았다. 원룸 주인이 현아 곁에서 보살펴 주었기에, 현아는 정신을 차릴 수 있었다. 그리고 그날 밤, 현아는 심한 복통으로 인근 병원엘 갔다. 그리고 심한 하혈과 함께 유산을 했다. 아직 핏덩이에 불과한 너무도 작은 아기였다. 현아는 그 병원에서 꼼짝을 못했다. 아니, 현아 자신이 움직이고 싶지 않았다. 이 세상이 싫었다. 그냥 이렇게 박수정을 따라서 저세상에 가는 게, 더 낫겠다는 생각도 들었다. 그렇게 하루를 병원에서 버티다가, 현아는 원룸으로 돌아왔다. 이제 현아에게는 박수정도, 뱃 속의 아기도 없었다. 그녀 혼자였다. 박수정을 만나서 사랑하고, 아기가 생기고, 그렇게 살아온 몇 개월의 짧은 시간이 모두 사라지고 없었다. 그녀는 침대 머리맡에 멍하니 앉아 있었다. 머릿속으로 지난 몇 년간의 서울 생활이 스쳐 지나갔다. 혼자 방을 얻어서 전문대학에 다닐 때부터, 박수정과 함께 인테리어회사에 첫 출근을 할 때가 떠올랐다. 자신이 인테리어회사를 그만두자, 박수정이 찾아와 프로포즈하던 모습이 어른거렸다. 그리고 유산된 아기를 생각하면서, 현아는 혼자서 울었다. 눈물이 멈추질 않았다. 주인아줌마가 들을까 봐 소리를 내지도 못했다. 얼마를 울었는지, 현아의 두 눈이 통통 부었다. 얼굴과 두 손까지도 부었다. 그렇게 현아는 울다가 잠이 들었다. 다음 날, 아침 햇살이 현아의 원룸 창으로 들어왔을 때, 눈을 떴다. 현아는 일어날 힘이 없었다. 시골의 부모님을 생각했다. 부모님을 생각해서라도, 자신은 다시 힘을 내야만 했다. 이젠 박수정도 없는 이 세상을, 혼자서 다시 시작해야만 했다. 지나간 일들을 모두 다 잊고서, 자신이 스스로 일어서는 수밖에 다른 방법은 없었다. 그때까지도 현아는, 자신의 아픈 상처를 훌훌 털어버리는 방법을 알지 못했다. 그래도 부모님에게만은, 자신의 나약한 모습을 보이고 싶진 않았다. 부모님을 걱정시키는 것은 죽기보다도 싫었다. 이대로 자신이 주저앉아 봐야, 이 세상이 더 나아질 것도 아니었다. 현아는 그렇게 며칠을 더 쉬면서, 가까스로 힘을 내서 다시 일어설 수 있었다. 그녀 나이 이제 스물셋, 아직도 너무나 젊고 예쁜 나이였다.

그녀는 삼일 휴식을 취하면서 마음을 추스르고 쉬었다. 다시 출근하면서 현아는 안정을 찾아갔다. 바로 위의 선배, 미스 연이라는 언니가 그녀를 잘 챙겨주어 다행이었다. 연과장은 잘난 척을 많이 하는 여자였다. 그 나이에도 공주병처럼, 자기 외모에 지나치게 자신을 가지고 있었다. 나쁘게 말하면, 허세와 사치 병의 결합이라고도 할 수 있었다. 하지만, 후배들이나 다른 사람들을 인격적으로 무시하거나, 비인간적으로 대우하지는 않았다. 오히려 현아를 친동생처럼 귀여워하고 감싸주었다. 나이 차이가 많은 탓이기도 했다. '애, 내가 너 나이 때는 남자들이 매일 서너 명씩은 집 앞까지 졸졸 따라다녔다.' '아침에 출근할 때까지도 집 앞에서 기다리고 있는 애들도 많았다.'하는 그녀의 말은 허무맹랑한 얘기들이 대부분이었다. 회사 직원들 사이에서 그녀의 별명은 참 많았다. 그중에서도 '연허세'와 '연꽈당'이 많이 알려진 그녀의 별명이었다. 연과장이 콧대가 세고 허세만 부린다고 '연허세'라는 것이다. 그리고 그녀는 잘 넘어지는 편이었다. 출근길에도, 퇴근길에도, 식당을 들어가다가도, 계단을 내려오다가도 잘 넘어지곤 했다. 그래서 연달아 꽈당꽈당해서 '연꽈당'이 되었다. 잘난 척 잘하고, 잘 넘어지는 그녀에게 어울리는 별명이긴 했다. 스스로 잘난 한 마리 학처럼, 언제나 목을 길고 높게 빼고 길을 걸었다. 그렇게 길을 가다가도, 계단을 내려오거나 올라가다가도, 그녀는 꽈당꽈당 넘어시곤 했나. 그래도 현아는 연선배가 싫지는 않았다. 오히려 그런 빈틈이 그녀의 매력이라고 생각했다. 그런 언니가 옆에 있어서 다행이라면 다행이었다.

그녀 덕분에 현아의 직장생활은 다시 순조로워졌다. 현아는 삼 년이나 살아 온 원룸을 나와, 근처 오피스텔로 방을 옮겼다. 박수정과 아기에 대한 생생한 기억들이 싫었다. 아픈 상처와 기억이 남아있는 공간을 떠나기로 한 것이다. 그래야만 자신이 새로운 인생을 펼칠 수 있을 것만 같았다. 지금의 원룸보다 방세가 더 비쌌다. 그래도 그녀는 오피스텔로 이사를 했다. 원래부터 안 먹고 안 쓰는 그녀였다. 좀 더 비싼 오피스텔 방세를 감당하기로 했다. 그렇게 오피스텔로 옮기고 나서도, 현아는 그 제약회사에서 오 년 동안을 근무했다. 오 년이 지나자 이제는 슬슬 직장에 신물이 나고 있었다. 물론 정규직은 아직도 아니었다. 그녀는 언제부터인지, 정규직은 아예 꿈도 꾸지 않게 되었다. 그것보다는, 언젠가는 자신이 정말 좋아하는 자신만의 일을 갖고 싶었다. 그 일 중 하나가 요리였다. 그녀는 어릴 적부터 엄마의 요리 솜씨를 보면서 자랐다. 그녀의 엄마는 순창이 고향이었다. 그곳은 옛날부터 전통 장문화가 발달한 곳이었다. 지금도 순창 고추장과 순창 된장은 마트에서도 많이 유통되고 있었다. 현아 엄마는 그런 전통 한식문화가 고스란히 남아있는 순창에서 나고 자랐다. 시집을 가서도 요리 솜씨만큼은 마을에서도 유명했다. 현아는 그런 엄마의 영향 때문에, 자연스럽게 요리를 알게 되었다. 어릴 때부터 맛있는 요리를 만들고, 행복을 느끼는 엄마의 모습을 보았다. 도시에서 멋진 레스토랑을 만들어서 운영하는 것이, 그녀의 꿈 중 하나였다. 요즘 들어서 부쩍 요리를 배우고 싶다는 생각을 많이 했다. 그만큼 회사가 지겨워졌다는 뜻이기도 했다. 요리사가 되면 자연히 비정규직에서 벗어나게 되고, 자신만의 사업도 할 수 있다고 생각했다. 지난 오 년 동안은 악착같이 돈을 모았다. 어차피 비정규직으로 마칠 직장이라면, 빨리 벗어날 준비를 하는 게 옳다고 생각했다. 제대로 된 식당이라도 가지고 있으면, 나이 먹어서도 부모님과 걱정 없이 함께 살 수 있을 것 같았다. 월급의 거의 팔십 프로는 매달 저축했다. 가까운 거리는 걸어서 다녔다. 당연히 옷이나 화장품 같은, 자신을 위한 사치는 무조건 안 했다. 원래부터 그녀는 화장을 잘 하지 않았다. 고작해야 스킨로션에 립스틱과 선크림이 전부였다. 다른 여자가 보기에도, 남자들보다도 안 하는 것 같았다. 요즘은 남자들도 화장을 많이 한다. 남자들을 위한 스킨로션은 기본이고, 남자들만을 위한 자외선 차단이나 피부 노화 방지 크림 같은 특화된 화장품들도 쏟아져 나오고 있었다. 하지만 현아는 지나치게 화장을 많이 하면 자신이 더 불편했다. 얼굴이 거북하고, 피부가 오히려 알레르기가 나는 것처럼 붉게 올라오곤 했다. 그래서 현아는 아예, 화장하질 않았다. 현아의 얼굴은 그나마 기본적으로 희고 매끈했다. 탄력 있는 피부를 가진 게 다행이었다. 그렇게 알뜰한 직장생활 오 년이 지났다. 현아는 이제부터 서서히 요리를 배울 시기가 되었다고 생각했다. 약간의 종잣돈이 준비된 것이다. 지긋지긋한 비정규직 직장생활을 끝장내고 싶었다. 내년 가을에는 비전도 없는 이 직장을 그만두고, 작은 음식점을 차려볼까 생각했다. 그동안 천 원짜리 한 장도 아껴서 모아온 인내의 세월이었다. 그녀가 모아둔 적금이면 작은 음식점 정도는 차릴 수 있었다. 자신의 꿈을 위해서, 우선 요리학원에 다니기로 했다. 한식과 양식 요리를 정식으로 나 공부한 다음, 자기에게 어울리는 메뉴를 정해서 식당을 차릴 생각이었다. 그러기 위해서는 반년은 요리학원에 다녀야 했다. 직장을 그만두기 전에, 한 달이라도 먼저 요리학원에 등록할 필요가 있었다. 그리고 적당한 때가 되었을 때, 미련 없이 회사에 사표를 내리라 마음먹었다. 우선은 배우기 쉬운 한식 요리부터 배우기로 했다. 젊은이들이 많은 홍대 앞 요리학원에 등록했다. 일주일에 네

번 실습하기로 했다. 그녀는 회사와 요리학원을 병행해서 다니기 시작한 것이다. 하루 일정이 너무 빡빡해서인지 하루하루가 너무 힘이 들었다. 한 달을 꼬박 다니고 나서야, 오피스텔 방을 아예 학원 근처로 옮길까 하는 생각이 들었다. 웬만하면 변화를 싫어하는 현아였다. 하지만 너무 힘이 들었고, 출퇴근에 너무 많은 시간을 허비하고 있었다. 오피스텔을 학원 근처 가까운 곳으로 옮기기로 했다. 그때부터 관심을 가지고, 주변 오피스텔 건물들을 살펴보았다. 며칠 후, 홍대 지하철역 출구에서 백 미터쯤 떨어진 곳에 오피스텔을 찾았다. 때마침 새로 오피스텔을 지어서 임대를 놓고 있었다. 현아는 그곳이 마음에 들었다. 새로 지었으니까, 오피스텔 안의 모든 가구와 싱크대, 수납장들이 새 것일 게 분명했다. 매사에 유난히 깔끔한 현아였다. 퇴근 후에 바로 요리학원으로 가서 실습을 마치고, 그 오피스텔로 가면 퇴근 시간도 절약되고 편할 것 같았다. 지금 사는 오피스텔은 회사로 출퇴근만 해도, 두 번씩 버스와 지하철을 갈아타야만 했다. 그래도 현아는 꿋꿋하게 오 년이란 긴 시간을 이곳에서 출퇴근했다. 마을버스를 타고 가다가 중간에 지하철 2호선으로 다시 갈아탔었다. 사람들도 많은데다, 출퇴근 시간에 그 혼잡함은 이루 말할 수도 없었다. 하루 이틀도 아니고 여성으로서 오 년이나 그 일을 했다. 이제 지칠 대로 지친 것도 사실이었다. 더군다나 퇴근 후에 요리학원까지 갔다가 오려면, 그녀의 몸은 거의 쉰내가 팍팍 풍기는 파김치가 될 수밖에 없었다. 학원 옆에 있는 오피스텔로 이사를 오면, 회사까지 지하철 2호선으로 한 번에 오갈 수 있었다. 회사가 쉬는 주말에는 오피스텔에서 바로 학원으로 걸어서 다닐 수도 있었다. 박수정과 뱃속의 아가가 떠나고 나서, 정신없이 도망

치듯 이사를 한 곳이었다, 이젠 벗어날 때도 되었다고 자신을 위로했다. 이곳은 지은 지 십오 년도 더 된 건물이었다. 대기업에서 지은 럭셔리한 오피스텔도 아니었다, 개인이 작은 자투리땅에다 지은 옹색한 건물이었다. 그 당시 다른 오피스텔보다는 집세가 싸서 들어와 살게 되었다. 이제는 외벽은 낡고, 계단이며 벽면 구석구석은 퀘퀘한 냄새까지 났다. 그녀가 처음 들어왔을 때만 해도 이 정도로 낡아 보이진 않았었다. 새 오피스텔과 비교해보니 더더욱 낡아 보였다. 그녀는 이번 기회에 홍대 앞에 있는, 새로 지은 오피스텔로 옮기기로 결심했다.

그녀는 오피스텔 광고 현수막을 보고 전화를 걸었다. 지금 있는 곳보다 십만 원이 더 비쌌다. 하지만 절약되는 교통비를 계산하면, 삼사만 원 정도밖에 차이가 나질 않았다. 또 출퇴근 시간 단축에다, 피곤함까지 생각하면 훨씬 이점이 많았다. 무조건 새 오피스텔로 이사하기로 마음을 정했다. 내일 회사를 마치고 바로 계약하기로 정했다. 지금 사는 곳의 계약 만기가 이번 달 말일이기 때문이었다. 이달을 넘기면 또다시 일 년 재계약을 해야만 한다. 그녀는 마음을 정한 이상, 더는 이곳에서 살고 싶지 않았다. 다음 날, 현아는 회사가 끝나기가 무섭게, 새 오피스텔로 가서 임대계약을 했다. 그녀가 이사하기까지는 아직, 이십여 일이나 남아있었다. 이십여 일은 금방 지나갔다. 토요일에 현아는 이사했다. 일요일까지 이틀 동안은 현아는 이삿짐을 정리하고, 자질구레한 물건들을 사거나 버리면서 보냈다.

월요일이 되었다. 그녀는 퇴근하는 중이었다. 그녀는 이제 회사에서 오피스텔까지 다해서 사십오 분밖에 안 걸렸다. 퇴근해서, 간단한 복장으로 갈아입고 요리학원에 갈 참이었다. 현아는 이제야 진정으로 요리라는 것에 재미를 붙일 수 있을 것도 같았다. 그녀는 마음이 기뻤다. 일찍부터 도시에 나와, 혼자 살면서 적응해온 그녀였다. 그동안은 요리를 못해도, 다른 여성들과 마찬가지로 별다른 불편을 느끼지는 않았었다. 음식을 잘하는 엄마 덕분에, 친구들보다는 요리에 조금은 더 관심이 있었다. 그런 만큼 요리가 친숙한 면도 있었다. 그녀도 아침은 커피에, 달걀후라이와 제과점 빵이면 충분했다. 점심은 직장에서 동료들과 매일같이 식당을 번갈아 바꿔가며 이곳저곳 찾아다녔다. 새로운 음식을 골라 먹는 재미로, 이미 외식에 길들여져 있었다. 저녁은 직원들이나 친구들과 간단한 식사로 배를 채웠다. 아니면, 회식 자리가 있거나 혼자서 과일이나 김밥 한 줄이면 충분했다. 직접 요리할 필요를 느끼지도 않았다. 그다지 불편하지도 않았다. 그런 그녀가, 갑자기 요리를 배운다고 하니까, 주위의 직장 동료들이나 친구들이 모두가 의아해했다. 특히 연과장이 더 의아해했다.

"너 이제 요리 배워 뭐하니? 시집가려고 그러니? 궁상맞게! 현대 여성은 커리어우먼이 최고야! 요리를 왜 직접 하려고 하니!. 우리는 이제 능력만 있으면 되는 세상이야! 맛있는 요리는 얼마든지 시켜서 먹을 수 있는데! 너 이제 요리 배우면 고생한다!"

"그게 아니라, 나는 요리가 그냥 재미있어서 그래요. 언니!"

그건 사실이었지만, 그녀 자신도 자신의 용기에 조금은 놀라고 있었다. 학교 친구나 회사 동료들은 '너 시집가니? 남자는 있어?'라며 놀렸다. '선머슴처럼 털털한 애가, 왜 요조숙녀처럼 요리를 배운다는 거야?' 믿지 않으려는 동료들도 있었다. 그때마다 일일이 자신의 꿈을 설명할 수도 없었다. 달리, 변명하기도 그랬다. 그녀는 '아니! 요즘 트랜드가 집밥이잖아! 가끔은 나도 직접 요리해서 먹어보려고 그래!' 그렇게 얼버무렸다. 그들에게 다 말할 수는 없지만, 그녀에게는 요리가 이젠 중요해졌다. 현아에게서 요리를 배운다는 것은, 일석 삼조쯤 되는 투자이기 때문이었다. 우선, 건강한 식사나, 맛있는 식사를 직접 해서 즐길 수가 있었다. 둘째, 가족이나 이웃들과 함께 맛의 행복을 나누고 싶었다. 그리고 셋째, 경제적인 식사이기도 했다. 넷째, 정년이 필요 없는 평생 연금 같은 나만의 기술이 될 수도 있었다. 그녀는 지금 요리를 배워두는 것이, 미래의 자신을 위한 최상의 투자 기회라고 믿었다.

현아는 요리학원에서, 여러 가지 다양한 김치 만들기를 실습하고서 오피스텔로 돌아왔다. 시간은 여덟 시 반이 되었다. 오피스텔이 학원 가까이에 있어서 너무나 좋았다. 행복했다. 현아는 잠옷으로 갈아입고서 소파에서 어저께 읽다가 만 책을 펼쳐 들었다. '파이브 데이즈'였다. 그녀는 침대 머리맡에 있는 CD를 틀었다. '차이콥스키의 안단테 칸타빌레'가 흘러나왔다. 오랜만에 잔잔한 첼로 음악을 들으면서 그녀는 잠이 몰려왔다. 책을 몇 장 읽다가 그대로 곧바로 잠이 들었다.

화요일 아침. 일찍부터 현이는 출근을 준비하고 있었다. 그러나 이제는 삼십 분은 늦게 출발해도 충분했다. 새 오피스텔로 이사를 왔으니까, 지하철을 갈아탈 필요가 없었다. 그런 생각을 하자, 그녀의 입가에 미소가 번졌다. 마음도 한결 즐겁고 유쾌해졌다. 출근하는 발걸음은 가벼웠다. 초여름 계절에 맞게, 날씨는 맑고 화창했다. 빨강 원피스에 밝은 노란색 짧은 가디건을 걸치고 나왔다. 빨강 원피스에는 작고 하얀 동그라미 무늬가 그려져 있었다. 그녀의 뒷모습이 멀리서 보면 마치 활짝 피어난 빨강, 노랑 장미꽃 같았다. 자연히 그녀의 마음도 밝아져 있었다. 회사 현관문을 열고 들어서는데, 뒤에서 누군가 현아를 불렀다. 목소리가 연과장이었다.

"김현아! 오늘은 정말 예쁜데!"

"언니도 멋져요!"

연과장은 흰 원피스에 핑크빛 재킷을 걸쳤다. 그녀는 앞에 유리구슬이 많이 박힌 화려한 흰색 하이힐을 신었다. 언제나 연과장은 옷 입는 것부터가 남다르고 화려했다. 처음 보는 남자들도, 그녀 앞에만 서면 무조건 다시 쳐다볼 정도였다. 그녀의 얼굴이, 그 화려함을 다 받쳐주질 못하는 것이 약간의 흠이긴 했다. 하지만, 그녀는 희고 매끄러운 피부만큼은 스스로도 인정하고 있었다. 미스 연은 이 회사에 입사한 지, 십 년도 넘는 정규직 베테랑이었다. 이제 육 년 차에 접어든 비정규직 현아는 애송이였다. 그녀는 털털하지만 성실한 현아의 성격을 예쁘게 봐주는 편이었다. 어쩌다가 현아가 실수를 저질러도 잘 감싸주었다. 남자들 앞에서는 언제나, 자신이 제일 예쁘다는 평을 들어야만 직성이 풀리는 성격이었다. 노처녀의 히스테리도 가끔은 있어서, 남자들이 말실수라도 하면 용서가 없었다. 거침없이 그녀 입속에선, 무서운 것들이 튀어나왔다. 그녀 특유의 강철못 같은 것들이, 마구 쏟아져 나오기 일쑤였다. 그 때문인지 그녀를 잘 아는 남자들은, 그녀와 공적인 업무를 제외하면 가까이하질 않으려고 했다. 그래서, 그녀는 항상 외로워했다. 그녀의 강한 성격 탓이었다. 하지만 연과장은 그런 자신을 잘 알지 못하는 것 같았다. 그녀는 현아는 물론, 다른 여자 후배들 앞에서도, 남자들에게 인기가 너무 많은 것처럼 행동하길 좋아했다. 자신이 너무 잘나서, 남자들이 가까이하지 못하는 것처럼 말하고 다녔다. 현아나 다른 여자 후배들도 그런 그녀의 허세를 잘 알고 있었다. 허영심 많은 서른여덟 살의 노처녀였다. 둘은 나란히 회사 정문을 들어갔다.

"안녕하세요! 오늘따라 유난히 두 사람 이뻐 보입니다!"

"……"

"……"

현아 혼자였다면, 분명 야한 농담을 던졌을 김사봉 과장이었다. 두 사람 다 고개만 끄덕였을 뿐, 아무런 대답도 하질 않았다. 연과장 눈빛이, 하찮은 벌레를 보는 듯이 내리깔면서 김과장을 쳐다보았다. 현아는 약간 고개를 숙이는 정도로만 인사했다. 김과장이 연과장 언니와 같이 있었기 때문에, 점잖은 인사를 던졌다는 걸 현아는 알고 있었다. 김과장은 사십 대 초반의 유부남이었다. 슬하에 자녀는 아직 없었다. 그다지 나쁜 사람은 아니지만, 회사 내의 아가씨들만 보면 야한 농담을 던지는 못된 버릇이 있었다. 그는 야한 농담을 거침없이 하면서도, 다행인 것은 행동으로까진 옮기지 않았다. 그것은 김과장 자신을 위해서도 다행이었다. 행동까지 그랬다면, 벌써 누군가에게 호되게 당해도 몇 번은 당했을 것이나. 아니면, 이미 이 회사에서 해고됐을시도 모른다. 그는 여성들에게 야한 농담을 던지는 것이, 자기 깐에는 남자답고 야성적으로 보인다고 여기는 것 같았다. 그는 또 매일 수트를 갈아입는 버릇이 있었다. 세련되게 유행을 잘 따라가는 타입이었다. 하지만 여성들은 그의 패션을 좋아하질 않았다. 날라리 또는 클럽스타일이라고 뒤에서 수군거렸다. 사무실에 들어서자 연과장과 현아는 자신들의 자리로 가서 앉았다.

"연과장님 커피 드릴까요?"

"오! 땡큐!"

현아는 원두커피를 타서 연과장에게 가져갔다. 현아는 매일 아침 출근하면 커피를 한잔 씩 마셨다. 아침 커피를 마셔야 비로소 회사의 일과가 상쾌하게 시작되는 기분이었다.

3

그 넓은 공간은

그 넓은 공간은 바람과 비와 눈과 햇빛이 들어와서, 한옥 안에서도 사람들이 자연 속에 녹아들어 생활할 수 있게 할 것 같았다. 방 안에서 바로 문을 열면, 마당에 떨어지는 비를 보면서 비 오는 풍경을 감상할 수도 있고, 눈이 내리면, 마당 안의 정원수와 장독들 위로 눈이 쌓이는 하얀 겨울 풍경을 볼 수도 있을 것 같았다. 자연의 바람이 방 안으로 들어왔다가, 마당을 통해 담 너머로 소리 없이 달아날 수도 있었다.

아무란은 일주일 내내 매일같이 최진구와 만났다. 그렇다고 온종일 같이 있었다는 것은 아니다. 최진구도 평일에는 이태원 식당에서 열심히 일해야만 했다. 그가 저녁에 퇴근하면 둘은 언제나 여자 친구 수진과 함께했다. 최진구와 수진은 언제나 아무란에게 오늘은 어디를 보여 줄까를 고민했다. 그러면서 세 사람은 남대문시장에도 가고 인사동에도 갔다. 그리고 광장시장 먹거리 골목도 가 보았다. 지난 일요일에는 북촌마을을 갔다 왔다. 아무란은 북촌마을이 너무 예쁘다며 한옥의 매력에 푹 빠졌다. 그날 세 사람은 한옥 카페에서 한참을 있다가 돌아왔다. 서양 사람들은 고풍스러운 한옥들을 보면 언제나 놀라움과 감탄을 하곤 한다. 그들의 눈에는 한옥은 어떤 집보다도 독창적이면서 우아하고, 그 모습이 자연과 잘 어울리는 집이라고 생각하는 것 같았다. 오래된 역사와 자연이 잘 조화된 한옥을 좋아하는 것이라고 최진구는 생각했다. 북촌에는 그런 한옥이 골목 가득히 빼곡하게 있었다. 어떤 외국인은, 아예 한옥을 사서 그곳에서 생활하는 사람도 있었다. 그 외국인은 TV에 나온 적도 있었다. 북촌의 한옥은 일자형, 기역자형, 디근자형, 미음자형 등, 대부분 이 네 가지 형태로 되어 있었다. 집 안에는 커다란 마당이 늘 있었다. 그 마당이라는 공간은, 한국 사람들에겐 옛날부터 생활하는 데 필수적인 공간처럼 보였다. 옛날에는 그곳에서 멍석을 깔고 곡식을 말리거나 손질하는 공간이었고, 사람들이 모여서 잔치를 열거나 회의하는 공간이었다고, 최진구는 아무란에게 설명해주었다. 그리고 여름 저녁에는, 가족들이 모여앉아서 더위를 식히면서 휴식을 취하는 공간이라고도 말했다. 안채에 있는 안쪽 마당은 또 그 나름의 쓰임이 있었다. 그곳은 우물이 있어서 살림하는 데 필요한 공간이었다. 아무란은 생각했다. 방과 방 사이에 있는 그 넓은 공간은 바람과 비와 눈과 햇빛이 들어와서, 한옥 안에서도 사람들이 자연 속에 녹아들어 생활할 수 있게 할 것 같았다. 방 안에서 바로 문을 열면, 마당에 떨어지는 비를 보면서 비 오는 풍경을 감상할 수도 있고, 눈이 내리면, 마당 안의 정원수와 장독들 위로, 눈이 쌓이는 하얀 겨울 풍경을 볼 수도 있을 것 같았다. 자연의 바람이 방 안으로 들어왔다가, 마당을 통해 담 너머로 소리 없이 달아날 수도 있었다. 그곳은 돌과, 풀과, 꽃과 나무들이 한옥과 조화를 이루면서 멋진 정원을 만들고 있었다. 아름다운 자연을 집 안에서 감상할 수 있었다. 아무란의 눈에는 친환경적이고 과학적인 구조였다. 자연과 함께 호흡하는 삶 같았다. 서양식 건물에 길든 현대의 젊은이들에게도, 새롭고, 신기하고, 멋진 독창적인 구조의 건축물임은 분명했다. 그는 한옥의 외적인 아름다움이 좋았다. 그리고 자연과 친화적인 한옥의 내적인 의미들도 아무란은 좋았다. 소박하면서도 기품이 있는 이런 집의 모습에서, 한국인들의 참모습을 느끼는 기분이 들었다. 진구와 수진도, 아무란이 좋아하자 이곳으로 데려오길 잘했다는 생각이 들었다.

아무란은 그리스 청년이다. 그는 그리스에서 경영학을 공부했다. 그가 대학을 마치고 취직을 하려던 해에, 갑자기 그리스는 경제 파탄이 났다. 그리스는 부패한 공무원, 과도한 복지예산 책정, 무절제한 연금 지급, 만성적인 실업과 노조 운동 등이 복합적으로 작용해서, 국가부도 사태가 일어났다. 그리스의 부도 이유는 이랬다, 재정이 불안하다는 이유로 유로존 가입이 거절된 그리스가, 다음 해에 다시 유로존에 가입하게 되면서, 경제가 급속도로 되살아났다. 나라에선 그때, 외채를 많이 빌려왔다. 자연히 유동화가 늘어났다. 그리스 경제는 호황을 누렸다. 공무원 수를 늘리고, 외채로 불어난 재정을 맘껏 쓰기 시작했다. 그러자, 결국에는 다시 외환보유고가 바닥이 났다. 그 상황에서, 세계적인 금융 위기가 찾아왔다. 세계 경제가 위축되자, 그리스에 관광을 오던 사람들도 자연히 줄어들었다. 관광 산업이 주된 외화 수입

원인 그리스는, 그래서 재정이 더욱 악화가 되었다. 그리스가 재정압박을 받자, 스페인에서 급전을 빌렸다. 그래도 모자라서, 다시 포르투칼에서 또 급전을 빌렸다. 스페인이 그리스에 빌려준 돈을 받을 수 없게 되자, 스페인 경제가 위험해졌다. 스페인은 영국에 지원 요청했다. 포르투칼은 다시 이탈리아에 지원을 요청하였다. 결국, 오 개국이 얽혀서 한꺼번에 주저앉게 되자, 유럽연합에서 가장 큰 돈줄인 독일이 어쩔 수 없이 재정지원을 하게 되었다. 그리고 IMF를 통한 국제기금을 얻도록 했다.

그리스가 디폴트를 선언하자, 유럽재정안정기금(EFSF)을 가동해서, 그리스 재정지원을 하게 된 것이다. 만약, 그리스가 주저앉으면, 최소한 육 개국이 동시에 디폴트에 가세하게 되는 사태가 발생하게 될 것이었다. 그리스가 부채상환일이 다가오자 상환 일자를 더 연장해달라고 했다. 유럽연합에서 이를 거부해, 그리스는 또다시 디폴트를 선언하게 된 것이다. IMF는 정부의 공공 투자사업축소, 불필요한 투자 포기, 각종 기금 등을 축소, 공무원 임금 삭감, 상여금제 유예 등, 자본통제 조치로 그리스 경제는 결국 파탄이 났다. 경영학을 공부한 청년 아무란이 생각하기에도, 그의 조국인 그리스의 경제는 너무나 암울했다. 이럴 때, 자신이 폐업 일보 직전인 아버지의 사업을 계속 이어간다는 것은 불가능한 일이었다. 아무란은 이탈리아로 가서 요리를 배우기로 결심했다.

아무란의 할아버지와 아버지는 원래 인도인이었다. 아버지가 아주 어렸을 적에, 할아버지가 그리스로 이주를 오게 된 것이다. 그들이 그리스로 올 때, 인도는 아직 영국의 식민지였다. 그의 할아버지가 그때 서른이었고, 그의 아들인 아무란의 아버지가 두 살이었다. 그때가 영국으로부터 인도가 독립하기 칠 년 전이었다. 그의 할아버지는 젊어서 영국에서 공부한 재원이었다. 대학을 마치고 인도로 돌아온, 그의 할아버지 앞에 인도는 아직도 암울한 식민지의 나라였다. 매일 같이 독립을 외치는 저항운동의 소용돌이 속에 있었다. 참담한 현실 속에서, 그의 할아버지 역시, 나라의 독립에 작은 보탬이 되고 싶었다. 남몰래 비밀 독립운동 단체에 가입하고 있었다. 할아버지는 인도로 돌아온 다음 해에, 아내를 만나 결혼하게 되었다. 그들은 이년 뒤에 첫아들을 낳았다. 그들의 눈에 비친 조국의 앞날은 불안하기만 했다. 거리는 비폭력 독립운동으로, 매일같이 위험하고도 시끄러운 상황의 연속이었다. 할아버지는 밤마다 친구들과 독립운동 단체에 나갔다. 민중 운동을 기획하고, 백성들의 참여를 독려하면서 보냈다. 언제 무슨 일이 닥칠지도 모르는, 위험한 순간들이었다. 아내와 어린 아기가 함께해야 할, 조국의 미래는 막막하기만 했다. 그때 영국 경찰은, 그가 가담하고 있던 독립운동 단체를 비밀리에 감시하고 있었다. 그 단체의 불법 무장 활동에 대해서, 그들은 유력한 단서를 포착했다. 경찰들의 포위망이 좁혀오고 있었다. 그는 영국에서 함께 공부한 친구의 도움으로, 그 정보를 미리 입수할 수 있다. 인도를 떠나야만 할 상황이 되었다. 그는 아들을 안전한 곳에서 키우고 싶었다. 독립운동으로 혼란스런 이곳에선, 그의 목숨 또한 위태로웠다. 불법적인 무력 시위를 도왔다는 이유로, 자신도 언제 영국 경찰에 체포될지 모르는 상황이었다. 그는 두려웠다. 다행히 그에게는, 영국에서 공부를 같이한 대학 친구들이 많았다. 그의 위태로운 상황을 알고는, 어떤 친구는 영국으로 와서 같이 사업을 하자고 했다. 다른 친구는 그리스에서 사업을 하자고 했다. 그는 인도를 지배하고 있는 영국보다는, 그리스로 가는 것이 더 안전하다고 생각했다. 그는 그리스로 가서, 가족들 모두가 안전한 미래의 삶을 개척하기로 결심했다. 아내와 갓 난 아들을 데리고 그리스로 갔다. 그곳에서 어렵게 정착을 시작했다. 그는 친구와 가구 공장에서 일하면서 서서히 안정적인 가정을 이룰 수 있었다. 새로운 나라에서 적응하기 위해, 그는 누구보다도 열심히 일했다. 그의 친구들도 많은 도움이 되었다. 그리고 그의 아내 역시, 남의 집 가정부로 일하면서까지 가정을 위해 노력했다.

친구와 함께 설립한 가구 공장에서 기술을 익힌 그는, 남보다 더 열심히 가구 만드는 일에 열중했다. 그리고 십 년이 되었을 때, 어느 정도의 사업 자금이 마련되었다. 그는 그 돈으로 자신만의 작은 가구 공장을 냈다. 그의 이름을 따서 만든 가구 공장은, 그리스 경제가 호황을 이루는 동안 번창했다. 그는 큰 부자는 아니었지만, 그래도 경제적 걱정은 하지 않을 만큼 되었다. 나중에는 그의 아들이 장성해서 그의 공장을 물려받았다. 그 공장이 지금, 아무란의 아버지가 운영하는 가구 공장이었다. 할아버지 밑에서 아무란의 아버지는 성장했다. 그곳에서 대학을 마친 그의 아버지는, 대학에서 만난 그리스 여성과 결혼했다. 그리고 아버지는 오 년 뒤, 그 여성과 성격 차이로 이혼해야만 했다. 그리고 다시, 그다음 해에 이탈리아 여성과 재혼했다. 그의 아버지가 마흔다섯 살 때였다. 그때 그 이탈리아 여성이 지금 아무란의 어머니 사라였다. 그리고 삼년 후, 아무란은 인도 아버지와 이탈리아 어머니 사이에서 태어난 것이다. 그의 아버지는, 가구 사업을 다행히도 성공

적으로 이끌었다. 그가 만든 가구가 이탈리아에까지 진출하였다. 그의
사업이 성공한 데에는, 이탈리아 여성인 아내의 도움이 큰 역할을 했
다. 돌아보면, 인도의 근대 역사가 아무란의 할아버지의 삶을 지배했
고, 그리스의 현실이 지금, 아무란의 아버지와 그를 지배하고 있었다.
원래, 한 나라의 역사는, 그 시대와 그 민족의 삶에 결정적 영향을 미
친다. 정치, 경제, 사회, 문화적인 사건들이 모여서 그 시대의 역사가
되기 때문이다. 역사는 평범한 개인의 인생에 무관한 관계가 아니라,
보다 근본적이고도 깊은 원인의 관계에 항상 놓여있는 것이다.

　아무란은 어릴 적부터 경제적 어려움 없이 살 수 있었다. 아무란이
대학에 입학할 때까지도 그랬다. 그의 아버지가 운영하는 가구 공장
은, 가족들이 생활하고, 저축하며 걱정 없이 살 수 있도록 해주었다.
아무란이 원한다면, 그 공장을 물려받는 것은 당연한 사실이었다. 아
무란은 아버지와 어머님의 넉넉한 용돈으로, 여유 있는 대학 생활을
보낼 수 있었다. 그의 부모님은 가구 사업을 아들에게 이어주길 원했
다. 부모들의 마음과는 다르게, 그리스 경제는 자꾸만 어두워지고 있
었다. 그래도, 아무란은 될 수 있으면, 아버지의 가구 공장을 이어받아
사업을 이끌 계획이었다. 그래서 졸업 후, 삼 년 동안은 아버지 공장에
서 가구 만드는 일을 도왔다. 그러니 결국 아버지의 사업은 어려워지
고 말았다. 그는 어쩔 수 없이, 자신의 인생을 새로운 길에서 찾기로
마음먹었다. 그는 요리사가 되기로 했다. 요리사가 되어서, 자신의 이
름을 내건, 유명한 레스토랑을 차리고 싶었다. 그리스나 이탈리아에서
차리고 싶었다. 그의 꿈은, 그 당시 아무란이 직면한 현실에서 가장 현
실적인 꿈이었다. 그는 요리를 배우기 위해서, 이탈리아에서도 유명한

요리학교에 어렵게 들어갔다. 그곳은 국가에서 공인한 교육기관이었다. 그곳을 나온 졸업생들은 자부심이 대단했다. 그 학교를 나온 후, 아무란 역시 자부심이 생겼다. 그 요리학교에서 한국인 친구 최진구를 만나게 된 것이다. 그를 통해서 한국 요리를 접하고, 한국 요리에 대해서도 약간의 호기심이 생겼다. 최진구에게서, 한국이란 나라에 대한 이런저런 이야기를 많이 듣게 되었다. 지구상에서 아직도 유일한 이데올로기 분단국가라는 것도 알게 되었다. 북한과 남한으로 휴전선을 경계로 나누어져 있다는 것도 들었다. 지금도 휴전 중이라는 말이, 너무도 신기하고 생생하게 들렸다. 또한 한국이란 나라도 일본에게 식민지가 되어 지배당했고, 1945년 8월 15일에 해방이 되었다는 것도 알게 되었다. 그리고 한국도 얼마 전, 경제 위기로 IMF를 겪었다는 얘기를 들었다. 아무란은 한국과 자신이 뜻밖에도 공통점이 많다는 것을 느꼈다. 그의 할아버지 나라 인도는 1947년 8월 15일에 영국으로부터 해방되었다. 신기하게 한국과 해방 날짜가 8월 15일로 같았다. 한국이 IMF를 겪었듯이 그리스가 경제 위기에 빠진 것도 비슷했다. 그는 일요일마다, 최진구의 숙소에서 한국 음식을 맛볼 수 있었다. 아무란이 생전 처음 맛본 김치라는 음식은 맵고도 새큼했다. 매우면서도 향긋하고 고소한 맛이 있었다. 채소를 매운 고춧가루에 버무려서 숙성시킨 김치는, 아무란이 지구상에 태어나서는 처음 먹어보는 맛이었다. 아무튼 새로운 맛이었다. 그리고 떡볶이도 맛이 있었다. 그것도 아주 매웠는데 달았다. 설탕과 고추장을 넣고 끓여서 먹는 것인데, 쌀로 만든 떡으로 만들었다. 떡볶이 안에 들어가는 어묵이란 것도, 쫀득거리면서 고소하고 좋았다. 그는 한국 음식과 함께, 한국이라는 나라도 자연스럽게 궁금해졌다. 한 번 기회가 되면 꼭 가보고 싶다고 생각했다. 그는 시간이 날 때면, 인터넷을 뒤져서 한국 음식 만드는 법을 배웠다. 그리고 비빔밥도 알게 되었다. 비빔밥은 쌀로 밥을 지어서, 거기에다 여러 가지 나물을 넣고, 매운 고추장을 비벼서 만들었다. 그 맛은 여러 가지 재료가 함께 들어가기 때문에, 다양한 맛이 나는 것이 특징이었다. 그리고, 그 넣는 재료에 따라서, 그때마다 맛이 약간씩은 다르다는 것이 특징이었다. 요리사로서도 참 재미있는 요리였다. 그 요리를 한번 만들고 싶어서, 그는 인터넷에서 만드는 과정을 자세하게 보았다. 여러 가지 나물들을 준비하고, 나물들을 손질하고 무치는 방법들도 배웠다. 나물들이 준비가 끝나면, 마지막에 밥 위에 나물들을 얹고, 그 위에 고추장소스를 넣고, 그 위에 달걀후라이를 얹으면 완성되었다. 어떤 영양식 비빔밥은 밥을 지을 때, 여러 가지 영양이 많은 밤과 대추 그리고 인삼과 같은 것들을 넣어서 밥을 만들었다, 그 위에 여러가지 나물들을 넣고서 비비면 만들어졌다. 또 어떤 집은 굴을 넣어서 밥을 지은 굴 비빔밥도 있었다. 밥을 만들 때, 무엇을 특별하게 넣느냐에 따라서 요리 이름도 달라졌다. 은행과 대추, 밤 그리고 인삼을 넣으면 영양 비빔밥이 되었다. 이때마다 나물들은 따로 준비되어 함께 비비면 비빔밥이 되었다. 아무란은 한국 음식이 재미있다. 비빔밥은 지금, 동서양이 따로 없이 경제가 통합되고, 문화가 함께 어우러지는 글로벌한 시대에 딱 어울리는 요리 같았다. 동서양의 음식들이 뒤섞인 새로운 퓨전 요리들이, 매일같이 쏟아져 나오는 시대에 우리는 살고 있다. 동서양의 다양한 음식 재료들이 섞이고 조화를 이루면서, 더욱, 새롭고 참신한 맛의 세계를 펼치는 시대가 되었다고 아무란은 생각했다.

한번은, 진구와 둘이서 직접 굴을 넣고서 굴밥을 지어서 나물들과 함께 굴 비빔밥을 만들어 먹기도 했다. 그 맛도 좋았다. 비빔밥에 들어가는 재료 하나하나가, 건강한 채소 위주라는 것이 특히 좋았다. 아무란이 보기에는, 한국 음식은 채소가 많이 들어가는 특징이 있었다. 그건, 중국요리와도 다르고, 일본요리와도 또 달랐다. 그는 언젠가 한국으로 가서, 아기자기하고 맛있는 건강한 한식을 배우고 싶다고 생각했다. 그러다가 아무란과 최진구는 졸업하게 되었다. 함께 졸업한 최진구가 한국으로 돌아갔다. 그리고, 그가 아무란을 초청했다. 그렇게 그는 한국으로 왔다. 한국에는, 그에게 꼭 배워야 할 것 같은, 한국만의 다양한 발효음식들이 있었다. 최진구를 알기 전에는 거의 몰랐던 한국이란 나라였다. 정말 멋진 요리사가 되려면, 한식을 공부해 두는 것도 좋을 것 같았다. 그는 한식 요리학원에서, 직접 한식을 공부해 보는 것도 나쁘지 않겠다고 생각했다. '이 기회에 한식 요리학원 가까운 곳에다 오피스텔을 얻어서, 한식 요리를 배워보는 건 어떨까?' 그러면, 아무래도 몇 달간 머물기에는 게스트하우스보다는 오피스텔이 더 나을 것 같았다.

"칭구 징구! 나 아무래도 여기서 한식 요리 공부 좀 더 하고 가야 할 것 같아!"

"무슨 소리야! 아무란!"

"이번 기회에 아무래도 한국 음식을 배워서 가는 게 좋을 것 같아서 그래!"

"그럼, 부모님에게는 말씀드려야지!"

"사실대로 말해야지! 한국 음식을 배우면 더 훌륭한 셰프가 될 수 있다고!"

"아무란! 한국 요리가 그렇게 좋아?"

"한국 사람들은 잘 모를 거야! 왜 한국 음식이 좋은지! 매일 먹는 음식이니까. 더 모르지! 하지만 나는 달라! 외국인이 보기에는 한국 음식은 독특해! 동양의 정신이 숨어 있는 느낌이야! 그게 뭔지는 몰라도 그냥 좋은 느낌인 건 맞아! 몸에 좋은 동양의 과학 원리! 뭐 그런 것들이 아주 많이 들어 있는 것 같아! 그걸 우리나라 서양 음식에도 합치면 좋은 요리가 되지 않을까? 동서양 사람들이 활발하게 교류하며 사는 이 시대에 딱 좋지 않을까? 뭐! 그런 생각이 있어!"

"아무란! 나도 서양요리를 배우고 왔지만 그렇게 까진 생각 안 했었거든! 아무튼 부모님을 잘 설득해봐! 기간은 얼마나 있을 건데?"

"한 ~ 삼사 개월 정도면 될 것 같아! 진구!"

"경비랑은 걱정 없어? 숙식비하고 학원비하고는?"

"그건 걱정하지 마! 내가 미리 저금해놓은 돈이 좀 있으니까! 그걸로 될 거야! 나중에 더 모자라면 부모님에게 부탁해도 되고!"

"그럼 잘 생각해서 내일 결정하자. 아무란!"

"그래 진구! 잘 가! 내일 저녁에 봐!"

그닐 아무린과 최진구는 그렇게 헤이졌다.

아무란은 오피스텔을 옮기기로 했다. 그리고 이제 이탈리아로 돌아가는 일정을 늦추기로 했다. 그는 한국 요리를 석 달 정도 정식으로 배우고 가기로 마음먹었다. 그는 한국의 음식에 반했다. 최진구와 함께 여기저기서 한국 음식을 맛보면서 한국 음식의 오묘한 맛과 그 우수한 영양의 조화에 놀랐다. 사실 한국의 음식은 중국이나 일본의 음식과는 근본적으로 다른 점이 있었다. 한국 음식은 발효시키는 기술이 상당히 많았다. 그 발효음식 하나하나에도 무궁무진한 변화가 많았다. 그가 보기에는 한국은 세계에서 최고로 발효음식 종류가 많은 나라라는 생각도 들었다. 한국의 식당에서 맛본 다양하면서도 담백한 한국의 정갈한 음식들은, 서양에서는 그 어떤 비슷한 것도 없는 아주 독창적인 음식들이었다. 그는 이런 한국 요리의 독창성이 좋았다. 그리고 무언가 한국 요리를 배우면, 자기의 요리 세계가 더 넓은 새로운 지평이 열릴 것만 같았다. 그래서 한국 요리를 배워보기로 했다. 그럴 거면, 여행객들이 북적대는 게스트하우스 보다는, 조용한 오피스텔이 좋을 것 같았다. 요리학원과도 가까우면 더 좋겠다고 생각했다. 다음 날 저녁, 그는 진구와 수진을 다시 만났다. 함께 홍대 근처에서 오피스텔을 찾다가, 지하철역 바로 근처에 새로 지은 오피스텔이 보였다. 그는 그곳을 들어가 보자마자 마음에 들었다. 역에서 가까웠기 때문에 그곳으로 결정을 내렸다. 이사 날짜는 아무 때나 올 수 있었다. 새로 지은 곳이었기에 방들은 깨끗했다. 아직 페인트 냄새가 다 빠지지도 않았다. 모든 방안의 비품들도 새것으로 아직 비닐들도 뜯어지지 않았다. 그곳에는 빈방이 아직 많았다. 모든 방의 창문이 남쪽으로 나 있었다. 아무란은 만족했다. 삼 일 후, 이사를 하는 날 최진구와 수진이가 함께해 주었다.

아무란은 이제 서서히 한국 생활에 익숙해지고 있었다. 그리스의 부모님들에게 전화했다. 한국의 요리를 좀 더 배워서 귀국하겠다고 말했다. 부모님들은 아시아에서 이처럼 오래 있어 본 적이 없는 아들에게 걱정이 많았다. 하지만 그의 요리 공부를 말리고 싶어 하진 않았다. 어디까지나 그건 아들의 인생이기 때문이었다. 아무란은 이사를 마치고 다음 날부터 근처 요리학원을 찾았다. 미리 보아둔 학원은 크지 않았다. 하지만 그가 한국 요리를 배우기 위해서는 더없이 좋은 위치에 있었다. 그가 새로 얻은 오피스텔에서도 멀지 않았다. 걸어서 약 십 분이면 갈 수 있는 위치였다. 그는 바로 학원을 등록했다.

며칠 후. 그는 이제 막 요리학원으로 향하고 있었다. 한국 요리를 배워보기로 한 이상 시간을 끌 이유가 없었다. 그는 한국 요리를 배우러 간다는 것이 기분 좋았다. '맛뿐만 아니라 몸의 건강까지도 생각하는 요리야말로 요리의 마지막 의무이며 결정체가 아닐까!' 그는 늘 생각했다. 한국의 양념과 소스들을 직접 만드는 법을 배워보고 싶었다. 간장, 된장, 그리고 고추장 그 밖에도, 젓갈들과 발효식품들도 신기하게 여겨졌다. 한국의 요리를 새롭게 접해가면서 다양한 발효음식들 그리고 다양한 김치와 다양한 나물들, 그 모든 것들이 신기하고 새로웠다. '다~ 배워봐야지!' 그의 생각에는 한식은 그야말로 동양의 환상적인 기발한 요리의 결정체라는 생각이 들었다. 아무란은 요리학원을 가면서 한국이 더 좋아질 것 같은 느낌에 야릇한 미소가 지어졌다.

4

세 사람

세 사람은 한옥으로 지어진 한정식집으로 들어
갔다. 아담한 정원이 세심하게 가꾸어진 식당
이었다. 마당 한가운데에는 작은 연못을 만들어
놓았는데 연못 안에는 금붕어들과 비단잉어들이
자유롭게 아주 느린 유영을 하고 있었다. 그 연못
안의 세계에서는 또 다른 그곳만의 시간이 아주
느리게 가고 있는 듯했다. 세 사람은 그런 낯선
여유와 한가로운 세계가 좋았다.

현아가 오피스텔 현관 안으로 들어갔을 때, 그녀 앞에는 키가 큰 한
남자가 엘리베이터를 기다리고 서 있었다. 현아는 그 남자의 뒷모습이
붉은빛의 머릿결과 흰 목덜미의 피부색, 그리고 큰 키와 크고 기다란
팔과 손을 봐서 외국인이라는 걸 직감했다. 현아는 그 남자의 덩치에
다소 의기소침한 마음이 들었다. 하지만, 개의치 않으려고 했다. 현아
는 그 남자 뒤에 섰다. 곧 엘리베이터가 그들 앞에서 열렸다. 두 사람
은 안으로 들어갔다. 그 남자는 큰 키에 비해서 후리후리한 체격이었
다. 그 외국인은 젊은 남자였다. 옆모습만 봐도, 외국 남성 특유의 얼

굴선 윤곽이 뚜렷한 외모였다. 붉은 구레나룻이 턱선 아래까지 내려와 있었다. 그는 옅은 초록색 선그라스를 쓰고 있었다. 현아는 우선 낯선 외국인과 함께 단둘이 엘리베이터에 있는 것이 불안했다. 아마 자신과 비슷한 나이 또래이거나 더 많다고 생각했다. 그녀는 그를 자세하게 보진 않았다. 눈이 마주친다면 아주 불편할 것 같았다. 구 층 버튼만을 누른 채 시선을 앞으로 고정하고 있었다. 그런데 그 외국 남자는 다른 층 버튼을 누르지 않았다. 그녀는 속으로 까먹었거나 같은 층인가 보다 생각했다. 그녀는 엘리베이터가 구 층에 도착할 때까지 제대로 숨소리를 낼 수도 없었다. 그녀의 왼쪽 등 뒤에 함께 서 있는 이 큰 키의 외국인 때문에 너무 긴장되었다. 잠시 후, 엘리베이터가 구 층에서 멈췄다. 문이 열리자마자 그녀는 재빨리 내렸다. 그녀의 오피스텔이 구 층이었으니까. 그 남자도 따라서 내리는 것 같았다. 아마 그도 구 층에 살거나 누군가를 찾아온 모양이었다. 그녀는 약간 신경은 쓰였지만 태연한 척 앞서서 걸어갔다. 조금은 빠른 걸음으로 걸었다. 저 앞에 있는 모퉁이를 돌면 바로 그녀가 새로 이사한 구백십 호였다. 그녀는 뒤도 돌아보질 않고 걸었다. 하지만, 뒤에 오는 남자의 발걸음 소리에 귀를 쫑긋 세우고서 그녀는 걸었다. 그런데 그 외국 남자의 발소리가 계속해서 지기를 따리오고 있었다. 현이는 태연한 척히려고 해도 지7만 그의 발소리에 신경이 쓰였다. 계속해서 따라오고 있는 것이 분명했다. 그녀는 약간 불안해졌다. '이러면 안 되는데!' 하는 생각이 순간적이나마 그녀의 머리를 스치며 지나갔다. 하지만, 이렇게 많은 오피스텔 객실 복도에서, 그것도 대낮에 별일이 있을 리는 만무했다. 그녀의 오랜 경험으로 봐도 딱히 걱정할 일은 아니었다. 그녀는 이제 느긋하게 걸음을 바꿨다. 그랬더니 그 남자의 걸음도 약간은 느려진 듯했다. 그녀는 차라리 외국 남자가 그녀 앞으로 지나가길 바랐다. 그럼 더 안심할 것 같았다. 더군다나 이 오피스텔에 이사 온 지가 며칠 안 된 터라 더 불안했다. 그녀는 오피스텔의 비상계단이 어디에 있는지조차도 파악 못하고 있었다. 복도도 아직은 낯설고 익숙하지 않았다. 점점 그녀의 오피스텔인 구백십 호가 가까워졌다. 그녀가 걸음의 속도를 늦춘 만큼, 그 남자와의 거리가 더 가까워지고 있었다. 그녀는 마지막 모퉁이를 돌자마자 얼른 몇 발자국을 뛰다시피 걸었다. 그녀의 오피스텔 현관문 앞까지 갔다. 그리고는 얼른 비밀번호를 눌렀다. 그녀가 막 그녀의 오피스텔 문을 열고 들어가려고 할 때, 그 남자는 현아의 등 뒤에까지 다가와 있었다. 그녀는 오피스텔 안으로 번개처럼 들어가면서, 그 남자 쪽으로 힐끔 얼굴을 돌려 보았다. 그러자 그 남자 역시 민망한 표정으로 그녀를 비스듬히 내려다보았다. 두 사람의 눈이 처음으로 마주쳤다. 그 남자는 가벼운 미소를 짓고 있는 듯했다. 현아는 얼른 고개를 돌리고 오피스텔 안으로 들어갔다. 그녀는 본능적으로 재빨리 현관문을 잠갔다. 현아의 귀에도 현관문 잠그는 소리가 그렇게 크게 들린 적이 없었다. 그리고는 그녀는 그 남자에게 들리지 않을 만큼, 아주 작게 한숨을 내쉬었다. 그 남자에게 미안한 생각도 들었다. 자신이 마치 그를 나쁜 사람으로 취급한 것처럼 느낄지도 모른다는 생각이 들었다. 그리고, 동시에 현관 앞에서 그 외국 남자의 발소리에 귀를 기울였다. 그 남자의 발소리가 그녀의 오피스텔 앞에서 더 이상 움직이질 않았다. 그리고는 아무런 소리도 들리질 않았다. 그녀는 이상했다. 이상한 생각에 그녀가 현관에 있는 작은 렌즈에 눈을 갖다 대고 밖을 보는 순간, 덜컹하는 소리를 내며 옆 오피스텔 문이 열렸다. 그 소리에 현아는 깜짝 놀랐다. '아니 저 남자가 그럼 옆집에 사는 사람인가? 구백구 호! 이런!' 그런 생각이 들자 그제야 그녀의 입가에 안도의 엷은 미소가 지어졌다. 그녀는 오피스텔에 들어오자마자 욕실로 들어가 샤워했다. 학원으로 가기 전에 샤워로 약간의 피로를 풀고 싶었다. 휴일인 어제는 쉬지도 못하고 이사를 해서 그런지, 그녀는 오늘은 종일 회사에서 피로를 느꼈다. 뜨거운 물로 샤워하고 잠깐이지만 침대에 누웠다. 잠이 오려 했지만 그럴 수는 없었다. 요리학원엘 가야만 했다. 그녀는 일어나 냉장고에서 시원한 우유를 꺼내 한잔 마셨다. 그리고 간편한 복장으로 갈아입었다. 요리학원에서 있을 실습을 생각했다. 오늘은 고추장 만드는 법을 배우는 시간이 그녀를 기다리고 있었다.

며칠이 또 지나갔다. 금요일이 되었다. 현아는 요리학원에 갔다. 그런데 그녀가 퇴근 후에 요리학원 현관을 막 들어서는데, 웬 키 큰 외국 남자가 그녀 옆을 성큼성큼 걸어서 휙 지나쳤다. 그 남자는 요리학원 현관문을 밀고 들어갔다. 현아는 별생각 없이 그 남자의 뒷모습을 보면서 뒤를 따라서 들어갔다. 그런데 그 남자의 뒷모습이 어디서 본 듯한 모습이었다. 그때 그 남자가 갑자기 휙, 한번 현아를 뒤돌아봤다. 그리고는 연초록색 선글라스를 낀 그의 눈과 현아의 눈이 정면으로 마주쳤다. 그 남자와 현아는 누가 먼저랄 것도 없이, 함께 놀라면서 두 눈이 커졌다. 현아는 '아이 깜짝이야! 누구더라?' 머릿속으로 생각하는 순간 떠올랐다. '앗 오피스텔 옆방 남자! 구백구 호!' 그녀는 하마터면 소리를 지를 뻔했다. 놀라긴 아무란도 마찬가지였다. 아무란이 '아하~'하며 낮은 소리를 내며 오른손으로 현아를 가리키면서 웃었다. 현아도 검은 뿔테 안경 너머로 다시 찬찬히 그 남자를 살펴보았다.

"안녕하세요? 며칠 전에 본 옆집 오피스텔 맞죠? 하하하!"

아무란이 먼저 말했다.

"아아~네!"

현아는 이 이상한 우연이 너무나 불편하고 어색했다. 얼른 이 자리를 벗어나야만 할 것 같았다. 현아는 고개를 살짝 숙이면서 목례 비슷한 인사를 남기고는 얼른 B실습실로 들어갔다. 그러자 그 외국 남자도 바로 앞 A실습실로 들어가는 것 같았다. 그런데 현아는 방금 자신이 그 외국 남자를 무서워하거나 싫어한 건 아니라고 생각했다. 외국인이라고 해서 무턱대고 싫어한다거나 거부 반응을 하는, 그런 사람들을 현아는 좋아하질 않았다. 자신도 그런 이유로 취한 행동은 아니라고 애써 마음속으로 자신을 변명했다. 이제 우리나라도 외국인이 한 해 동안에 천만 명씩 관광객들이 몰려오는 나라였다. 한국에 와서 체류하면서 공부하는 외국 학생들만 해도, 십만 명이 넘은 지 이미 한참 전이었다. 서울에서 지하철을 타거나 거리로 나가면 백 명 중에 한두 명 정도는 외국인이 보였다. 그런데 내가 너무 무시하듯 냉정하게 대한 건 아닌지 오히려 미안한 마음이 들었다. '그의 인사를 좀 더 반갑게 받았어야 했나?' 하는 생각도 했다. 아마도 외국인이니까 '외국 요리 강사로 왔나? 아니면 학원 선생님을 만나려고 왔나?' 현아는 짧은 순간에도 여러 가지를 생각했다. 이런저런 생각을 하면서 현아는 안도의 한숨을 쉬었다. 옆집에 낯선 외국 남자가 산다면 늘 불편할 것 같았다. 한데, 그 외국 남자가 한국 요리를 배운다면, 그는 좀 재미있는 사람일 지도 모른다는 생각도 들었다. 현아는 한식 요리를 배우면서 새삼 느낀 거지만, 이 세상의 모든 일들은 제대로 배우지 않으면 그건 아는 것이 아니었다. 어설프게 배워서 아는 것은, 오히려 그 약간의 앎이 독이 되는 경우가 더 많았다. 모르면 아예 모른다고 인정하지만, 조금 알면서 마치 많이 안 것처럼 착각하거나, 교만해져서 늘 문제가 생겼다. 자신도 마찬가지였다. 여태까지 그녀는 한식을 잘 안다고 생각했지만, 학원에서 배우는 한식은 자신이 지금까지 생각했던 그런 요리가 아니었다. 자신이 생각했던 것보다 훨씬 더 체계적이고도 과학적인 요리였다. 그녀는 그 이치를 알게 된 것만으로도 요리학원에 잘 왔다고 생각했다. '근데 그 외국 남자는 어느 선생님을 만나러 왔을까? 만약에 한국 요리를 배운다면 어디에 쓰려는 것일까? 양식요리사인가?' 현아는 갑자기 그런 생각이 들었다. 그리고 '정말로 내 오피스텔 옆에 사는 것일까? 아니면 누구를 찾아왔었나?' 그런 생각도 들었다. 하기야 요즘은 남자들도 요리를 못하면 결혼해서 아내한테 사랑 못 받는 세상이 되었다. 그러니 젊었을 때, 미리미리 요리를 배워야 일등 신랑감이 되는 것이다. 우리나라 남자가 외국 요리를 배우듯이, 그가 우리의 요리를 배우는 게 이상한 일은 아니었다. 그만큼 남과 여가 평등해졌고, 세상은 글로벌화 되었다. 남녀가 하는 일에서도 직업의 차이가 없어졌다. 이제는 여자가 축구를 하는 것도, 야구를 하는 것도, 심지어는 격투기를 하는 것도 멋있게 보이는 세상이 된 것이다. 그와는 반대로 남자들이 앞치마를 두르고 요리를 하는 것은 기본이고, 가사 도우미 역할에 미용사와 간호사 등등, 말 그대로 직업의 크로스오버 시대가 되었다. 그날 아무란은 학원에서 여러 가지 나물 요리를 배웠다. 학원 현관에서 마주친 옆집 오피스텔 여자 생각은 잊어버렸다. 요리할 때면 언제나 그 요리에만 집중하는 성격 때문이었다.

이틀이 지났다. 일요일인 오늘 아침부터 아무란은 오피스텔에서 최진구와 수진을 기다리고 있었다. 지난번에 약속한 경복궁과 북촌마을을 한 번 더 구경하기 위해서였다. 그들이 조금 늦어지자 아무란은 심심했다. TV를 켜고 뉴스를 봤다. 한참 뉴스를 보고 있을 때, '딩동딩동'하고 현관 벨이 울렸다. 최진구와 수진이었다. 아무란은 현관문을 열었다. 그들은 붉은 바탕에 흰색으로 체크무늬가 그려진 커플 셔츠를 함께 입고 나타났다. 현관 앞에서 둘 다 똑같이 입가에 함박웃음을 지으며 서 있었다. 세 사람은 함께 최진구의 차를 타고 경복궁으로 향했다. 그곳 주차장에다 차를 세웠다. 고궁 안으로 들어가기 전에 세 사람은 한복을 대여해주는 곳에서 멋진 한복으로 갈아입었다. 세 사람은 멋지고 아름다운 한복에 푹 빠져서 싱글벙글했다. 특히, 아무란은 더 좋아서 감탄사를 연발했다. 수진은 셀카봉을 들고 최진구는 카메라를 목에다 걸고 들어갔다. 아무란도 자신의 애장품인 검은색 카메라 가방을 메고서 들어갔다. 고궁 안에는 그들처럼 한복을 곱게 차려입은 젊은 커플들이 아주 많았다. 외국인들도 단체로 한복을 입고서 즐거운 듯, 서로를 향해 사진들을 찍어주고 있었다. 고궁의 기와지붕과 담장들을 아무란은 좋아했다. 최진구가 궁궐담장을 배경으로 아무란을 찍어주었다. 낮은 담장과 담장 위에 얹어진 기와들이 아무란의 한복 입은 모습과 잘 어울렸다. 그는 궁궐 안의 뜰을 걷는 것을 좋아했다. 임금님이 정치를 하던 근정전을 보면서는 너무 신기해했다. 아무란의 그런 모습에 최진구와 수진도 즐거워했다. 아무란도 두 사람의 커플 사진을 찍어주었다. 아무란은 화려하고 웅장한 궁궐의 모습들과 아름다운 정원을 카메라에 담았다. 아무란이 보기에도 두 사람이 잘 어울렸다. 최진구는 아무란도 여자 친구가 있었으면 좋았을 텐데, 하는 생각이 들었다. 하지만 말로 표현하지는 않았다. 수진도 아무란이 심심해하진 않을까 걱정했다. 그녀도 계속해서 아무란을 배려하며 그를 챙겨주었다. 아무란도 두 사람의 그런 마음을 알고 있었다. 그래서 더 즐겁고 고마운 시간이 되었다. 경복궁을 나와서 그들은 북촌마을로 갔다. 그곳에는 한옥들로 이어진 한옥마을 길이 예쁘게 펼쳐져 있었다. 아무란은 한옥과 돌담들로 늘어선 골목길이 마음에 들었다. 북촌마을은 지난번 한옥 카페에 왔을 때와는 달리, 또 다른 매력으로 아무란에게 다가왔다. 아무란의 눈에는 그 담들의 단아한 색들이 좋았다. 붉은색, 황토색, 회색, 검은색, 흰색의 벽돌들을 감싸고서 하얀색 칠이 네모반듯하게 그려진 돌담들은 정겨웠다. 아무란에게 이 마을은, 몇 세기를 뛰어넘어 갑자기 현대에 나타난 존재들처럼 신기하고도 놀라웠다. 작고 아담한 담들을 지나가면서 이국적인 풍경에 매료되기에 충분했다. 아무란은 이 모든 것들을 자신의 카메라에 담고 싶었다. 망설임 없이 계속해서 카메라 셔터를 눌렀다. 그러다 세 사람은 한옥으로 지어진 한정식집으로 들어갔다. 아담한 정원이 세심하게 가꾸어진 식당이었다. 마당 한가운데에는 작은 연못을 만들어 놓았는데 연못 안에는 금붕어들과 비단잉어들이 자유롭게 아주 느린 유영을 하고 있었다. 그 연못 안의 세계에서는 또 다른 그곳만의 시간이 아주 느리게 가고 있는 듯했다. 세 사람은 그런 낯선 여유와 한가로운 세계가 좋았다. 최진구와 수진도 아무란을 위해서 이곳에 왔지만 대만족이었다. 그곳에서의 한정식 식사는 한식 그 자체로 우아하고도 세련되었지만 소박했고, 맛있으면서도 정갈한 운치가 느껴지는 식사였다. 나올 때, 최진구가 계산했다. 아무란은 엄지를 치켜세우며 좋아했다.

세 사람은 거기서 나와 북촌마을을 한참 동안 구경하다가 카페 골목길로 올라갔다. 작은 카페들이 옹기종기 늘어선 채 줄을 지어서 나타났다. 카페마다 그 집들만의 색채와 향기를 달리하는 것 같았다. 작지만 아주 예쁜 소품들을 보는 기분이랄까? 그들 세 사람은 그곳에서 아주 작고 아름다운 카페로 들어갔다. 거기서 그들은 커피를 시켰다. 커피값은 최진구와 수진의 생각에는 약간은 비쌌다. 하지만 아무란을 위해서 기꺼이 아끼지 않았다. 인형의 집 같은 카페 안에서, 인형의 집 주인공들이 된 것처럼, 커피 한잔에 작은 기쁨을 오래도록 만끽하고서야 세 사람은 카페를 나왔다. 세 사람은 삼청공원으로 갔다. 삼청공원은 최진구가 고등학교 시절 그의 집이 그곳에서 가까웠기 때문에 잘 알았다. 공원 계곡을 따라서 걷다가 수진이 다리가 아픈지 벤치에 앉았다. 덩달아 진구와 아무란도 벤치에 앉았다. 수진은 진구와 아무란에게 둘만의 사진을 찍어주었다. 아무란도 진구와 수진의 사진을 찍어주었다. 그곳에서 세 사람은 저녁 여섯 시가 될 때쯤, 주차장으로 돌아왔다. 차가 있는 곳까지 걸어 내려와야 했다. 길을 걸어서 내려오다가 최진구와 수진은 작은 기념품과 장식용품들, 그리고 소품들로 가득한 기념품점에 들어갔다. 그 집에는 작은 악세사리와 화려한 색의 남녀 셔츠들도 걸려있었다. 최진구는 남성 셔츠 하나를 가리켰다. 기념으로 사주고 싶다고 했다. 아무란은 좋아했다. 하얀색 바탕에 푸른색 체크무늬의 셔츠였다. 최진구와 수진이가 입고 있는 붉은색에 흰색 체크무늬 셔츠와도 잘 대비되는 멋스러움이 있었다. 키가 큰 아무란과 잘 어울렸다. 즉석에서 아무란은 입어보았다. 그의 외모와도 잘 어울렸다. 수진도 만족스러웠다. 세 사람은 그곳을 나와서 홍대 앞으로 돌아왔다. 그리고 저녁을 먹고는 세 사람은 다시 아무란의 오피스텔로 왔다. 최진구는 자가용을 오피스텔 기계식 주차장에 넣었다. 그리고 셋은 아무란의 오피스텔로 들어갔다.

"아무란 한식 요리 공부는 잘하고 있어?"

"그럼 아주 재미있어!"

"아무란이 재미있다니까 다행이네!"

"아무란씨는 세계적인 요리사가 되려나 봐!"

수진이 거들었다.

"난 한국 요리가 참 독특한 매력이 있는 것 같아! 마치 한국 사람만의 특징이라고 할까? 뭐 그런 비슷한 게 있는 것 같아!"

"다행이야 아무란! 머지않아 나보다 더 한식에 박사가 되겠다! 기대해!"

"그건 아니야! 이번 기회에 잘 배워두려고!"

"아무란씨 너무 멋져요!"

"고마워요! 수진씨!"

"근네! 있잖아? 우리 오피스텔 옆집 아가씨도 나랑 같은 요리학원에 다니나 봐! 요리학원에서 봤다니까!"

"정말? 그게 사실이야? 그 얘기 자세히 좀 해봐! 아무란! 옆집 아가씨가 같은 요리학원엘 다닌다고?"

최진구와 수진은 아무란의 말이 놀라워서 두 눈을 동그랗게 뜨고 두 귀를 쫑긋 세웠다.

"그럼! 저번에는 한 번 인사도 했어!"

수진과 최진구는 서로 얼굴을 보면서 눈이 휘둥그레졌다.

"아무란! 벌써 작업한 거야! 한국에 온 지 이제 얼마나 됐다고."

"아무란씨! 대박이다!"

"그런 게 아니고 그냥 알게 됐다고!"

"그래? 좀 더 자세히 얘기해봐! 아무란!"

"내가 오피스텔로 오고 나서 며칠 후에 옆에 아가씨가 사는 걸 봤어. 근데 그 아가씨가 같은 요리학원에 다니는 거야. 뭐! 그래서 학원에서 내가 아는 체를 했어! 그 아가씨는 날 잘 모르는 것 같아! 그냥 인사도 안 받고 교실로 들어갔어! 그게 다야!"

"그게 언젠데? 아무란!"

"그저께!"

"그 아가씨가 예쁘게 생겼어?"

"뭐! 잘 모르겠어! 이쁜 것 같긴 한데 자세히 본 건 아니거든!"

"와 대박이다! 아무란씨!"

"키는 얼마나 커? 날씬해? 나이는?"

"뭐 나보다 많이 작은 편? 잘 모르지만. 통통한 편인데 귀여워!"

"와! 진짜 대박이네!"

"그럼 옆집 아가씨가 지금 들어와 있을까?"

"모르지!"

최진구는 궁금해서 미칠 지경이었다. 그건 수진이도 마찬가지였다.

"한번 보고 싶다!"

"나도!"

최진구와 수진이는 재미있어서 어쩔 줄을 몰랐다. 그런 두 사람을 아무란은 번갈아 보면서 웃고 있었다.

"아무란! 그럼 우리가 언제 그 여자를 만나서 다릴 놓아줄까? 둘이 잘 되게!"

"오빠! 그럼 되겠다. 우리가 나서서 미리 알아보고 해주자!"

"아니야! 진구! 그 정도는 아니라니까!"

"뭐야 아무란! 자신 없어? 마음에 들면 뭐라도 해봐야지! 아무란! 자넨 외국 남자야! 여긴 한국이고. 그리고 한국말도 서툴고! 우리가 도와준다고!"

"아니야! 오빠! 우리가 너무 앞서나가면 안 될지도 몰라! 우선은 지켜보다가 아무란씨가 도와달라고 하면 그때 우리가 도와줘도 될 거야!"

"아무란 아무래도 그 여자한테 호감이 많은 것 같은데! 와우! 이거 너무 재미있다! 아무란! 정말 멋지다! 아무란! 정말 혼자 할 수 있겠어? 진짜?"

"……"

두 사람이 정신없이 궁금해하는 데 아무란은 그런 두 사람을 번갈아 보면서 계속 입가에 미소만 짓고 있었다.

"진구! 이제 우리 나가자!"

"어딜 가? 아무란! 이제 막 들어왔는데! 어쭈! 수진아! 이 친구 봐! 말을 끊으면서 화제를 돌리려고 하네!"

"그래 오빠! 아무란이 그 아가씨가 정말 맘에 들었나 봐!"

"그런 거 같은데~에!"

"아니야! 이제 처음 본 사람인데 뭘!"

"누구나 처음 본 사람과 사귀게 되는 거야. 안 그래? 수진아!"

"그런 셈이지 뭐!"

"내 말은 잘 모르는 사람이라구! 아직은."

"그럼 마음에는 드는 모양이지?"

"그래! 마음에 든 것 같아! 오빠! 그러니까 저렇게 웃으면서 얼굴도 붉어지잖아!"

갑자기 냉장고에서 캔맥주를 꺼내는 아무란은 사실 아까보다는 얼굴이 약간 더 붉어 보였다.

"내 말은 아직 그 사람을 잘 모른다니까. 말도 못 했는데 뭘! 어떻게 알아!"

아무란이 캔을 땄다. 세 사람은 건배했다.

"그러니까 아무란! 마음에는 드는 아가씨인데 앞으로 기회가 되면 대화해보겠다 이거잖아!"

"그러게~. 기회가 생기면!"

"오빠! 아무래도 아무란씨! 그 아가씨에게 호감이 있나 봐!"

"그건 아니고! 그냥 우연히 또 같은 요리학원에서 만나니까 ..."

"우리 도움이 필요하면 언제든지 불러! 알았지?"

"아~ 알았어! 징구! 자 건배!"

"건배"

세 사람은 맥주캔과 포테이토칩을 손에 들었다.

"아까 북촌마을에 갔을 때 느낀 건데 그곳에서 작고 예쁜 레스토랑 하면 좋겠다는 생각했어! 진구 어때?"

"그럼 좋지! 거긴 뭔가 장사하는 것 같지 않고 하루하루 행복하게 사는 것 같은 곳이야. 언제 가 봐도 늘 그래! 거기 장사하는 사람들은 옛날부터 그랬어. 그런 생각을 한 사람들이 하나둘 모여서 그 길이 만들어졌다고 들었어. 우리가 아주 어릴 때부터. 하지만 요즘에는 북촌 한옥마을까지 외국인들에게 유명해지면서 사람들이 너무 많이 북적대는 곳이 되었지만. 그래도 카페거리에 배어있는 느린 행복 같은 그곳만의 여유가 좋고 멋있는 것 같아!"

"맞아! 오빠! 나도 그런 느린 행복 같은 삶이 좋아!"

수진이도 거들었다.

"아~ 나도 언제 그런 나만의 레스토랑을 가졌으면 좋겠어! 한국에서 요리 다 배우면 이탈리아 가지 말고 이곳에다 만들까?"

"그것도 좋지! 좋은 생각이야 아무란! 우리 셋이서 만들어 볼까? 그럼 우리 헤어지지 않고 매일 볼 수 있잖아. 안 그래 수진아?"

"멋지다! 오빠! 그 생각 변하기 없기에요!"

"아직 결정한 건 없지만 그럼 좋겠다는 거지!"

"그게 그거지 뭐! 아니야 아무란씨!"

"너 또 너무 앞서나갔다!"

"뭐 그렇게 되면 니도 좋이!"

"우리 TV 볼까?"

최진구가 TV를 틀었다. TV에서는 연예인들이 군대 체험하는 인기 연예 프로가 나오고 있었다. 최진구가 다시 채널을 넘기자 IS 속보뉴스가 나왔다. 지금 이라크에선 IS가 기승을 부리고 있었다. 그들의 테러 조직들이 국가만큼 강력해져서 아랍의 문화재들을 거침없이 부수는 영상이 나오고 있었다. 그들은 자신들이 아랍의 이슬람을 대표하는 국가임을 자처했다. 반대파인 시아파의 역사적 유물들이 있는 박물관은 물론, 광장에 서 있던 모든 석조물 유적들도 파괴하고 있었다. 그들은 이제 세력을 더욱 확장하고 있었다. 아랍을 넘어 북아프리카 이슬람 국가들까지 정복하고 있었다. 그들은 세계 젊은이들을 선동하는 인터넷 선전도 아주 치밀하게 잘하고 있었다. 벌써 영국은 물론, 유럽의 젊은이들이 많이 IS에 가담하고 있다고 했다. 영국의 어린 여학생들이 부모들 몰래 이라크로 건너가서 IS에 가담했다는 충격적인 뉴스도 보여주었다. 그러면서 지중해를 건너는 난민들의 모습과 참상들을 영상으로 보여주었다. 아무란도 걱정스러운 모습으로 지켜보자 최진구가 채널을 다시 넘겼다. 아직도 연예인들의 군대 체험 얘기가 계속되고 있었다. 다시 채널을 넘기자 이번에는 여자 연예인들이 체력 게임을 하는 프로가 나왔다. 아무란의 입가에도 그 프로는 재미가 있는지 입꼬리가 슬며시 올라가 있었다. TV 속 그녀들의 외모는 모두 멋지게 생겼다. 모델이거나 가수, 머슬마니아 선수들이었다. 당연히 그들의 얼굴과 외모는 준수할 수밖에 없었다. 덩달아 수진이도 재미있어했다. 그녀들은 진흙탕에서 레슬링을 하거나, 물통 위에서 밀어내기를 하고 있었다. 한껏 개인기를 뽐내면서 그녀들은 자신들의 끼를 마음껏 발산하고 있었다. 각자 나름의 인기 서열에서 밀리지 않으려고 애쓰는 듯했다. 세 사람은 한참을 그 프로를 보면서 아무란과 수진은 캔맥주를 한 개씩 더 비웠다. 진구는 운전해야 하기에 더는 마시질 않았다.

"아 ~ 내일은 또 월요일이다. 출근해야 한다."

최진구가 말했다.

"오빠! 난 또 알바 간다. 아~ 싫다!"

"아무란은 내일 뭐 할 거야? 오전에."

"서점에나 가볼까 해! 한국서점 구경도 하고 싶고, 한식 요리책도 하나 골라 보려고!"

"와우~ 아무란씨! 진짜 한국 요리에 푹 빠졌나 봐! 오빠!"

"아무란은 이탈리아에서도 졸업할 때 성적이 제일 우수했어! 요리에는 대단한 실력파 셰프지! 하하하! 아무란! 그것도 나쁘지 않겠다! 오전에는 서점에 다녀오고 저녁에 퇴근해서 만나자!"

그때 TV 프로그램이 끝났다.

"우리 그럼 이만 가자 수진아! 아무란도 좀 쉬게!"

"응! 알았어! 오빠!"

"더 놀다 가! 친구!"

"아니야. 오늘은 이만 갈게 수진이도 내일 알바 가야하고! 너도 이제 좀 쉬는 게 좋아!"

"그럼 내일 볼까?"

"그래 내일 또 보자."

최진구와 수진이, 그리고 아무란은 오피스텔에서 나왔다. 바깥 공기는 약간은 차가웠다. 하지만 세 사람은 차갑기보다는 상쾌함을 느꼈다.

"아무란! 내일 저녁에 보자. 굿나잇!"

"아무란씨 안녕~!"

"어 징구! 잘 가! 수진씨! 안녕!"

그들은 최진구의 차가 기계식 주차장에서 나오자 서로에게 손을 흔들면서 헤어졌다. 아무란은 쌀쌀한 공기를 느끼면서 오피스텔로 들어왔다. 현관문을 열면서 옆 오피스텔 현관문을 그냥 바라보았다. 안에 그녀가 있는지 없는지는 알 수 없었다.

5

그녀는 가방에서

그녀는 가방에서 갈색 선글라스를 꺼내서 꼈다. 아까부터 아무란은 눈이 부셨는지 벌써 연한 초록빛 선글라스를 끼고 있었다. 현아의 선글라스 너머로 보이는 아무란의 옆모습은, 유럽인 특유의 굵은 턱선과 뚜렷한 얼굴 윤곽선이 특징이었다. 특히 귀밑까지 내려온 붉은 구레나룻이 인상적이었다. 현아는 선글라스 덕에 조금은 더 자세히 그의 옆모습을 훔쳐볼 수 있었다.

현아와 아무란, 두 사람은 첫 대면이 있고 나서 한 달이 금방 지나갔다. 현아는 학원으로, 직장으로 분주한 한 달을 보냈다. 아무란도 나름 진구와 수진이를 만나랴, 요리학원에 다니랴 바쁘긴 마찬가지였다. 서로가 가끔 요리학원에서 얼굴을 마주치곤 했지만, 현아는 그냥 가볍게 고개를 끄덕이는 인사만 하고는 지나갔다. 아무란도 쌀쌀한 현아에게 먼저 말을 걸기가 쉽질 않았다. 그렇게 다시 한 달이 가고, 계절은 초가을로 접어들고 있었다. 요리학원에서 단체로 전주 한옥마을과 순창에 있는 된장 고추장 만드는 곳을 방문하는 견학 일정이 잡혔다. 학원에서 신청자를 예약받고 있었다. 현아는 꼭 참석하고 싶었다. 제일 먼저 예약했다. 순창은 자신의 엄마와 아빠가 사는 고향이기도 했다. 된장과 고추장 생산지로 유명한 곳이란 것을 잘 알고 있었다, 한국 요리가 무엇인지 그 뿌리부터 한 번 더 생각해 보기 위해서였다. 아무란도 견학에 참석하기로 했다. 그는 한국에서 전통적으로 내려온, 장을 담그는 문화가 제일 궁금했다. 어떤 과정을 거쳐서 만들어지는지 또, 그 원형의 모습은 어떠한지도 궁금했다. 그는 너무나 궁금해서 견학하는 전날에는 잠을 설칠 정도였다. 그는 한국의 시골 마을도 궁금했다. 시골에서 한국 사람들은 어떻게 살고 있는지 궁금했다. 실제로 사는 모습들을 직접 보고 싶었다. 고풍스러운 한국의 기와지붕과 그곳에 장독들이 늘어선 모습이 그의 머리에서 지워지질 않았다. 시골 마을도 둘러보고 그곳 사람들과 대화도 해보고 싶었다. 그리스의 시골 마을 사람들과 얼마나 다른지도 궁금했다. 그래서 그는 망설임 없이 신청했다. 생각보다 적은 사람들이 참여하게 되었다. 휴가철이 아닌 관계로 직장인들은 많이 참석하질 못했다.

견학을 하는 날이 되었다. 현아는 회사에 월차휴가를 냈다. 아무란도 당연히 참석했다. 전체 인원은 열일곱 명이었다. 선생님이 두 분, 그리고 수강생이 열다섯 명이었다. 선생님들은 제일 먼저 나와서 학원생들을 버스로 안내하고 있었다. 그들은 편한 복장들을 갖추고 학원 앞에 미리 대기하고 있던 관광버스에 차례로 승차했다. 아무란이 어떤 남자와 인사를 하고는 버스에 올라갔다. 현아는 그를 의식하진 않았다. 오다가 편의점에서 사 온 아메리카노 두 잔을 선생님에게 건넸다.

"아메리카노네! 현아씨 고마워요!"

"네! 선생님! 두 분이 드세요!"

　현아는 곧바로 버스에 올라갔다. 아무란은 중간쯤에 안쪽 자리에 앉아 있었다. 그녀는 다음 뒷줄 자리에 앉으려다가 그 자리는 바퀴가 불룩하게 나와 있는 불편한 자리였다. 그다음 뒷자리로 가고 싶었다. 하지만, 먼저 들어온 한 남자와 여성이 나란히 그 자리에 앉았다. 아마도 두 사람은 같은 그룹에 속한 원생들인 것 같았다. 할 수 없이 현아는 다른 자리를 찾았다. 아무리 찾아봐도 아무란 옆자리가 제일 편해 보였다. 그녀는 다른 생각 없이 그냥 그의 옆자리에 털석 앉았다. 그러자 아무란이 그녀를 보고는 빙긋이 미소를 지었다. 그녀도 다소 어색한 듯 살짝 미소를 지어 주었다. 아무란은 다시 창밖으로 시선을 고정했다. 선생님들은 학원생들이 모두 버스에 승차한 것을 확인한 후에 버스에 올라왔다. 한 선생님이 버스 위에서 한 번 더 인원을 점검했다. 그는 인상 좋은 운전기사 아저씨에게 출발해도 좋다는 신호를 보냈다. 오십 대 중반쯤 보이는 기사 아저씨는 엔진에 시동을 걸었다. 버스가 움직이더니 금방 달리기 시작했다. 아무란은 창밖 풍경에 눈을 고정하고 있었다. 현아는 어제 시골집에 있는 엄마와 전화했었다. 견학코스는 일박 이일로 첫날은 진주에서 한옥마을 구경과 한식 맛집을 찾기는 코스였고, 둘째 날은 순창으로 가서 된장 고추장 만드는 곳을 방문하는 코스였다. 그리고 올라오면 견학은 끝나게 되어 있었다. 숙박은 한옥마을에 있는 전통 한옥에서 묶을 예정이었다. 아무란은 특히 그 부분을 많이 기대하고 있었다. 현아도 전통 한옥에서는 잠을 자본 기억이 없었다. 약간은 기대가 되었다. 현아는 둘째 날, 순창에서 견학코스를 마치면 일행과 헤어질 생각이었다. 순창에 있는 고향 집 부모님을 만날 계획에 마음이 들떠있었다. 학원 선생님에게는 허락을 미리 받았다. 달리는 관광버스 창 안으로 초가을 햇살이 눈부시게 들어왔다. 현아는 모처럼의 여행에 창밖 풍경을 놓치고 싶진 않았다.

그녀는 가방에서 갈색 선글라스를 꺼내서 꼈다. 아까부터 아무란은 눈이 부셨는지 벌써 연한 초록빛 선글라스를 끼고 있었다. 현아의 선글라스 너머로 보이는 아무란의 옆모습은, 유럽인 특유의 굵은 턱선과 뚜렷한 얼굴 윤곽선이 특징이었다. 특히 귀밑까지 내려온 붉은 구레나룻이 인상적이었다. 현아는 선글라스 덕에 조금은 더 자세히 그의 옆모습을 훔쳐볼 수 있었다. 그녀는 저도 모르게 입가에 작은 미소가 번지고 있었다. 그때 아무란이 너무도 자연스럽게 말을 걸어왔다.

"그 오피스텔에 사시는 게 맞아요?"

"네~? 네! 그쪽은요?"

"저도요!"

아무란은 자신의 질문에 현아가 조금의 망설임도 없이 바로 대답하자 본인이 도리어 당황하고 있었다. 현아도 그가 갑자기 질문을 하자 놀랐다. 그녀는 놀란 모습을 감추려고 반사적으로 대답을 한다는 것이, 다음 질문까지 던지게 된 것이다. 아무란 역시, 그녀의 반사적인 질문에 얼떨결에 답을 던질 수밖에 없었다.

"그 오피스텔에는 언제 이사 오셨어요?"

이번에는 현아가 적극적으로 질문을 하기 시작했다.

"칠 월 오 일 요! 거기는요?"

"전 칠 월 십이 일 이에요!"

"아~ 네! 저보다 일주일 늦으셨네요!"

"그러네요!"

"어느 나라 분이세요? 혹시! 이탈리아분이신가 봐요?"

"아~아니요! 그리스 사람입니다!"

현아는 학원에서 선생님에게 아무란에 대해서 알아본 적이 있었다. 학원에서도 외국인은 드물기에 모든 선생님이 아무란을 잘 알고 있었다. 학원 선생님에게서 들은 바로는 아무란은 이탈리아 셰프인데, 한국 전통 요리에 관심이 많아서 수강하러 온 것이라고 들었다. 현아는 그 말을 듣고서 안심했었다. 한 오피스텔에, 그것도 바로 옆방에 사는 외국 사람이 너무 마음에 걸려서 그의 신상을 확인할 필요가 있었다. 아무란은 속으로 이 여성이 자신에 대해서 조금은 알고 있을지 모른다고 생각했다.

"반가워요! 전 현아라고 해요! 김현아!"

"반갑습니다! 저는 아무란입니다."

"네? 아무란이요? 호호호!"

현아는 머릿속으로 '아무렴'이란 단어를 떠올리자 웃음이 나왔다.

"아~네 아무란 마리아니 샤르마 입니다."

"네~ 아.무.란. 마.리.아.니. 샤.르.미!"

현아는 실수하지 않으려고 또박또박 발음하면서 불러보았다.

"김현아씨는 요리사인가요?"

"아~ 아니에요! 전 요리를 배우려고 왔어요! 나중에 식당을 차릴 생각이에요! 아무란씨는요? 그럼 그리스 요리사?"

"네~! 요리사입니다. 이탈리아에서 요리학교를 나왔습니다."

"그럴 줄 알았어요! 그래서 한국 요리도 배우려고 하는군요?"

"네! 한국요리 재미있어요!"

"저도 그래요! 요리할 때는 행복해져요! 전 이제 시작이지만."

"잘할 거예요! 한국 사람이니까!"

"호호~ 감사합니다! 아무란씨!"

"혹시 아무란씨 나이가 어떻게 되세요? 실례가 안 된다면요?"

"하하! 한국 사람들은 왜 처음 보면 다 나이를 물어봐요? 그거 너무 재미있어요! 우린 안 그런데!"

"그건~ 친해지려고 하기 때문이에요! 나이를 알아야 누가 더 어른 인지도 알 수 있으니까요. 어른이면 존대해 줘야 하고요! 그래야 실수 도 안 하지요!"

"한국 사람들은 어른들에게 예의를 잘 지키려고 하는 것 같아요!"

"네! 맞아요! 예의죠! 웃어른을 존중하려는 예의가 우린 중요해요! 동방예의지국이잖아요!"

"그거~ 우리는 어려워요! 그래도 이해는 가요! 지하철에도 어른들 자리가 따로 있는 거 봤어요!"

"아~네! 노인석이요! 감사해요! 좋게 봐주셔서!"

"근데 아무란씨! 아직 제 질문에 대답을 안 하셨어요!"

"아~네! 저는 서른 살이에요!"

"그럼 팔칠 년생인가요?"

"아뇨! 팔육 년이요!"

"그럼 아무란씨는 서른하나에요! 한국 나이로는 요!"

"한국 사람들은 나이도 이상하게 계산해요! 왜 한 살을 더 붙이죠?

난 태어난 지 삼십 년 됐는데요!"

"그건 한국에서는 임신이 시작된 때부터를 나이로 잡기 때문이에요! 서양은 안 그렇지만요!"

"맞아요! 친구한테 들었어요! 한국 친구한테."

"한국에 친구가 많아요?"

"아니요! 별로 없어요! 두 명!"

"두 명이요? 그게 누구인가요?"

"징구! 수진씨요!"

그때 현아는 아무란의 발음 때문에 친구 수진이라고 듣고서 다시 물었다.

"그리고요? 또 한 사람은요?"

"징구! 수진이라구요!"

"네~? 수진씨 말고 다른 사람은 없나요?"

"내 친구가 최진구하고 이수진이라구요!"

"네~......죄송합니다! 이름이 진구인 줄 모르고."

"그럼 현아씨는 몇 살이에요?"

"전 스물여덟이에요! 팔구 년 이월 생이에요!"

"그럼 내가 오빠네!"

"그런 것도 알아요?"

"한국에서는 나이 많은 남자가 오빠잖아요!"

"아~ 네! 그렇군요! 하지만 아무한테나 오빠라고 한진 않아요!"

"우린 같은 오피스텔 사람들이니까 오빠라고 해도 맞죠?"

"그게 아니라 친오빠처럼 친하고 믿을 수 있는 사람에게만 그렇게 부른다고요!"

"그럼 이제부터 친해지면 저도 오빠 되겠네요!"

"그건 아니에요! 노!"

"친하고 믿을 수 있는 사람이 되면 되잖아요! 친구! 맞죠?"

"음~노!"

현아는 신음과 함께 둘째손가락을 가로로 젓는 시늉을 했다. 아무란은 그런 그녀와의 대화가 재미있었다. 계속해서 자기가 오빠 하겠다고 우겨대며 그의 푸른빛이 감도는 두 눈으로 현아를 보았다.

"아무리 아무란씨가 그래도 나는 절대 오빠 인정 못 한다고요! 친구도요! 아시겠어요?"

"뭐라고요? 아무리 아무란?"

"호호호 그러네요! 아무리 아무란씨!"

"아무리가 무슨 말이에요?"

"자꾸 그래봤자 안 된다는 말이에요! 아셨어요? 아무란씨!"

"네~?!"

현아는 약간은 농담 반, 진담 반이었다. 미안함에 그녀는 창밖을 봤다. 버스가 막 터널을 들어서고 있었다. 그 바람에 어두운 터널 안에서 그들은 조용해졌다. 그녀는 아무란이 무슨 생각을 하고 있는지 알 순 없었다. 그의 입가에는 가끔씩 미소 비슷한 것이 스치곤 했다. 중간에 버스는 고속도로휴게소에서 잠시 멈춰 섰다. 사람들도 모두 내렸다. 현아와 아무란도 함께 내렸다. 함께 온 학원 수강생들이 현아에게 와서는 아무란을 아느냐고 물었다. 현아는 초면이라고 말해주고는 화장실로 갔다. 화장실에서 현아는 자기의 얼굴을 거울에서 봤다. 왠지 창백해 보였다. 현아는 입술에 분홍 립스틱을 다시 바르고 머리를 손질하고는 나왔다. 아무란도 남자 화장실에서 나왔다. 그는 편의점에서 시원한 냉커피를 두 잔 사서 양손에 들고서 돌아왔다. 아무란은 자신에게 아는 체하는 어떤 여자와 인사를 나누고는 자리로 오고 있었다. 버스에는 이미 현아가 앉아 있었다. 아무란은 냉커피를 하나 현아에게 건넸다. 현아는 웃으면서 받았다.

"제 것도 사셨어요? 전 괜찮은데요!"

"아닙니다! 이것도 인연?"

현아는 웃음이 나왔다. 냉커피를 마시다가 그녀는 물었다.

"그런 말은 어디서 배웠어요?"

"징구한테서 배웠습니다."

"아~네! 좋은 친구네요! 누구인지는 몰라도."

"네~정말 좋은 친구입니다."

둘이 잠깐 말이 끊겨졌다 싶을 때 아무란이 다시 말했다.

"그럼 우리 이웃사촌이네요! 현아씨!"

"한국 여자들은 아무하고나 이웃사촌 안 해요! 호호!"

"그럼 한국 여자들은 오빠도 안 하고, 친구도 안 하고 이웃사촌도 안 하고! 그럼 뭐해요?"

"글쎄요~"

현아는 답답해하는 아무란을 보면서 미소를 지어 보였다.

버스는 그러고도 몇 번을 더 터널을 지나고 나서야 전주에 도착했다. 드디어 버스는 한옥마을이 있는 주차장 안에서 긴 여행을 멈췄다. 버스에서 내리자마자 일행 모두가 빽빽하게 모여있는 한옥마을의 매력에 감탄사를 터트리고 있었다. 여행객들이 단체로 한복을 입고서 이리저리로 다니고 있었다. 일행 중에는 벌써, 한옥을 배경으로 사진을 찍기 시작했다. 한옥의 단아한 기와 모습에서 현아는 한복을 즐겨 입는 엄마가 생각났다. 아무란 역시 놀라운지 '와우!' 감탄사를 질렀다. 연아는 그런 그가 우습기도 했다. 한편으론 의아해 보이기도 했다. 그래 봐야 현아 눈에는 낡고 오래된 고향의 고택들과 비슷했기 때문이었다. 여기저기서 한복을 빌려 입은 학생들이며 관광객들이 신이 나서 마을 여기저기를 돌아다니고 있었다. 그들은 그곳에서 전주 한옥역사관과 선비문화관을 찾았다. 선생님들은 학원생들을 안내하면서 한국의 전통 부엌을 보여주었다. 아궁이와 그 위에 얹어진 가마솥 그리고 부엌의 특징, 그리고 양식을 함께 보았다. 현아는 옛날 부엌의 모습에서 그 유용성과 장점, 그리고 그 불편함까지도 이해해 보고 싶었다. 옛날 여인들의 삶이 떠올랐다. 그들의 가사노동이 얼마나 고됐을지 이해가 되었다. 현아는 모든 음식은 여자들의 손으로 차려졌으며, 겸상하지 않던 옛 풍습은 여자들에게는 힘든 생활이었다는 점이 가슴에 남았다. 요즘 세상에 태어난 것이 그녀에게는 너무나 다행이었다. 그녀의 엄마만 해도 결혼 이후, 아버지의 식사와 모든 가사 일을 책임지고 사셨다. 한국에선 얼마 전까지만 해도 그것이 당연한 일이었다. 한국 사회도 바뀌어서, 이제는 남자들도 요리하는 것을 멋으로 여기는 시대가 되었다. 가사도 반반씩 똑같이 나누어서 하고, 사회 일도 똑같이 나가서 활동하는 시대가 되었다. 어느덧 우리들의 가정에도 자연스럽게 서구의 합리적인 사고가 흘러들어온 것이다. 아무란은 부엌에 있는 도구와 헛간에 있는 농기구들이 신기한 모양이었다. 자세히 살피면서 연신

'굿!' 아니면 '오 마이 갓!'을 불러댔다. 그 바람에 일행들은 계속해서, 그의 옆에 붙어서 몰려다니며 웃고 떠들었다. 현아의 눈에도 아무란의 그런 모습이 나쁘지는 않았다. 점심은 한정식집에서 정식과 비빔밥을 시켜서 먹었다. 아무란은 비빔밥을 시켰다. 현아는 정식을 시켰다. 아무란은 비빔밥과 구수한 된장국에 연신 감탄사를 연발하면서 식사했다.

"아무란씨! 그렇게 맛이 좋아요?"

"아~네! 정말 맛이 좋아요! 아주 한국 같은 맛! 여기 된장국도 최고의 맛입니다!"

그런 아무란을 현아는 신기한 듯 쳐다보면서 식사를 마쳤다. 자기는 서울에서 먹던 음식과 별반 다르지 않아서였다. 저녁은 한옥으로 지어진 민박집에서 간단하고 정갈하게 차려진 저녁 식사로 대신했다. 그날 밤, 잠은 뜨끈뜨끈한 한옥 온돌방에서 여행의 피로를 푸는 것으로 하루의 여행이 끝이 났다. 밤새 남자들 방에서도, 여자들 방에서도 떠드는 소리와 웃음이 떠나질 않았다. 모두가 지루하기만 했던 일상에서의 탈출을 느끼는 듯했다. 그러다가 이른 새벽이 되어서야 모두가 조용한 수면의 나락으로 빨려 들어갔다.

6

대문 앞에는

대문 앞에는 좁은 길이 나 있었다. 그 길 양쪽으로 해바라기가 일렬로 나란히 피어있었다. 심어사가 심어놓은 키가 큰 노란 해바라기꽃들이었다. 그 꽃들이 줄지어 서 있는 모습이 마치 일렬로 도열한 노란 병사들처럼 보였다. 흐린 날씨에 햇빛은 없었지만 어릴 때부터 느꼈던 아늑하고도 따스한 고향 마을의 정취가 느껴졌다. 현아는 가슴 안에서 살며시 뭉클한 감정이 일었다.

다음날, 아침부터 일정은 빡빡했다. 아침 일찍 식사를 마치고 순창으로 가서 그곳에서 점심을 하고, 장 만드는 것을 견학하고는 서울로 오는 일정이었다. 현아는 견학이 끝나면 일행과 헤어져, 혼자서 고향 집으로 갔다가 서울로 올 계획에는 변함이 없었다. 모처럼 엄마와 아빠도 만나고 이틀 푹 쉬고서 출근하기로 마음먹었다. 아침에 식탁에서 아무란은 가만히 현아의 앞자리에 앉았다. 사람들이 쳐다보았지만 다른 말은 없었다. 현아도 싫지는 않았다. 선생님들은 반찬으로 나온 장

아찌 메뉴와 검은 콩자반에 대해서 만드는 법을 설명하고 있었다. 아침 식사로 기름진 흰 쌀밥에 소고깃국이 나왔다. 감칠맛 나는 밑반찬들과 뒤뜰에서 채취한 싱싱한 채소들로 한국식 샐러드를 곁들였다. 요리를 공부하는 사람들답게 찬찬히 음식 하나하나를 음미하면서 식사했다. 아무란도 아무 말 없이 식사를 즐기고 있었다. 현아도 그 앞에서 가만히 식사를 마쳤다.

일행을 태운 버스가 순창에 도착했다. 순창도 날씨가 맑진 않았다. 비가 올 것 같진 않았지만 해가 없어서 흐린 하늘이 왠지 쓸쓸했다. 그래도 예정된 코스를 따라서 전통 비법으로 장을 만드는 곳으로 갔다. 어제 보았던 한옥들처럼 검은 기와지붕으로 올려진 큰 한옥이 한 채 있었다. 모두가 커다란 나무 대문을 들어서자 넓고 시원한 앞마당이 나왔다. 그곳 주인은 웃는 얼굴로 나왔다. 선생님들과 인사를 나누고 일행들을 커다란 바깥채를 지나서 안채로 안내했다. 바깥채보다 좀 작은 규모의 한옥이었다. 안채 안뜰에는 여러 가지 꽃나무들이 잘 정돈된 모습으로 자라고 있었다. 저 멀리 담장 앞에는 일렬로 늘어선 커다란 장독들이 줄지어 늘어서 있었다. 그곳이 전통 장을 담가서 숙성시키는 장독대라고 현아는 생각했다. 집주인을 따라서 가까이 다가간 일행들은 모두가 놀라서 뒤로 넘어길 뻔했다. 왜냐하면 그곳에는 장독들이 한 천 개는 더 되어 보였다. 끝을 다 볼 수 없을 정도로 장독들이 줄지어서 빽빽하게 놓여 있었다. 거기 장독에는 무슨 번호들이 매겨져 있었는데 그건 아마도 장의 종류와 그것을 담근 날짜들 같았다. 거기에는 장뿐만 아니라, 감식초와 장아찌를 담근 항아리들도 셀 수 없을 정도로 많이 늘어서 있었다. 집주인 아주머니는 우리를 안채 거실 마루에 모여 앉히더니, 그곳에서 한식 다과와 수정과를 내주었다. 그리고 며느리들을 두 분 데려와 우리에게 인사시켰다. 그들은 전통 다례식을 보여주었다. 아무란은 놀란 눈으로 보고 있었다. 그의 모습이 현아는 너무나 우스웠다. 하지만, 그녀는 꾹 참으면서 다례식이 끝날 때까지 있었다. 현아는 아무란의 손에 큼지막한 약과를 한 개 건네주었다. 아무란은 현아를 보았다. 금세 웃는 미소를 잊지 않았다.

"어제~ 냉커피에 대한 보답이에요!"

현아는 멋쩍은 듯 변명했다. 아무란은 엄지손가락을 번쩍 치켜들면서 현아에게 보여주었다.

"탱큐! 현아씨!"

현아는 다시 다례식에 시선을 주었다. 아무란도 다시 현아처럼 다례식에 시선을 고정했다. 집주인 며느리들은 다례식을 보여주면서 한 잔씩 찻잔을 건네주었다. 우리는 그들에게 배운 대로 두 손을 모아서 찻잔을 들고, 모두가 경건한 마음으로 차를 마셨다. 차에서는 푸른 풀잎 향기가 피어났다. 차를 다 마시고 한참 후에도, 입안 가득히 개운하게 푸른 풀 향기가 감돌았다. 다례식이 끝나고 우리는 다시 안채 옆으로 지어진 큰 창고로 향했다. 거기에서 장을 담그는 과정을 사진으로 볼 수 있었다. 커다란 사진들로 콩을 가마솥에 삶는 과정과 삶은 콩을 메주로 만드는 모습, 잘 만들어진 네모 난 메주들이 창고 가득히 주렁주렁 매달린 모습, 다 말려진 메주들을 장독에 넣고 소금물에 잠기게 담가놓는 모습, 뚜껑을 덮은 항아리에 번호표를 붙이는 모습으로 장 담그는 순서가 차례대로 붙어있었다. 이곳에서 메주를 만드는 것 같았다. 콩을 거대한 가마솥에 삶고, 다 삶아진 콩들을 기계로 잘 으깨서 나오면 사람들이 네모난 메주를 만들었다. 그러면 사람들은 다시 볏짚으로 하나하나 묶어서 다른 창고에서 말리는 것 같았다. 그곳에서 다시 안쪽으로 난 문을 지나자 더 큰 창고가 나왔다. 직접 천장에다 매달아 놓은 메주들이 주렁주렁 걸려있었다. 매달린 메주들이 창고 끝까지 일렬로 늘어서서 장관을 이루고 있었다. 집주인 아주머니는 직접 메주 만드는 모습을 보여주신다고 우리를 다시 안채 거실 마루로 안내했다. 이번에는 두 며느리가 대야에 삶은 콩을 가득히 담아서 내왔다. 그리고 절구로 삶은 콩을 으깨서 메주를 만들었다. 옆에 있는 맷돌로는 녹두를 직접 갈아서 녹두전을 만들어 주겠다고 했다. 일행들은 녹두전을 먹을 생각에 모두가 침을 꼴깍 삼키면서 신이 났다. 그 집 며느리들과 함께 번갈아 가면서 한쪽에서는 절구로 삶은 콩을 으깨고, 또 다른 한쪽에서는 녹두를 맷돌로 갈았다. 며느리들의 익숙한 손놀림을 보면서 우리도 열심히 따라 했다. 금방 메주가 만들어졌다. 녹두전이 우리들의 입 안으로 들어왔을 때, 우리들의 실습은 절정에 이르렀다. 직접 갈아서 만든 녹두전의 고소한 맛에, 아무란은 이곳에 오길 정말 잘했다고 생각했다. 현아는 이제 부모님이 계시는 고향 집으로 갈 생각을 했다. 얼마 후, 일행들은 그곳 마을에 있는 한정식집으로 갔다. 그 집에서 점심을 마치고 모든 일정이 끝이 났다. 흰시가 더 되어가고 있었다. 서울로 출발하기로 한 시간이었다. 고향 집으로 가는 현아만을 남겨두고 일행은 모두 관광버스에 승차했다. 모두가 버스 창밖으로 현아에게 손을 흔들었다. 아무란도 손을 흔들어주었다. 현아도 그들을 향해서 손을 흔들었다. 버스가 가고 혼자 남은 현아는, 자신의 캐리어를 끌고 택시 타는 곳까지 걸어갔다. 택시를 타고 거의 시골집 마을에 도착할 무렵, 갑자기 현아의 핸드폰이 울렸다. 현아는 엄마가 언제 도착하는지 궁금해서 한 전화라고 생각했다. 그런데 엄마가 아니었다. 학원 선생님이었다.

"네~ 선생님!"

"현아씨! 아무란씨가 아까 순창 실습장 거실 옆방에 작은 손가방을 놓고 왔다고 하네요! 거기에 지갑이랑 여권 그리고 카드가 다 들어있는데 다시 찾아야 해서요. 실습장에는 전화를 해봤더니 가방이 거기 그대로 있대요. 현아씨가 가서 찾아주시면 안 돼요? 서울에 오실 때 가지고 오면 될 것 같은데요!"

"네 무슨 말씀이신지 알겠어요. 제가 찾아서 갖다 드린다고 하세요!"

"현아씨 미안해요! 집에 거의 다 갔을 텐데요!"

"네! 괜찮아요! 선생님! 다행히 아직 택시 안 이거든요! 차를 되돌려서 찾아 놓도록 할게요! 선생님!"

"그래 주실래요! 고마워요! 현아씨! 그럼 수고해 주세요!"

"네!"

현아는 택시 기사님에게 정중히 사정을 이야기하고는 차를 돌렸다. 다시 오던 길을 가면서 괜히 화가 났다. '아니 아무리 외국인이라고 해도 그렇지. 자기 가방을 그것도 지갑이랑 여권까지 들어있는 것을 내팽개치고 가는 사람이 어디 있어! 그리고 전화해서 부탁할 거면 지가 직접 나한테 부탁해야지! 선생님이 전화하게 해? 그리고, 그렇게 중요한 물건이면 직접 되찾으러 와야 정상 아니야! 남한테 부탁해서 가져다 달라는 게 말이나 돼? 아주 괘씸한 사람이네! 아까까진 안 그렇게 봤는데 말 야! 내가 옆집에 사니까 자기는 편하게 받겠다 이거지! 가방 찾기만 해봐라! 서울 가서 택시비를 톡톡히 청구하고 혼을 내줘야지! 아무지지도 못한 사람이야! 외국인 주제에 나이가 세 살 위라고 감히 오빠라고 불러 달라고? 염치도 없이 어디서 주워들은 것은 있어서. 하긴, 지갑하고 여권을 다 잃어버리면 고생은 좀 하겠는걸! 지금 본인 속은 말이 아니겠지! 내 전화번호를 모르니까 선생님께 부탁했겠지. 아니 선생님이 먼저 전화해 주셨을 거야. 같은 오피스텔에 산다고 다 아셨으니까! 그나저나 가방이 무사히 잘 있었으면 좋겠는데.' 현아는 이런저런 생각을 하다 보니 실습장에 다시 도착했다. 택시를 잠깐 세워두고 그 커다란 대문을 들어서서 주인아주머니를 찾았다. 그때 바로 주인아주머니가 한 손에 작은 가방을 들고 나타났다. 현아는 공손히 감사의 인사를 하고는 가방을 열어보았다. 아무란의 검은 지갑과 여권이 들어있는 것을 확인하고는, 인사를 하고 그 집을 나왔다. 현아는 내심 다행이라고 생각했다. 찾았으니까 됐다고 생각하면서 택시를 다시 고향 집으로 돌렸다. 현아의 고향 집에서는 엄마가 오랜만에 딸이 오니까 현아가 좋아하는 닭백숙을 끓이고 있었다. 현아네 시골집은 마을 입구에 커다란 저수지 연못이 있었다. 그곳에는 연꽃들이 많이 피어있었나. 오랜 옛날에 어느 스님이 마을에 심한 가뭄이 들자, 저수지를 만들고 그곳에 연꽃 씨를 심었다. 그것이 지금의 연꽃 저수지가 되었다. 현아는 마을 어른들한테서 어릴 적부터 들었었다. 현아가 집까지 걸어가는 중에도 저수지 연못의 연꽃들은 몇 개씩 활짝 피어 웃고 있는 게 보였다. 현아네 대문 앞에는 좁은 길이 나 있었다. 그 길 양쪽으로 해바라기가 일렬로 나란히 피어있었다. 심여사가 심어놓은 키가 큰 노란 해바라기꽃들이었다. 그 꽃들이 줄지어 서 있는 모습이 마치 일렬로 도열한 노란 병사들처럼 보였다. 흐린 날씨에 햇빛은 없었지만 어릴 때부터 느꼈던 아늑하고도 따스한 고향 마을의 정취가 느껴졌다. 현아는 가슴 안에서 살며시 뭉클한 감정이 일었다. 현아는 낡은 초록색 대문 앞에 섰다. 현아네 대문은 칠 한 지가 너무 오래되어서 한쪽 귀퉁이가 녹이 슨 채로 있었다. 칠이 벗겨져 작은 칠조각들이 떨어지고 있었다. 이미 떨어져 나간 부분들은 붉은 녹이 슬어 검붉은 빛으로 거칠거칠하게 녹이 일어나고 있었다. 녹슨 초록색 철문에서 고향집의 오랜 세월이 느껴졌다.

"엄마! 나야! 나왔어!"

"어서 와라!"

엄마는 부엌문을 밀면서 현아에게 다가왔다. 그녀는 너무도 소중한 자신의 분신과도 같은 외동딸을 가슴 가득히 끌어안았다.

"아빠는?"

"아빠는 시내에 마실 나갔지! 아빠가 이 시간에 집에 있는 것 봤냐?"

"애구! 엄마가 너무 편하게 해주시니까 그래요! 걱정이 없으시니까 매일 밖에 놀러만 다니시지! 요즘도 친구들하고 약주 많이 해?"

"아니! 요샌 많이 안 해! 저 밤에 되게 술병 앓고 나선 이젠 줄여야 쓰것다고 했응 께!"

"그래야지! 아빠도 이제 연세가 있으신데."

"어여 들어가!"

"네!"

"너 온다 혀서 닭백숙 끓이는 중이여!"

"헤헤헤! 거시기 울 엄마가 최고야!"

현아는 엄마의 볼에 입을 마주면서 애교를 부렸다.

"그만 까불고 옷부터 갈아입어야! 더워 불어!"

시골집 마당 안에는 잔디가 심어있고, 가에로는 키 작은 예쁜 꽃들로 가득 차 있었다. 그녀의 엄마는 꽃을 좋아했다. 모든 담이란 담에는 작은 꽃들이 가득히 피어있었다. 마치 동화에 나오는 꽃동산 같았다. 집 뒤로는 작은 언덕길이 이어져 있었다. 집 뒷문을 열면 그곳으로 올라가는 작은 산책로가 있었다. 그곳에도 예쁘게 꽃길을 만들어 놓았다. 그곳에 올라가면 낮은 언덕이지만 소나무들로 빽빽하게 들어찬 작은 언덕이 나왔다. 그곳에는 소나무에서 나오는 향긋한 피톤치드 향이 언제나 코끝을 자극했다. 그 소나무 언덕 한가운데에는 큰 평상이 있었다. 그녀의 아버지가 만들어 놓은 대나무로 짠 평상이었다. 마을 사람들 누구나 올라와 쉴 수 있는 공간이었다. 그곳에서 보면 정말로 평화롭고 아늑한 고향마을 정경이 한눈에 펼쳐지곤 했다. 거기서 언덕을 따라서 더 올라가면 큰 산으로 이어졌다. 그 산이 순창 사람들이 다아는 내장산의 한 줄기였다.

"아버시는 언제 오세요?"

"여섯 시는 돼야 오 제!"

현아는 엄마가 입던 냉장고 바지를 어디서 찾았는지 꺼내 입었다. 요란한 무늬를 펄럭거리면서 거실 마루에 앉았다. 현아 엄마도 부엌에서 찐 옥수수를 한 소쿠리 가지고 나왔다. 현아 옆에 나란히 앉았다.

"배고플 텐께 어서 묵어라!"

엄마는 딸이 예쁜지 얼굴을 만지면서 '우리 새끼 얼굴이 반쪽이 돼 얏 네! 너 요즘 요리학원인가 뭣인가 댕기느라 힘들지 않냐? 새로 이 사 간 오피스텔은 먼저 집보다 더 좋아야? 회사까지는 올매나 걸려 야?' 질문을 계속하고 있었다. 현아는 옥수수 알갱이들을 한 입 베어 물고 웃으면서 너무 좋다고 말했다. 출퇴근 시간도 더 짧아졌고 요리 를 계속 배워서 엄마보다 더 음식 잘하는 사람이 될 거라고 말했다. 그리고 서울에다 멋진 식당을 차릴 거니까 걱정하지 말라고 엄마에게 열심히 설명했다.

"오랜만에 집에 오니까 참 좋다! 역시 우리 집이 최고야!"

그때 현아의 핸드폰이 다시 울렸다.

"누구지?"

"여보세요? 누구시죠?"

"아~저~ 저기 현아씨! 아~ 아무란이에요! 아무란! 현아씨 맞죠?"

핸드폰에서 어눌한 발음의 아무란 목소리가 들렸다.

"아~네! 아무란씨! 제가 가방은 잘 찾아 놓았어요. 서울 가서 제가 전해드릴게요!"

"아~ 저기 제가 지금 순창에 다시 왔거든요! 현아씨! 지금 와 주실 수 있으세요?"

"네? 지금 순창에 와 있다고요? 왜요?"

"아~ 그게 휴게실에서 아무래도 걱정이 돼서요! 제가 현아씨 만나 서 찾아야만 될 것 같아서 택시비 빌려서 왔어요! 현아씨! 미안하지만 나오실 수 있으시죠?"

현아는 갑자기 머리가 멍해지면서 이게 무슨 일이지 싶었다. 그녀는 빨리 상황 파악이 안 되었다. 그러다가 갑자기 짜증이 확 올라왔다. 현아는 이 외국인이 이해가 안 되었다. '서울 가면 어련히 알아서 가방을 가져다줄 텐데 왜 돌아왔지? 내가 안 가져갈까 봐 걱정됐나?' 그새를 못 참고 다시 순창으로 왔다는 말에 열화가 좀처럼 가라앉질 않았다. 더군다나 이제야 집에 들어온 자신한테 굳이 다시 또 나오라고 하는 것은 이해할 수가 없었다. 하지만 이미 상대는 순창에 다시 와서 기다리고 있었다. 안 간다고 할 수도 없는 노릇이었다. 속으로는 이쪽까지 택시 타고 오라고 할까 생각도 해봤다. 부모님도 계시고 낯선 남자를 집으로 부르는 건 아니다 싶었다. 하지만 상대가 외국인이 아닌가! '얼마나 걱정이 됐으면 다시 왔을까?' 하는 생각도 들었다. 여기까지 와서 찾아가라고 하는 것도 예의는 아닌 것 같았다.

"아~네! 아무란씨! 그럼 지금 그곳이 어디예요?"

"현아씨! 여기가요? 우리가 현장 실습했던 한옥 바로 앞에 있는 편의점입니다. 지금 오실 거죠?"

"네! 갈게요! 거기서 조금만 기다리세요! 한 삼십 분 걸려요!"

현아는 전화를 끊고 엄마에게 자초지종을 설명해야만 했다. 엄마는 "외국인이 올매나 걱정이 되얐음 예까지 다시크롬 왔것냐?"

임마는 냉큼 가서 주고 오라고 말했다. 현이는 이무란에게 다시 약이 올랐다. '아니! 이 인간을 또 보게 되네! 오기 전에 나한테 전화해서 약속했으면 얼마나 좋아! 서울에서 편하게 가방을 받을 텐데 왜 전화도 없이 여기까지 되돌아온 거지?' 알다가도 모를 사람이라는 생각에 울화가 치밀었다. 하지만 상대가 외국인인 걸 어쩌랴. 현아는 엄마의 말처럼 이해하는 수밖에 없었다. '아침에 버스에서 옆자리에 앉지 말

앉어야 했어! 아예 고생 좀 하라고 늦게 갖다줄까?' 하는 생각도 들었다. '그래도 얼른 가서 가방 던져주고 택시비나 아까 것까지 톡톡히 다 받아야지! 그리곤 뒤도 돌아보지 말고 와야지!' 하는 생각이 더 강했다. 시계를 봤다. 세시가 다 되어가고 있었다. 현아는 아무란의 가방을 들고 식식거리면서 다시 택시를 탔다. 현장 실습했던 한옥 앞 편의점으로 갔다. 아무란은 큰 키 때문에 멀리서부터 현아가 보였다. 그는 기린처럼 긴 목을 더 길게 빼고 서 있었다. 그곳에서 털이 부숭부숭한 그의 긴 팔을 흔들고 있었다. 그 모습을 보자 현아는 더 어이가 없었다. '어이쿠 야! 혼자서 신이 났네! 신이 났어! 남은 저 때문에 왔다 갔다 고생이 말이 아닌데 저 인간이! 어디 두고 보자! 왕복 택시비만큼은 톡톡히 청구하자!' 현아는 웃지도 않고 아무란에게 다가갔다.

"아무란씨! 내가 서울 가서 갖다줄 텐데 왜 다시 온 거예요?"

"그게~ 아무래도 그때까지 기다릴 수가 없어서요! 미안해요! 지갑하고 여권은 잘 있죠?"

현아는 자신의 기분은 아랑곳없이 본인 지갑 걱정만 하는구나 싶어서 얄밉고 다시 화가 났다. 다시 볼 인간이 못 된다 싶어서 현아는 빨리 이 인간에게서 벗어나고 싶었다.

"보세요! 다 있죠?"

현아는 가방을 아무란에게 내밀었다.

"네! 다 있네요! 정말 감사합니다. 현아씨!"

"그럼 잘 가세요. 아무란씨!"

현아는 아무란의 대답이 떨어지기도 전에 무섭게 뒤를 돌아서 아주 빠른 걸음으로 택시 타는 곳으로 갔다.

"어~ 네! 고맙습니다. 잘 가세요!"

현아는 택시 타는 곳까지 왔다가 그제야 택시비 받는 것을 깜박했다는 생각이 떠올랐다. 현아는 다시 뒤를 돌아섰다. 아무란이 혼자서 그 큰 팔을 아까처럼 흔들고 서 있었다. 그녀는 그곳으로 다가갔다.

"저기요~ 아까! 그 가방 찾느라고 택시비가 배로 들어갔거든요! 주실 거죠? 지금 타고 온 택시비랑 다시 집으로 가는 택시비까지요. 네?"

"아! 네 드리겠습니다. 그런데 얼마를 드리면 되나요?"

"음, 아까 택시비가 왕복 만 이천 원이고 지금 택시비가 또 만 이천 원이니까 합하면 이만 사천 원이네요. 원래는 수고비까지 받아야 하지만, 그건 뭐 외국인이시고 몰라서 그런 거니까 제가 감수하기로 하죠! 뭐! 됐죠?"

"근데 현아씨! 지금은 잔돈이 없는데 그 돈 서울 가서 드려도 될까요? 꼭 드리겠습니다!"

"뭐 그럼 그렇게 하세요! 이만 사천 원이요! 전 그만 갈게요!"

현아는 다시는 보고 싶지 않은 표정으로 뒤돌아서 걸어갔다. 그때 아무란은 미안한 마음에 현아를 불렀다.

"현이씨! 그리지 말고 여기까지 나왔으니까 커피 한 잔씩 마시고 가시죠!"

"아뇨! 됐어요! 아무란씨! 전 이만 바빠서요! 바이!"

현아는 바쁜 척 거절하면서 손을 흔들고 걸음을 다시 옮겼다. 키가 큰 아무란은 그 큰 다리를 몇 번 움직이더니 가고 있는 현아에게로 성큼 다가왔다. 그리고는 그의 큰 손으로 현아의 손목을 꽉 잡았다. 순간 현아는 놀라서 얼른 손목을 빼내려고 했다. 하지만, 그의 힘에 압도되어 역부족이었다. 그때 아무란이 살며시 손목을 놓으면서 말했다.

"현아씨! 미안합니다. 오늘 저의 실수 때문에 화가 나셨다면 용서해 주세요!"

"네? 아니에요! 그런 뜻은 아니에요! 전 그냥 바빠서..."

"제가 미안해서 그러니까 음료수 한잔하고 가면 안 돼요? 짐심! 짐심입니다!"

"아무란씨! 짐심이 아니고! 진심이라고 하는 거예요! 진심!"

"네! 진심입니다. 현아씨!"

"어휴~알았어요! 그 진심! 그럼, 여기 편의점에서 음료수만 딱 한잔 마시고 갈게요!"

두 사람은 편의점에서 음료수를 들고 간이의자에 앉았다.

"현아씨! 고맙습니다. 여기까지 가방 가져다주시고! 그리고 시간도 내주셔서!"

"아니에요! 아무란씨! 내가 진짜 시간이 별로 없어서요! 이것만 마시고 우리 일어나요!"

"네 현아씨!"

"근데~ 현아씨! 아까 내가 다시 오면서 핸드폰으로 찾아보니까 순천에는 여행할 곳이 많다고 하던데요! 난 오늘 여기서 하룻밤 자고 내일 순천을 구경하고 가면 좋을 것 같아요!"

현아는 순간 자기의 심장이 쿵하고 떨어지는 소리를 들었다. 자기한테 여기저기를 안내해 달라는 소리로 들린 것이다.

"아~ 노노노! 여기는 아무것도 볼 것이 없어요! 그냥 시골이에요!

한적한 시골! 컨트리! 내~ 내츄럴 컨트리! 유 노?"

현아는 다급한 마음에 자기도 모르게 외국인인 아무란을 말리기 위해서 되지도 않는 영어가 막 튀어나오고 있었다. 하지만 아무란은 아무렇지도 않게, 아무런 동요도 없이 자기 말만 계속하고 있었다. 누가 그의 이름이 아무란 아니랄까 봐, 더 그러는 것 같았다.

"여기에서 좀 더 가면 순천에 낙안읍성하고, 순천만 갈대숲이 유명하다고 하던데요. 현아씨는 가 보셨어요?"

현아의 머릿속에서는 '이 인간이 그런 건 언제 다 찾아서 아는 거지!' 생각하면서 이 궁지에서 빨리 벗어나야만 되겠다고 생각했다.

"전 지금 아주 바빠요! 지금 집에선 내가 오랜만에 와서 잔치를 준비했거든요. 마을 어른들이 다 모여서 잔치를요! 우리 마을은 원래 작은 마을이라 서울에서 자식들이 오면 마을 어른들께 인사하는 풍습이 있어요! 네! 그래서 저는 들어가 봐야만 해요! 헤헤 미안해요! 아무란씨! 그럼 저는 이만 갈게요! 혼자서 잘 보고 가세요. 그럼 서울에서 만나요!"

"그럼 저도 데려가 주세요! 현아씨! 현아씨네 마을 잔치 구경도 하고, 동네도 보고 싶네요! 아주 작은 마을이라고 하니까 더 예쁘고 좋을 것 같아요!"

"네? 아무란씨! 아무란씨가 잘 몰라서 그러는데, 한국에서는 낯선 사람을 집에 함부로 초대하지 않아요! 아무란씨가 저랑 같이 집에 가면, 마을 어른들도 다 놀라고 저희 엄마랑 아빠가 어떻겠어요? 아주 당황할 거예요! 그래서 그건 절대 안 되겠어요! 미안해요!"

"그건 내가 설명할게요. 현아씨! 전 그리스에서 왔습니다! 현아씨하고는 오피스텔에 같이 있는 사람인데, 같은 학원에도 다니고 있는 사람이라고요! 이렇게 어렵게 순창까지 와서, 순창을 좀 더 구경하고 싶어서 현아씨하고 여기 마을에 왔다고 하면 되잖아요! 현아씨가 그렇게 설명해도 되고요!"

"아니 아무란씨! 안된다니까요! 더 긴 말하고 싶지 않아요! 알았죠? 전 가요!"

현아는 재빠른 걸음으로 택시가 있는 곳까지 걸어갔다. 그녀는 뒤도 돌아보지 않고 택시에 올라탔다. 그리고 택시 기사에게 시골집을 가르쳐 주었다. 택시는 달리기 시작했다. 그런데 얼마쯤 가다가 현아는 아무란이 걱정이 되었다. 외국인이 한국말도 서툰데 이곳 시골에서 어디 가서 잠을 잘지 걱정이 밀려왔다. 또 외국인이 혼자서 순천까지 가서, 낙안읍성이며 순천만이며 찾아다니려면 너무 어려울 것도 같았다. 서울에 가면 학원 사람들이며 선생님들도 뭐라고 할 것 같았다. 아무란의 말을 들으면, 나를 어떻게 평가할지도 걱정이 되었다. 아는 사람도 하나 없는 외국인을 낯선 시골길에 내팽개치고 가버린 여자. 너무 매몰차고 차가운 이기적인 여자라고 수군거릴지도 몰랐다. 현아는 시계를 봤다. 현아는 택시를 다시 돌리는 수밖에 없었다. 아무란은 그곳 편의점에 그대로 앉아 있었다. 그도 당장, 그녀가 그렇게 가버리자 난감했던 모양이었다. 어디로 가서 무엇을 보고 어디서 잠을 잘지가 고민이었다.

"아무란씨! 저예요! 현아!"

"다시 오셨네요! 어휴~ 전 정말 가신 줄 알았는데!"

"가다가 아무란씨가 너무 걱정돼서 발이 안 떨어져서 다시 왔어요!"

"너무나 감사합니다. 현아씨!"

"그럼 아무란씨! 어디를 먼저 가보고 싶으세요?"

"아~네! 낙안읍성이 보고 싶은데 여기서 먼가요?"

"그렇게 멀진 않아요! 택시로 한 사십 분 정도! 아직 시간 있으니까 지금 가죠! 뭐! 택시비가 좀 나오겠네요. 어차피 우리 고향에 오셨으니까 제가 오늘만 선심 쓰죠!"

현아는 속으론 울화가 치밀었지만, 꾹 참으면서 쿨한 척했다.

"정말요? 현아씨! 감사합니다!"

"자 그럼 가볼까요?"

"네!"

현아와 아무란은 택시를 같이 타고 낙안읍성으로 향했다. 길가로는 파릇한 벼이삭들이 파랗게 물결을 이루듯 흔들거리고 있었다. 작은 포도나무와 매실나무 과수원들을 지나서 나지막한 산과 들을 지났다. 한쪽에는 블루베리 농장도 보였다. 쭉 뻗은 고속도로를 한 사십 분을 달려서야 드디어 두 사람의 택시는 낙안읍성에 도착했다. 낙안읍성은 오래된 읍성답게 역사가 깃들여져 있는 것 같아서 좋았다. 두 사람이 낙안읍성에서 표를 끊고서 안으로 막 들어가려 할 때 '으악!' 그만 현아가 자기의 모습을 보고는 놀라 소리를 질렀다. 현아는 이제야 자신이 엄마의 냉장고 몸빼바지를 그대로 입고 있다는 것을 깨달았다. 현아는 자신이 지금까지 이 촌스러운 냉장고 바지를 입고서 이 낯선 그리스 남자하고 함께 서 있었다는 것이 믿기질 않았다. 이 모습으로 여기까지 천연덕스럽게 이 남자와 옥신각신 싸우고, 택시까지 타고서 왔나 싶어서 울음이 날 지경이었다. 그리고 이 모습으로 관광객들도 많은 낙안읍성 안을, 천연덕스럽게 그리스 남자와 함께 여기저기 두리번거리면서 돌아다닐 걸 생각하니까 온몸에 소름이 돋았다.

"안 돼! 안 돼! 절대로 안 돼요! 우리 이만 가요! 아무란씨!"

현아가 소릴 질렀다. 그 소리에 아무란이 깜짝 놀랐다.

"현아씨! 무슨 일이에요. 네?"

"글쎄 안 된다고요! 우리 그냥 어디 가서 뭐 먹어요! 맛있는 거! 아니, 그것도 안 돼! 우리 그냥 각자 집에나 가자구요!"

"현아씨! 나 무슨 말인지 못 알아듣겠어요! 대체 왜 그래요? 현아씨! 여기까지 와서요! 어디 아파요?"

"네! 아파요! 배가. 잠깐만요! 아이고 배~야!"

현아는 배 아픈 표정을 지으며, 매표소 앞에 보이는 공중화장실로 무작정 뛰어 들어갔다. '어떻게 하지? 저 인간은 그냥 여기 어디에 숙소 잡으라고 하고서 그냥 집으로 갈까? 아니면 낙안읍성까진 왔으니까 혼자서 둘러보고 숙소 잡아서 오늘 밤 있으라고 할까?' 그리고 자기는 택시 타고 집에 갔다가 내일 여기서 만나는 게 좋을 것 같았다. 현아는 화장실에서 나와서 아무란에게로 갔다.

"아무란씨! 사실은 내가 너무나 급하게 나오느라고 복장이 엉망인 것을 깜박했어요! 이런 모습으로는 다른 사람들에게 구경거리밖에 안 돼요. 우리 내일 여기서 다시 만나는 걸로 해요. 아무란씨 혼자서 낙안읍성 구경하실 거면 그렇게 해도 돼요. 내일 여기서 다시 만나서 순천만에도 구경 가기로 해요. 어때요?"

"아니에요! 난 전혀 괜찮은데요! 현아씨! 내추럴! 내추럴이에요! 여기 원래 컨트리잖아요! 내추럴이 더 어울리는데요!"

"아니요~ 그래도 이건!"

"오~ 노노! 아니에요! 현아씨는 원래 예뻐서 그대로가 더 좋아요! 가꾸지 않아도 정말 돼요! 괜찮아요! 저도 청바지에 티만 입었잖아요. 안 그래요? 우리 이대로 잘 어울려요. 남들이 뭐라 안 해요! 절대 안 해요! 저 말 믿으세요. 너무 예뻐요! 현아씨!"

아무란은 열변을 토하고 있었다. 그의 열변에 현아는 진짜 괜찮은가 하는 생각도 들었다. 여태껏 이렇게 자기 앞에서 예쁘다고 열변을 토하는 남자는 처음 보는듯했다.

"정말 괜찮을까요?"

"그럼요! 아까 말했지만 현아씨는 그대로가 더 예뻐요! 내추럴 뷰티 플 걸! 하하 자연 미인! 하하하!"

"저~ 그 말 정말이에요?"

현아는 난생처음 낯선 남자에게서 그대로가 예쁘다는 말을 들었다. 그 상대가 비록 그리스 남성이지만 그래도 고마웠다.

"정말이라 구요! 정말 요! 진짜!"

"그럼, 나 놀리지 말아요! 그냥 이대로 같이 구경할게요!"

"전혀 안 놀려요! 현아씨는 멋져요! 언제나요!"

현이는 하는 수 없이 냉장고 몸뻬바지를 입고서 편안한 자세로 아무란과 같이 낙안읍성 안으로 들어갔다. 그 안에는 초가지붕으로 지어진 옛날의 집들이 작은 길을 사이에 두고 줄지어 늘어서 있었다. 의외로 사람들이 많았지만 아무란의 말대로 누구도 현아의 냉장고 바지를 쳐다보진 않았다. 현아는 어느새 익숙해졌는지 아주 더 편안한 자세가 되었다. 아무란을 이끌면서 이곳저곳을 설명까지 하면서 데리고 다녔다. 옛사람들이 살던 마을 모습들이 신기한 듯, 아무란은 열심히 들으면서 따라다녔다. 현아는 이젠 남들 보란 듯이 요란한 얼룩무늬 냉장고 바지를 펄럭거리면서 길 한복판으로 걸었다. 현아는 그런 자신이 스스로 더 웃겨 보였다. 거기다가 청바지에 흰색 티를 걸친 유난히 키가 큰 외국 남자가 자신을 졸졸 따라다녔다. 그러면서 그가 이것저것 자꾸만 질문을 하는 것도 웃겼다. 둘의 모습이 너무 우스워서 현아는 입가에 자꾸 웃음이 지어졌다. 아무란은 자꾸만 웃는 현아가 자신이 좋아서 그러는 줄 알았다. 자기도 같이 미소를 지어 주었다. 한 바퀴를 다 돌고 나니까 두 사람은 이제 배가 고팠다. 아까 엄마가 집에서 만들어 놓은 닭백숙이 현아의 눈에서 어른거렸다. 아무란도 마찬가지로 배가 고팠다. 휴게소에서부터 헐레벌떡 순창까지 다시 와서, 거기서 현아를 따라 낙안읍성까지 오고, 또 한참을 구경했으니 아까부터 배가 꺼져있었다. 아무란은 현아 눈치만 보느라고, 배고프다는 말도 못 하고 있었다. 현아와 아무란은 낙안읍성을 나와서 가까이에 있는 추어탕 집으로 들어갔다. 두 사람은 메뉴를 찾거나 돌아다닐 기력도 없었다. 그 집이 제일 가까운 집이었다. 들어와서 보니 메뉴는 달랑 추어탕뿐이었다. 간판은 검정 붓글씨체로 커다랗게 '추어탕 전문점' 이렇게 쓰여 있었다. 둘은 추어탕을 주문했다.

"아무란씨! 추어탕 드셔 보셨어요?"

"아뇨!"

"호호호! 이번 기회에 한 번 드셔 보세요. 이것도 한국요리 체험이라고 생각하시고요! 아무란씨 입맛에는 잘 맞을지는 모르겠지만요!"

"……"

"이게 미꾸라지탕이라는 건데요. 민물고기예요. 작은 뱀장어같이 생긴 물고기예요. 작지만 만지면 미끄러워서 이름이 미꾸라지에요. 어릴때는 저도 먹질 못했어요. 너무 징그러워서요. 우리 시골에선 여름이면 마을 어른들이 모여서 이걸 잡았어요. 논두렁에서 잡아서 보양식이라고 같이 끓여서 먹곤 했어요. 일부러 이걸 잡으려고 어른들이 단체로 어울려서 논두렁이나 앞산 하천에 나가서 한 초롱씩 잡기도 했어요!"

"한 초롱?"

"아~ 네! 한 바게스!"

"네! 맛이 있나요?"

"그다지 맛이 있는 요리는 아니에요. 함께 넣어서 먹는 들깨 맛이 고소하다고 할까요? 그리고 같이 넣는 시래기의 구수한 맛도 좋은 편이죠! 하지만, 한국에선 보양식으로 옛날부터 전해 내려오는 전통음식이죠! 옛날에는 아주 귀한 음식이었어요!"

"현아씨! 감사해요. 이런 것도 소개해주셔서! 오늘 저 때문에 힘들었죠?"

"아니에요! 아무란씨가 외국인이라서 낯설어서 더 내가 편안하게 못 대한 것 같아요! 제가 더 미안해요! 이해하세요!"

현아는 함께 낙안읍성을 구경하는 동안 아무란에 대한 미움이 다 사라졌다.

"그럼 우리 그런 의미에서 이 추어탕에 맥주 한 잔씩 건배할까요?"

"좋아요! 건배란 말은 누구한테 배웠어요?"

"징구한테요!"

"한국 사람들은 건배를 무척 좋아해요! 무슨 일만 있으면 건배하죠!"

"그리스 사람들도 건배를 좋아해요! 아주 많이 해요!"

"그렇군요! 아버지가 그러는데 한국은 원래 큰 나라였대요. 그런데 근대에 들어와서 침략을 너무 많이 받아서 지금은 땅이 작아졌어요! 큰 나라 사람들이라서 술도 잘하고, 노래도 잘하고, 춤도 잘 추는 기분파라고 해요. 맞는지 안 맞는지는 모르지만요! 호호호!"

"우리 어머니의 나라 이탈리아도 원래 큰 나라였죠. 로마! 아시죠?"

"네! 알고 있어요!"

추어탕이 나왔다. 현아가 들깻가루를 추어탕에 넣었다. 아무란에게도 넣어주었다. 현아와 아무란은 숟가락으로 먼저 뜨거운 추어탕을 맛보았다.

"추어탕 맛이 어때요?"

"아~ 괜찮아요! 맛있어요! 밥하고 먹으니까 고소해요, 죽 같은 맛이네요! 한국 시골의 맛! 현아씨 고향의 맛! 오래 기억할게요! 감사해요. 현아씨!"

"그런 말 들으려고 물은 건 아닌데!"

추어탕집에서 식사가 끝난 후, 두 사람은 근처 길가를 걷기로 했다. 현아는 배가 너무나 불렀다. 외국인이지만 키 큰 남자와 같이 걸으니까 왠지, 자신도 힘이 나는 것 같았다. 현아가 보기에 아무란은 옆에서 봐도, 앞에서 봐도 볼수록 잘생긴 남자였다. 아무란도 그건 마찬가지였다. 자기보다도 키가 훨씬 작은 연약한 여성이, 어디서 저런 씩씩한 용기가 나오는지 신기했다, 볼수록 깜찍하고, 예쁜 여자라고 생각했다.

현아가 쓴 검은색 뿔테 안경도 귀여웠다. 한국 여성들은 모두가 저런
가 하고 생각했다. 두 사람이 걷는 가을 길에는 이제 막 피어난 아기
코스모스들이 강아지풀들과 함께 하나, 둘씩 살랑살랑 고개를 저으며
바람에 흔들리고 있었다. 현아의 입에서는 자기도 모르게 나지막하게
콧노래가 나왔다. 그런 현아를 아무란은 옆에서 지켜보며 사랑스러운
여자라고 생각했다. 두 사람은 멀지 않은 곳에서 편의점 파라솔에 앉
았다. 시원한 가을바람이 불고 있었다. 둘은 냉커피를 한 잔씩 마셨다.
그 자리에서 두 사람은 요리에 관한 얘기를 한참 동안 했다.

"아무란씨! 저 앞에 모텔이 보이는데 아무란씨는 오늘 저기서 숙박
하는 게 좋겠어요! 건물도 새 건물 같아서 괜찮을 것 같네요! 시간도
많이 지났어요!"

"그렇게 할게요!"

"우리 여기서 헤어져요!"

"그럼! 내일 이곳으로 오실 거죠? 현아씨!"

"내가 내일 오전에 전화하고 이곳으로 올게요!"

"네! 내일 뵐게요! 현아씨!"

아무란은 무의식중에 서양식으로 현아의 어깨를 살며시 감싸 안으
면서, 현아의 볼에 자신의 볼을 깃다 대었다. 현아는 순간 당황했지만
그런 인사가 싫지는 않았다.

7

사람의 흔적

사람의 흔적이 느껴지지 않는 시간을 초월한 공간처럼, 그 거대하게 비워진 공간들이 태초의 형태로 현아의 눈에 들어왔다. 끝없이 펼쳐진 갈대숲이 바람에 흔들릴 때마다 태고의 시간이 물결처럼 흘러왔다간 다시 사라지기를 반복하고 있었다. 갯벌 위로는 물 그림이 수놓아진 채로, 햇빛에 반짝이면서 매끄러운 대지의 여신들 몸처럼 번들거렸다. 이 다양한 물 그림들은 보는 각도에 따라서 다양한 빛깔로 번들거리면서 살아있었다.

현아는 아무란을 낙안읍성 모텔에 두고 오긴 했지만, 택시를 타고 오면서도 내내 마음은 아무란에게 가 있었다. 현아의 가슴속에서는, 자신이 마음대로 할 수 없는 무언가가 그의 내면에서 꿈틀거리고 있었다. 마치 비바람이 몰아치기 전에 먹구름이 먼저 내려앉는 것처럼, 작은 바람결에도 그녀의 마음속에선 하얀 안개구름이 흩날리는 것 같았다. 약간은 흥분되고 약간은 불안한, 그 무엇이 현아를 계속해서 혼란스럽게 하고 있었다. 아무란이란 사람이 외국인이어서도 아니고, 특별한 남자로 보여서도 아니었다. 어쩌면 그건, 지금 당장은 아니지만 앞으로 다가올지도 모를, 자신의 미래에 대한 두려움 같은 것이었다. 현아는 시골집 대문에 들어설 때까지도 아무란을 생각했다. 아무란은 현아가 그렇게 집으로 가고 나서, 현아가 가리켰던 모텔로 갔다. 모텔은 객실이 많이 비어 있었다. 아무란은 제일 위층에 길가로 창이 나 있는 곳을 달라고 했다. 내일 오전에 현아가 오면 내려다볼 수 있길 바랐다. 아무란은 707호로 들어갔다. 아무란은 마치 707이라는 숫자가 자신의 미래에 대한 승리의 징표처럼 느껴졌다. 현아와 헤어졌던 편의점이 거기서 내려다보였다. 아무란 역시 마음이 편하지는 않았다. 현아라는 여자가 첫눈에 반할 만큼 좋은 것은 아니었다. 그렇다고 나쁜 것도 아닌데 왠지 허전하고 쓸쓸했다. 현아가 뒤돌아서 가는 모습을 보면서, 가슴에서 무언가가 내려앉는 듯한 허전함을 느꼈다. 저 여성을 다시는 못 볼 것처럼, 알 수 없는 슬픈 감정이 스며들었다. 하지만 내일 오전에 다시 온다고 했으니까 믿을 수밖에 없었다. 오늘 하루 동안, 있었던 일들을 생각하자 웃음이 나왔다. 그리고 현아와 같이 낙안읍성을 거닐면서 친해진 것은 정말 잘한 일이라고 생각했다. '그냥 서울로 갔으면, 서울에서 현아가 가방을 가져다주길 기다리다 가방만 돌려받았으면 어땠을까?' 지금보다도 더 무의미했을 것 같았다. 이렇게 그녀와의 새로운 관계 형성도 없었을 것이다. 아무튼 오늘은 재미있는 날이었다. 현아가 옆방 오피스텔에 산다는 것도 재미있는 일이고, 요리학원에 함께 다닌다는 것도 신기한 일이었다. 아무래도 그녀와는 특별한 인연이라고 생각했다.

현아는 집으로 돌아왔다. 엄마는 걱정을 많이 했는지 닭백숙도 안 드시고 꼬박 현아만 기다리고 계셨다. 현아가 낙안읍성에 들어갈 때 전화 통화는 했었다. 그녀는 현아가 낯선 외국 남자와 같이 있다고 하니까 여간 걱정스러운 것이 아니었다. 그 낯선 외국인이 누구인지, 나쁜 사람은 아닌지, 멀리 남의 나라까지 와서 한국 음식을 배운다는 데 실력은 있는 요리사인지, 여러 가지 궁금한 게 많았다. 무엇보다도 딸이 아무 일이 없어야 하는데 하는 걱정뿐이었다.

"엄마 나왔어!"

"이것아! 밥은 묵은 겨?"

"네! 추어탕 잘 먹었어!. 그 외국인하고!"

"그놈은 어떤 놈이냐? 착한 놈은 맞어 야?"

"에이~! 내가 그걸 어떻게 알아! 착한 사람인지 아니면 도둑놈인지!"

"넌 다 큰애가 왜 암 것도 모르는 외국 놈하고 댕기구 자빠졌냐! 걱정스러워야! 뉴스에서 보면 요새 올매나 무신 인간들이 맹근줄 몰라야!"

"엄마! 걱정하지 마! 그런 외국인이 순창까지 와서 엄마 딸 안 잡아 가니까. 헤헤!"

"이년아! 망아지 만 한 것이 사내 맹그럼 덜렁덜렁 혀갖고! 넌 언제 철들어서 시집갈 것이냐?"

"남자가 생겨야 시집을 가지! 시집은 뭐 혼자 가나!"

"그랑께! 주위에서 선배들이랑 니가 잘 찾아야 제!. 너 좋다는 놈 있음 얼른 시집 가 불어야! 엄마랑 아빠 걱정 좀 던져 불고 살게! 늘 물가에 애 맹치럼 있응께 내가 더 늙어야! 느그 아빠 더 늙어 불기 전에 결혼해 불어! 잉것아!"

"엄마는 아빠가 뭐가 늙었다고 그래! 우리 아빠는 아직도 청년 같은데 청년!. 헤헤! 아빠한테 직접 물어볼까? 그럼 아빠는 아직 새파란 청춘이라고 말할걸! 엄마도 젊다고 생각해야 더 젊어지는 거예요!"

"젊긴 개뿔! 인정 다 늙어 말라비틀어져 불려고 헌디! 이년아!"

"어~이쿠! 울 엄마도 신식이네. 개뿔을 다 쓰시고?"

"저그서 앙그냐!"

엄마가 TV를 손가락으로 가리켰다. 현아는 그런 엄마가 더 사랑스러워서 엄마를 힘껏 안아 주었다.

"근데, 그 외국 사람은 오데서 자냐? 키는 올매나 커야? 잘생겼냐?"

"그럼 외국인인데 당연히 크지 한 백 팔십오는 더 될 걸 아마! 그리고 눈이 부리부리한 파란색 눈이고 잘생겼어! 어! 그 정도면 잘생긴 거지! 근데 머리는 붉은색이고 큰 팔에 불그스름한 털이 부실 부실한 게 장난이 아냐! 헤헤헤!"

"그래 야? 에그 징그러부라!"

"엄마 궁금하지? 내일 한번 아무란 데려와 볼까?"

"아녀. 이년아! 데려오 정 말어! 정신 사나워! 나이는 너 보담은 많냐?"

"응! 한 세 살 정도."

"나쁜 놈은 아닝 것 것냐?"

"응! 그런 것 같진 않아. 그냥 외모가 커서 그렇지 보기보다는 선한 사람 같아!"

"니가 조심해 잉 것아! 서양 놈들이랑 우리랑은 먼시 달라도 다릉께!"

"나처럼만 조심하라고 그래! 엄마! 아까는 시집 빨리 가라고 하더니."

"그 사람은 외국인 이랑께 안 그냐! 니가 조심혀야제!"

"누가 그 사람이랑 사귀기라도 한 대요? 난 관심 없거든! 더군다나 외국 남자는요! 내가 뭐 아무리 남자가 없어도 그렇지. 외국 남자랑 사귈까 봐!"

"남녀 관계는 모르는 거여! 엄마 맴이 무신 맴인지 알 제?"

"네~ 명심하겠사옵니다. 심여사님!"

현아 엄마의 이름은 심희자였다.

"그 사람 내일도 보냐?"

"네! 오전에 보기로 했어요. 내일은 순천만 갈대숲을 보여줄 거야. 그리곤 서울로 올라갈 거예요."

"이름이 뭐시라고 했냐?"

"아무란!"

"뭐시 아무렴!"

"헤헤! 울 엄니 또 궁금증 폭발하셨네. 아무란! 아무렴이 아니구 아무란! 아.무.란.이라구요!"

"성은?"

"성이요? 성이 뭐라고 했더라. 마리아니 샤르마! 네! 맞아요. 아무란 마리아니 샤르마!"

"서양놈들은 성이 뭣 담시 그렇게도 기냐! 외워지지도 않어 야!"

"이름만 알면 되지! 뭐! 근데 아빠는 왜 이렇게 늦으셔? 아홉 시가 다 돼가는데!"

"썩어빠진 친구들이랑 노니께 안 그냐!. 술만 많이 안 허문 느그 아빠 걱정은 없어야! 맨날 우린 니 걱정이여! 니 걱정! 망아지 걱정!"

"엄마! 이젠 나도 어엿한 어른인데 무슨 걱정을 그렇게 많이 해! 내 나이가 내일이면 서른이야! 서른! 엄마는 서른일 때 나 낳아서 키운 지가 오 년이나 지났다구요! 심여사님!"

"긍께 더 걱정 아녀 이년아! 넌 아적도 시집도 못 갔응께! 운제 남자 맹그러서 시집가 불고 애 낳아서 키워야!"

"요즘은 결혼 일찍 안 해요! 엄마 때하고는 달라! 여자들도 직장생활도 하고, 결혼생활을 잘하려면 돈도 많이 모아야 되고! 미리미리 준비할 것도 더 많아진 시대라고요! 더 많이! 알아요?"

"아따! 엄마 아빠가 널 울매나 귀허게 키웠능 지는 알어야?"

"왜 몰라. 이제 나도 성인인데요! 엄마! 너무 염려 마. 때가 되면 엄마가 좋아하는 멋진 남자 데려와서 시집갈 테니까!"

"느그 아빤 그래도 젊어성은 훤칠하니 좋았는 디! 이젠 다 늙어빠져 불어서 그라 제!"

"아빠야 지금도 멋지지! 그 연세에 그 정도면 아직 청년이라니까. 우리 아빠는 젊어! 친구들 아빠 가끔 만나면 얼마나 늙으신 분들이 많은데요!"

"이젠 술도 많이 못해야! 옛날의 느그 아빠가 아녀 시방!"

"아빠 너무 늦으시네! 전화해볼까?"

현아는 아빠에게 전화를 걸었다.

"아빠! 나야 현아!"

"어이구! 우리 새끼 왔냐!"

"나 집에 왔어! 아까부터 엄마가 기다리는데 언제 들어오세요?"

"그러잖아도 시방 갈려고 나왔다! 친구들하고 댕구쳤다!"

"또 내기했구나!"

"그냥! 재미로 하는 거여! 언제 가나?"

"월차휴가 오 일냈어요! 요리 견학도 할 겸 시골집에도 있다가 가려고요! 엄마 아빠도 보고요!"

"오이야! 들었다!"

"빨리 오세요. 식사는 하셨어요? 엄마가 닭백숙 끓여 놓았는데."

"지금이 몇 신데! 좀 전에 친구들이랑 묵었응께 아빠 금방 갈겨!"

"네!"

현아가 전화를 끊었다.

"엄마 배 안 고파요? 아빠는 친구랑 했대!"

"니가 안 오길래 냉긴 옥수수 묵었제! 아빠야 늦으면 밖에서 알아서 챙겨 먹고 옹께! 오서 너나 식사해 불어! 닭백숙이 맛있게 되얐다!"

"난 추어탕 먹어서 배는 안 고픈데 닭다리 하나만 뜯을게요!"

현아는 추어탕을 먹어서 배가 고프지 않았다. 그래도 엄마가 해준 음식이라 먹는 시늉이라도 하려고 백숙 닭다리를 하나 들고서 뜯었다. 식사를 뚝딱하고 현아는 자기 방으로 자리를 옮겼다. 심여사는 쟁반에 사과를 깎아서 가져왔다. 현아는 TV를 켰다. 현아는 사과를 먹으면서 TV를 보다가 피곤한지 하품을 두 번이나 했다. 그걸 보던 심여사가 일어나 나가면서 말했다.

"피곤형께 그만 누워서 푹 자 불어라!"

"아빠 와야지!"

잠시 후 현아의 아빠가 집에 들어왔다. 그는 마당으로 들어오는 그의 발소리로도 그의 존재를 알리기엔 충분했다. 옛날에 비해 몸은 많이 야위었지만 그래도 당시 젊었을 적엔 백 칠십육이나 되는 큰 키에 당당한 체격을 자랑했었다. 더군다나 한국의 남자라면 다들 인정하는 해병대를 나왔으니까. 그의 남자다움은 현아의 엄마나 현아는 물론, 마을에서도 인정해주는 사람이었다. 그가 오자 심여사가 마루 쪽 미닫이문을 열고 그를 맞았다. 금방 현아도 아빠의 인기척을 듣고는 방문을 열고 나왔다.

"아빠!"

"어이구 우리 새끼 왔냐!"

현아는 아빠에게 매달려 안겼다. 두 사람이 포옹하는 것을 심여사는 즐거운 시선으로 바라보았다.

"엄마도 이렇게 해봐! 그럼 아빠도 더 좋아할 거야. 그쵸? 아빠!"

"내가 너처럼 애다냐! 징그러운 년!"

"니 엄마는 예전에 많이 했응께! 느그 어릴적까정도! 그랑께 이젠 안 해도 되제! 하하하!"

"저 양반이 애 앞서 못 허는 소리가 읍당께! 다 늙어부렀응께 이제 주착부려도 되는거?"

"아~ 사실이 맞는 말 아녀? 내 말이 틀렸어? 난 진실만 얘기 혀! 안 그러냐? 현아야! 진실만 얘기해야 애도 좋아한당께!"

"네! 역시 우리 아빠는 멋지시다니까. 아직도 청년이야. 청년! 우리 마을의 기둥 같은 젊은 청년!"

"그럼! 아빠는 순창의 영원한 청년이여! 하하하!"

"아빠 오늘은 종일 뭐 했어?"

"아침에 일찍이 일나서 논하고 밭에 댕겨오고, 그리고 뭐 했드라? 응 점심 먹고! 시내 농협에 가서 일 좀 보고 그랬제! 그리고 친구들이랑 여태 있어 불었지!"

"느그 아빠는 해만 기울면 거시기 썩어빠진 친구들하고 뭣 담시 댕기는지 모르겠어야! 하루 왠종일 집에 붙어있질 않응께! 집에 헐 일은 산더미처럼 맹근데도 말이여! 느그 아빠 포기하고 산지 이미 오래 되야 불었다!"

"집에 시방 무신 일이 산더미처럼 많다고 그려? 날마다 내가 다 알아서 해불고 허는구먼!"

"엄마! 아빠! 이제는 두 분 다 건강에나 신경 많이 쓰세요! 그럼 돼요!"

"아빠는 저렇당께! 나만 온종일 집에서 일 시켜 불고!. 여기로 뛰고 저기로 뛰고 음식허야제! 텃밭에 나가야제! 설거지며 빨래며 청소며 헐 일이 끝도 없어야! 마당 안팍으로 미친 망아지 맹그럼 뛴께 정신이 다 없당께! 헌디 느그 아빠는 뭘 알 것냐!"

"그래도 우리 아빠는 집안일도 많이 봐주고 자상한 편이잖아요! 아직도 건강하고 그럼 된 거잖아. 엄마!"

"고맴치도 안 허문 내가 뭣 댐시 같이 산다냐! 안 그러문 시방 같이 안 살제!"

"그래요! 엄마! 역시 우리 집은 괜찮은 집이야! 엄마 아빠 사랑해요!"

현아가 두 팔로 커다랗게 하트를 그리는 바람에 세 가족 모두가 동시에 활짝 웃었다. 가족 모두가 안방으로 가서도 심여사는 며칠 전에 마당에서 수확한 파란 대추와 식혜를 가져왔다. 심여사는 식혜가 소화에 좋다고 말했다. 대추와 식혜를 다 마시고 나서야 현아는 자기 방으로 들어갔다. 엄마는 벌써 현아의 잠자리를 곱게 깔아 두셨다. 모처럼 누워보는 시골 방의 정취가 현아를 행복하게 했다. 엄마도, 아빠도 이대로 함께 오래도록 살았으면 좋겠다고 생각했다. 그때 아무란 생각이 떠올랐다. 아무란은 모텔에서 잘 자고 있는지. 내일 아무란과 만날 때는 어떤 옷을 입을까 생각했다. 현아는 냉장고 바지를 입고 낙안읍성을 돌아다닌 생각에 입가에 미소가 지어졌다. '아무란은 그리스나 이탈리아에는 여자 친구가 없나? 아무란은 나를 어떻게 평가했을까? 오늘 내가 택시를 도대체 몇 번이나 탄 거야?' 오늘의 피로는 전부 아무란 때문이었다. '아무란은 고마운 마음은 있기는 있는 걸까?' 이런저런 생각을 하다가 현아는 피로에 지쳐 스르르 잠이 들었다.

아침 열 시가 거의 다 되어서야 현아는 잠자리에서 일어났다. 창밖에서 우는 새소리에 여기가 시골집이란 것을 떠오르게 했다. 나뭇가지에 스치듯이 가느다랗게 바람 소리가 들렸다. 코끝으로 스며드는 맑은 공기와 새소리가 시골의 아늑함과 편안함을 느끼게 했다. 현아는 모든 마음속 긴장의 끈들이 떨어져 나가는 것 같았다. 딱딱하게 굳어졌던 심장이랑 머릿속의 뇌세포까지도 녹아서 말랑말랑해지는 듯했다. 서울에 있는 오피스텔에서는 아침 일찍부터 울리는 자동차 소음에 매캐한 냄새까지 여기와는 극과 극의 차이가 있었다. 왜 다들 도시에서 살려고 안달인 건지 모르겠다. 의식주만 해결된다면 시골이 더 훨씬 인간다운 삶이라고 그녀는 생각했다. 평생 이곳을 떠나본 적이 없는 그녀의 부모님들이었다. 부모님 같은 그런 삶도 괜찮은 삶이라고 여겨졌다. 심여사는 모처럼 내려온 딸이 피곤을 풀 수 있도록 잠을 일부러 깨우질 않았다. 현아의 아버지는 새벽 일찍이 논과 밭을 보러 나가고 없었다. 늦잠을 자다 깬 현아는 잠옷 차림으로 엄마에게로 갔다. 엄마는 아침을 다 준비해 놓고 현아가 일어나기를 기다리고 있었다. 아침 식사라야 어제 남은 닭백숙하고 김치 그리고 취나물이 전부였다.

"엄마 아빠는?"

"아빠는 밭에 나갔어야! 얼른 세수하고 아침 묵어!"

"네!"

현아는 마당 앞에 있는 수돗가에 가서 세숫대야에 찬 물을 받았다. 시골에서 고등학교까지 마친 그녀는 시골 생활이 도시 생활보다 더 익숙했다. 찬물에 세수를 마치고, 마당 빨랫줄에 걸려있는 수건으로 얼굴을 쓱 문질렀다. 현아는 능숙하게 마루에 올라와서는 엄마가 차려놓은 밥상에 앉았다. 엄마가 따뜻하게 데워놓은 닭백숙을 숟가락으로 뜨는데 심여사가 말했다.

"몇 시에 가냐?"

"밥 먹고 가면 돼. 엄마!"

"이따 늦게 와?"

"한 여섯 시나 일곱 시쯤! 왜 엄마?"

"여근 낮이 짧응 께 앙 그냐! 얼른 들어와야 혀!"

"알았어 엄마! 내가 집에 올 때 전화할께!"

"많이 묵어! 이것아! 빼짝 말라갔구 댕기지 말어!"

"네~!"

현아는 죽 한 그릇을 후딱 비우고는 일어섰다.

"엄마! 밭에 갈 때는 썬크림 좀 바르고 다녀! 얼굴이 더 탓 네!"

"썬크림은 무슨 개뿔! 시골 촌구석에서 썬크림이다냐!"

"오우~ 울 엄마 개뿔 잘 써먹는데. 짱이다!"

"짱은 연예인들이나 짱이지! 늙어빠진 시골 망구가 무신 짱이여!"

"크큭~ 우리 엄마 진짜 신세대네. 멋지십니다요! 심희자 여사님!"

"어여 갔다가 일찍이 기어들어 와! 늦지 말구!"

"넵! 심여사님! 명심허겠습니다요!"

현아는 무슨 옷을 입을까, 옷장을 열고 이것저것 꺼내서는 거울 앞에서 비쳐 보았다. 어제 입은 냉장고 바지 생각에 현아 입가에 다시 웃음이 번졌다. 날씨가 화창하고 맑았다. 하얀 남방에 약간 짧은 빨간색 줄무늬 미니스커트를 골랐다. 겉에다가 베이지색 가을 바바리를 걸쳤다. 시골집에 있던 흰색 샌들을 신었다. 현아는 즐거운 마음으로 아무란을 만나기 위해 낙안읍성으로 갔다. 들판은 이제 완연한 가을 빛깔을 하고 있었다. 고개를 숙이기 시작한 벼들이 펼쳐져 있었고, 길가에는 코스모스도 간간이 흔들거렸다. 햇볕은 따가웠지만 높은 하늘은 푸른 세상의 창을 열어, 이 땅의 모든 것을 포용하고도 남을 듯했다. 누구의 표현인시는 몰라도 '이내로 멋진 닐'이있다. 편의짐에 다가오자 현아는 아무란에게 전화를 걸었다. 통화 중이었다. 잠시 뒤, 다시 전화를 걸었다. 아무란의 목소리가 들렸다.

"여보세요? 현아씨?"

"네. 아무란씨! 저 지금 편의점 앞 택시 정류장에 있어요! 내려오세요!"

"네에~"

아무란의 전화가 끊어지자 현아는 아무란이 여기 모텔에서 잔 게 맞다고 생각했다. 현아는 기다리면서 모텔 입구를 뚫어지게 바라보고 있었다. 하지만 아무란은 나오질 않았다. 나올 시간이 한참을 지난 것 같아 현아는 다시 아무란에게 전화를 걸었다. 아무란이 받았다.

"네 현아씨!"

"아무란씨! 뭐해요? 빨리 내려오지 못해요! 일 분 이내에 안 내려오면 저 다시 가버릴 거에요! 알았어요?"

"저 이미 와 있는데요. 현아씨!"

"네? 어디요?"

현아가 주위를 한 바퀴 둘러봐도 아무란은 보이질 않았다. 아무란은 그때 편의점 안쪽에서 천천히 걸어 나왔다. 양손에 카페라테를 두 개 들고 나타났다.

"저, 여기 있잖아요!"

"아무란씨! 누굴 지금 놀려요? 아까부터 거기 있었으면서 날 지켜본 거예요?"

"기다리다가 심심해서 좀 일찍 나왔어요! 갈 데도 없고 그래서 여기서 기다렸어요. 현아씨 올 때까지요! 깜짝 놀라게 하려고 했는데 너무 화낼 것 같아서! 헤헤! 그냥 간다고 하니까 나왔어요! 자! 여기 카페라테요!"

현아는 아무란의 말을 듣자 웃음이 나왔다. 두 사람은 택시를 타고 순천만으로 향했다. 순천만은 태고의 모습 그대로인 것처럼 보였다. 사람의 흔적이 느껴지지 않는 시간을 초월한 공간처럼, 그 거대하게 비워진 공간들이 태초의 형태로 현아의 눈에 들어왔다. 끝없이 펼쳐진 갈대숲이 바람에 흔들릴 때마다 태고의 시간이 물결처럼 흘러왔다간 다시 사라지기를 반복하고 있었다. 갯벌 위로는 물 그림이 수놓아진 채로, 햇빛에 반짝이면서 매끄러운 대지의 여신들의 몸처럼 번들거렸다. 이 다양한 물 그림들은, 보는 각도에 따라서 다양한 빛깔로 번들거리면서 살아있었다. 하나의 거대한 생명체들처럼, 지금껏 한 번도 지치거나 숨을 멈춘 날이 없는 것 같았다. 마치 긴 호흡으로 끝없이 율동하면서 그 자리를 지켜오고 있는 듯했다. 햇빛과 바람과 물과 대지의 조화가 그곳에 있었다. 그리고 그 조화를 위한 찬가처럼, 반짝거리는 물결의 리듬에 맞춰 갈대들과 풀들이 춤을 추고 있었다. 두 사람은 자신들도 모르게 '와!'하는 탄성과 함께 둘은 서로의 손을 잡았다. 누가 먼저랄 것도 없이 나란히, 그리고 정말로 똑같이 둘은 서로의 손에 힘을 꽉 주었다. 두 사람은 자연의 넓은 품 안에서 압도되었다. 얼마나 인간이 하찮은가를. 그리고 우리가 그토록 매달려온 삶이라는 것이 얼마나 초라한 몸부림인 것을, 두 사람은 따로 말을 하진 않았지만 공감하고 있는 것 같았다. 한참을 두 사람은 그 넓은 갈대숲을 바라보고 또 바라보았다. 단 한 걸음도 띄지 못한 채, 그 자리에 그대로 굳어진 바위들처럼. 얼마쯤 시간이 지났을까. 먼저 말을 긴 사람은 아무건이었다.

"현아씨! 감사해요. 이런 곳에 데려다 줘서!"

"……"

현아는 무슨 말을 하고 싶었다. 하지만 말이 나오지 않았다. 그냥 미소만 지으면서 아무란을 올려다보았다. 주위에는 아무도 없었다. 그들

두 사람이 서 있는 나무 그늘 말고는 온통 햇빛과 갈대숲뿐이었다. 그리고 그들 앞에 놓인 작은 흙길 외에는 아무것도 없었다. 아무란이 현아를 내려다보았다. 현아도 아무란을 올려 다 보았다. 둘은 거기서 가벼운 키스를 했다. 그것은 어쩌면 그 순간만큼은 그들에겐 정당했다. 아니 너무나 자연스러운 행동이었다. 두 사람뿐 아니라, 주변의 모든 살아있는 것들을 포함해서 모든 것이 자연스러운 움직임이었다. 갈대숲이 바람에 흔들리면서, 자기들끼리 몸을 비비며 춤을 추고 있었다. 두 사람은 이제 가만히 그 작은 흙길을 따라서 걸어 나갔다. 그들 위로 햇빛은 따가웠다. 현아는 그녀의 작은 가방에서 하얀색 양산을 꺼내 펼쳤다. 키 큰 아무란이 대신 양산을 받아들었다. 두 사람은 그렇게 가을 햇빛 속으로 걸어 나갔다. 그들이 걸어 나갈 때마다, 길가의 갈대 수풀들 속에서 작은 메뚜기 같은 것들이 날아서 자리를 옮겼다. 파리와 벌레들도 간간이 보였다. 그래도 그들은 계속해서 걸었다. 그들은 젊었다. 끝이 보이지 않는 그 길의 끝까지 걷는다 해도, 지칠 것 같진 않았다. 처음 걷기 시작한 곳의 나무 그늘이 보이지 않을 때쯤, 다른 나무 그늘이 나타났다. 두 사람은 말없이 그 나무 그늘 아래로 들어갔다. 그곳에서 두 사람은 깊은 포옹을 했다. 아무란의 커다랗고 긴 팔이 현아의 상체를 휘감았다. 두 사람의 몸은 이미 뜨거웠다. 하지만, 서로가 개의치 않았다. 다시 두 사람은 깊은 키스를 했다. 현아는 커다란 아무란의 팔에 안긴 채, 아무란의 몸에서 뿜어져 나오는 땀 냄새와 주위의 더운 열기를 느꼈다. 잠시 후, 아무란의 팔이 가만히 현아를 풀어주었다. 현아는 그 큰 아무란의 가슴에 그대로 기대어 있었다. 아무란의 흰색 티셔츠 속으로, 그의 무성한 가슴털들이 느껴졌다. 현아는 아무란의 팔을 어루만졌다. 그의 팔에서 무성하게 자란 붉은 털들이 마치, 저 순천만에서 바람에 흔들리고 있는 갈대숲처럼 느껴졌다. 두 사람은 다시 걸음을 걸었다. 그 작은 흙길이 앞에서 두 갈래로 갈라지고 있었다. 왼쪽 길은 강길을 따라 더 뻗어 있고, 오른쪽 길은 갈대숲 사이로 이어져 있었다. 인공적으로 만들어 놓은 방부목 데크 길로 되어 있었다. 그들은 목재 데크 길이 있는 오른쪽 길로 걸었다. 데크 길은 흙길하고는 또 다른 느낌이어서 현아는 좋았다. 아무란도 그런 것 같았다. 데크 길이 다시 두 갈래로 나오자 그들은 이번에도 오른쪽으로 걸었다. 현아는 그 길 끝까지 가면, 어쩌면 아까 처음 걷기 시작한 길로 이어질지 모른다고 생각했다. 이때 아무란이 현아를 내려다보면서 말했다.

"현아씨! 좋아요? 이길 걷는 거?"

"네! 아무란씨! 우리 이 길이 끝나는 곳까지는 아무런 말도 하지 말고 걸어요. 그냥 걷기만 해요!"

"좋아요!"

두 사람은 정말로 그 길이 끝날 때까지 아무런 말도 하지 않았다. 그리고 그 길은 현아의 예상처럼 처음 걷기 시작했던 그 나무 그늘 아래로 이어져 있었다. 그 나무 그늘 밑에 서서 두 사람은 사진을 찍었다. 현아는 갈대숲을 향해 정신없이 핸드폰의 사진 셔터를 눌렀다. 아무란은 강물을 향해서 사진을 찍었다. 아무란은 현아를 찍었다. 현아도 아무란을 찍었다. 현아는 두 사람을 배경으로 셀카를 찍었다. 두 사람은 사진을 찍으면서도, 앞으로 그들의 미래에 대한 어떠한 상상도 하지 않았다.

아무란과 현아는 택시를 타고 터미널로 갔다. 그곳에서 둘은 헤어졌다. 아무란은 서울오피스텔로 갔고 현아는 시골집으로 갔다. 현아는 내일 모레 서울로 갈 것이다. 아무란은 오피스텔에서 현아를 기다릴 것이다. 아무란은 순천만에서 현아를 따라 현아네 시골집에도 가보고 싶었다. 하지만, 현아의 거절로 서울로 돌아가야만 했다. 현아는 그를 시골로 데려간다 해도 안 될 것은 없었지만, 그와의 첫 키스가 그녀의 마음을 거절하게 했다. 아빠와 엄마의 마음을 다치게 하고 싶진 않았다. 이건 어디까지나 그녀 자신의 문제라고 생각했다. 그리고 어떤 모습이든 그녀만의 인생인 것도 사실 맞았다.

8

잠든 현아

잠든 현아의 침대 위에서 현아의 핸드폰 메시지 소리가 울렸다. 하지만 현아는 잠을 깨진 않았다. 현아는 꿈속에서 아무란을 만났다. 아무란은 아무 말 없이 현아를 보고 있었다. 입가에 그만의 특유의 미소를 머금은 채로, 물끄러미 그녀를 내려다보고 있었다. 그녀도 아무란을 보고 있었다. 아무란의 붉은 머리칼이 그녀의 얼굴을 스치듯 지나갔다. 그리고 현아는 다시 깊은 잠 속으로 빨려 들어갔다.

현아는 오늘 오피스텔로 돌아가기로 했다. 아무란과 헤어진 지 이틀이 지났다. 오늘 현아는 온종일 시골집에서 엄마랑 집안일을 거들면서 보냈다. 그리고 터미널에서 늦은 시간표를 끊었다. 현아는 늦은 시간이 되어서야 오피스텔에 돌아왔다. 시골집에서 서울까지 오는 내내 현아의 머릿속은 정리가 되질 않았다. 그냥 혼란스러웠다. 아무란에 대해서 이런저런 생각이, 꼬리를 물고서 계속 이어지고 있었다. 아무란에게서는 어제도 오늘도 아무런 연락도 오지 않았다. 아무란도 나름 현아에 대해서 마음의 정리를 하고 있었다. 현아는 그의 전화를 기다리지는 않았다. 현아의 오 일 휴가는 그렇게 끝나고 있었다. 현아는 오피스텔에 짐을 풀고는 바로 침대에 누웠다. 아무란과의 첫 키스가 생각나서 입가에 엷은 웃음이 터졌다. 박수정과는 또 다른 아무란의 굵은 팔이 생각났다. 순천만의 갈대숲을 닮은 아무란의 털이 무성하던 팔이, 그리고 그의 땀 냄새와 더웠던 그때의 열기가 현아의 온몸을 다시 감싸고 있었다. 오랜만에 다시 맡아보는 남자의 냄새였다. 현아는 더운 열기를 식히기 위해서 샤워했다. 그리고는 침대 위에서 곧바로 잠이 들었다. 잠든 현아의 침대 위에서 현아의 핸드폰 메시지 소리가 울렸다. 하지만 현아는 잠을 깨진 않았다. 현아는 꿈속에서 아무란을 만났다. 아무란은 아무 말 없이 현아를 보고 있었다. 입가에 그만의 특유의 미소를 머금은 채로, 물끄러미 그녀를 내려다보고 있었다. 그녀도 아무란을 보고 있었다. 아무란의 붉은 머리칼이 그녀의 얼굴을 스치듯 지나갔다. 그리고 현아는 다시 깊은 잠 속으로 빨려 들어갔다.

아침이 되었다. 현아는 출근을 서둘렀다. 지하철에서 현아는 어제 밤 늦게 보낸 아무란의 메시지를 보았다. 〈현아씨! 돌아오셨나요? 전 오늘 하루 현아씨 생각에 아무 일도 못 했습니다. 오시면 연락이 오지 않을까 기다렸어요. 문자 보시면 전화 주세요! 아무란.〉 현아는 문자가 온 시간을 보았다. 어젯밤에 잠든 사이에 온 모양이었다. 〈이따가 점심시간에 연락할게요!현아!〉 현아는 이따가 점심 때쯤 연락해야지 생각했다. 회사에 도착하자마자 밀린 업무가 산더미처럼 많았다. 연과장은 현아에게 열 개도 넘는 서류뭉치를 건네면서 말했다.

"잘 다녀왔어? 부모님은 모두 안녕하시고?"

"네 과장님! 덕분에 잘 다녀왔습니다! 제가 없어서 힘드셨죠?"

"아냐! 급한 것들은 해놓고 미뤄도 되는 것들은 남겨두었어! 너 더 예뻐진 것 같다. 바람 쐬고 와서 그런지 좋아 보이네!"

"바람은 요 뭐! 요리학원 견학 간 건데요! 순창에서 간장, 고추장, 된장 만드는 곳 갔거든요! 전주 한옥마을에서 자는 건 좋았지만요!"

"거기 남자들은 없었어? 남자들이 있어야 더 재미있는데!"

"남자는요! 순 아줌마들이라 재미없었어요!"

"김대리 잘 다녀왔어? 없으니까 사무실이 빈 것 같드라!"

"아~예! 김사봉 과장님! 잘 다녀왔습니다."

"김대리는 꼭 나한테 김사봉 과장님이라고 부르더라. 거리감 들게! 이름은 빼고 김과장님! 아니면 미스터김! 이라고 불러! 알았지?"

"미스터김은 무슨!"

연과장이 김사봉 과장에게 콧방귀를 세게 날렸다.

"네! 김과장님!"

현아의 대답에도 연과장은 미간을 찌푸렸다. 그때 사무실로 박현진 부장이 들어왔다. 오십 대 후반의 의젓한 성격에 점잖은 부장님이었다.

"그래! 오늘은 다들 출근했지? 김현아 대리가 없으니까 사무실 일손이 딸려서 말이야. 바빴어! 밀린 업무 좀 빨리 마무리 부탁해요!"

"네! 네!"

연과장은 따로 대답하진 않았다. 연과장은 사실 속마음으로나마 박부장을 존경하고 있는 듯했다. 사무실에서는 전혀 티를 내지는 않았지만, 현아와 단둘이 있을 때는 박부장을 얘기할 때가 많았다. 하지만 박부장은 어엿한 집안의 가장이었다. 자식들도 장성해서 큰아들은 곧 장가갈 나이가 된 것 같았다. 그의 부인은 한 때, 고향에선 미스코리아였다는 소문이 회사에서는 있었다. 처가의 고향에선 나름, 유지 소리를 들었다. 박부장 본인의 재산도, 상속받아서 꽤 있는 것으로 다들 알고 있었다. 그런 박부장은 매사에 여유가 있었다. 그를 보고 있으면, 모든 걸 다 가진 자의 여유가 느껴질 때가 많았다. 그런 박부장을, 연과장은 속으로만 좋아하고 있었다. 언제인가 한번은 회식이 끝나고 연과장이 현아와 단둘이서 생맥주 가게에 앉았을 때, 이렇게 말한 적도 있었다. '박부장님 같은 스타일 남자라면 나도 시집갈 수 있겠는데, 그만한 남자가 없다니까. 현아야! 안 그러니! 박부장님 너무 남자답고 의젓하시고 멋지시지 않니?' '네! 그런 것 같아요! 언니!' 현아는 사석에서는 연과장을 언니라고 부르기도 했다. 그건 연과장이 그렇게 시켰기 때문이었다. 연과장은 나이가 들어선 지 좋아하는 남자들의 연령대 폭이 아주 넓었다. 이십 대부터 오십 대까지, 그리고 일단은 부유하고 넉넉해야만 했다. 얼굴에도 부유한 티가 줄줄 흘러야만 했다. 가난하거나 딸린 식구가 많거나 궁상떠는 건, 연과장의 성격상 딱 질색이었다. 심플하고, 돈 많고, 여유 있는 남자가 딱 그의 스타일이었다. 하지만, 현아 생각에도 그런 남자가 과연 연과장을 좋아할지는 미지수였다. 현아의 회사에는 창업주 회장 조만섭과 회장의 조카인 조평길 사장과 회장의 아들 조건만 이사가 있었는데 회장의 아들인 조건만 이사는 늘 회사 안에서 이슈메이커였다. 그는 이름 그대로 조건만 맞으면, 앞뒤 가리질 않고 무슨 일이든지 벌였다. 회사를 혼란에 빠트리는데 일가견이 있는 인물이었다. 뒷수습은 늘 박부장과 그의 사촌 형인 조평길 사장과 직원들의 몫이었다. 그래서, 조만섭 회장과 조평길 사장은 한때는 조건만 이사를 회사에 얼씬거리지도 못하게 했었다. 근데, 나이가 들어가는 아들이 바깥세상에서, 제 자리를 못 찾고 빈둥거리는 것도 문제는 문제였다. 그 모습을 지켜보던 회장은, 며느리가 통 사정을 하는 바람에 결국, 다시 붙들어다 놓은 것이다. 연과장은 조건만 이사 같은 사람은 발가락의 때만큼도 취급을 안 했다. 연과장의 생각은 회사 회장의 아들이면 그 위치에 맞게 모범이 되어야 한다는 것이다. 나와서 아버지 돈이나 축내고, 사고나 쳐서 아버지 얼굴에 먹칠이나 하고 있으니 한심하다는 식이었다. 현아는 거기까지는 모르겠지만 조건만 이사의 위치가 그냥 부럽기는 했다. 오전 일과를 마치고 점심시간이 되자, 현아는 아무란에게 전화했다.

"아무란씨!"

"현아씨! 거기 어디에요?"

"회사지 어디에요?"

"그럼 우리 이따가 회사 끝나면 만나요! 할 얘기가 있어요!"

"그래요! 어디서 만날까요?"

"우리 오피스텔 아래에 카페에서 봐요! 제가 거기서 기다릴게요!"

"그럼 한 여섯 시 반은 어때요?"

"네! 그럼 여섯 시 반에 기다릴게요! 현아씨!"

"네, 그래요! 이무란!"

현아는 자기도 모르게 호칭에서 씨자를 뺐다는 것이 생각나서 깜짝 놀랐다. 현아는 저녁 퇴근 때까지 밀린 업무를 마치느라 정신없이 일에 매달려야만 했다. 그때부터 아무란은 현아 생각에 몰두했지만, 시간이 너무나 더디게 가고 있었다. 아무란은 냉장고에 남아있던 빵과 우유, 그리고 과자 부스러기로 대충 요기를 채웠다. 그리고 아무란은 이태원에 있는 진구네 레스토랑에 갔다. 두 시부터 네 시 사이가 진구가 제일 한가한 시간이었다. 아무란은 가능하면 그 시간에 맞춰서 가려고 했다. 거기서 친구의 조언도 듣고, 시간도 보내야겠다고 생각했다. 진구네 호텔 레스토랑은 오늘도 분주하게 돌아갈 것은 뻔했다. 오전 손님은 없지만, 오후부턴 손님이 많기 때문이었다. 점심 메뉴를 준비하려면, 오전부터 주방 안은 전쟁터나 마찬가지일 것이다. 오전에는 주방의 요리사들 모두가 일 분의 시간도 아껴야만 한다. 신경을 집중해서 요리 준비를 마쳐야만 하루 동안, 자신에게 맡겨진 역할을 잘할 수 있었다. 준비된 각본대로 서로가 잘 맞춰야만 결과가 좋기 때문이다. 아무란도 이탈리아에 돌아가면 이런 생활을 하게 될 것을 알고 있었다. 남의 일이 아니었다. 아무란이 도착하고도 이십 분이 지나서 진구가 잠깐 짬을 내서 나왔다.

"오래 기다렸지? 아무란!"

"아니! 근데 말이야. 진구?"

"뭔데?

"아니야 아무것도. 저기 수진씨는 잘 있어?"

"잘 있지. 어제도 만났어!"

"수진씨나 한국 여자들은 어떤 선물을 좋아해?"

"왜? 너 여자 생겼냐?"

"그럴지도 몰라서! 아마~좋아질 것 같아서!"

"그게 누군데? 너 혹시 그 오피스텔에 산다는 그 여자 아냐?"

"그게 그렇게 됐어!"

"너! 그 사이에 무슨 일 있었구나? 그 여자랑!"

"별일은 없었어! 좀 가까워졌어!"

"그래? 잘됐네. 아무란! 너 드디어 해냈구나. 축하한다!"

"아직! 그럴 단계는 아니야!"

"무슨 일이 있었는데? 그 여자도 견학하러 시골에 같이 갔어?"

"응! 같이 타고 갔어!"

"같은 좌석에 앉았어? 정말?"

"응!"

"대박! 네가 먼저 옆자리에 앉았어? 혹시 그 여자가 앉았어?"

"그 여자가 앉았어!"

"와우~ 왕대박이다! 그건 그 여자가 너에게 관심 있다는 거야! 그래서? 계속해봐!"

"같이 견학하고 낙안읍성도 보고 순천만도 갔다가 왔어!"

"너 그래서 하룻밤 더 자고 온 거구나! 와~ 진짜 홈런 쳤네! 아무란! 너 그 여자애랑 잔 거야? 그래?"

"아니야 그건! 키스만 했어! 그 여자는 자기 집에 가고! 나는 모텔에서 잤어! 정말이야! 이건!"

"야~ 그게 별일 없는 거냐? 대박 난 거지! 아무란! 수진이가 알면 놀라겠다. 알려줘야지! 수진이도 그 여자에 되게 궁금해했는데!"

"이따가 현아 만나기로 했어!"

"이름이 현아야? 어디서?"

"오피스텔 아래 카페에서! 현아! 김현아래!"

"김현아? 피겨스케이팅 김연아랑 비슷하네!"

"응"

"예쁘게 생겼어?"

"그런 것 같아! 나보다 세 살 어려!"

"나이도 딱 맞고! 좋네! 그럼 수진이보다 두 살 언니네!"

"......"

"아무란! 아무튼 축하한다. 한국에 와서 여자 친구도 다 생기고!"

"아직은 모르지!"

"잘해봐! 한국 여자 정말 괜찮아!"

"응!"

"나 들어가 봐야 하니까 너 여기서 기다릴래?"

"그래"

"잠깐 안에 좀 보고 올게!"

진구가 들어가고 아무란은 다시 심심해졌다. 시간은 아직도 세시를 가리키고 있었다. 현아를 만나려면 세 시간 반이나 더 남았다. 아무란은 잠깐 그리스에서 사귀던 여자 친구 클라라를 생각했다. 유난히 가늘고 길었던 클라라의 목과 진노랑빛 긴 머릿결이 생각났다. 아무란의 가정이 경제적으로 어려워지자, 둘은 자연스럽게 만나는 횟수가 적어졌다. 아무란이 이탈리아의 요리학원에 들어가고 나서, 둘은 자연스럽게 헤어졌다. 엄밀하게 말하면 헤어졌다기보다는, 멀어졌다는 것이 더 정확한 표현일지도 모른다. 이탈리아에 가서 아무란은 클라라를 찾지 않았다. 단 한 통의 전화도 하질 않았다. 하지만 그해 겨울, 크리스마스 날에 클라라는 아무란을 만나러 이탈리아에 왔었다. 둘은 다른 연인들처럼, 며칠 동안 로마에서 데이트했다. 그리고 그녀는 그리스로 돌아갔다. 헤어질 때, 두 사람은 왠지 떨어져 있을 때보다 더 멀어진 느낌이 들었다. 어쩌면 그건 오랜 시간 떨어져 있었고, 앞으로도 오랜 시간 떨어져 있어야만 하는, 허전함 때문일 수도 있었다. 이러다가 둘이 헤어질지 모른다는 불길한 생각에, 클라라는 가슴 속에서 약간의 두려움을 느꼈다. 아무란은 클라라보다는 자신의 미래가 더 급하고 두려운 상태였다. 그녀가 그리스로 돌아가고 나서, 아무란은 요리 공부에 더 집중했다. 클라라도 아무란의 현실을 알고 있었다. 지나치게 자주 연락하진 않았다. 아무란은 사람과 사람의 관계라는 것은 인연이 닿았다가 멀어지기도 하고, 멀어졌던 사람도 다시 가까워지기도 하는 것이라고 나름대로 정의했다. 클라라는 아무란이 요리학원을 마치고, 정식 이탈리아 요리사가 되면 다시 볼 수 있다고 생각했다. 아무란은, 그날 지하철에서 헤어지던 클라라의 뒷모습이 생각났다. 하얀색 롱패딩을 입은 그녀의 진노랑빛 긴 머릿결이, 그녀의 등 뒤에서 빛나고 있었다.

아무란은 일어섰다. 더는 지루해서 계속해서 앉아 있을 수가 없었다. 진구에게 퇴근하고 오피스텔로 오라고 말하고는 아무란은 레스토랑을 나왔다. 아무란은 어쩌면 진구가 수진이를 데리고 올지도 모른다고 생각했다. 상관없었다. 어차피 수진이도 알게 될 일이니까. 만약에 나중에 넷이서 만날 수 있다면 더 재미있을 것도 같았다. 오피스텔에 와서 아무란은 다시 편한 옷으로 갈아입었다. 아직도 세 시간은 더 있어야 현아가 올 테니까. 아무란은 현아를 보면 물어볼 말이 있었다. 우리 사귈 수 있냐고. 현아가 오케이를 하면 좋은데, 만약 그렇지 않다고 하면 어쩌나 걱정이 들었다. 아무란은 현아를 처음 본 순간부터 좋았던 건 아니다. 그녀는 같이 대화하면 할수록 끌리는 매력이 있었다. 더

욱이 그저께 순천만에서의 키스는 좋았다. 누가 먼저랄 것도 없이, 두 사람이 동시에 어떤 장애물도 없이 하나가 된 기분이었다. '현아씨도 나와 같은 기분을 느꼈다면 다행일 텐데!' 하며 생각했다. 아무란은 현아에 대해서 아는 것이 너무 없었다. 직장이나 직업, 그리고 가족이라든지 현아에 대해서 많은 것들이 궁금했다. 이런 것들이야 시간이 가면 차차 알게 될 일이었다. 하지만, 아무란의 머릿속에선 그녀에 대한 궁금증들이 어두웠던 길가의 가로등 불빛들처럼 하나, 둘, 셋 차례차례 켜지고 있었다. 그건 현아도 마찬가지였다. 멀리 이국에서, 그것도 전혀 다른 세계에서 살아온 사람끼리 갑자기 만나게 되었다. 서로를 모르는 게 당연했고, 궁금한 것도 당연했다. 나라도, 성별도, 성장 환경도, 언어도 모든 것이 다른 남과 여가 만난 것이다. 앞으로의 일들이 복잡해지거나 신기해질 거라는 짐작이 들었다. 아무란은 오늘 현아를 만나서, 무슨 얘기라도 해보면 서로가 좀 더 가까워지리라 그렇게 생각했다.

현아는 여섯 시가 되어서야 회사에서 나올 수 있었다. 하루 내내 업무가 많아서 잡다한 생각들을 할 순 없었다. 지하철을 타고 오면서, 비로소 현아의 머릿속은 많은 생각들로 복잡해졌다. 아무란에 대해선, 오늘 만나서 얘기를 해보면 두 사람의 운명이 결정되리라고 생각했다. 태생부터 모든 것이 너무나 다른 남자였다. 하지만, 서로가 대화만 잘 통한다면 일단, 아무란을 사귀어 볼 생각도 하고 있었다. 지금까지 박수정을 제외하면, 고등학교 남자 동창들 외에는 이렇다 할 남자가 없었던 현아였다. 아무란이 어떤 남자인지 전혀 파악할 수가 없었다. 외국에 와서 보니까 이곳 여성이 호기심이 생겨서, 단순히 그것 때문에 자기를 사귀어 보려는 건지도 몰랐다. 나에게 정말로 큰 관심이 있는 지도 알 수 없었다. 그저께는, 그냥 두 사람 모두가 너무나 감탄스러운 자연의 풍경 앞에서 발생한, 우연의 행동이었는지도 모르는 거였다. 그런 모든 것들이 명확하게 정리가 되는 게 우선 필요했다. 오늘 진지하게 대화해본 후에 '서로가 좋다면 한번 사귀어보자! 아니면 시작도 하지 말자!' 그것이 현아가 고심 끝에 내린 결정이었다.

예정했던 약속 시간을 십 분이나 지나서, 현아는 오피스텔 아래 카페에 도착했다. 아무란은 이미 와서 기다리고 있었다. 아무란이 일어나서 그 특유의 큰 손을 흔들었다. 카페에 있는 사람들이 두 사람을 번갈아 보면서 호기심 어린 눈빛을 보냈다. 현아는 상관하지 않았다. 아무란도 그랬다.

"현아씨! 왔어요?"

"아무란씨! 여기 몇 시에 왔어요?"

"삼십 분 전에요!"

"좀 더 빨리 나오려고 했는데 일이 너무 많이 밀려 있어서요!"

"괜찮아요! 이제 일곱 시도 안 되었는데요!"

"어제는 뭐 했어요?"

"뭐! 그냥 집에 있었어요. 현아씨 생각도 조금 했어요!"

"그래서 생각 끝에 내린 결론이 뭐예요?"

"아니! 그런 건 없어요! 현아씨 생각 들어보고 싶어요!"

"그럼 우리 커피 마시면서 차근차근 얘기해요!"

"그래요!"

아무란의 대답에 현아는 자기도 모르게 피식 웃음이 나왔다. 아무란 역시, 자신처럼 오늘 깊은 대화를 해보고 사귀든지 말든지 하려고 나온 것 같아서였다. 아무란은 현아가 웃자 자신이 뭘 잘못 말했나 싶어서 현아를 더 자세히 보았다.

"아니에요! 아무란! 그냥 좀 웃음이 나왔어요. 우리에게 일어난 일들이! 냉커피를 할까요?"

"좋아요! 현아씨! 내가 살게요!"

"아니에요! 내가 살게요!"

아무란은 먼저 일어나서 냉커피를 주문하고 자리에 돌아와 앉았다. 둘은 잠시지만 말이 없었다. 현아가 먼저 말을 꺼냈다.

"아무란씨! 우선 그날 지출한 돈은 입금해 주시는 거죠?"

"물론이죠! 계좌 주시면 넣어드릴게요!"

"좋아요! 그럼 됐어요! 저기~ 내 생각은 세 가지에요. 하나는, 아무란씨가 한국에 나와 보니까 한국 여성에게 호기심이 생겼는지? 둘째는, 그저께 키스는 그냥 분위가 좋아서 우연의 사고였는지? 셋째는, 내게 관심이 많고 사귀고 싶은 건지? 이걸 알고 싶어요!"

현아의 말이 얼마나 또박또박하고 빠른지 아무란은 정신을 똑바로 차려야만 했다. 그녀의 말뜻을 정확하게 이해하려고 집중했다.

"그거는 나랑은 다른 외국 여성이니까 호기심도 가고요! 그저께는 순천만이 너무 멋있어서 서로 좋아서 키스한 거고요! 현아씨에게 관심이 많은 것도 맞아요! 다 맞아요!"

"아무란씨! 그렇게 다 뭉뚱그리지 말고 하나씩 하나씩 명확하게 말해주세요!"

"네! 좋아요! 현아씨! 지금 이렇게 호기심도 있고! 장소가 좋아서 키스도 했어요! 관심도 많다고요! 현아씨!"

"그렇게 말고요! 그럼 내가 다시 물을게요! 하나씩만 말해요! 아무란씨는 나에 대한 단순한 호기심이다. 예스? 노?"

"네. 호기심! 예스!"

"아니~호기심 때문이라고요? 단순한 호기심?"

그때 테이블 위에서 진동벨이 세게 부르르 떨렸다. 커피가 나왔다는 신호였다. 두 사람이 벨을 쳐다보았다. 두 사람이 동시에 일어섰다. 두 사람의 눈이 마주쳤다. 아무란이 말했다.

"제가 가져올게요!"

"아! 네!"

아무란이 커피를 가지고 오는 동안, 현아는 아무란의 뒷모습을 보았다. 그의 큰 키와 긴 다리가 유난히 그녀의 눈에 들어왔다. 아무란은 가만히 커피를 가지고 와서 테이블 위에 놓았다. 그리고 앉았다.

"네. 호기심! 예스! 좋아요!"

현아가 어색한 순간을 피하듯이 다시 말을 꺼내면서 이어갔다.

"좋아요! 이제야 속을 알겠네요! 그럼 다음 질문할게요! 서로의 키스는 단지 그날 분위기가 좋아서 그랬다! 예스? 노?"

"기스? 그떼 분위기가 좋았어요. 그래시 기스했어요! 예스!"

"단순히 분위기 때문에 그랬다 이거죠? 어이가 없어서 정말! 알겠어요! 다음 질문할게요! 나에게 단순한 관심 때문에 사귀고 싶다. 예스? 노?"

"네. 관심도 많고, 사귀고 싶어요! 현아씨! 진심이에요!"

"그건 아무란씨 마음만으론 안 돼요! 이제 제가 얘기할게요! 잘 들으세요! 아무란씨! 저와는 사귈 수가 없어요! 왜냐하면 전 단순하게 호기심의 대상이 되고 싶진 않으니까요! 그리고 단지 분위기와 기분 때문에 저와 키스했다면 그건 더 말도 안 되는 짓을 한 거예요! 아무란씨가 저한테 요! 아시겠어요?"

"네? 현아씨!"

"아무란씨! 아니 아무란! 이제 나 찾지 말아요. 우린 안 되겠어요. 여기서 끝내요!"

"아니~ 현아씨! 왜 그래요. 난 현아씨에게 관심 많아요! 그리고 사귀고 싶어요! 호기심도 많고 분위기 좋은데도 같이 가고 싶어요! 그럼 안 돼요?"

"네! 그래서 안 된다는 거예요! 그날 우리는 단순하게 분위기가 좋으니까 호기심이 난 거라고요! 그러니까 키스도 했지만 그래서 안 된다는 거예요!"

현아는 키스라고 말할 때는 목소리를 최대한 죽여서 옆 테이블에선 듣지 못하게 말했다.

"그럼 한국 여자들은 어떻게 말해야 사귈 수가 있어요?"

"단순한 호기심, 단순히 분위기, 단지 관심만 가지고는 한국 여성들은 사귈 수가 없어요. 뭔가 확실하고 특별한 이유가 있어야 해요!"

"그게 뭔데요."

"이 여자에게서만 느껴지는 사랑의 감정이나 아주 특별한 관심 또는, 이 사람이 없으면 애가 타 없어질 것 같은 특별한 그리움! 뭐 그런 특별함이 필요해요! 처음 본 순간 불꽃이 튀겨지는 강렬한 느낌 같은 것이죠. 손끝만 스쳐도 온몸에 전율이 찌릿하게 오는, 떨리는 기분 같은 것 말이에요! 단순한 호기심이나 관심만 가지곤 안 돼요!"

"그런 거면 현아씨는 특별해요! 왜냐하면 저도 이런 기분 처음이었어요!"

"아~ 네! 이제야 특별하다고 하네요! 그래서 우린 안 돼요!"

"그게 무슨 말인지 잘 모르겠네요!"

"모르니까 우린 안 돼요! 아무란씨!"

그때 아무란의 핸드폰이 울렸다. 진구였다.

"응! 나야! 징구!"

"아무란 지금 어디야?"

"카페야!"

"내가 지금 출발하니까 거기에 그냥 있어! 그 여자랑 같이 있지?"

"응! 같이 있어!"

"그럼 내가 갈 때까지 꼭 같이 있어. 삼십 분이면 도착하니까. 알았지? 보내지 말고!"

"응!"

"누구예요? 아무란씨!"

"내가 말했던 내 친구! 진구예요!"

"그럼 아까 말한 길 다시 밀힐게요! 아무란! 그래서 우린 안 된다는 거예요. 알았죠?"

아무란은 뭐라고 말을 해야 할지 몰랐다. 현아의 말을 정확하게 다 파악한 건 아니지만 자신은 친구로서 부족하다고 말하는 것만은 확실해 보였다. 아무란은 냉커피가 부족했는지 찬물을 가져와서 마셨다. 현아는 그 친구라는 사람이 오기 전에 아무란을 두고 먼저 갈까도 생각했다. 바로 일어나서 엘리베이터로 올라가면 그녀의 오피스텔 방이었다. 아무란의 오피스텔이기도 했다. '먼저 간다고 말하고 이대로 혼자 올라가면 어떨까? 친구가 올 때까지는 같이 있어야 할까?' 순간적으로 이런저런 생각이 많았다.

"현아씨! 그럼 우리 친구 올 때까지만 잠깐만 생각해 봐요!"

"어차피 우린 안 어울려요. 이제부터 그냥 아는 사이 정도일 뿐이에요!"

"네! 아는 사이에요! 조금 더 있다가 내 친구 보고 가요! 친구 소개해줄게요! 현아씨!"

현아는 친구라는 사람이 궁금하기도 하고 아무란과 그냥 헤어지자니 아쉽기도 했다. 그래서 그냥 조금 더 있기로 했다. 사실 현아는 아무란이 맘에 들었다. 삼십 분 전부터 나와서 기다려준 것도 고마웠다. 하지만 처음부터 자신의 마음을 다 털어놓고 싶진 않았다. 그보다는 억지로라도 아무란이 어떻게 나오는지를 확인해 보고 싶었다.

"그럼 친구 올 때까지만 같이 있을게요. 아무란씨!"

현아는 아무란의 눈을 가까이 보면서 말했다. 아무란은 그런 현아를 보면서 웃었다. 두 사람은 요리 이야기를 꺼냈다. 재미있었다. 현아는 아무란에게 이탈리아 요리를 물어보았다. 아무란은 현아에게 한국 요리를 물었다. 요즘은 서양 요리와 동양 요리가 서로 퓨전식으로 조화를 이루는 식당들도 많아졌다. 그만큼 전 세계의 거리가 가까워졌다는 것을 의미했다. 가까워진 만큼 사람들의 이동이 많아졌다. 이런 사람들의 다양한 경험들은 요리뿐만 아니라, 요리하는 재료들에서도 다양해지고 자유로워지는 계기가 된 것이다. 그야말로 글로벌한 요리의 시대가 열렸다고 해도 과언이 아니었다. 두 사람은 학원 얘기도 했다. 전주 한옥마을과 순천만 얘기도 했다. 그러다 보니 금방 한 시간이 지나고 있었다. 그때 진구에게서 전화가 왔다. 수진이와 같이 왔다는 전화였다. 아무란이 전화를 끊자마자 곧바로, 진구와 수진이는 카페로 들어왔다. 두 사람은 아무란에게로 다가왔다. 현아는 속으로 아무란의 친구들이 궁금했다. 아무란은 진구와 수진이를 현아에게 소개해주었다. 그리고 그들에게 현아를 소개했다.

"안녕하세요! 최진구입니다."

"네! 김현아예요!"

"전 이수진이에요!"

"전에 아무란한테 얘기 들었습니다. 같은 오피스텔에 사신다고요!"

"아~ 네!"

현아는 웃었다. 아무란도 웃었다. 수진이도 미소를 지으며 두 사람을 바라보았다.

"그것도 바로 옆집이라면서요?"

수진이가 말했다.

"……"

"두 사람 정말 굉장한 인연인 깃 같습니다. 학원도 같은 곳에 다닌다면서요?"

진구가 말했다.

"그게~ 네!"

"정말 두 사람 좋은 인연인가 봐요!"

수진이도 현아를 보면서 다시 이야기를 거들었다.

"두 사람 정말이지 잘 어울릴 것 같아요. 여기 아무란은, 제가 이탈리아 요리학교에서 삼 년 동안 함께한 친구인데, 진짜 성실한 친구예요. 삼 년 동안 지켜보았지만 한 번도 실망시키지 않았으니까요. 실력도 대단한 셰프예요! 믿을 만한 친구입니다. 정말이에요! 현아씨!"

"저도 이번에 진구 오빠 때문에 서울에서 처음 알았지만 아무란씨는 참 좋은 분 같아요!"

"……"

"오빠! 두 분 인상이 서로 참 잘 맞을 것 같아! 그 쵸?"

"나도! 오늘 현아씨 처음 만나지만 인상도 좋으시고! 두 사람이 친해지면 정말 좋겠습니다. 오늘 우리가 이렇게 만났으니까 같이 한잔하고 싶은데 생맥주 한 잔씩 어떠세요? 현아씨? 아무란은 어때?"

"현아씨가 괜찮으면 나야 좋지!"

"……"

현아는 선뜻 대답할 수 없었다.

"오늘 그냥 편하게 네 사람이 알게 된 자리라고 생각합시다! 이웃주민으로 만난 것도 인연이라면 큰 인연인데! 축하하는 기념으로 딱한 잔만 제가 살게요! 그리고 바로 올라가면 되잖아요! 뭐! 현아씨! 그렇게 하시죠? 아무란! 수진이도 오케이?"

"현아씨 같이 가요. 네?"

"자 갑시다. 옆집 호프집으로 옮깁시다."

진구가 먼저 일어났다. 수진이가 현아를 재촉했다.

"어서 가요. 현아씨! 우리 친구 해요!"

"……"

"현아씨! 같이 가요! 어차피 같은 건물이잖아요!"

아무란이 다시 재촉하자 현아가 어쩔 수 없다는 듯이 승낙했다.

"알았어요!"

현아가 승낙하고 일어나자 아무란도 좋았다. 진구와 수진이도 함께 좋아했다.

"와우! 현아씨! 감사합니다. 자 이제 갑시다!"

네 사람은 함께 카페 바로 옆에 붙은 호프집으로 자리를 옮겼다. 호프집에서 네 사람은 기꺼이 술잔을 들었다. 그리고 모두가 기분이 좋아졌다.

"이렇게 알게 되었으니까 우리 네 사람 다 같이 친구로 지내면 어때요?"

"땡큐! 징구!"

"나도 좋아요! 오빠!"

"좋아요! 한데 전 술을 잘 못해요. 딱 맥주 한잔이 제 주량이에요! 이해해주세요!"

현아는 미소를 지으면서 말했다.

"저도 그래요! 전 딱 세 잔!"

수진이가 웃으면시 거들었다. 현이는 이무란의 친구라는 최긴구와 수진씨를 보면서, 아무란이 나쁜 사람은 아니라는 생각이 들었다. 그만큼 세 사람의 인상이 모두 다 좋아 보였다. 네 사람은 이렇게 만나게 된 인연에 대해서 서로가 기뻐했다. 그리고 축하했다. 앞으로 서로의 미래도 멋지고 아름답게 열리길 바랐다. 치킨이 커다란 접시에 하나 가득히 나왔다.

"현아씨! 식사 안 하셨죠? 치킨 많이 드세요!"

"네! 아무란씨!"

"아니 참! 아직도 서로 현아씨! 아무란씨가 뭐에요! 거리감 느끼게! 이젠 현아! 아무란! 이렇게 불러야지요! 두 사람이 그래야 빨리 가까 워지죠! 알았어? 아무란!"

"하하 그런가요? 현아씨!"

"그래요! 아무란!"

현아가 검은 뿔테 안경 너머로 아무란을 보면서 먼저 당차게 아무란 의 이름을 불렀다. 그러자 세 사람이 동시에 웃었다.

"아 역시! 현아씨가 당차시네! 아무란도 어서 해봐!"

"아~하! 현아!"

"오케이! 좋아! 좋아!"

네 사람은 맥주와 치킨을 다 먹고서야 그 자리에서 일어섰다.

그날 이후부터 아무란과 현아의 연애는 시작되었다. 두 사람은 공통 점이 많았다. 우선 둘 다 요리를 공부하고 있었고, 요리가 미래의 직업 이 될 거라는 것도 같았다. 두 사람은 나이도 세 살밖에 차이가 나질 않았다. 요즘 신세대답게 서로 외국인이라는 것에 대한 거부감도 전혀 없었다. 현아는 밝고 당찬 성격인 것에 비해, 아무란은 차분하고 사려 깊은 성격이었다. 오히려 그 차이가 서로를 조화시키는 장점으로 작용 했다. 그래서 두 사람은 상상 이상으로 빠르게 가까워졌다. 서로에게 너무도 만족스러웠다. 그리고 서로를 깊이 사랑하게 되었다. 두 사람 은 일주일 내내 같이 보냈다. 둘의 오피스텔이 바로 옆에 붙어있는 것이 원인이기도 했다. 다른 곳에 떨어져 살고 있었다고 해도, 아마 둘은 매일같이 서로의 얼굴을 봐야만 했을 것이다. 그만큼 두 사람은 잘 어울렸다.

이제 두 사람의 연애는 학원에서도 모두가 다 아는 사실이 되었다. 오늘도 아무란은 자신의 오피스텔에서 현아를 기다렸다. 같이 요리학원에 갈 계획이었다. 현아는 지금 지하철을 타고 오는 중이었다. 지하철에는 유난히 사람들이 많았다. 현아는 아무란을 만나서 같이 학원에 갈 생각을 하자 없던 힘이 솟아났다. 두 다리가 가볍기만 했다. 연과장에게 아직 말하지는 않았지만 어쩌면 며칠 못 가서 자신이 먼저 아무란의 존재를 자백할 것 같았다. 연과장이 깜짝 놀랄 것을 생각하니 저절로 웃음이 나왔다. 현아는 얼른 오른손으로 킥킥거리는 자기의 입을 막았다. 주변을 두리번거렸다. 누군가가 보고 있다면 미친 사람이라고 생각할 것만 같았다. 다행히 자신을 보는 사람은 없었다. 현아는 핸드폰을 열어봤다. 아무란에게서 아무런 문자가 없었다. 도착시간은 아직 더 남아있었다. 늘 자신이 도착하는 시간이 여섯 시 사십 분 정도였기에, 그때까지 아무란은 오피스텔에서 기다리고 있을 거였다. 현아가 오피스텔에 도착하자마자 아무란에게 문자를 보냈다. 〈아무란 나 지금 오피스텔 입구야!〉 아무란은 신나서 답장을 보냈다. 〈알았어. 현아 지금 갈께!〉 아무란 역시 애타게 기다린 것 같았다. 현아의 오피스텔에 아무란이 들어오자마자 두 사람은 아주 진한 키스를 했다. 아무란은 현아를 부둥켜안은 채로, 현아의 침대로 가서 두 사람은 쓰러졌다. 두 사람이 서로의 사랑을 확인하는 시간이었다. 잠시 후, 현아와 아무란은 샤워했다. 다시 편한 옷을 갈아입고서 두 사람은 오피스텔 문을 열고 밖으로 나왔다. 현아는 이제 자연스럽게 아무란의 팔에 자기 팔을 끼고 걸었다. 이제 누가 봐도 두 사람은 행복한 한 쌍의 커플이 되었다. 요리학원에서도 두 사람은 같은 교실을 선택했다. 아무란이 현아네 교실로 옮겨왔다. 아무래도 한식 요리를 더 깊이 배우는 데에는 현아의 도움이 필요했다. 현아 역시 아무란의 요리 실력 때문에 많은 도움을 받을 수 있었다. 현아는 아무란의 요리 실력에 감탄했다. 아무란이 요리도구와 칼을 다루는 솜씨는, 학원 전체에서도 선생님들을 빼고는 단연 최고였다. 요리사들은 칼을 다루는 모습만 봐도 그들의 요리경력을 알 수 있다고 한다. 그의 능란한 손놀림을 보면서 현아는 참 멋지다고 생각했다. 더군다나 그 사람이 자신의 남자친구라는 사실에 현아는 더 행복했다. 그 커다란 키에서 뿜어져 나오는 에너지와 그의 긴 팔에서 이어진 큰 손과 길고 굵은 손가락들은 당당해 보였다. 그의 손끝에서 날렵하게 움직이는 칼날은, 마치 마술사가 마술의 경지를 보일 때의 신비로운 모습 같기도 했다. 사람들의 눈동자가 마술사 손의 움직임을 미처 따라가지 못하는 것처럼, 현아도 아무란의 손놀림을 다 따라갈 수가 없었다. 그럴 때, 현아의 눈에는 하얀색 앞치마를 두른 아무란이, 멋진 망토를 걸친 백마를 탄 왕자처럼 보였다. 학원에서 두 사람의 연애를 알고 있는 것이 현아는 오히려 더 편했다. 둘은 어떤 사람들이 부러워하고, 질투하는지조차 관심 밖의 일이었다. 남의 시선에 개의치 않았다. 아무란과 현아는 서로에게 느끼는 자신들의 생각이 더 중요했다. 그들은 그렇게 생각했고 그렇게 행동했다. 둘은 늘 함께했다. 그들은 이제 더 이상 떨어질 수 없는 관계의 하나가 되었다. 단지, 두 사람은 아무란이 그리스로 돌아갈 날이 다가오고 있다는 것이 가장 두려웠다. 특히 현아는 아무란이 이곳에서 자신과 같이 살아가길 바랐다. 함께 결혼해서 영원히 여기서 같이 살면 좋겠다는 것이 현아의 희망이 되었다. 하지만 아무란은 그리스에 그의 부모님이 계셨다. 그들은 경제적으로나 육체적으로 이제 나이 드신 부모님들이었다. 외아들인 그는 여기서 학원을 마치면 곧 그리스로 돌아가야만 했다. 그 사실을 현아도 잘 알고 있었다. 아무란이 가끔 핸드폰에서 꺼내 보던 그의 부모님은, 자상하고 편안해 보이는 인상이었다. 현아도 그분들을 보고 싶었다. 혹시, 아무란이 그리스로 돌아가면, 다신 한국에 오지 않을지도 모른다는 불길한 마음을 떨칠 수는 없었다. 현아는 아무란이 그리스로 간다면, 자신도 따라가야 한다고 생각했다. 그리고 그와 함께 다시 서울로 와야 한다고 마음먹었다. 만약에, 둘이 결혼한다면 아무란이 여기서 함께 살면서, 가끔 둘이 그리스를 찾아가면 되었다. 아니면 그리스에서 현아가 같이 살면서, 가끔 한국을 나오는 수밖에 없었다. 현아는 그중 어떤 경우에라도 좋다고 생각했다. 아무란과 함께라면 어떤 형태의 생활이라도 좋았다. 아무란 역시, 현아와 똑같은 생각이었다.

현아는 아무란에 대해서, 시골에 계신 부모님에게는 말하지 않았다. 그건 남녀 관계에 있어서 미래에 대한 **불확실성** 때문이었다. 아무란 역시, 현아와의 미래가 어딘가 안개처럼 희미하기는 마찬가지였다. 본인은 머지않아 그리스로 가야 한다는 사실이, 그들 사이에 늘 흐린 안개비처럼 존재하고 있었다. 그러면서도 둘은 서로가 진심으로 사랑했다. 그러면 그럴수록 불안의 크기도 사랑의 크기만큼 더욱 커져만 갔다. 둘은 그리스나 서울에다 둘만의 작은 레스토랑을 차리고 싶었다.

물론, 그 계획은 아무란이 그리스를 갔다 오고 나서 정하기로 했다. 둘은 언제나 시간이 나면 외식사업 얘기로 꽃을 피웠다. 프랑스 수제 치즈를 이용한 '돌솥 치즈비빔밥' 또는 토마토를 이용한 '토마토 카레돈까스' 등등 약간만 변형하면 색다른 음식은 둘이서 얼마든지 만들 수 있을 것 같았다. 그리고 두세 가지 스파게티 같은 면 종류만 추가하면 될 것 같았다. 일반적인 한 끼 식사를 주목적으로 하고, 가격은 보통 수준, 고객층은 젊은 층으로 하되, 가격 대비 맛은 월등하게 좋은 집으로 만드는 것을 목표로 정하면 될 것 같았다. 그들만의 차별화된 비법을 개발해서 고급스러운 맛으로 주변 고객은 물론, 입소문으로 찾아오는 고객층을 넓혀나간다는 것이, 그들 두 사람의 사업계획이 되었다. 서울에서 한다면 위치는 홍대 아니면 북촌 한옥마을 근처 정도가 적당하다고 결정했다. 왜냐하면 두 사람 모두 그곳을 좋아했다. 그리고 젊은이들과 관광객이 많은 곳이기도 했다. 두 사람이 젊은 만큼, 젊은 고객들과 공감대를 형성하는 것이 유리하다고 보았다. 특히 가게 위치를 정할 때는 유동 인구 확보가 가장 중요하다고 판단했다. 무조건 유동 인구가 많아야 하고, 가게로의 접근성이 좋아야 한다. 손님들이 바로 보고 바로 들어올 수 있어야 한다고 생각했다. 미래의 계획들이었지만, 두 사람은 자신들이 만들어가는 레스토랑을 얘기할 때 마냥 즐거웠다. 지금 바로 가게를 보러 나가야 할 것처럼 흥분하곤 했었다.

9

행복 섬

행복 섬 구석구석까지 그들의 음악이 파고들었다.
때론 파워풀한 연주로, 때론 가슴속을 녹일 듯한 서정
적인 리듬으로, 행복 섬을 물들이고 있었다. 관객들의
영혼까지도 음악은 파고드는 듯했다. 어떤 사람들은 잔
디에 앉아서, 어떤 사람들은 무대 앞에서 선 채로 열
광하면서 춤을 추었다. 사람들은 술을 마시고, 음식을
나눠 먹으면서 함께 열광했다. 말 그대로 열광의 도
가니였다. 온종일 음악에 취한 체, 음악에 취한 사람
들에 취한 체, 모두는 마음껏 흥을 폭발시켰다.

네 사람은 행복 섬에서 열리는 재즈 페스티벌을 가기로 했다. 네 사
람은 모두 음악을 좋아했다. 넷이서 함께 하는 여행 겸, 문화 체험을
생각하다가 진구가 제안한 것이다.

그들은 일요일에 행복 섬으로 갔다. 네 사람을 태우고 최진구의 차
는 북한강 변을 따라서 가평까지 달렸다. 행복 섬은 가평 위쪽에 있었
다. 섬에 거의 도착했을 때, 최진구의 차가 펑크가 났다. 모두 내려서
보니, 오른쪽 앞 바퀴가 완전히 주저앉아 있었다. 다행히도 차 트렁크

에는 스페어 타이어가 있었다. 최진구는 모두 내리게 하고는, 능숙하게 자동차 앞바퀴를 교체했다. 그는 마치 요리사가 방금 잡은 횟감을 능숙하게 요리로 만들어내듯, 자연스럽고도 완벽한 자세로 자동차 타이어를 빠르게 바꿔 달았다. 그의 능숙한 행동을 보자, 세 사람은 안심했다. 그 바람에 섬 입구에서 삼십 분이나 지체했다. 타이어를 교체하고 행복 섬에 들어서자, 엄청나게 많은 인파에 그들은 놀랐다. 그 넓은 섬 한가운데에 무대를 만들어 놓았다. 세계 각국에서 온 재즈 뮤지션들이 마지막 리허설을 마치고 있었다. 개성 넘치고 멋진 공연이 펼쳐질 것 같았다. 강 한가운데 떠 있는, 섬에서 펼치는 환상의 시간이 온 것이다. 네 사람은 무대 앞 정중앙에 자리를 잡았다. 세계 여러 나라에서 엄선해서 초청한 뮤지션들이었다. 그들은 이날 공연을 위해서 일 년 전부터 준비했다. 다양한 악기들과 화려한 경력들로 무장한 뮤지션들이었다. 공연이 시작되자, 저마다의 색깔로 팀마다 개성 넘치는 음악을 선보였다. 사람들은 섬이 떠나갈 듯이 소리치며 환호했다. 행복 섬 구석구석까지 그들의 음악이 파고들었다. 때론 파워풀한 연주로, 때론 가슴속을 녹일 듯한 서정적인 리듬으로, 행복 섬을 물들이고 있었다. 관객들의 영혼까지도 음악은 파고드는 듯했다. 어떤 사람들은 잔디에 앉아서, 어떤 사람들은 무대 앞에서 선 채로 열광하면서 춤을 추었다. 사람들은 술을 마시고, 음식을 나눠 먹으면서 함께 열광했다. 말 그대로 열광의 도가니였다. 온종일 음악에 취한 채, 음악에 취한 사람들에 취한 채, 모두는 마음껏 흥을 폭발시켰다. 네 사람도 덩달아 음악에 실컷 빠져서 놀았다. 그들 네 사람도, 관객들도 모두가 흥에 겨워서 춤을 추면 따라서 춤을 추었다. 다른 사람들이 노래를 부르면, 같이 떼창을 하면서 함께 어울렸다. 매점 한쪽에는 세계 각지의 맥주들이 다 모여 있었다. 우리나라의 전통 막걸리도 모두 모였다. 술로만 치면 막걸리와 맥주의 대결 구도 같았다. 하지만 서로가 아무도 싸우거나, 시비가 붙진 않았다. 음악의 세계는, 사람들의 마음을 모두 아름답게 감싸고도 남았다. 행복 섬의 강물은 소리 없이 유유히 흐르고 있었다. 해가 서서히 기울기 시작했다. 지는 해를 바라보면서 듣는 음악은 때론 애처롭고, 때론 처량했으며, 때론 미치도록 뜨거웠다. 행복 섬 만의 뜨거운 음악 파티였다. 음악 파티는 해가 져도 끝나지 않을 것처럼 달아오르고 있었다. 현아는 항상 아무란에게 팔짱을 낀 채 옆에 붙어서 다녔다. 흐르는 강물을 마주하고 네 사람은 잔디밭에 앉았다. 네 사람 중에 수진이가 먼저 노래를 불렀다. 양희은의 '한계령'이었다. 먼 하늘 아래로 짙은 녹색의 산자락이 펼쳐져 있었다. 섬 가장자리로는 언제나 평화로울 것 같은, 푸른 강물이 흐르고 있었다. 이런 배경하고도 잘 어울리는 노래였다. 아무란은 그리스 가곡을 한 곡 불렀다. 최진구는 기타를 쳤다. 수진의 성화에 못 이겨서 현아도 노래를 불렀다. 현아는 박정현의 '꿈에'를 불렀다. 현아는 가수처럼 잘 부르지는 못했다. 그래도 가사의 감정은 잘 전달하는 편이었다. 진구는 기타를 치면서 노래를 불렀다. 네 사람은 거기서 한 시간 이상을 앉아서 노래를 불렀다. 아무란은 네 사람의 사진을 열심히 찍었다. 진구의 기타에 맞춰서 네 사람은 목이 아플 때까지 노래를 불렀다. 네 사람은 섬을 나오기 전에, 섬 주변을 산책하기로 했다. 최진구는 아무란에게 쌍쌍이 흩어졌다가 여기로 다시 모이자고 했다.

"알았어!"

아무란은 고개를 끄덕이면서 현아의 손을 이끌었다. 현아는 웃으면서 아무란을 따라왔다.

"아무란! 현아씨! 두 사람 싸우지 말고 데이트 잘하고 이따가 여기로 와요!"

진구가 두 사람에게 손을 흔들었다. 아무란과 현아도 두 사람에게 손을 흔들었다.

"현아씨! 아무란 잘 부탁해요! 헤헤!"

수진이도 거들자 아무란도 한마디 했다.

"진구! 너! 수진씨에게 혼나는 거 아냐? 하하하!"

"수진씨! 진구씨 너무 야단치지 마세요! 호호호!"

현아도 아무란을 거들었다. 네 사람은 둘씩 헤어져서 저만치 멀어져 갔다.

아무란과 현아는 강물이 흘러오는 동쪽 끝까지 가보기로 했다. 그곳까지 사람들의 발자국이 보이는 작은 오솔길이 나 있었다. 갈대와 풀숲이 무성했다. 현아는 아무란의 팔에 매달려서 나란히 걸었다. 양쪽으로 수풀이 너무 울창했다. 약간만 들어가도 뒤에서는 방금 걸어온 길조차도 안 보였다. 아무런 시선도 없는 곳에서 아무란과 현아는 볼에 가볍게 키스했다. 현아도 좋았다. 두 사람은 오솔길로 더 깊숙이 들어갔다. 저 멀리서 음악 소리가 나지막하게 들렸다. 두 사람에게는 더없이 행복한 시간이었다. 진구는 수진과 물이 흘러 내려가는 서쪽 끝으로 갔다. 그곳에도 키 작은 나무들과 수풀들로 우거져 있었다. 우거진 수풀 사이로 작은 산책로처럼 다듬어진 샛길이 나 있었다. 그곳에 다다르자 수진은 진구에게 엄살을 부리려고 했다.

"오빠! 나 다리 아파! 조금만 쉬었다 가!"

"야~! 겨우 여기 오고선 뭘 그래!"

"다리가 아프다니까! 신발이 너무 꽉 끼니까 그렇지!"

"야! 너 요즘 살쪘더라! 몸무게가 너무 무거워서 그러는 거 아냐? 살 좀 빼야 하는 거 아냐?"

"뭐야~ 내가 살이 쪘다고! 그리고 내가 무겁다고! 오빠! 이리 와! 좋은 말할 때 이리 와봐! 빨리!"

수진이는 진구를 막 때리려고 달려들었다. 진구는 도망가면서 더 놀렸다.

"맞잖아! 너 옛날에 비하면 오 킬로그램은 더 쪘어!"

"그래~ 알았으니까 이리 와봐! 가까이 와 보라니까! 괜찮으니까 잠깐만 이리 와 보라고! 오빠!"

수진이는 안 잡히는 진구를 어떻게 해서든 잡으려고 쫓아다녔다. 한참을 도망 다니다가 진구는 어쩔 수 없이 잡혀주었다.

"어휴~! 힘들어서 더는 도망 못 가겠다! 왜 어떻게 하게!"

수진이는 금방 다시 신이 났다.

"도망 다니다가 잡혔으니까 일단, 벌부터 받으시고!"

수진이는 진구의 목을 팔로 감고시는 헤드록처럼 비트는 시늉을 했다.

"으랏차차! 얍!"

그러자 진구는 소리 지르면서 엄살을 부렸다.

"아이구 여기 사람 살려요! 누구 없어요? 이 여자가 사람 잡아요! 아무란! 도와줘!"

진구가 큰소리를 지르자 수진은 더 세게 힘을 주면서 신이 났다.

"어쭈! 소릴 질러? 한 번 더~ 으랏차차! 앞!"

"켁켁~ 어이쿠! 아무란!"

"어때! 이젠 다신 도망가지 않을 거지! 앞으로는 내가 오라고 하면 바로 오고, 가라고 하면 바로 갈 거지! 내 말 무조건 잘 들을 거야? 안 들을 거야?"

"켁~켁~나 죽는다! 아무란! 어디 있냐? 수진이 좀 어떻게 해줘라!"

"어쭈! 아무란씨를 불러! 감히! 에잇 한 번 더 맛을 봐야 정신을 차리겠는데! 들어간다~ 에잇! 으랏차차!"

"아이구 잘못했습니다. 여왕 마님! 다신 안 그럴게요! 주인마님! 제발 살려주세요! 누님! 예! 예! 누님!"

"이젠 말 잘 들을 거지? 그리고 살쪘다는 말 안 할 거지?"

"넵~! 시키는 대로만 하겠습니다! 절대로 살 안 쪘습니다!"

"자! 그럼 벌은 충분히 줬으니까 그만 풀어줄까?"

"네! 여왕 폐하님! 누님! 그리만 해주시면 황송하겠사옵니다! 주인마님!"

수진은 진구의 머리를 잡은 팔을 풀어주었다. 순간, 진구는 수진의 허리를 감싸 안고서 키스를 퍼부었다. 수진은 주변을 의식했지만, 진구는 의식하지 않았다. 두 사람의 달콤한 키스는 오래갔다. 키스가 끝나고 두 사람이 앞으로 나아가자, 행복 섬 서쪽 끝자락이 보였다. 좌우로 흘러온 물이 두 사람 앞에서 합쳐져 흐르고 있었다. 그 강물 위로 오리 떼가 유유히 헤엄을 치고 있었다.

"오빠! 저기 좀 봐 저기 오리들이 헤엄치고 있어!"

진구는 수진이가 손가락으로 가리키는 곳을 보았다. 큰오리 두 마리와 새끼오리 여섯 마리가 뒤를 졸졸 따라가고 있었다. 분명 한 가족 같았다.

"오리 가족인가 봐! 저기 봐봐! 쟤들은 너무 작아 보이잖아! 그치? 수진아!"

"그런가 보네! 작은 애들이 여섯 마리야! 너무 귀엽다! 가족들이 모두 한강마트에 나온 거야! 시장에서 먹을거리를 찾으려고!"

수진의 말에 진구는 수진의 얼굴을 빤히 보았다.

"하하하! 그럼 쟤들은 한강이 마트구나! 언제든지 먹을 것이 가득히 쌓여있는 마트!"

"그럼 오빠! 엄마 아빠가 애들 데리고 마트에 나와서 좋아하는 것들로 잡아주려는 거지! 그럼 애들은 실컷 배부르게 먹을 수 있으니까!"

"쟤들은 좋겠다. 돈 벌러 회사에 안 가도 되고! 배가 고프면 언제나 이곳에만 나오면 되잖아!"

"쟤들이 사람들보다 사는 게 더 편하고 낫다니까! 오빠! 쟤네가 우리보다 더 부자야!"

"그래! 쟤들은 학교도 안 가도 되고, 회사도 안 가도 되고, 물고기 잡는 법만 엄마 아빠한테 배우면 되잖아! 회사에 안 가는 게 제일 부럽다!"

"그뿐인 줄 알아? 집도 안 사도 되고, 차도 필요 없잖아! 늘 날아다니니까! 힘들면 쉬면서 거기서 자면 되고! 맞지 오빠!"

"그러게! 쟤들이 사람들보다 훨씬 낫네!"

"쟤들은 그 대신에 독수리나 올빼미 같은 천적이 있어서 항상 무섭잖아! 오빠!"

"그거야 사람들도 마찬가지지! 나쁜 놈들한테 걸리면 사기당해서, 다 뺏기고 목숨도 다 뺏기는 거지 뭐!"

"하긴 그러네! 오빠! 그러니까 쟤들이 더 낫지! 뭐!"

"행복한 가족이다!"

"우리도 쟤들처럼 빨리 결혼해서 아이도 낳고, 가족 여행도 다니고 싶어! 오빠!"

"알았어! 조금만 더 기다려 수진아! 내가 좀 더 준비되면 결혼하자! 알았지?"

"응!"

두 사람은 그곳에서 한참을 놀다가 오던 길에서 이어진 다른 길로 발걸음을 옮겼다.

아무란과 현아는 오솔길 깊숙이 계속 걸어 들어갔다. 두 사람은 나란히 다정하게 손을 맞잡고서 한참을 걸었다. 키 큰 나무들이 빽빽하게 자란 길 양옆으로, 갈대가 두 사람의 키를 훌쩍 넘도록 무성하게 자라 있었다. 거기서 두 사람은 서로의 허리를 감싼 채 더 나란히 걸어 들어갔다. 그 갈대숲 길에 나무 벤치가 하나 있었다. 두 사람은 벤치에 앉았다. 아무도 없었다. 보는 사람들도, 오는 사람들도 없었다. 아무란은 자연스럽게 현아의 허리를 감싸 안았다. 그리고 키스했다, 아무란의 입술이 현아의 입술에 닿자, 아무란의 따스한 체온이 느껴졌다. 현아는 아무란의 몸을 움켜쥐었다. 아무란은 더 강하게 현아의 입술에 키스했다. 가늘게 불어오는 바람에도 갈대들이 서걱거리면서 흔들렸다. 둘은 다른 사람들이 오는 인기척이 없었기에, 한참을 그곳에서 둘만의 사랑을 확인하며 앉아 있었다. 시간이 한참 흘렀음에도 그곳으로 오는 사람들은 없었다. 둘은 한참을 더 있다가 갈대숲을 나와서, 섬의 둘레로 이어진 길을 따라서 걸었다.

얼마 후, 네 사람은 아까 헤어진 곳에서 다시 만났다. 재즈 페스티벌은 다 끝나고 스탭들은 마지막 정리를 마치고 있었다. 네 사람은 어둠이 깔리기 전에 섬을 나왔다. 섬 입구 쪽으로 나가자 숯불갈비 집이 있었다. 그곳에서 네 사람은 지친 피로와 배고픈 저녁을 달래기로 했다. 한껏 배부르게 식사를 마친 네 사람은 차를 몰고서 다시 서울로 향했다. 해가 기울어 저녁놀이 강물을 붉게 물들이고 있었다. 네 사람은 라디오 음악을 들으면서, 노을에 물든 채, 흐르는 강을 따라서 서울로 왔다. 최진구는 현아와 아무란을 오피스텔까지 태워다 주었다. 그들을 오피스텔 앞에 내려주고는 진구와 수진은 자신의 오피스텔로 갔다. 오피스텔로 돌아온 현아와 아무란은 둘 다 지친 몸으로 샤워했다. 샤워를 마치고 현아는 음악을 틀었다. 더원의 '사랑아'가 나왔다. 현아는 노래를 따라 흥얼거렸다. 아무란도 컴퓨터를 키면서 흥얼흥얼 따라 불렀다. 현아가 좋아하는 노래였다. 아무란은 그 노래를 잘 몰랐다. 현아 때문에 여러 번 듣다 보니까 저절로 멜로디를 알게 되었다. 아무란은 노래하는 현아가 마냥 사랑스러웠다.

"아무란! 오늘은 가장 멋진 쌍쌍 데이트였어!"

"나두 그래!"

"아까 타이어 펑크 때문에 놀란 것만 빼면 다 좋았어!"

"그래도 진구가 잘 고쳤잖아!"

"맞아! 최진구씨 멋지더라!"

"그럼~! 멋진 친구야~"

최진구와 수진이도 오피스텔로 향했다. 진구가 막 오피스텔 골목길을 진입하기 위해 우회전했다. 그때 앞에서 좌회전하던 승합차가 튀어나왔다. 미처 피할 사이도 없었다. 두 차량은 서로의 우측 모서리를 정통으로 들이박았다. 너무나 갑작스러운 사고에 차 안에 있던 진구와 수진은 잠시 정신을 차릴 수가 없었다. 조수석에 탄 수진이는 너무 놀라서 말을 잊고 있었다. 잠시, 그렇게 두 차량은 정차한 상태로 있었다. 그러다 상대편 승합차에서 운전사가 내려서 다가왔다. 진구의 운전석으로 와서 창문을 두드렸다. 그제야 진구는 놀란 가슴을 진정하고는 창문을 열었다.

"미안합니다! 저기 다친 데는 없습니까?"

"……"

승합차 운전자가 묻고 있었다. 진구는 안전벨트를 풀고 옆자리의 수진을 보았다.

"수진아! 괜찮아? 다친 데 없어?"

"응! 난 괜찮아! 오빠는? 다치지 않았어?"

"응! 나도 괜찮아! 아~ 오늘은 왜 이러지! 아까는 펑크가 나질 않나! 이젠 교통사고까지 나고!"

진구는 괜찮다고 하면서 운전석 문을 열고 내리려고 했다. 하지만 그때 왼쪽 다리에서 아주 심한 통증이 전율처럼 전해왔다. 왼쪽 다리를 차 밖으로 들어 내려놓을 수가 없었다.

"아~악! 다리야! 이 다릴 다쳤나 봐!"

"오빠! 다리를 다쳤다고? 어디? 왼쪽 다리야?"

"응! 아마도 뼈가 이상이 난 것 같아!"

"다리가 아프십니까?"

승합차 운전자도 진구가 다리를 들지 못하자 걱정스럽게 지켜보았다. 심각한 상황을 느꼈는지 119로 전화를 걸었다.

"수진아! 112에 전화 좀 걸어줘! 아무래도 사고 신고부터 해야 할 것 같아! 그리고 병원에도 가야 할 것 같고!"

"아! 어떻게 해! 오빠! 많이 아파? 알았어! 오빠! 조금만 참아 봐!"

수진은 진구가 다친 것을 보자 어떻게 할 줄 몰라 눈물부터 흘러나왔다. 수진은 울면서 전화했다. 오히려 진구가 수진을 위로했다.

"난 괜찮아! 울지 마! 이 정도로 뭘 그래! 수진아! 오빠 괜찮아! 조금 삔 것 같아! 병원에 가면 괜찮을 거야!"

수진은 경찰과 119를 불렀다. 잠시 후에 119보다도 경찰차가 빠르게 도착했다. 경찰들은 사고 내용을 진구에게 대충 듣고는, 경찰차 한 대에 진구를 태워서 제일 가까운 병원으로 이송했다. 수진도 옆자리에 타고서 따라갔다. 다른 경찰은 사고 현장을 사진으로 찍고는 승합차와 진구의 자가용을 안전한 자리로 옮겼다. 경찰은 승합차 운전자를 다른 차에 태우고는 경찰서로 갔다. 경찰서로 간 승합차 운전자는 자신의 실수를 인정했다. 그리고 처분을 기다리라는 말을 듣고서야 경찰서 문을 나섰다. 병원으로 진구를 이송시킨 경찰은 조사를 위해서 진구와 수진에게 몇 가지 질문을 했다. 두 사람은 사실 그대로 말했다. 응급실로 간 진구는 다행히도 다리 골절은 없었다. 무릎에 큰 타박상과 발등의 뼈가 금이 간 상태라고 했다. 그 정도인 것이 다행이었다. 진구는 무릎에 약을 바른 후에 붕대를 감았다. 발등에는 금이 갔기 때문에 기브스를 해야만 했다. 생각보다 시간이 많이 지나고 있었다. 그때 진구의 핸드폰이 울렸다. 아무란이었다.

"진구 잘 들어갔어?"

"아니! 여기 병원이야 아무란! 교통사고가 있었어! 집에 오다가!"

"뭐라고? 많이 다친 거야?"

"아니야! 괜찮아! 발등에 금이 갔나 봐! 기브스하라고 했어! 내가 지금 오래 전화 받기가 힘드니까 수진이 바꿔줄게!"

"아무란씨에요?"

"네! 수진씨! 수진씨는 괜찮아요?"

"네 전 괜찮아요!

"다행이네요! 수진씨! 진구는 많이 다친 건 아니죠?"

"네 발에 있는 뼈가 금이 가서 기브스하고 한 달은 지내야 한대요!"

"지금 제가 거기로 갈게요! 어디에 있는 병원이죠?"

"음~ 아무란씨 집에서 우리 오피스텔로 오시면 채 못 가서 한성정형외과라고 있어요! 큰 대로변에서 우측으로 있어요!"

"네~ 지금 출발할게요!"

아무란은 금방 응급실로 들어왔다. 택시를 타고 병원 이름을 대자 택시 기사가 아는 병원이라서 금방 찾았다고 했다.

"진구! 갑자기 이게 뭐야? 많이 아파?"

"아니야! 무릎하고 다리에 좀 충격을 받아서 그래! 그리고 발등에 뼈가 금이 갔나 봐! 근데 이 시간에 뭐 하러 왔어? 난 괜찮은데!"

"그래도 내가 와야지! 친구가 다쳤는데!"

"그래 잘 왔어! 아무란! 수진이가 더 놀랐었거든!"

"수진씨는 괜찮아요?"

"네 전 괜찮아요! 오빠가 많이 다쳐서 그러죠!"

"그래도 이만한 게 다행이네요! 난 교통사고가 났다고 해서 두 사람 다 굉장히 많이 다쳤을까 봐 걱정했어요!"

"환자분 이리로 따라오세요! 발에 반 기브스할 거에요!"

간호사가 진구를 불렀다.

"네!"

수진은 걷지 못하는 진구를 휠체어에 태우고 간호사가 말한 호실로 들어갔다. 진구는 반 기브스를 마치고 다시 응급실 침대로 돌아왔다. 아무란은 그대로 거기서 기다리고 있었다.

"아까 경찰 아저씨가 나보고 오빠 치료 끝나면 경찰서로 추가 조사 받으러 오라고 했는데 어떻게 하지? 오빠!"

"아 그랬지! 이제 다 끝났으니까 약만 타면 같이 가지 뭐!"

"나도 같이 갈게!"

"그래 줄 거야? 아무란!"

"그럼 같이 가봐야지!"

"고마워요! 아무란씨!"

"밀요! 당연히지!"

세 사람은 병원을 나와 경찰서로 갔다. 아무란이 진구를 부축하고서 갔다. 담당 경찰은 이번 교통사고는 서로가 잘못이 인정된다고 말했다. 일방적인 누구의 잘못이라기보다는 약 육 대 사의 비율로 진구의 잘못도 인정할 수밖에 없다고 경찰은 알려주었다. 그건 진구에게도 전 방 부주의 책임이 인정된다는 것이다. 그리고 중앙 지점을 상대방이 더 많이 침범한 상태로 사고가 발생한 것, 그리고 차량이 부딪친 순간의 각도를 봤을 때, 상대의 잘못이 더 많이 인정될 수밖에 없는 상황이라는 거였다. 진구와 수진도 수긍할 수밖에 없었다. 양쪽 모두 합의는 보험사를 통해서 정리하기로 했다. 진구는 보험사에 전화해서 자세한 설명을 했다. 그리고 고장 난 차도 보험사에서 수리해서 오피스텔까지 가져다주기로 했다. 세 사람은 경찰서를 나왔다. 그나마 사고가 더 크게 나지 않은 것이 다행이었다. 진구가 다치긴 했지만, 통원 치료를 약 한 달 정도 하면 나아진다고 한 간호사의 말에서 위로가 되었다.

아무란이 진구와 수진을 오피스텔까지 바래다주었다. 아무란은 현아에게도 이 사실을 알렸다. 현아도 두 사람이 심하게 다치지 않은 것이 다행이라며 수진에게 전화로 위로해주었다.

"수진씨! 저 현아예요! 지금 아무란에게서 전화 받았어요! 두 분 많이 다치진 않은 거죠?"

"네! 고마워요! 오빠가 발에 금이 가서 당분간은 반 기브스하고 다녀야 해요!"

"그래도 그 정도인 게 다행이에요! 너무 늦어서 제가 가 보지도 못해서 미안해요!"

"아니에요! 이제 다 끝나서 이제 막 들어왔어요! 현아씨! 전화 줘서 고마워요!"

"네 수진씨! 그럼 건강 잘 돌보시고 안녕히 주무세요!"

"네 감사해요! 현아씨도 잘 주무세요!"

"네!"

이 시간에 전화까지 해준 현아가 수진은 고마웠다. 오피스텔로 들어와서 수진은 진구의 옷을 벗게 도와주었다. 진구는 세수를 대충하고 침대에 드러누웠다. 진구는 약을 먹고는 금방 잠이 오는지 눈을 감고 있었다. 수진은 종일 있었던 피로가 한꺼번에 몰려왔다. 뜨거운 물로 샤워했다. 그러자 목이 말랐다. 수진은 캔맥주를 냉장고에서 꺼냈다. 진구는 그사이 잠이 든 것 같았다. 수진은 오늘 보니까, 현아씨가 같은 여자가 봐도 괜찮은 여자라는 생각을 했다. 아무란에게도 잘 어울리는 여자라고 생각했다.

"오빠 자?"

"응! 아니 약을 먹었더니 잠이 오네!"

"다리는 아픈 건 좀 어때? 나 목이 타서 캔맥주 하나 할게!"

"그래! 괜찮아!"

"아까 섬에서 보니까 현아씨와 아무란씨 둘 다 무척 좋아하는 것 같았어!"

"그거야 당연하지! 외국에 혼자 나와 있으면 외로운 건 당연해!"

"현아씨도 좋은 사람 같았어!"

"현아씨가 생겼으니까 행복할 수밖에 없지! 아무란은 지금이 젤 행복한 순간일걸! 아마도!"

"나도 그렇게 느꼈어!"

"아무란이 서울 와서 외롭게 있으면 내 마음이 무거울 텐데! 현아씨가 있으니까 이젠 그런 생각할 필요가 없어서 참 다행이야! 두 사람이 진짜 잘 어울리는 것 같아서 좋아 보여!"

"오빠! 우리보다 더 잘 어울려 보여?"

"그건 아니지! 두 사람은 나라도 다르고! 사귄 지도 이제 시작이잖아?"

그때 수진이 진구에게 엎드리면서 안아 주었다. 두 사람은 그렇게 안고서 말했다.

"우리 둘은 환상의 커플이잖아? 안 그래? 수진아!"

"하긴 우리가 사귄 햇수가 얼만데! 내가 오빠 군대 갔을 때도 얼마나 애타게 기다렸는지 오빠 알아?"

"알지! 네가 여러 번 말했잖아!"

진구는 수진의 볼을 손가락으로 눌러주면서 귀엽다는 표현을 했다.

"진짜 우린 너무 잘 어울리나 봐! 여태껏 단 한 번도 심하게 싸워본 적이 없잖아! 안 그래? 오빠!"

"그렇지. 어디 미운 데가 있어야 싸우지! 머리부터 발끝까지 다 이쁜 데!"

진구는 수진의 머리를 쓰다듬어주었다.

"다리 아픈 곳이 쑤시진 않아?"

"약간 좀 쑤시긴 해! 약 때문인지 졸리기도 하구! 아~오늘은 빵꾸에다, 차 사고에다 일 년 치 액땜을 다 한 기분이야!"

"그래 오빠! 우리 일 년 치 액땜했다고 생각하자! 어서 자! 내일은 회사에 가지 마! 알았어?"

"알았어! 회사에다 내일 일찍 말해야지! 이리 들어와! 자자!"

"응!"

수진도 캔맥주를 비우고 얼른 이불 속으로 들어갔다. 진구는 한쪽 다리를 이불 밖으로 내놓은 채로 있어야만 했다. 두 사람은 하루 동안 있었던 피로가 몰려 와, 금세 깊은 잠에 빠져들 수 있었다.

10

현아의 머릿속에는

현아의 머릿속에는 박수정 생각으로 가득해졌다. 불행하게 죽은 그녀의 첫 애인이었다. 비정규직으로 짧게 이 세상에서 살다가 비참하게 가버린 남자. 그가 현아의 머릿속에서 맴돌았다. 그와 함께 사랑했던 짧았던 시간이, 그리고 함께 걷던 길들이 다시 어제처럼 떠올랐다.

사실 연과장은 박부장을 좋아하고 있었다. 그녀는 매일 매일을 박부장을 보는 맛으로 회사에 나온다고 해도 과언이 아니었다. 그녀는 언제나 마음속으로 박부장을 사랑하고 있었다. 그 사실은 현아 외에는 아는 사람이 없었다. 얼마 전에 연과장과 현아가 저녁 식사 후 이차로 생맥주집에서 맥주를 마실 때였다. 연과장이 물었다.

"현아야! 너는 좋아하는 사람 없니?"

"언니! 나는 아직 없어!"

"기집애! 내숭떨기는 너 김사봉 좋아하잖아!"

"언니! 그게 무슨 말이야. 소름끼치게!"

"너 아까도 김사봉이 실실 야한 농담을 치니까 그를 보는 눈빛이 이상하던데! 김사봉이 그래도 나쁜 사람은 아니야!"

"언니 술 몇 잔 했다고 벌써 취했어요? 자꾸 그러면 나 집에 갈래요!"

"어쭈! 가긴 어딜 가! 요 쪼그만 것이. 현아야! 너 이제 많이 컸다! 처음엔 말대꾸도 못 하던 것이! 벌써 몇 년 지났다고 어딜 가! 자~ 건배!"

"네! 언니! 연과장님 술이 과하셨네요! 이제 그 소름끼치는 농담은 그만 하세요! 꿈에라도 싫으니까요!"

"헤헤헤! 그래? 김사봉 과장이 어때서! 매일매일 새 양복 갈아입고 다녀서 깔끔하지! 향수도 뿌리고 다니지! 입이 약간 저질이라서 그렇지! 헤헤!"

"그런 남자 난 점보비행기로 한가득 실어다 준대도 싫어!"

"야 이 바보야! 그럼 받아야지 얼른! 점보 비행기가 얼마인 줄 알아? 이 멍충아! 남자들은 버리고 점보 비행기는 팔아야지! 중고라고 해도 아마 엄청나게 비쌀 건데!"

두 여자는 잔을 비우면서 먹태 조각을 입으로 가져갔다.

"호호호! 그렇긴 하네! 그럼 점보 비행기만 받고 김사봉 과장은 언니한테 보낼게요!"

"야! 어쭈! 현아야! 너 나한테 혼날래! 요새 혼을 안 냈더니 요것이 막 기어오르네! 나한테 누굴 보내?"

"농담이야 언니! 호호~ 언니가 먼저 그랬으니까!"

"현아야! 오늘 술 한 잔 마셨으니까 나 말이야! 사실 너한테만 털어놓고 싶은 말이 있었어! 오늘은 내 말 좀 들어주라! 언니 취했다!"

"무슨 말?"

"나 사실 박부장님 사랑해!"

"엥?"

"......"

연과장은 순간, 하고 싶은 말을 멈추고 있었다.

"응~ 나 사실 박부장님 만나고 있어!"

"언니! 우리 회사 박부장님?"

"그래! 그 박부장님! 인품 좋으시고 점잖으시고 멋지신 분 말이야!"

"그분은 유부남이시잖아!"

"그래 맞아! 유부남이지! 그분에겐 아내가 있지! 슬하에 자녀도 있고!"

연과장은 목이 타는지 혼자서 맥주잔을 벌컥거리며 비웠다. 그리고는 먹태 조각을 입 속에 얼른 밀어 넣었다.

"근데 왜 그분을 언니가 좋아해?"

"어휴! 이 멍충이! 그걸 내가 어떻게 알아! 나도 모르겠어! 사랑은 이유가 없는 거야! 언제부턴가 그렇게 됐어! 삼 년 전에 회사 워크숍 갔을 때야! 너한테는 말 안 했지만!"

"......"

"내가 이렇게 말하니까 언니 바보 같니?"

연과장이 혼자서 다시 맥주잔을 벌컥거리며 마셨다.

"아니 절대 그런 건 아니지만 언니!"

"그날 그분이 나한테 다가왔어! 아니 정확하게 말하면 내가 그분한테 간 거지! 내가 저녁 시간이 끝나고 잠깐 차를 마시자고 청했으니까.

그것도 단둘이서!"

"한 여자가 한 남자를 사랑한다는 것이 나쁜 짓이니? 현아야!"

"꼭 그런 건 아니지만!"

"우린 그때 참 많은 이야기를 했어. 다 들어 주셨어. 그분은! 내가 횡설수설하는데도 말이야! 그때 내가 고백했어! 나 부장님 좋아한다고. 나 좀 어떻게 해달라고 말이야! 그 말을 할 때 나도 모르게 내 눈에서 눈물이 왈칵 쏟아졌어! 내가 그 찻집에서 계속해서 눈물을 흘리고, 그분은 계속해서 나를 지켜보면서 아무 말도 하질 않는 거야! 내가 그분 옆자리에 가 앉아서 매달렸지! 내 말이 모두 진심이라고! 그리고는 그분 무릎에 머리를 묻고는 울었어! 자꾸만 눈물이 쏟아지는 거야! 쉴 새 없이 말이야! 그때 그분이 내 머리를 쓰다듬으면서 말했어! '연과장! 나 유부남인 거 알지? 우리가 이러면 안 되잖아!' '네 알아요! 하지만 내가 어쩔 수가 없어서 그래요. 죄송해요!' '그래! 죄송하면 됐어! 연과장! 연과장이 날 좋아한다니까 그 마음은 고마워! 오늘 이 일은 없었던 걸로 할게!' 그때까지도 나는 울음을 훌쩍거리면서 그분을 보았어! 그때 그분이 나를 보던 눈빛을 나는 지금도 잊을 수가 없어! 남자의 눈빛이 그렇게 아름다울 수 있다는 것을, 나는 그때 처음 알았지! 그 말이 다였어! 그리고 그분은 가셨어! 난 혼자서 그 찻집에서 평평 울었다! 그분이 가고 나니까 더 설움의 눈물이 솟구치는 거야! 거기 찻집에서 실컷 울고 나니까 조금 진정이 되더라! 그리고 숙소로 돌아갈 수 있었단다!"

이번에는 현아가 혼자서 말없이 연과장의 말을 들으면서 맥주잔을 비웠다. 현아는 한동안 연과장의 눈에 맺힌 작은 이슬방울을 보고 있었다. 그리고 이 언니가 이런 열정과 순정을 가진 여성이었다는 것에 내심 놀랐다. 여자들이 유부남을 마음속으로는 좋아할 수는 있겠지만, 용기를 내서 직접 고백하기는 쉬운 일이 아니라는 것을 현아는 알고 있었다. 그만큼 연과장 언니는 그분을 열렬하게 좋아하고 있었다는 것이 놀라웠다. 차라리 다른 총각 직원에게 눈을 돌릴 수도 있었을 텐데. 언니가 그분만을 생각했다는 것 또한 의외였다. 현아가 생각하는 연과장은 언제나 남자들에게 까칠한 여자였다. 콧대가 하늘을 찌르는 도도한 언니라고만 생각했었다. 그리고 그분, 박부장님이 그만큼 대단한 분이신가 하는 생각에, 박부장님을 다시 생각하게 되었다. 하지만 현아는 이해가 가질 않았다. 사람마다 사람을 보는 기준이 다 다른 법이니까. 연과장 언니와 자신이 남자를 보는 시선이 달라서라고 생각했다. 연과장이 혼자서 추억에 잠긴 듯한 표정을 지으면서 맥주잔을 비웠다. 먹태 조각이 다시 연과장의 입 안으로 빨려 들어갔다. 잠시 후 연과장은 다시 말을 이어갔다.

"그 일이 있고 나서 일주일 후였어! 그분이 나에게 데이트를 신청했어! 나는 그게 장난인 줄 알았다! 그분이 나에게 괜히 미안하니까 장난치는 거라는 생각이 든 거야! '연과장! 이따가 영화 보러 갈까? 우리!' '네?' 내가 다시 물었지. '오늘 주말인데 같이 영화 볼 수 있어?' 박부장님 말씀에 '네?!' 내 입에서 대답도 시원스럽게 나오지 않는 거야! 그래서 그냥 그분의 눈을 빤히 바라보면서 고개를 끄덕거렸지. 그랬더니 그분이 그럼 이따가 퇴근하고서 전화하겠다고 했어! 나는 온종일 흥분되어서 일을 제대로 할 수가 없었단다! 자꾸 화장실로 가서 혼자서 거울을 보면서 꿈이 아닐 거라고 확인했다니까. 그리고 정확하게 퇴근 시간 십 분 후에 그분이 전화했지! 회사 뒤 공원으로 나와 있으라는 거야! 나는 미친 듯이 달려갔어! 그분의 차가 내 앞으로 오더라! 나는 무작정 그 차에 올라탔지! 그분 차가 공원을 빠져나가자 나는 조금은 진정이 되더라! 나는 그분의 눈을 처음으로 자세하게 쳐다보았어! 그러자 박부장님이 눈웃음을 지으면서 그의 오른손으로 내 손을 가만히 덮는 거야! 나는 그때 나도 모르게 또다시 눈물이 흘렀다니까! 고마워서였어! 그분이 이제야 나의 진심을 알아준 거지! 우린 경기도로 갔어. 거기가 정확하게 어딘지는 모르겠더라! 그분과 처음으로 저녁을 같이 먹고, 우린 그분이 예약해 놓은 영화관에서 나란히 앉아 영화를 보았어! 그때 우린 두 손을 서로 꼭 잡고 있었어! 그분의 손이 뜨거웠지! 하지만 우린 서로의 손을 놓진 않았어! 그날 밤. 우린 처음으로 같이 잤어! 잊을 수 없는 밤이야! 그날이 나에겐 그분과의 첫날밤이었으니까! 난 그 전날까진 깨끗한 버진이었으니까! 내 말 듣고 있니? 현아야!"

"응 언니! 눈물이 나려고 하네! 언니 이야기 들으니까. 소설 같아!"

현아는 숙연한 기분이 되어 안경테를 손가락으로 올리며 혼자서 잔을 비웠다. 현아의 머릿속에는 박수정 생각으로 가득해졌다. 불행하게 죽은 그녀의 첫 애인이었다. 비정규직으로 짧게 이 세상에서 살다가 비참하게 가버린 남자. 그가 현아의 머릿속에서 맴돌았다. 그와 함께 사랑했던 짧았던 시간이, 그리고 함께 걷던 길들이 다시 어제처럼 떠올랐다. 그때 박수정은 제대로 된 보상도 받질 못했다. 비정규직 신분이었으니까. 소속된 회사에서 약간의 위로금이 전부였다. 현아는 그런 사실도 나중에 회사 직원들을 통해서 전해 들었다. 현아에겐 아무런 보상도 없었다. 현아가 스스로 자신의 존재를 밝히지 않았으니까. 밝히고 싶지 않았으니까. 이미 가버린 사람에게 현아가 의지할 곳은 없었다. 그리고 며칠 뒤, 유산된 박수정의 아기까지도 그냥 그렇게 잊으려고 애를 썼다. 현아는 그 당시, 자신을 위해선 이 모든 것을 잊어야만 했다. 그리고 지워야만 하는 일이었다. 혼자서 다시 일어서기 위해서는 하는 수 없었다. 현아는 스스로 다시 일어서는 것만이 최선이라고 생각했다. 현아는 눈물이 나오려는 것을 억지로 참았다. 현아는 맥주를 한 모금 마시고는 접시 위에 있는 먹태 조각을 입 안으로 가져갔다.

"오늘 처음으로 남한테 내 비밀을 말하는 거야! 그것도 현아 너에게만!"

"언니 그럼 요새도 박부장님하고 만나는 거야?"

"일주일에 한 번은 만나! 매일은 서로가 어려우니까! 그분은 가정이 있으니까 내가 적당히 놓아주는 거야! 그래야만 우리가 더 오래갈 것 같아서!"

"언니 정상적인 결혼생활은 하고 싶진 않아?"

"그러고야 싶지만 나 혼자 생각이고! 그분은 그럴 수는 없으니까 내가 포기하는 거지!"

"그럼 앞으로 박부장님에게 형부처럼 잘 해드려야겠다! 언니 건배해! 호호!"

"그래! 너의 형부님이다 얘! 건배! 헤헤"

먹태 조각들이 동시에 두 여자의 입 안으로 사라졌다.

"부장님은 언니를 어떻게 불러?"

"우리 애기! 라고 그래!"

"어휴 징그러워! 어른들이 애기가 뭐야!"

"난 좋은데 왜? 왜 그러니? 난 그분이 날 애기라고 부를 때가 제일 행복한데!"

"어휴~ 닭~살!"

"언니 그럼 두 분이 아기는 안 낳을 거지?"

"지금은! 나중에 내 마음이 변할지는 모르지만!"

현아는 자신도 아픈 과거를 연과장에게 말할까도 생각해 보았지만 털어놓지는 않았다. 이 자리가 너무 무거워질 것 같았다. 그냥 안 하는 것이 더 좋을 것 같았다. 대신에 아무란 얘기는 해도 될 것 같았다.

"언니 고마워! 이런 얘기를 나한테 해줘서."

"아니야! 너에게는 고백하고 싶었어. 그래도 이 회사에서 우리가 제일 친하잖니! 현아가 이해해주는 것 같아서 내가 더 고맙다!"

"자! 언니의 사랑을 위해서 건배해요!"

"그래 현아의 사랑을 위해서도. 건배!"

"언니! 사실 나도 언니한테 고백할 거 하나 있어!"

"뭔데?"

"사실은~"

"사실은 뭐 현아야! 설마 너도 애인 생겼니?"

"사실은 나 남자친구 생겼어! 언니!"

"정말이니? 대박이다!"

"히히~"

"상대가 누군데? 어떤 남자니?"

"그게~ 외국 사람이야. 그리스 사람!"

"진짜? 헐! 대박! 어떻게 만났는데?"

"요리학원에서야!"

"혹시 그 남자가 셰프 강사는 아니니?"

"아니. 이탈리아 셰프는 맞는데 우리 학원 강사는 아니고. 한국요리를 배우려고 왔대!"

"잘생겼니?"

"내가 보기에 못나지는 않았지만. 잘 모르겠어!"

"얘! 모르겠다는 것 보니까 잘생겼구나!"

"히히! 글쎄! 언니, 내가 남자 보는 눈이 워낙 없잖아요!"

"기집애! 내숭은 어디서! 발랑 까져서 외국 남자만 만나면서! 언제 한번 보여줘라 얘! 그런 의미에서 우리 자~아 건배부터 하고!"

"언니는~! 호호 건배!"

"그게 까진 게 아니면 뭐가 까진 거냐? 내가 까졌냐?"

"히히히!"

"하긴 그렇게 말하고 나니까 나도 까진 거네! 헤헤~ 우리가 둘 다 까졌구나! 여태 내숭들 떠느라고 늦장만 피우더니! 이제 본 모습들이 돌아왔나 보다. 얘!"

"언니! 부장님 사귀기 전보다 지금이 더 좋아?"

"그럼~! 내 남자가 있으니까 마음이 편하다고 할까! 넌 아니니?"

"나야 뭐! 아직 그 정도는 아니야! 이제 시작인데 뭐!"

"소개해줄 거지? 그 사람!"

"제가 언제 한번 우리 회사 근처에 나오라고 할게요!"

"부장님 만나고부터 언니는 어떤 면이 더 좋아졌어요?"

"외롭지 않다는 거야! 일단 내 곁에 늘 그분이 있으니까!"

"그렇겠네요! 나도 똑같은 생각이 들었어요! 아무란이 있고부터는 옆이 허전하진 않으니까!"

"그 사람 이름이 아무란이야?"

"네 아무란 마리아니 샤르마! 좀 어려워요! 그냥 아무란이라고 불러요!"

"그렇지! 아무란만 알면 되지 뭐! 나이는?"

"나보다 세 살 위에요!"

"그럼 서른하나!"

"네!"

"한창 좋을 나이네! 안 그래?"

"헤헤!"

"언제 빨리 한번 봤으면 좋겠다. 얘! 키는 크니?"

"응, 백 팔십오쯤!"

"와우! 큰데! 멋지겠네! 다른 외국인처럼 털도 많니?"

"약간~그런 편!"

"너희 매일 만나니?"

"응! 사실 한 오피스텔에 있어요!"

"으잉? 그럼 동거 중인 거야?"

"언니, 그게 아니고 사실은 조금 사연이 있었어! 내가 오피스텔 옮겼을 때, 그 사람이 처음부터 같은 오피스텔 옆방에 묶고 있었어요!"

"그래? 너희 진짜 인연인가 보다! 얘!"

"히히!!"

"매일 보겠네!"

"사실은 그래요! 언니!"

"부럽다 얘! 나는 박부장님하고 매일은 못 만나는데!"

"왜 언니도 회사에서 매일 보잖아!"

"그런 것 말고 사적으로 말이야!"

"그렇긴 하네!"

"어쩔 수 없지! 그건 우리 사정이니까!"

"언니네도 잘 되고 우리도 잘 됐으면 좋겠다!"

"그래. 우리 모두 잘되면 좋지!"

"아마 잘 될 거야 언니! 그런 뜻에서 우리 다시 한번 건배하자!"

"그래! 우리들의 사랑을 위해서 건배하자! 건배!"

"그래 언니! 건배!"

"좋아! 우리들의 사랑을 위하여!"

"우리들의 사랑을 위하여!"

"우리들의 행복을 위하여!"

"우리들의 행복을 위하여!"

두 여사가 마지막 맥주잔을 비웠다. 그리고 남겨진 마지막 믹태 조각들이 두 여자의 입속으로 동시에 들어갔다.

"언니 우리 그만 나가자. 벌써 열 시가 다 되어간다!"

"그래! 오늘 얘기는 우리끼리만 아는 거다!"

"알아요. 언니!"

"그래 그만 나가자!"

"네!"

현아와 연과장은 거기서 그만 일어났다. 큰길에는 바람이 불고 있었다. 헤드라이트를 켠 차들이 밀리는 그 길가에서 택시를 기다리면서 두 사람은 대화를 계속했다.

"현아야! 너 이제 아무란에게 가겠네?"

"가면 그가 있겠죠! 히히! 오피스텔에 가면."

"좋겠다. 현아는! 나는 아무도 없는데!"

"박부장님이 계시잖아요! 언니한테는!"

"그렇지만 집에는 나 혼자야! 외롭게!"

"박부장님 불러요! 그럼!"

"그건 안 돼! 우린 주말에만 만나!"

"언니에게도 좋은 기회가 올 거예요! 힘내요! 언니!"

"알았다. 현아야!. 오늘 고마웠어. 내 얘길 다 들어주고 너의 고백도 들어서!"

"저도 고마워요. 언니! 조심해서 들어가세요!"

"안녕, 바이!"

"바~이!"

그리고 둘은 각자 택시를 타고 자기 집으로 헤어졌다. 현아는 오피스텔로 갔다. 당연히 오피스텔에는 아무란이 기다리고 있었다.

11

그처럼 우리들의 삶에서

그처럼 우리들의 삶에서 습관이란 참 중요한 것이다. 습관이 그 사람의 일상을 만들고, 나아가서 그 일상이 모여서 그 사람의 인생이 되기 때문이다. 김사봉 과장은 그때만 해도 그런 것들을 생각하진 못했다.

현아와 아무란, 그리고 연과장과 박부장이 연애에 빠져 있을 때, 김사봉 과장은 기어코 일을 저지르고야 말았다. 현아는 그날은 일찍 퇴근하고 아무란에게로 갔다. 아무란과 함께 있다가 최진구씨와 수진을 만나기로 했다. 연과장은 박부장과 데이트 약속으로 백화점에 간 날이었다. 회사에서 정상적으로 퇴근을 한 김사봉 과장은 그날따라 집으로 들어가실 않았다. 혼사 회사 근저에서 맥주를 마시러 생맥주집으로 갔다. 그가 들어간 곳은 전에 연과장과 현아가 서로의 연애담을 털어놓았던 그 집이었다. 김사봉 과장은 간단하게 혼자 맥주를 한잔하고 집에 가려고 했다. 김사봉의 아내는 오늘 친정 형제들과 저녁을 한다고 나갔기 때문에 집에 없었다. 일찍 들어가 봐야 할 일도 없었다. 그는 결혼을 십 년 전에 했다. 하지만 아직도 자녀가 없었다. 무슨 이유에서

인지 불분명했으나 임신이 되질 않았다. 부부가 아기를 기다린 지, 벌써 십 년이 지나고 있었다. 결혼 초에는 매일같이 아내와 단둘이서 지내는 저녁이 허전했다. 두 사람은 언제부턴지 습관처럼 밖으로 돌기 일쑤였다. 아이들이 없는 부부의 생활이란, 너무나 단조로운 일상의 연속이었다. 두 사람은 매일 저녁을 외식했다. 둘이 하는 저녁이 지루하면, 동서네 집에 가서 해결했다. 가끔은 처제네 집으로도 갔다. 그것도 한두 번이지, 일 년이 지나자 눈치가 보였다. 자녀들이 커가기 시작한 동서들이나, 처제네로 하루가 멀게 찾아갈 수는 없었다. 그들도 자식들을 키우느라고 정신이 없었기 때문이었다. 딱히 갈 곳이 마땅치 않은 날은 둘이서 영화를 보기도 했다. 어떤 때는 가까운 공원에서 산책하는 것이 해결책이었다. 그렇게 삼 년이 지난 후부터는 각자 따로 놀기 시작했다. 아내는 아내대로, 김사봉 과장은 김사봉 과장대로 밖에서 친구들과 놀다가 들어가는 게 일상이 되었다. 그날도 아내가 친정에 가는 바람에, 혼자가 되었다. 저녁까지 밖에서 해결할 생각이었다. 그는 저녁 식사 대신으로 생맥주에 골뱅이 소면을 시켜서 먹고 있었다. 두 잔을 다 마실 무렵, 그 생맥주집으로 경리과 김대리와 미스 서 그리고 남대리가 들어왔다. 그들은 근처에서 저녁을 하고, 시원한 맥주가 생각나서 들렀다고 했다. 자연스럽게 김과장도 그들과 합석하게 되었다. 오늘은 집사람도 없으니, 이들과 한잔 제대로 즐기고 가리라고 마음먹었다. 그는 술값은 자신이 내겠다고 했다. 생맥주와 치킨이 나왔다. 두 남자 대리와 미스 서는 고맙다고 했다. 맥주잔이 몇 잔씩 돌아가자 김사봉 과장은 그 특유의 십구 금 입담이 슬슬 나오고 있었다. 그러면서 언제 자리를 바꿔 앉았는지, 미스 서 옆에서 연신 건배를 권하고 있었다. 김사봉 과장은 제일 먼저 마신 맥주에, 제일 많이 취해있었다. 혀가 약간은 꼬이고 있었다. 그곳에서 두 시간을 더 있다가 네 사람은 그만 일어났다. 각자 헤어져 집으로 가기 위해서였다. 마침 미스 서와 김사봉 과장이 같은 방향이었다. 둘은 같이 택시를 타고, 나머지 김대리와 남대리는 따로따로 흩어져서 갔다. 택시 뒷자리에 탄 두 사람은, 집이 먼 미스 서가 안에 타고, 김사봉 과장이 바깥쪽에 앉았다. 앞자리는 택시운전사의 합석을 위한 배려이기도 했다. 김사봉 과장은 택시 안에서도 특유의 입담을 늘어놓았다. 그러다가, 갑자기 옆자리에 앉은 미스 서의 다리 위로 손이 올라갔다. 그리고 그녀의 다리를 위아래로 마구 더듬었다. 미스 서도 한잔을 마신 터라 처음에는 바로 인식하질 못했다. 김사봉의 손이 점점 심해지자 '과장님 이러시면 안 돼요!'라고 약간은 술 취해서 어눌해진 말투로 거부했다. 하지만, 김사봉의 손은 더 노골적으로, 그리고 더 깊이 그녀의 허벅지를 더듬었다. '자기도 좋으면서 뭘 그래! 가만히 있어 봐!' 하면서 그녀를 집요하게 더듬어갔다. 순간, 택시 운전사의 얼굴이 일그러지고 있었다. 김사봉 과장은 이미 취해있었다. 미스 서는 안쪽에 앉은 채, 어떻게 할 줄을 몰라서 그의 손을 피하며 밀쳐대고 있었다. 김사봉 과장은 이미 취기가 올라 제정신이 아니었다. 그리고는, 그의 손이 넘지 말아야 할 곳까지 침범해 버렸다. 미스 서의 미니스커트 속으로 가서는 그녀의 팬티를 벗기려고 힘을 주었다.

"앗! 뭐예요. 과장님!"

미스 서가 소리를 지르면서 저항했지만, 그는 멈추질 않았다. 기어코 그녀의 팬티를 벗기고야 말 태세였다. 정신이 번쩍 든 미스 서는 발악하듯이 소리를 질렀다. 미스 서는 이제 악을 쓰면서 울고 있었다.

"아악! 아저씨! 운전사 아저씨! 차 좀! 차 좀! 세워주세요! 아니! 아니! 저기 경찰서! 경찰서로 가주세요!"

"아니 저런 개새끼가! 네 알겠습니다! 아가씨!"

"미스 서! 경찰서라고?"

경찰서란 말에, 김사봉 과장은 약간 정신이 돌아온 모양이었다.

"경찰서는 왜? 난 아무 짓도 안 했는데!"

택시 운전사는 인상을 쓰면서 경찰서 주차장으로 차를 몰고 들어갔다. 아무래도 일이 커지고 있었다. 경찰서 주차장 마당에 택시를 세웠다. 운전사가 김사봉을 끌어내렸다. 그의 허리띠를 움켜쥐고는 질질 끌고서 경찰서 안으로 들어갔다. 미스 서도 울면서 따라 들어갔다.

"내 이런 쓰레기 같은 놈은 가만히 둘 수가 없어! 콩밥 좀 먹고 정신이 번쩍 들게 해줘야지!"

워낙, 덩치가 큰 운전사에게 김사봉은 질질 끌려가다시피 안으로 들어갔다.

"형사님! 난 아무 짓도 안 했다니까요! 미스 서! 어서 말 좀 해 줘!"

"호흐흑! 흑흑!"

미스 서가 얼굴을 떨군 채 울고 있었다.

"이놈이 글쎄 택시에 타자마자, 이 아가씨를 계속 성희롱을 하는 겁니다! 이 아가씨가 그만하라고 하는데도 자꾸 더 심하게! 뒤에서 아가씨를 괴롭히는데, 어떻게 운전사로서 가만히 볼 수가 있습니까? 이 아가씨가 경찰서로 가달라고 해서 난 데리고 온 겁니다! 내가 무슨 잘못한 거 있습니까? 경찰관님!"

"전혀 그런 건 없습니다! 잘 오셨습니다! 아저씨!"

경찰관은 정색하며 말했다.

"아가씨 성함이 어떻게 되세요?"

"서민주요!"

"그리고 아저씨! 아저씨 성함은요?"

"난 김사봉요!"

"그리고 운전사 아저씨는요?"

"전 윤시동입니다!"

"세 분 다 신분증 좀 주세요! 본인 확인을 해야 하니까요!"

택시 기사와 미스 서는 신분증을 꺼냈다. 김사봉 과장은 망설이면서 머뭇거렸다.

"아저씨! 김사봉이 본명 맞아요?"

"네!"

"그럼 빨리 신분증 주세요! 확인해야 하니까요!"

김사봉 과장은 꺼내기 싫은 듯이 마지못해서 신분증을 꺼내면서 말했다.

"경찰아저씨! 제가 일부러 그런 건 아닙니다. 그냥 술이 과해서~. 술기운이 뭐 솜 실수했는지는 놀라노 저 그런 사람 아닙니나!"

경찰은 김사봉의 말에 대꾸조차 안 한 채, 눈으로 위아래를 흘려보고는 미스 서에게 물었다.

"아가씨 말 좀 해보세요! 왜 경찰서로 가달라고 했습니까?"

미스 서는 울면서 수치스럽고 창피한 상황에서도 말을 안 할 수는 없었다.

"김과장님이 택시에 타자마자 제 다리를 만졌어요. 내가 그만하라고 해도, 자꾸만 더 심하게 해서 경찰서로 가달라고 했어요!"

"어떻게 만졌는데요?"

"전 그런 적 없습니다! 미스 서가 과장해서 하는 말이라구요!"

"김사봉씨! 조용히 하세요! 질문할 때만 말하세요! 서민주씨! 김사봉씨가 어떻게 만졌나요?"

"……"

"솔직하게 말해주세요! 이건 중요한 질문입니다. 반복해서 되묻진 않겠습니다. 한 번에 자세하게 말해주시면 됩니다!"

그러자 울음 섞인 목소리로 미스 서는 말을 했다.

"택시 뒷자리에 타고 얼마 지나지 않아서 내 다리를 만졌어요! 그러지 말라고 했어요! 근데 이젠 치마 속으로 손을 넣고서는 막 내 팬티 쪽으로 손을 자꾸 넣었습니다. 그리고 내 팬티를 벗기려고 했습니다. 내가 움켜쥐고 소릴 지르지 않았으면 팬티가 다 벗겨졌을 겁니다!"

"강압적으로 그랬다는 거죠?"

"네!"

"혹시 상처도 났습니까?"

"잘 모르겠지만 아직도 아파요! 상처도 난 것 같아요!"

"그럼 잠깐 만요!"

형사가 자리에서 일어나 복도 쪽으로 가더니 여자 경찰을 데리고 왔다. 미스 서를 데려가서 상처를 확인하라고 지시했다. 미스 서의 허벅지 안쪽 깊은 곳에, 손톱에 할퀸 핏빛 자국이 있었다. 그리고 그녀의 팬티가 일부 찢어져 있었다. 미스 서의 상처 자국과 팬티는 증거 사진으로 찍혔다. 미스 서의 팬티는 경찰에서 증거물로 보관되었다. 여자 경찰은 밖으로 나가서 편의점에서 새 팬티를 사다가 미스 서에게 건넸다. 명백한 증거와 증인이 있는 상황에서 김사봉 과장은 변명을 할 수가 없었다. 그는, 그날로 성폭행미수 현행범으로 경찰서 구치소에 수감되었다. 그리고 미스 서는 그날부터 회사에 나가질 않았다. 나갈 수가 없었다. 그녀는 이렇게 일이 확대되는 걸 원하진 않았다. 하지만, 막상 엎질러진 일은 제멋대로 흐르고 있었다. 약 한 달이 되어 갈 무렵, 김사봉 과장의 부인이 찾아왔다. 머리 숙여 진심으로 사과의 뜻을 전했다. 그녀는 김과장이 정말 싫었다. 하지만, 본인도 진심으로 사과하고 있다고 들었다. 그녀는 이 정도에서 일을 마무리하는 게 좋겠다고 판단해 어렵게 합의해주었다. 그 일로 김사봉 과장은, 경찰서 구치소에 있는 상태에서 회사에서 잘렸다. 퇴직금도 한 푼도 줄 수 없다는 것이 회사의 방침이었다. 회사에 막대한 이미지 실추를 입혔다는 것이 명백한 이유라면 이유였다. 그동안 김사봉 과장이 회사에 힘들여 일해 온 날들은 논의의 대상이 되질 않았다. 회사에서도 직원들은 모이기만 하면 수군덕거렸다. 언젠가는 이런 일이 한번은 터질 거라고 다들 예상했었다고 말했다. 남자 직원들도 김사봉 과장을 흉보는 것은 마찬가지였다. 신천직으로 나쁜 사람은 아닌데, 늘 여자들에게 치근덕거리는 습관이 문제라는 식이었다. 그처럼 우리들의 삶에서 습관이란 참 중요한 것이다. 습관이 그 사람의 일상을 만들고, 나아가서 그 일상이 모여서 그 사람의 인생이 되기 때문이다. 김사봉 과장은 그때만 해도 그런 것들을 생각하진 못했다. 그 일로 미스 서도 아가씨로서 수치심을 이기지 못하고 사표를 제출했다. 회사에선 두 사람이 그만두는 것으로 이 문제는 표면상으론 일단락되었다. 이 일이 터지고 나서 연과장은 박부장과의 연애를 좀 더 조심스럽게 하는 눈치가 역력했다. 그건 현아만 느낄 수 있었다. 하지만 그렇다고 박부장과의 관계를 그만둘 연과장은 아니었다. 누구나 열렬하게 순정을 다하는 사랑은 쉽게 꺼지지 않는 법이니까.

현아와 아무란은, 둘이 사귀면서 이왕이면 자격증까지 따자고 의기투합했다. 대신, 학원 수강은 오 개월로 늘어났다. 그래도 혼자가 아닌 둘이었기에, 서로에게 위로하고 의지하는 힘이 될 수 있었다. 두 사람의 경비가 늘어나자 현아와 아무란은 오피스텔 방을 아예 하나로 합쳤다. 둘의 연애가 날로 진지해지고, 깊어지고 있었다. 진구는 기브스 한 다리를 끌고서, 한 달 동안을 레스토랑에 다녀야 했다. 수진은 진구 옆에서 열심히 간호해주었다. 두 사람의 사랑이 진구의 교통사고로 인해서 더욱 단단해졌다. 아무란은 저녁이면 진구와 수진에게 매일같이 찾아가 위로해주었다.

12

그 이전에

그 이전에 둘만의 의미 있는 여행을 해보고 싶었다. 어쩌면, 두 사람은 자신들이 인식하든, 인식하지 못하든지 간에 무언가 새로운 인생의 출발선 위에 놓여 있는 것이 분명했다. 아무란과 현아는 앞으로 두 사람 사이에 펼쳐질 새로운 인생 앞에서 둘만의 여행을 가기로 했다.

아무란과 현아가 서로 좋아하게 되고 방까지 합치게 되면서, 두 사람은 무언가를 같이 기념하고 싶다는 강한 충동을 느꼈다. 물론 사업도 그중의 하나였다. 그 이전에 둘만의 의미 있는 여행을 해보고 싶었다. 어쩌면, 두 사람은 자신들이 인식하든, 인식하지 못하든지 간에, 새로운 인생의 출발선 위에 놓여 있는 것이 분명했다. 아무란과 현아는 둘만의 여행을 가기로 했다. 아무란은 제일 먼저 조지아에 가자고 제안했다. 그곳은 아무란이 대학을 다닐 때, 남자친구들과 함께 그곳으로 배낭여행을 갔었다. 그때, 자신에게도 나중에 여자 친구가 생기면, 꼭 함께 이곳에 다시 오리라고 다짐했었다. 그만큼 조지아는 아무란에겐 멋지고 아름다운 추억의 장소였다. 아무란은 현아와 함께 조지아를 꼭 여행하고 싶다고 말했다. 조지아의 멋진 풍경 속을, 두 사람이 함께 걸으면 더 없는 추억이 될 거라고 말했다. 조지아에 가서 그곳의 전통 와인과 전통 치즈를 만드는 곳에도 가보자고 했다. 그곳에서 오랜 세월 살아 온 사람들의 모습들도 인상적이라고 말했다. 외국에 한 번도 나가지 못한 현아는, 그리스와 유럽을 아무란과 함께 가보고 싶었다. 이탈리아의 로마와 유럽 신화의 나라 그리스가 무척이나 궁금했다. 아무란이 태어난 고향마을도 궁금했다. 그의 부모님도 보고 싶었다. 그곳의 공기와 바람, 그리고 요리가 궁금했다. '어떤 곳일까? 아무란은 어떤 곳에서 무슨 생각을 하면서 자랐을까?' 현아는 그런 막연한 상상의 모습들을 현실로 만나보고 싶었다. 그런 상상을 하는 나날들 속에서, 둘만의 연애의 시간은 빠르게 흐르고 있었다.

두 사람은 다음 달이면, 오 개월의 학원 수강을 마감할 수 있게 되었다. 한식 조리사 자격증 시험도 치를 수 있었다. 두 사람에게 합격증이 꼭 필요한 것은 아니었지만, 둘 다 한식 조리사 자격증을 딸 수 있기를 바랐다. 학원 일정이 마무리되면 같이 여행을 가자고 의견 일치를 보았다. 둘이서 배낭여행을 하는 것으로 결정했다. 둘은 조지아에 가기로 했다. 그곳에서 다시 그리스로 넘어가서 이탈리아를 거쳐 프랑스 파리까지 가기로 약속했다. 아무란과 단둘이서 조지아와 그리스, 그리고 이탈리아와 프랑스까지 간다는 설렘에 현아는 며칠 동안은 잠을 이룰 수가 없었다. 사랑하는 사람과 함께 여행하는 것은, 함께 호흡하는 것만으로도 설레고 행복한 순간들이란 것을, 현아는 이미 박수정에게서 느껴 알고 있었다. 여행을 위해서 현아는 우선 회사에 장기 휴가를 얻어야만 했다. 그것이 가능할지는 현아 자신도 알 수 없었다. 비정규직 직원이 이십일 장기 해외여행을 간다고 하면, 흔쾌히 승낙할 회사는 없다고 생각했다. 오 년이란 긴 시간 동안 회사에 헌신한 노고를 알아줄 회사는 그리 많지 않으니까. 만약에 회사에서 승낙하지 않으면, 이번 기회에 아예 회사를 그만두는 것은 어떨까 하는 생각도 들었다. 현아는 아무란과 상의했다.

"아무란! 이번에 회사에서 휴가를 주지 않으면 회사를 아예 그만두는 것은 어떨까?"

"왜? 현아! 회사에서 휴가가 안 될 것 같아?"

"만약이야! 나야 뭐 여행 갔다 와서 적당한 시점에 퇴직하는 것이 더 좋지만!"

"그럼 현아가 좋을 대로 해야지 뭐!"

"이번에 여행 갔다 오면 바로 식당을 차리는 것도 좋을 것 같아서!"

"식당 차릴 자금은 준비가 다 된 거야? 현아!"

"그만큼은 뭐! 되지 않을까? 많진 않지만 난 학교 졸업하고 여태껏 직장 생활한 월급을 다 모았거든! 엄마가 한 푼도 안 쓰고 저축해 주셨어!"

"현아! 엄마가 대단한데!"

"아마 오전은 님을길!"

"그 정도로 차릴 수 있을까?"

"그 정도에 맞춰서 차리면 되지! 그리고 퇴직하면 작지만, 어느 정도 퇴직금은 나올 거야! 비정규직이라 아주 많진 않겠지만. 그리고 부족하면 엄마가 조금은 도와주실 수도 있을 거야! 원래 내가 결혼하면 도와주신다고 말했거든! 정말 필요하면 이참에 엄마 아빠한테 미리 손

내밀지 뭐!"

"그래도 돼?"

"대신에 우리가 결혼할 거라고 하지 뭐!"

"뭐라고? 우리가 결혼한다고 말할 거야?"

"왜? 그러면 안 돼?"

"아니! 그런 건 아니지만! 우리 아직 그런 얘기 한 적이 없었잖아!"

"아무란! 지금 당장이란 뜻은 아니야! 그때 가면 그럴 수도 있다는 거지! 우린 이미 같이 사는 중이잖아!"

"난~또! 지금 당장 부모님께 얘기하면 결혼식부터 해야 하는 줄 알았잖아!"

"결혼식 문제는 전에도 다 얘기했잖아! 우선, 한 삼 년에서 오 년은 같이 살아보고 그때 결정하기로!"

"그랬지! 나도 그게 좋다고 생각해!"

"너무 일찍 결혼했다가 얼마 못 가서 헤어지는 사람들이 너무 많으니까! 우린 그런 실수는 안 하는 게 맞는 것 같아!"

"그래! 나도 그렇게 생각해!"

"아무란! 그리스 부모님도 이해하시겠지?"

"우리 부모님은 내가 원하는 여자하고 라면 결혼이든, 살림이든 언제나 좋아하실 거야! 나보고 여자 좀 데려오라고 늘 말했거든. 아마~ 현아 데리고 가면 부모님이 무척 좋아하실 거야!"

"정말? 그런 말 들으니까 기분 좋은데!"

현아는 팔짝 뛰어서 두 팔로 아무란의 목을 감고 매달렸다. 아무란이 그 크고 긴 팔로 현아를 감싸 안은 채 힘껏 들어 올렸다. 두 사람은 그 자세로 가벼운 뽀뽀를 했다. 현아는 두 발이 들린 채로 아무란에게 한참을 매달려 있었다.

"우리가 결혼할 거면 무엇보다도 내가 준비되어야만 해! 난 현아가 알다시피 그리스에 가서 부모님의 허락을 받아야 이것저것 도움을 청할 수 있거든! 그리고 일할 수 있는 직장을 찾거나, 레스토랑을 차리는 문제도 그때 결정되어야 한다고!"

"아무란! 그러니까 우리 이번에 그리스로 여행 가면, 거기서 부모님께 인사드리고 같이 산다고 말하면 되잖아! 그리고 한국에 와서 회사를 정리하는 거지! 그리고 함께 작은 우리들의 레스토랑을 차리는 거야! 우리만의 새로운 삶을 시작하는 거지! 난 자신 있어! 생각만 해도 신이 난다! 안 그래! 아무란!"

"그렇게 해! 현아! 우리 그리스 가면 부모님과 친척들에게도 인사시켜 줄게!"

"땡큐! 아무란! 여행 갔다 와서 나도 우리 부모님께 인사시켜 줄게! 나도 외동딸이잖아! 외국인하고 사는 것도 처음엔 이해하시기가 쉽진 않겠지만, 나중엔 이해하실 거야! 지금 단둘이서 멀리 여행 간다고 하면 많이 걱정하실 거야! 이번 여행은 친구들하고 간다고 말하고, 여행 갔다 와서 정식으로 소개할게! 아무란에 대해서 내가 잘 얘기하면 우리 부모님도 승낙하실 거야!"

"그렇게 하자! 현아!"

"오케이!"

두 사람은 다시 끌어안고 키스했다.

"우리 현아가 최고!"

"고마워! 아무란!"

"그럼 나 회사에 사표는 언제쯤 쓰는 게 좋을까?"

"글쎄! 언제가 좋을까?"

"이미 만으로 오 년은 지났으니까! 여행 갔다 와서 생각해 봐도 늦진 않아! 아무란!"

"알았어! 현아. 그건 현아가 알아서 해!"

"아무란! 첫 여행지로 조지아로 가는 거지? 그곳에서 바로 그리스로 가서 아무란의 부모님과 친척들을 만나고, 그곳에서 이탈리아를 거쳐 프랑스 파리로 가는 거 맞지? 그렇지? 아무란!"

"맞아 현아! 그러면 돼!"

"와아! 생각만 해도 신난다!"

"우리 부모님도 현아하고 결혼하는 거 좋아하실 거야! 아마 현아를 보면 부모님이 무척 예뻐하실걸!"

"그럴까? 그래야 할 텐데 걱정이 되네!"

"걱정하지 마! 내 말만 믿어. 현아!"

"알았어! 아무란! 그럼 이제부터 전화로라도 안부 인사를 자주 드리는 게 좋겠어! 서로 사귀는 친구라고 먼저 말씀드리는 거야! 나중에 그때 만나서 너무 놀라지 않으시게!"

"그것도 좋겠다! 현아!"

"아무란! 우리 나중에 결혼해서 살게 되면 아이들은 몇 명이면 좋을까?"

"글쎄, 현아는 한 명 낳고 싶어?"

"나는 둘! 아들딸 하나씩!"

"나는 아들 둘하고 딸 하나면 좋을 거야! 아들 하나는 불안하니까, 하나 더 낳아야 해! 현아!"

"싫어 그건! 요즘 아이들 키우기가 얼마나 힘든 줄은 알지? 아무란!"

"그래도 아들 둘은 있어야 든든하지!"

"아니야 아무란! 요즘 딸들이 더 부모에게도 잘하고 자기 앞가림도 더 잘하는 시대잖아!"

"그렇긴 하지만! 아이들이야 낳아봐야 아는 거니까. 그때 정하자!"

"알았어! 아랑!"

"아랑?"

"응 이제 아랑이라고 불러줄게! 아무란은 아무렴이랑 비슷해서 다른 애칭을 생각해봤거든! 아무란을 줄여서 아랑! 애칭 어때?"

"아주 맘에 들어! 현아!"

"그럼 나도 이제 헤라라고 부를까! 제우스의 부인처럼. 헤라!"

"좋아! 그렇게 불러! 나도 아랑이라고 부를게!"

한 달은 금세 지나갔다. 드디어 아무란과 현아가 오 개월 요리 수업을 모두 마치는 날이 되었다. 그 시이 다행히도 둘 다 한식 조리사 자격증을 취득했다. 아무란도 현아도 처음에 시작할 때는 단지 배우는 것에 의미를 두었었다. 결국 한식 조리사 자격증까지 따게 되자, 둘이서 의기투합한 결과가 나온 것 같아서, 두 사람은 너무나 행복했다.

13

여기까지 올라오던 흙길들이

*여기까지 올라오던 흙길들이 마치 르네상스 시절
에 있었던 어느 유명 화가의 풍경화를 보는 것만 같
았다. 성당이 있는 이 절벽 위에 서는 순간, 현아와
아무란의 머릿속은 끝없이 환하게 확장되는 무한의
세계로 빨려가는 듯한 느낌을 받았다. 그곳은 신세
계 같았다. 태고의 아름다움과 환상적이고 깨끗한
자연 위에, 성스러운 기운이 더해져 내려온 듯한 느낌
이었다.*

두 사람은 조지아로 가서 그곳에서 곧바로 그리스로 갈 예정이었다.
그리스에서 일정만 허락한다면 이탈리아를 거쳐 프랑스까지 돌아서
오는 긴 여행이었다. 경비는 저가 비행기와 약간의 교통비하고, 숙식
은 저렴한 식사와 게스트하우스에서 보내기로 했다. 그러면 생각만큼
많은 돈을 들지 않아도 될 것 같았다. 그리스에서는 당연히 아무란의
부모님 집에서 보내고, 로마와 파리를 보고서 서울로 돌아오는 것으로
일정을 정했다. 모든 경비는 두 사람이 가진 돈을 합해서 충당하기로
했다. 드디어 그들의 여행 일정이 시작되었다. 두 사람은 조지아행 비

행기표를 예약했다. 십 일 후에 출발하는 날이었다. 현아는 지난주에 한 달간 장기 휴가를 냈다. 다행히 회사에서는 장기 휴가를 허락했다. 회사가 허락했다는 것에 회사 사람들 모두가 놀랐다. 현아가 지난 오 년간 빈틈없이 업무를 충실히 한, 보상의 개념도 작용했다. 연과장은 미리 현아가 얘기했기 때문에 이번 여행계획을 알고 있었다. 아무란 역시 진구와 수진에게 여행계획을 알렸다. 두 사람도 이번 여행을 축하해 주었다. 현아는 시골 부모님에게도 여행 사실을 알렸다. 부모님에게는 약 보름 동안 친한 친구와 유럽 여행한다고만 말했다. 아무란과 간다고 하면, 오히려 걱정이 더 크실 것을 염려해서 내린 결정이었다. 아무란도 그리스의 부모님에게 여행계획을 알렸다. 아무란의 부모는 아무란이 온다고 하니까 너무나 기뻐했다. 아무란이 화상통화로 현아를 몇 번 소개했기에 부모님도 현아를 잘 알게 되었다. 두 사람은 여행 계획들을 일일이 꼼꼼하게 체크하면서 십 일을 기다렸다.

십일은 금방 지나갔다. 두 사람은 인천공항으로 갔다. 오늘 저녁이면 아무란과 현아 둘이서 러시아와 터키 사이에 있는 조지아라는 낯선 나라에 다다를 것이다. 이번 여행은 현아에겐 처음 해보는 해외여행이었다. 또한 그녀의 인생에서 가장 큰 모험이기도 했다. 그런 만큼 현아의 머릿속은 복잡했다. 시시때때로 여행 계획들이 머릿속을 이리저리 휘저으며 자꾸만 어지럽게 돌아다녔다. 트빌리시에서 하룻밤 묵고, 다음 날 카즈배기까지 가서 그곳에서 이틀을 묵고, 그곳에서 게르게티 사메바 성당을 갔다가 그 아래 마을을 둘러보기로 했다. 삼 일에는 트빌리시 시내로 와서 야경을 즐기고, 다음 날 그리스로 가는 여행이었다. 일정은 아주 빡빡했다. 그런 만큼, 현아의 머릿속도 복잡 그 자체였다. 두 사람은 그리스에서의 일정은 정확하게는 잡을 수 없었다. 아무란이 그의 부모님을 만나봐야만 다음 일정을 잡을 수 있었다. 현아는 그리스에서도 사오일 정도 머물 계획을 세웠다.

두 사람은 드디어 조지아에 도착했다. 아무란은 자신이 옛날 어릴 적에 친구들하고 왔었던 기억을 더듬고 있었다.

"헤라! 여기가 그때 친구들하고 처음 왔었던 그 길이야!"

"웅! 그래? 추억이 새롭겠네! 아랑!"

현아가 본 트빌리시는 경기도의 외곽지 같은 분위기를 가진 도시였다. 우리가 사진으로 보고 생각했던 그런 목가적인 고풍스러운 건축물들이 아직도 많이 남아있었다. 거리마다 외국 관광객들도 많고, 젊은 배낭족들이 많았다. 저녁에 도착했다. 거리는 아름다웠다. 공기도 아주 맑았다. 주변에는 곳곳에 고풍스러운 교회 건물들이 있었다. 현아가 인터넷에서 확인했던 대로, 최초의 기독교 국가라는 것이 실감이 났다. 아주 오래되고 소박한 양식의 건축물들은 유난히 낡아 보였다. 낡고 오래된 건축물에서 현아는 그만큼의 깊은 세월이 느껴져서 더 좋았다. 아무란은 현아 옆에서 주변을 두리번거리면서 계속해서 떠들었다. 두 사람은 좁은 골목길 안으로 들어갔다. 그곳은 사람의 마음을 따뜻하게 감싸는 소박함과 차분함이 있었다. 이곳에선 시간이 오랫동안 아주 느린 걸음으로, 이리저리 낡은 골목길과 그곳에 사는 사람들을 어루만져 주는 느낌이었다. 교회 첨탑 끝에는 오래되어 검게 녹이 슨 청동 십자가들도 인상적이었다. 그런 이국적 모습들이 여행객들의 눈을 사로잡았다. 그곳에 사는 마을 사람들의 얼굴에서는 시골 농부들의 친근하고도 소박한 모습들이 보였다. 그리고 옛날부터 목축업의 나라답게, 어디서나 가축들이 풀을 뜯고 있었다. 그런 풍경들이 어떤 벽면에 걸린 유화 그림을 보는 듯했다. 그 그림 속에는 중세 시대에서 시간이 잠시 멈춰버린 듯했다. 고요하고 평화로운 목가적인 풍경 속으로 두 사람을 이끌었다. 아무란과 현아는 그곳에서 택시를 타고 게스트하우스로 갔다. 택시 운전사는 마치 와인을 한잔 마신 것처럼 붉은빛의 피부를 가진 노인이었다. 그의 얼굴은 선하고 그 눈빛은 부드러웠다. 그리고 아무란처럼 두 팔과 턱에는 털이 수북하게 자라있었다. 전형적인 이곳 사람 같았다. 현아는 영어를 못하기 때문에 아무란이 주로 말했다. 그는 아주 소탈한 성격 같았다. 아무란의 말에 함께 웃을 때는, 웃음소리마저도 아주 크고 소탈한 웃음을 터트리곤 했다. 그들이 도착한 게스트하우스는 강변을 끼고 있었다. 강 건너에는, 저녁 햇살에 노란색으로 물든 성당이 반짝거리며 서 있었다. 이 오래된 도시는 강변을 따라서 이어져 있었다. 대낮인데도 그 풍경이 아침처럼 깨끗하고 아름다웠다. 주인아주머니가 이층 방을 안내해 주었다. 그녀는 오십대 중반은 족히 넘었을 것 같았다. 두 사람은 방 안에 짐을 내려놓고, 침대 옆에 있는 큰 소파에 마주 보며 앉았다. 긴 비행기 여행 때문에 현아도 아무란도 다소 지쳐 있었다. 그리고 얼마 지나자, 주인아주머니가 입가에 그녀 특유의 미소를 지으면서 와인과 빵을 가지고 올라왔다.

"먼 여행에 힘드셨죠? 그래서 와인 한 잔 가져왔어요!"

"네 감사합니다!"

아무란이 대답했다. 아주머니가 자신이 가지고 온 빵과 와인을 설명해주었다. 아무란이 번역해준 말로는 조지아 전통 핸드메이드 와인과 전통 치즈를 곁들인 빵이라고 했다. 안에는 치즈가 들어있었고, 겉은 그냥 통밀가루 빵이었다. 그 모양으로는 그냥 단순한 빵 같은데 그 맛은 고소하고 단백했다. 먹을수록 그 맛이 자꾸 입 안에서 감돌았다. 날이 벌써 어두워지고 있었다. 둘은 가까운 거리로 나갔다. 간단한 저녁 식사로 배를 채우고 일찍 자기로 했다. 시내로 걸어서 내려갔다. 노점상들이 음식과 과일들을 팔고 있었다. 아무란은 현아에게 손짓으로 꼬치구이 집을 가리켰다. 숯불에 양고기들을 끼워서 굽고 있었다. 두 사람은 그 집에서 맛있는 양고기로 배를 채웠다. 처음 먹어보는 조지아식 양고기 구이가 너무 맛있었다. 현아는 나올 때, 한 접시 더 포장을 시켰다. 야식으로 먹거나 내일 아침 식사로 먹을 생각이었다. 둘은 피곤했다. 밤거리를 둘러보고 싶었지만, 숙소로 그냥 돌아왔다. 숙소에 오자마자 씻고서 서로를 끌어 앉은 채 침대에 누웠다, 피곤하고 배가 부른 탓인지 두 사람은 바로 깊이 잠들었다.

아침에 아무란이 먼저 일어났다. 새벽에 눈을 뜬 아무란은 창밖으로, 강변의 풍경을 감상하고 있었다. 잔잔하게 흐르는 물결의 강변 산책길을 따라서, 조깅하는 젊은이들과 어른들이 보였다. 아름다운 트빌리시 도시에 우리가 와 있다는 것이 실감 났다. 아무란은 잠시 후, 현아를 깨웠다. 밖에서 산책하자고 했다. 현아는 아무란의 목을 감싸고 일어나지 않으려고 매달렸다. 더 자고 싶다고 했지만, 아무란은 현아를 깨워서 일으켰다. 마지못해 일어난 현아는 눈부시게 아름다운 창밖 풍경을 보고서 감탄했다. 강변을 따라 하얀 벽에 붉은색 지붕을 한 집들, 그 사이사이로 보이는 구릉들과 언덕들이 보였다. 그 언덕마다 맨위에는 교회 건물들이 우뚝우뚝 서 있었다. 하늘은 유난히도 파란색으로 펼쳐져 있었다. 도시 한 가운데로는, 크진 않지만 긴 강물이 하얀 빛으로 흐르고, 아침햇살은 강물에 부서지듯 반짝이고 있었다. 어젯밤에는 미처 보지 못한 풍경이었다. 강 사이로 난 산책길로는 머릿결 색이 노랗거나 붉은 젊은이들이, 여럿이서 조깅하거나 산책하는 모습들이 보였다. 아마도 그들 역시, 아무란과 현아처럼 유럽이나 아시아에서 여행을 온 사람들 같았다. 둘은 가벼운 옷차림으로 갈아입고서 강변길로 나왔다. 조지아의 가을 아침햇살은 따뜻하면서도 시원했다. 두 사람은 여행에 지친 몸을 풀고서 집으로 돌아왔다. 간단한 요리와 식사를 할 수 있는, 조금은 넓은 공간의 주방 식탁에 조식이 나왔다. 따뜻한 우유와 어제 먹었던 빵과 달걀후라이, 그리고 야채 샐러드가 나왔다. 야채 샐러드 역시 주인아주머니가 직접 텃밭에서 키운 무공해 채소라고 말했다. 현아는 어젯밤 사 온 조지아식 양고기구이가 생각나서 가져왔다. 그녀는 전자랜지에 데웠다. 식탁에는 채소향이 향긋한 샐러드와 양고기 구이, 그리고 우유와 빵과 달걀후라이까지 곁들인 행복한 아침 식사였다. 작은 주방 안에는 그들 말고도 세 사람의 여행객이 더 있었다. 그들은 남자 둘에 여자가 한 명이었다. 세 사람은 유럽에서 온 친구들 같았다. 아무란이 인사를 하자 그들은 독일에서 왔다고 했다. 그들 중에 키가 더 큰 남자와 여자가 애인이고, 나머지 남자는 그들의 친구라고 했다. 그들은 사귄 지, 일 주년 기념으로 여행을 왔다고 말했다. 아무란도 우린 육 개월 기념이라고 말했다. 그래서 다 같이 웃음이 터졌다. 잠시 후, 다른 세 명의 여성들이 주방으로 들어왔다. 그들의 언어로 미루어 러시아 여자들이었다. 모두가 아직 어린 대학생들이었다. 그들은 대학 친구들끼리 여행을 왔다고 말했다. 여기서 하루 지냈으니 곧 다른 데로 갈 거라고 했다. 모두가 즐겁게 아침을 먹고서 두 사람은 그들과 헤어졌다. 아무란과 현아는 배낭여행 복장으로 갈아입고서 게스트하우스를 나왔다. 아무란은 짙은 군청색 등산점퍼에 파란색 배낭을 메고, 검은색 등산바지에 트래킹 신발을 신었다. 아무란은 한 손으로 검은색 큰 캐리어를 끌고 있었다. 현아 것은 좀 작은 하얀색 캐리어였다. 현아는 분홍색 점퍼에, 빨간색 배낭, 그리고 연보라색 트래킹 바지를 입었다. 신발은 빨간색 등산화를 신고 있었다. 멀리서 보아도 두 사람은 배낭 여행하는 배낭족들처럼 보였다. 길가로 나온 두 사람은 택시를 탈까 생각했다. 갑자기 현아가 웃으면서 아무란에게 히치하이킹을 제안했다. 현아는 이런 때가 아니면, 언제 자신에게 그럴 기회가 오겠냐고 말했다. 아무란은 웃으면서 동의했다. 현아가 도전해보고, 안 되면 그때 택시를 불러도 되기 때문이었다. 길가에서 달리는 차들이 쉽게 서주질 않았다. 아침 햇살이 두 사람의 머리를 비추고 있었다. 길가의 갈대들이, 바람에 따라서 이리저리 하얀 손들을 흔들고 있었다. 현아는 오가는 차들을 향해 열심히 손을 흔들었다. 이십 분쯤 지났을 때, 트럭 한 대가 그들 앞에 멈췄다. 현아는 기뻐서 아무란에게 손짓하며, 날뛰듯이 웃으면서 트럭으로 달려갔다. 아무란이 카즈배기를 외쳤다. 마음씨 착해 보이는 젊은 청년이었다. 젊은 친구의 이름은 페르챠라고 했다. 그의 차를 얻어 타고서 카즈배기에 가는 동안, 현아와 아무란은 감탄사를 연신 날려야만 했다. 길가로 그림같이 펼쳐진 구릉들과 풀밭을 볼 때마다, 그 사이사이로 양들이 풀을 뜯고 있었다. 아무란은 본인의 애장품인 독일제 카메라를 들고서 풍경들을 찍었다. 현아는 핸드폰으로 반대편을 계속 찍었다. 차들이 다니는 길 양편으로 산들이 계속해서 그 아름답고도 웅장한 모습으로 두 사람을 반겼다. 길마다 군데군데 풀숲에 피어있는 갈대들 사이에는, 굵은 포플러나무들이 잎들을 반짝거리면서 그들을 반기고 있었다. 계속되는 산들과 계곡의 모습들을 감상하면서 가다 보니까 어느새 카즈배기에 도착했다. 두 사람은 내렸다. 당연히 착한 청년 페르챠에게 고마움의 인사를 했다. 카즈배기에서 두 사람은 게르게티 쯔민다 사메바 성당으로 가려고 했다. 거기서 한참을 더 가야 한다고 페르챠가 알려주었다. 두 사람은 그 길을 그냥 걸었다. 한참을 걷다가 아무란은 사람들이 모여 있는 마을에서 성당 방향을 물었다. 사람들이 가리키는 곳으로 가자, SUV형 택시들이 여행객들을 기다리고 있었다. 현지인들은 일반택시로는 성당까지 올라갈 수 없다고 말했다. 이런 큰 차만이 올라갈 수 있다고 했다. 두 사람은 그들의 차를 타고서 사메바 성당까지 올라갔다. 성당에 다다르자 눈앞의 경치에 현아는 말문이 막혔다. 하얗게 눈이 쌓인 산이, 햇빛에 다이아몬드처럼 빛을 내면서 그들 눈앞에 서 있었다. 그리고 언덕 위 절벽에 세워진 웅장한 성당의 모습은, 사람들의 마음을 저절로 숙연하게 만드는 힘을 간직한 듯했다. 그 하얀 설산 아래로는, 짙은 군청색의 절벽들과 푸른 초원의 능선들이 펼쳐져 있었디. 구불구불 멀리끼지 내려디보이는 횡톳빛 흙길도 매우 인상적이었다. 여기까지 올라오던 흙길들이, 마치 르네상스 시절에 있었던 어느 유명 화가의 풍경화를 보는 것만 같았다. 성당이 있는 이 절벽 위에 서는 순간, 현아와 아무란의 머릿속은 끝없이 환하게 확장되는 무한의 세계로 빨려가는 듯한 느낌을 받았다. 그곳은 신세계 같았다. 태고의 아름다움과 환상적이고 깨끗한 자연 위에, 성스러운 기운이 더해져 내려온 듯한 느낌이었다. 두 사람은 말을 잇지 못하고 한참을 서 있었다. 만약에 신이 존재한다면, 여기로 내려와서 인간들에게 무언가 깊은 뜻을 전할 것만 같았다. 마치 신의 목소리가 인간의 머리 위로 내려와, 오케스트라의 웅장한 연주처럼 퍼지는 듯했다. '너희는 이제 그 갑옷 같은 허물을 모두 벗고서, 나의 목소리를 들어라!' 현아의 귀에서 신의 메아리가 계속 울렸다. 분명히 현아는 듣고 있었다. 그 순간 아무란도 그 소리를 들었는지는 알 수 없었다. 하지만 아무란의 표정에서, 그 역시도 신의 목소리를 듣고 있는 듯했다. 아무란은 성스러운 빛으로 충만해진 그녀의 얼굴을 보았다. 현아의 온몸에서 신의 경건한 음성이 울려 나오는 듯했다. 사방을 둘러싸고 있는, 그 푸르고 높은 산들의 웅장함과 그 모습에서 느껴지는 숙연함이야말로, 그들 두 사람이 이곳을 표현할 수 있는 유일한 단어들이었다. 아무란의 긴 팔이 현아의 어깨를 감싸주었다. 현아는 아무란에게 기댄 채 넋을 잃고 보고 또 보았다. 아무란이 말했다.

"이 멋진 광경을 보여주려고 여기로 오자고 한 거야! 헤라!"

"고마워. 아랑! 오길 잘했어! 고마워! 이런 곳을 데려다줘서 정말 감사해!"

"아니야! 나와 함께 여길 와줘서 내가 더 고맙지! 헤라! 난 늘 내가 사랑하는 여자와 이곳에 같이 와보고 싶었거든! 그리고 이 계곡에서, 이 마을에서 며칠을 함께 하고 싶었어! 그 꿈이 이루어졌으니까. 내가 헤라에게 정말 고맙지!"

"그 여자가 바로 내가 되었네!"

"그렇지. 헤라!"

두 사람은 서로의 눈을 올려보면서 행복해했다. 현아는 아무란이 가슴 속에 이런 풍경을 담고서 살아왔다는 것에 더 기분이 좋았다. 현아에게도 너무나 감탄스러운 곳이었으니까. 두 사람은 성당 안으로 들어갔다. 돌로 쌓아놓은 성당 안은 둥근 원형 뿔들 모양이었다. 제일 높은 탑에서 빛이 들어오고 있었다. 성당 가에는 아치형 모양으로 둥글게 돌들을 쌓아서 기둥을 만들고 그 기둥들을 따라서 성당의 지붕이 지탱되게 만들어져 있었다. 성당 밖에서 아래로 내려다보이는 마을들은 마치 동화 속에 나오는 작은 마을처럼 보였다. 이곳에 사는 사람들은 모두 착하기만 할 것 같았다. 성당 주변에는 여러 나라에서 온 사람들로 북적거렸다. 사람들은 모두가 핸드폰으로 열심히 사진들을 찍고 있었다. 두 사람은 성당 밖으로 나왔다. 자신들을 태워다 준 SUV형 택시가 있는 곳으로 갔다. 택시 안에서 아무란은 큰 검정색 캐리어 안에서 검은 수트를 꺼내 그 안에서 갈아입었다. 현아 역시 자신이 가지고 온 하얀색 캐리어 안에서 웨딩드레스를 꺼내 갈아입었다. 현아의 웨딩드레스는 성당 언덕에 오르자 바람에 날리면서 마치 천사의 날개처럼 눈부시게 흩날렸다. 아무란의 검은 수트는 현아의 하얀 웨딩드레스 옆에서 더욱 멋져 보였다. 아무란은 자신이 가져온 카메라에 받침대를 세우고, 눌만의 멋신 기념사신들을 찍기 시작했다. 바람이 불 때마다 현아의 면사포가 바람에 푸른 허공에서 춤을 추었다. 흰 드레스 자락이 거침없이 날리는 모습들이 천사의 흰 날갯짓처럼 그대로 사진 속에 담겼다. 주위에 여행객들도 부러운 시선으로 두 사람을 바라보았다. 둘만의 사진을 다 찍고 나서도 아무란은 웨딩드레스를 입은 현아의 눈부신 모습들은 계속해서 찍었다. 푸른 산맥을 배경으로, 성당을 배경으로, 작고 예쁜 언덕 아랫마을들을 배경으로 한참 찍고서 두 사람은 기다리던 택시를 다시 타고 성당 언덕을 내려왔다.

"다음에 우리들의 아이가 생기면 여기에 함께 또 와보자!"

"좋아! 지금 우리가 한 말 꼭 지키자! 아랑!"

"응! 약속해. 헤라!"

"응! 그래 아랑! 약속!"

두 사람은 손가락 깍지를 끼고 엄지를 맞추고 복사까지 했다.

"좋아. 그럼 삼 년 아니면, 오 년 후에는 꼭 오자!"

두 사람은 택시 기사 아저씨의 시선에도 아랑곳하지 않고, 짧은 키스를 했다.

그들은 성당에서 내려와서 성당 아래에 있는 작은 마을로 갔다. 그곳에서 하루 묵을 곳을 찾기 위해서였다. 택시 기사 아저씨가 목장 일을 하는 한 할아버지네 집을 소개해주었다. 그 집 할머니는 밭을 일구고, 할아버지는 산꼭대기에 있는 산장에서 양을 치는 목동이었다. 목동 할아버지는 한쪽 방을 빌려주었다. 방안에는 알록달록한 양탄자가 걸려있었다. 그리고 바닥에도 비슷한 양탄자가 깔려있었다. 방 안 끝으로 침대가 두 개 나란히 놓여있었다. 방은 아주 깨끗하진 않았지만, 방 안 공기가 따뜻했다. 조지아의 할아버지와 할머니의 선한 모습처럼 온기가 느껴졌다. 할머니가 과일바구니를 가지고 들어왔다. 그리고 그곳에서 할아버지가 직접 치는 벌꿀로 만든 차를 가져왔다. 할머니는 그들에게 옛날식 전통 화로에서 직접 빵을 구워주었다. 화로에서 직접 구운 빵과 꿀차는 환상적인 궁합이었다. 할아버지는 안 채 뒤쪽으로 두 사람을 안내했다. 그곳에서 바닥에 덮여있던 덮개를 걷어냈다. 그리고 나무로 된 널빤지 모양의 뚜껑을 열었다. 그 아래에는 커다란 항아리가 있었다. 그 항아리 안에 들어있는 것이, 할아버지와 할머니가 직접 재배해서 만든 포도 와인이라고 말했다. 그리고 할아버지는 긴 스텐 막대에 달린 바가지로 와인을 떴다, 두 사람에게 와인 잔에 따라주었다. 그리고 할아버지도 자신의 잔에 한 잔 따랐다. 네 사람은 웃으면서 건배했다. 둘은 천천히 향과 맛을 보았다. 와인이 입안에서 짙은 향을 터트리면서 달콤하게 목으로 넘어갔다.

"원더풀! 할아버지!"

"정말 와인이 맛있네요! 할아버지!"

현아와 아무란이 말했다.

"땡큐!"

할아버지와 할머니는 와인 잔을 함께 들으면서 웃었다. 두 사람도 같이 웃었다. 현아는 그때 핸드폰으로 땅에 묻혀있는 와인 항아리를 찍었다. 그리고 아무란과 할아버지가 건배하는 모습도 사진을 찍었다. 짧고 흰 머릿결과 흰 수염이 듬성듬성 난 할아버지와 붉은 머리의 아무란은 함께 서서 웃었다. 두 사람은 멋진 웃음을 던지면서 사진 속에 저장되었다. 할아버지가 내일은 목장에 같이 가서, 직접 치즈 만드는 것도 보여주겠다고 약속했다.

아무란과 현아는 새벽에 일어났다. 새벽 공기가 정말로 차갑고 시원했다. 새벽에 마을에서 바라본 언덕 위 성당은, 또 다른 신비로운 모습으로 그들에게 감동을 주었다. 구름은 바람 때문인지 서서히 모습을 바꾸고 있었다. 산에 드리운 햇빛의 각도에 따라서 설산은 그 짙은 청록빛 모습을 다양한 색으로 변화시키고 있었다. 성당은 새벽 햇빛을 받아 하얗게 빛을 내며 반짝거렸다. 그 반짝거림은 그러면서 검푸른 설산과 언덕들, 그리고 흙길들을 붙들고 이리저리 살아서 움직이는 듯했다. 그들이 보는 각도에 따라서, 여러 가지 모습으로 새벽 풍경이 변화하고 있었다. 그곳 마을 사람들은 청정의 자연과 함께 사는 행복한 사람들 같았다. 이곳 사람들처럼 한평생을 산과, 하늘과, 흙과, 가축들과 함께 소박하게 사는 것도 좋을 것 같았다. 아침을 우유와 빵과 고기 스프로 배를 채웠다. 할아버지를 따라 두 사람은 목장으로 올라갔다. 언덕 위, 한쪽 편에 넓게 구릉을 이룬 곳에 할아버지의 목장이 있었다. 그곳에는 양들이 추위를 피할 수 있도록 큰 움막이 있었다. 움막 안에는 양들이 한 팔십 마리 정도가 있었다. 그리고 움막 옆으론, 벽과 지붕을 모두 통나무와 나무 널빤지들을 덧대서 만든 작은 산장이 있었다. 이 모든 것이 할아버지의 유일한 큰 재산처럼 보였다. 그리고 양쪽 눈가에 크게 검은 점이 덮여있는 양몰이 개도 있었다. 개의 이름이 프리였다. 프리는 아주 순하고 영리해 보였다. 양을 모는 기술이 뛰어난 개라고 할아버지가 알려주었다. 나이가 여섯 살이라고 했다. 예전에는 그 어미가 있었는데 죽고, 마지막 새끼가 프리라고 알려주었다. 울타리로 들어간 할아버지는 큰 양에게로 갔다. 축 늘어진 양의 젖을 양철로 된 초롱에 대고 짜기 시작했다. 여러 마리 양의 젖을 모으자 금방 반 초롱이 되었다. 그것을 가지고 밖으로 나왔다. 양젖을 양은솥 같은 곳에 넣고는 불을 땠다. 그리고는 서서히 저어주자, 양젖이 서서히 응고를 보이기 시작했다. 그리고 뭉글뭉글해졌다. 계속해서 할아버지가 능숙하게 저어주자, 건더기와 물이 구분될 정도가 되었다. 그때 할아버지는 솥에서 응고된 치즈 건더기들을 조심스럽게 얇은 모시 천으로 덮인 양은 그릇 위로 부었다. 모시 천에서 응고된 치즈 덩어리들이 하나로 뭉쳐졌다. 그 치즈 덩어리를 테이블 위로 올려놓고서 가만히 덮어서 큰 통나무로 눌렀다. 그 아래로 받쳐둔 나무판으로 치즈 건더기에서, 나온 물기가 빠져나가면서 하나의 치즈 덩어리로 단단하게 뭉쳐졌다. 하얀 밀가루 반죽처럼 보였다. 할아버지가 한 조각을 손으로 떼어서 아무란에게 주었다. 아무란은 신기해하면서 입 안으로 가져갔다. 맛이 아주 고소했다. 아무란은 현아에게도 떼어서 주었다. 정말 고소했다. 언제 넣었는지 약간 소금 간이 밴 치즈 맛이었다. 할아버지는 이걸 잘 보관해서 숙성시키면 훌륭한 치즈가 된다고 말했다. 할아버지표 치즈라고 이름을 지었다. 그 말에 세 사람이 함께 크게 웃었다. 움막 옆에 있는 통나무집 산장 안으로 들어오라고 했다. 할아버지를 따라서 두 사람은 산장 안으로 들어갔다. 산장 안에는 작은 문이 달린 창고가 따로 있었다. 그곳은 생각보다는 넓은 공간이었다. 그곳에는 할아버지가 만들어 보관하고 있는 치즈 덩어리들이 가득했다. 벽을 따라 늘어선 선반 위로 가지런하게 놓여있었다. 할아버지는 그중에 하나를 선반에서 내렸다. 그는 치즈 향을 코로 맡아보며 손으로 통통 치면서 소리를 들었다. 그는 아무란에게 아주 잘 된 치즈라고 말했다. 휴대용 칼로 살며시 한쪽을 베어서 아무란과 현아에게 주었다. 정말 맛이 고소하고 진한 향이 입안으로 퍼졌다. 이것이 바로 이곳 조지아에서 만들어 완성된 수제 치즈였다. 산장 뒤로는 몇 개의 벌통들도 보였다. 할아버지가 움막에 있는 양들의 울타리를 열어주었다. 양들이 밖으로 우르르 몰려나왔다. 양들은 움막 앞에 있는 언덕으로 가 풀들을 뜯기 시작했다. 그런 모습이 신기하고 귀여워서 아무란과 현아가 가까이 갔다. 하지만, 양들은 슬그머니 그들에게서 떨어졌다. 할아버지가 경계하는 것이라고 알려주었다. 할아버지가 뭉툭해진 손가락으로 어떤 풀을 뜯어서 현아에게 주었다. 양들이 좋아하는 풀이라고 했다. 현아는 그 풀을 양에게 내밀었다. 한참 망설이던 양 한 마리가 천천히 다가와서 현아가 내민 풀을 뜯었다. 아무란은 그런 현아를 사진으로 찍었다. 아무란은 양들의 무리 곁에서 행복해하는 현아를, 다양한 모습으로 사진을 찍었다. 현아는 웃음을 터뜨렸다. 할아버지도 아무란도 그 모습을 보면서 함께 웃었다. 양 떼들은 서서히 언덕 아래에 있는 곳까지 이동하면서 풀들을 뜯었다. 양 떼들 너머 저 멀리에는 하얀 실개천이 흐르고 있었다. 산꼭대기에서 눈이 녹으면서 개울을 이루고 흘러내리는 것이었다. 아무란과 현아는 나무 벤치에 앉았다. 할아버지가 준 빵과 커피를 마셨다. 두 사람은 그곳에서 아름다운 경치를 보고 또 보았다. 그들은 지금의 이 순간이 잊혀지지 않도록 머릿속에 깊이 담아두고 싶었다. 아무란의 사진기는 삼각대 위에서 자신들과 할아버지를 번갈아 사진 속에 남겼다. 두 사람은 그들이 다시 오 년 후, 아니면 십 년 후쯤, 그들의 아이들을 데리고 올 때까지 할아버지가 건강했으면 좋겠다는 마음을 가졌다. 그리고 아주 오랜 시간이 지난 뒤에도 생생하게 오늘을 기억하길 바랐다.

두 사람은 다시 마을로 내려왔다. 간단하게 점심 식사를 마치고 작별 인사를 해야 했다. 아무란은 두 팔을 벌려, 가슴으로 할아버지와 할머니를 차례로 안아드렸다. 두 분의 따뜻한 미소와 체온이 아무란의 가슴에 전해졌다. 현아도 할아버지와 할머니를 안아드렸다. 집 앞에서 그들이 보이지 않을 때까지, 손을 흔드시는 할아버지와 할머니의 모습이 보였다. 아무란과 현아도 돌아서서 두 분을 향해서 손을 흔들었다.

두 사람은 이제 조지아의 옛 수도 므츠헤타로 갔다. 그곳에 있는 즈바리 성당으로 갔다. 현아가 인터넷으로 찾아본 바로는, 코카서스 지방에선 성지 순례지이기도 한 즈바리 성당이었다. 성 니노가 이곳에 포도나무로 만든 십자가를 꽂고서, 성당을 지을 것을 건의해 지어진 성당이었다. 성당 내부에는 포도나무 십자가 모형이 그대로 세워져 있었다. 성당 마당에 울타리 벽들은, 세월의 무게를 이기지 못해 한쪽은 허물어진 채 있었다. 성당의 벽들 전체를 큰 돌들로 쌓아서 만들어져 있었다. 그 돌들이야말로 오랜 세월을 굳건하게 그곳을 지키고 있는 듯했다. 이 성당을 쌓으면서 이곳 사람들은, 신의 존재와 그 신이 그들을 끝까지 지켜 주리란 것을 믿었을 것이다. 그래서 그 믿음 하나로, 이 땅에서의 고단한 삶을 기꺼이 기쁘게 살았을 것이다. 그리고 그들의 단순하고 소박한 믿음의 증거인 것처럼, 현재에도 그들은 지금 이곳에서 행복하게 살아가고 있었다. 신을 향한 단순한 믿음이, 어떤 에너지보다도 인간을 강하게 만든 것 같았다. 의심으로 왜곡되고 굴곡진 마음은 그 왜곡된 굴곡의 갈래만큼, 에너지가 분산되고 흩어지기 마련인 것이다. 아마도 그때 이곳의 사람들은 순수한 믿음 하나로 함께 이 성당을 짓고, 매일같이 이곳에 모여서 신을 향해 경배를 드렸을 것이다. 현아는 그렇게 생각했다. 아무란과 현아는 다시 므츠헤타 마을로 내려가서, 스베티츠호벨리 성당으로 갔다. 스베티츠호벨리 성당은 예수님의 옷이 보관되어 있다고 했다. 그 옷을 볼 수는 없었다. 그 성당은 조지아 정교회 본산으로 유네스코에 등록된 성당이었다. 그곳을 다 둘러보고 나서, 아무란과 현아는 트빌리시로 다시 돌아가기로 했다.

트빌리시에 도착하자 날이 어두워지고 있었다. 상점들이며 건물들이 알록달록한 조명 옷을 입기 시작하자, 트빌리시는 또 다른 모습으로 화려하게 변신했다. 트빌리시는 낮이나 밤이나 정말 예쁘고 아름다운 도시였다. 이 높은 산악지대의 나라에, 이런 도시가 수천 년 동안이나 존재해있다는 것이 신기할 정도였다. 조지아는 세계에서도 인정하는, 성스러운 최초의 기독교 나라가 맞는 것 같았다.

아무란과 현아는, 내일이면 오후 두 시 비행기로 그리스로 가야 한다. 오늘 밤 두 사람은 트빌리시의 야경을 즐기기로 했다. 게스트하우스에 두 사람은 짐을 풀고는 거리로 나왔다. 거리는 인파들로 꽉 차 있었다. 유럽에서 온 여행객들과 러시아인들, 그리고 현지인인 젊은이들과 아저씨, 아주머니들까지 시내 거리는 불야성을 이루고 있었다. 두 사람이 어떤 레스토랑에 자리를 잡자 주인이 현아에게 와서 물었다.

"한국에서 왔어요?"

"네!"

현아는 놀랐다. 그는 한국어를 비교적 아주 정확한 발음으로 말했다. 그는 아들한테 배웠다고 했다. 주인은 자기 아들이 한국에 얼마 전에도 갔었다고 말했다. 한국 사람들이 친절하고, 거리도 깨끗하고, 좋은 나라라고 아들에게서 들었다고 한다. 그는 이곳에도 요새는 한국인 여행객도 많이 오고, 한국 드라마도 많이 보니까 한국어를 몇 마디는 할 수 있다고 자랑했다. 현아도 그제야 웃으면서 감사를 표했다. 아무란도 웃었다. 주인아저씨는 아무란을 가리키면서 어느 나라 사람이냐고 물었다.

"그리스!"

"오! 그리스 친구! 너무 잘생겼네!"

"아 네! 감사해요!"

"땡큐!"

"킨찰리와 하차푸리, 그리고 돼지고기 바비큐와 맥주로 주세요!"

아무란이 메뉴판을 보면서 낮고도 부드러운 특유의 목소리로 말했다.

"오케이!"

주인아저씨는 웃으면서 카운터로 갔다. 아무란과 현아도 기분이 더 좋아졌다. 오늘 밤은 조지아 전통음식과 맥주를 마시고 싶었다. 다시 올 그때까지, 조지아와 트빌리시를 오래도록 기억에 남기고 싶었다. 음식이 나왔다. 두 사람은 조지아의 음식에 대해서, 그리고 조지아 사람들에 대해서, 그리고 두 사람의 여행에 대해서, 서울에 있을 진구와 수진에 대해서, 그리고 두 사람의 미래에 대해서, 내일이면 부닥칠 그리스 여행에 대해서 말했다. 그리고 아무란의 부모님에 대해서도 많은 이야기들을 하다가 게스트하우스로 돌아왔다. 자정이 다 되어서였다. 아무란과 현아는 내일을 위해서 잠을 청했다. 언제나처럼 둘이 꼭 끌어안은 채 잠이 들있다.

14

그래도 진구는

그래도 진구는 수진이와는 정반대 스타일인 지아에게 호기심을 갖기에 충분했다. 화려하고 볼륨 있는 글래머 몸매의 지아가 싫지만도 않았다. 부잣집 딸인 지아는 여러모로 수진이와는 다른 모습들이 많았다. 진구는 그런 지아를 만날 때마다 자신도 모르게 엄마한테 가 있는 수진이 생각을 잊고 있었다. 그런 자신에게 깜짝 놀라곤 했다.

진구는 한 달이 되기 전에, 기브스를 풀고 무릎에 생겼던 멍 자국도 다 가라앉았다. 언제 다리가 아팠는지도 모를 정도로 완벽하게 완치되었다. 수진이가 진구 옆에서 열심히 간호해준 덕분이었다. 이번 일로 두 사람의 사랑은 더욱 깊어진 듯했다. 다시 정상적인 생활로 돌아온 진구는 다시 레스토랑에 열심히 나가기 시작했다. 수진도 아르바이트 일을 열심히 하고 있었다. 이제 두 사람에게 레스토랑을 차릴 돈만 모이면 모든 것은 다 잘될 것 같았다.

그런 진구가 언제부턴가 회식이다, 회의다, 하면서 자꾸 늦게 퇴근했다. 귀가 시간이 점점 늦어지더니, 새벽 두세 시에 들어오는 날도 많아졌다. 수진은 안 그래도 결혼 때문에 늘 재촉하는 엄마에게 시달리고 있었다. 자기의 딸이 한 남자에게 목을 매고 같이 살다시피 하는 게, 그녀의 엄마는 가장 큰 걱정이었다. 그럴 바에는 둘이서 빨리 결혼이라도 하라는 것이었다. 엄마 말도 틀린 말이 아니라, 수진은 반박하거나 변명할 명목이 없어서 난처할 때가 많았다. 그때마다 수진은 진구에게 결혼식을 하자고 졸라댔다. 하지만 진구는 달랐다. 이미 수진어머님에게도 양해를 구했었다. 자신이 변변한 식당이라도 차리고 나서 하겠다고, 처음에 인사하던 날 말했었다. 수진은 매달 아르바이트 수입으로 약간의 저축을 하고는 있었다. 하지만 그녀의 친구들만큼 결혼 자금을 모으려면, 한참을 모아도 안될 형편이었다. 그건 진구도 마찬가지였다. 지금 상태로는, 앞으로 약 삼 년은 진득하게 모아야 진구가 원하는 목돈을 마련할 것 같았다. 진구는 결혼하기 전에, 작은 식당이라도 차려야 된다는 생각밖에 없었다. 수진의 생각으론, 이대로는 두 사람이 삼 년 후에도, 정말 결혼을 할 수 있을지 장담할 수도 없었다. 그렇다고 날마다 진구에게 졸라댈 수는 없었다. 두 사람은 결혼 때문에 자주 다투는 때가 많아졌다. 그런데 진구가 요즘 이상해졌다. 날마다 늦게 들어왔다. 전에는 끝나기가 무섭게 오피스텔로 달려오던 진구였다. 자꾸 이유를 대면서 늦는 날이 많아졌다. 수진은 아르바이트를 끝내고 오면, 빈 오피스텔에서 혼자 오빠를 기다리다가 먼저 잠이 들곤 했다. 처음에 자신이 이곳, 진구의 오피스텔로 짐을 합쳤을 땐 이러지 않았었다. 늘 함께 저녁을 먹거나, 운동하거나, 산책을 같이 다니곤 했었다. 그런데, 요즘은 매일 혼자 오빠를 기다리는 게 저녁 일과의 전부가 되었다. 며칠 전부터 수진은 진구의 행동을 의심하게 되었다.

어쩌면 오빠에게, 다른 여자가 생겼을 수도 있다고 생각했다. 그런 생각을 하자, 수진은 온몸이 후들거리면서, 사지에 힘이 모조리 빠져나가는 것 같았다. 수진은 그런 생각만으로도, 너무 긴장한 나머지 얼굴색이 하얗게 변하면서 현기증까지 일어났다. 수진은 진짜로 오빠에게 다른 여자가 생겼으면 어쩌나 불안에 떨었다. 하지만 아직은 명확한 증거들이 있는 것은 아니었다. 그건 어쩌면, 그녀 혼자서 스스로 만든 염려일 수도 있었다. 자신이 그냥 의심해보는 것이라고, 스스로 위안하려고 했다. 하지만, 만에 하나 사실이라면 큰일이었다. 수진은 우선, 오빠의 몇 가지 행동을 주의해서 살펴보는 수밖에 다른 방법은 없었다. 사실이 아닐지도 모르는 거였다. 사실이 아니길 바랐다.

수진은 여태까지 진구를 누구보다도 믿고 의지했다. 어떤 의미에선, 이제는 자신의 엄마보다도 더 의지하는 사람이었다. 어릴 적에 일찍이 아빠가 돌아가셨기 때문에, 오로지 엄마만을 의지하며 살아왔다. 수진은 남자에 대한 경험이 없었다. 그녀는 아빠에 대해서도 잘 몰랐다. 엄마에게서 들은 이야기가 전부였다. 수진이가 다섯 살 때, 그녀의 아버지는 폐암으로 돌아가셨다. 그녀의 아버지는 잘생기고, 돈도 잘 벌던 멋진 분이었다. 그것이 그녀가 아빠에 대해서 들은 전부였다. 가끔 그녀의 엄마가 보여주던, 아빠의 빛바랜 사진이 그녀가 아는 유일한 아빠의 모습이었다. 사진첩에 들어있는 한 남자는, 어린 여자아기를 안고서 웃으면서 서 있었다. 그 아기가 수진이었다. 그리고 그 낯선 남자가 수진의 아빠였다. 학교에서도, 사회에서도 남자를 잘 모르는 그녀는, 남자라면 우선은 멀리했다. 여자 친구들하고는 잘 어울렸다. 그런데 왠지 남자애들하고는 어울리질 못했다. 남자애들 앞에만 가면, 자꾸만 주눅이 들어서 말을 못 하곤 했다. 가끔 마음에 드는 남자애가 있어도, 멀리서 지켜보는 것이 전부였다. 그런 그녀에게 첫 남자가 생겼다. 그게 진구였다. 어릴 적부터 교회에서 알게 된 진구는, 언제나 모범생이었다. 그녀가 사춘기가 지날 무렵, 그 교회에서 제일 좋은 대학에 입학한 오빠였다. 그런 진구를, 수진은 고등학교 때부터 마음속으로 좋아했었다. 멀리서 지켜보면서도, 가슴이 쿵쾅거릴 정도로 설레곤 했다. 그런 진구가 어느 날, 자신에게 다가와서 커피숍에 가자고 했다. 그녀는 믿기지 않았다. 그녀가 막 전문대학에 들어간, 그 해였다. 진구는 이제 막 군대를 제대하고 복학한 생태였다.

그날은 가을하늘이 유난히도 푸르고, 뭉게구름이 높게 떠다니는 날이었다. 오랜만에 교회에서 다시 마주친 두 사람은, 어릴 적 옛날 생각에 반갑게 인사를 나누었다. 군대도 갔다 온 늠름한 진구가 수진은 너무 멋있어 보였다. 그때 처음으로 진구는, 수진이가 이미 다 커서 어엿한 숙녀가 된 것을 알았다. 진구에게도 특별히 여자 친구가 없었다. 그날 이후로, 둘은 자연스럽게 교회 선후배에서 이성 친구로 발전되었다. 진구가 대학을 마칠 때까지 둘의 만남은 계속되었다. 대학을 나오고, 진구는 어렵기만 한 취직 대신 요리를 배우러 이탈리아로 가게 되있다. 수진이가 걱정되긴 했지만, 진구는 자신의 미래를 위해선 갈 수밖에 없었다. 수진이는, 진구가 이탈리아로 유학 가고 나서도 진구를 기다렸다. 그리고 진구는, 삼 년이란 시간을 무사히 유학을 마치고 돌아왔다. 진구와 수진은 다시 연인이 되었다. 진구에게도, 이제 수진이는 자신에겐 너무나 소중한 존재가 되었다. 두 사람은 잠시도 옆에 서로가 없으면 허전했다. 나사가 하나 빠진 시계처럼, 정상적인 궤도의 삶이 아닌 것 같았다. 두 사람은 이십사 시간 중에, 진구가 직장에 가는 시간을 제외하고는 함께 생활했다. 둘은 정말로 시침과 분침으로 나누어진 시곗바늘 같았다. 매일 같은자리에서 맴도는 시곗바늘들처럼 둘은 함께 있었다. 거의 말다툼도 하질 않았다. 두 사람 모두 원만한 성격에다가, 수진이는 무조건 오빠 말이라면 따르는 성향이었다. 둘은 어떤 문제든 결정이 빨랐다. 정말 단합이 잘 되었다. 그녀에겐 언제나 무조건 믿음직한 멋진 진구 오빠였다. 그런 진구 오빠가, 이제는 밤늦도록 어디서 무얼 하는지 매일같이 늦게 들어왔다.

한 달 전부터, 최진구는 수진이 몰래 자신의 레스토랑에 근무하는 여자 셰프를 만나고 있었다. 그녀의 이름은 김지아였다. 지아는 레이싱 모델처럼 큰 키에, 볼륨이 넘치는 몸매의 여자였다. 그녀는 언제나 값비싼 브랜드 옷과 가방을 걸치고, 고가의 외제 차를 몰고 다녔다. 들리는 말로는 강남에 사는 부잣집 딸이라고 했다. 물론, 진구는 수진이에게 김지아의 얘기를 한 번도 하질 않았다. 진구도 처음에는 지아를, 그냥 직장 동료로서 잘 대해주는 정도가 전부였다. 그런데 김지아는 생각이 달랐다. 그녀는 최진구가 그곳에 처음으로 취직할 때부터 눈여겨보았다. 진구가 이탈리아 정통 셰프 출신이라는 것도 마음에 들어했다. 그에게 이수진이라는 여자 친구가 있는 것도 그녀는 알고 있었다. 하지만, 최진구에게 자신의 마음을 끝까지 숨길 수는 없었다. 한 달 전, 직원 전체가 단체 회식이 있던 날이었다. 지아는 최진구에게 대시했다. 술이 어느 정도 올랐을 때, 그녀는 최진구 옆자리로 슬그머니 다가왔다. 그녀는 속이 타는지, 연신 술을 마시고는, 금방 술에 취해 인사불성이 되었다. 자꾸 진구에게 기대더니, 나중에는 아예 진구의 허벅지를 베고 잠이 들었다. 회식은 아직 끝나지도 않았다. 최진구는 너무 취한 그녀를, 먼저 집으로 보내야만 할 것 같았다. 시원한 밤바람을 맞으면 술이 깰까 싶었다. 진구는 직원들에게 그녀를 택시 태워서 보내고 온다고 말했다. 그녀를 데리고 밖으로 나왔다. 그는 핸드폰으로 대리기사를 불렀다. 술 취해서 비틀거리던 그녀는, 밖으로 나오자 찬바람에 정신이 좀 드는 것도 같았다. 그녀는 최진구에게, 저 앞에 보이는 카페에서 커피를 마시고 싶다고 했다. 최진구는 그사이 대리기사가 오면 안 되기에 잠깐 망설였다. 그녀는 커피를 마셔야 정신이 들 것 같다고, 혀가 꼬인 목소리로 우겨댔다. 지금 차를 타면 바로 토할 것 같다고 했다. 최진구는 할 수 없이 그녀를 데리고 카페로 들어갔다. 커피를 시켜주고 같이 앉았다. 그녀는 커피를 마시자 정신이 좀 드는지, 하얗게 변했던 얼굴이 조금은 발그레하게 혈색이 도는 것도 같았다.

"나 사실은 오빠 좋아해요!"

"에~?"

"진짜예요! 진구 오빠 진짜 좋아해요! 그동안 말 못했어요!"

"아이 무슨 말을! 아직 술이 덜 깼네! 지아씨!"

"술기운으로 얘기하는 게 아니에요! 그동안 말힐 용기가 없었어요! 오늘 이렇게 단둘이 마주 앉으니까 용기 내서 말하는 거예요!"

"난 알다시피 여자 친구 있어! 지아씨!"

"알고 있어요! 이수진씨라는 것도!"

"이름도 아네! 근데 왜 날?"

"그냥 요! 좋아하는데 이유가 필요한가요?"

"난 수진이하고 결혼할지도 몰라! 우리 둘은 오랜 시간 동안 함께 있었고! 그녀도 날 좋아해!"

"근데 왜 오빨 좋아하냐면요! 굳이 이유를 들자면 많죠! 내 눈에는 잘 생기고, 똑똑하고, 매너 좋고요! 여자에게 잘해주고, 셰프일도 잘하고, 착하고, 의리 있고 등등등!!!"

"아~! 술이 진짜 많이 취했군! 그건 날 잘 몰라서 하는 소리야! 김지아씨가 날 어떻게 다 알겠어! 나 별것 없는 남자라구! 돈도 없고! 지금은 내세울 것도 하나 없는 시시한 사람이야!"

"그래도 난 오빠가 좋아요! 여태까지 지켜보았으니까! 내 마음이 일순간 움직인 건 아니에요!"

"자! 김지아씨! 그만 커피 마셨으니까 일어서자! 대리기사 오면 난 술집에 다시 가야 해! 아직 직원들도 기다리고 있거든!"

"아무튼 오늘은 오빠한테 이렇게 얘기하니까 속이 시원하네! 막혔던 가슴이 뻥 뚫리는 것 같아!"

진구는 얼른 자리에서 일어나 미적거리는 지아의 팔을 잡고 일으켰다. 지아는 거의 반은 진구 몸에 안겨서 밖으로 나왔다. 대리기사는 생각처럼 빨리 오지 않았다. 진구는 지아를 부축한 팔이 무거워서, 빨리 대리기사가 도착했으면 하는 마음이었다. 그렇게 십 분 이상 지나서야, 저만치서 대리기사가 헐레벌떡 숨을 몰아쉬며 뛰어왔다.

"대리 부르셨죠? 서초동 맞죠?"

"네!"

진구가 대신 대답했다. 그제야 지아는 대리기사에게 키를 건넸다. 잠시 후, 대리기사가 주차장에서 그녀의 비싼 외제 차를 끌고 나왔다.

진구는 뒷좌석 문을 열고 지아를 태워주었다. 그녀가 타고 가는 것을 끝까지 지켜보다가, 진구는 회식하는 술집으로 다시 들어갔다. 그의 머릿속에는 그녀의 말이 맴돌았다. '이제부터라도 제게 신경 좀 써주세요! 네? 진구 오빠!' 그녀가 차 유리창을 열고서 술 취한 목소리로 한 말이었다. 진구는 회식 자리에 앉아서도, 지아의 고백이 마음에 걸렸다. 직원들과도 대화를 많이 하지 않은 채, 말없이 술만 마셨다. 회식을 마치고 집으로 오면서도, 그녀를 생각하지 않을 수가 없었다. 집으로 오는 내내, 진구는 지아에 대해서 생각했다. '그녀는 왜 나를 좋아할까? 나의 어떤 점이 그녀에게 좋은 인상을 남긴 걸까? 어떤 스타일의 여자일까? 내게 여자 친구가 있다는 것을 다 아는 그녀가 왜?' 그의 머릿속에선, 김지아에 대한 호기심이 갈수록 증폭되고 있었다. 집에 오고 나서도, 진구는 이런저런 생각으로 머릿속이 어수선해졌다.

오피스텔에 들어가자 수진은 먼저 자고 있었다. 진구는 대충 샤워하고서 잠든 수진이 옆에서 잠이 들었다. 한참을 자다가 새벽이 환하게 밝아오고 있을 때, 진구는 잠이 깼다. 술을 너무 많이 마셨는지 머리가 아파서였다. 수진도 곤히 잠들어 있다가 진구가 일어나는 소리에 잠이 깼는지, 잠이 덜 깬 목소리로 진구에게 말했다.

"어제 술을 얼마나 마신 거야? 오빠! 코 고는 소리에 잠을 깊게 잘 수가 없었어!"

"미안해! 깨워서!"

"목이 타서 일어났어! 물 좀 마시고 좀 더 자자!"

"응!"

수진은 다시 잠이 들었다. 진구는 수진에게 약간은 미안한 마음이 들었다. 정수기에서 물을 한 컵 따라서 마셨다. 어젯밤, 지아가 한 말이 생각났다. 진구는 머리가 아파서 깊이 생각하고 싶지도 않았다. 다시 이불 속으로 들어갔다. 진구가 침대로 들어오자 수진이가 돌아누웠다. 진구는 조용히 누워서 잠을 청했다.

얼마 후, 아침에 수진은 일어났다. 아직도 잠이 든 진구를 두고, 수진은 엄마에게 다녀온다는 쪽지를 적어놓고 오피스텔을 나갔다. 엄마가 아파서 한 삼일 정도 있다가 온다고 했다. 엄마가 심한 독감에, 자리에서 일어나지도 못한다는 얘기도 적어놓았다. 늦은 시간에 출근하는 진구는 그때까지 침대에서 자고 있었다.

진구는 열한 시가 거의 돼서야 자리에서 일어났다. 빨리 샤워하고는 출근했다. 진구보다 먼저 출근한 김지아는, 최진구 자리 위에 작은 선물을 놓아두었다. 고급넥타이였다. 핑크빛에 흰 줄무늬가 있었다. 작은 메모도 있었다. '오빠 어제는 실례가 많았어요. 그리고 고마웠어요. 이건 사과와 감사의 의미로 드리는 거니까 부담 갖진 말아 주세요. -지아가.' 진구는 어떻게 할지 고민이 되었다. 돌려주자니, 성의를 너무 차갑게 거절하면 같은 직장 동료로서 너무 불편해질지도 몰랐다. 그는 그냥 넥타이를 책상 서랍에 넣어두었다. 오전에 요리 준비로 바쁜 와중에, 레스토랑 이층 테라스에서 지아를 보았다. 최진구는 두리번거리다가 그녀에게로 가서 말했다.

"뭐 그런 걸 다 사 왔어? 내가 크게 도와준 것도 없는데!"

"아니에요! 어젠 고마웠어요! 창피하기도 하고 쑥스럽기도 했어요!"

지아는 그녀의 맑고 커다란 눈으로 최진구의 눈을 응시했다. 진구는, 그때 그녀의 눈이 크고 아름답다고 생각했다. 최진구는 그녀에게 고맙다고 말하고는 그냥 뒤돌아서 갔다.

"날 좋게 봐줘서 고마워!"

돌아서서 그냥 가는 진구를 지아는 뒤에서 한참을 지켜보았다.

그날 이후로 지아는 진구가 있는 곳에서 자주 목격되었다. 직장 동료들과 모임이면, 언제나 지아는 진구 옆자리나 맞은편 자리에 앉아 있었다. 점심 식사 시간에도, 지아는 진구 앞에 앉아서 물을 떠다 주든지, 숟가락을 가지런히 놓아주든지, 이것저것 그때마다 진구에게 배려심 있는 행동들을 했다. 진구는 수진이 생각에 신경이 쓰였지만 못하게 하진 않았다. 자신은 어차피 수진이와 결혼을 할 거였다. 지아가 저러는 게 고맙기는 하지만, 진구의 마음은 변함이 없었다. 수진은 엄마네 집에 가 있으면서도 아침저녁으로 두세 번씩 전화했다. 오늘은 무슨 옷을 입고 출근했는지, 아침은 먹고 나갔는지, 점심은 누구와 먹었는지, 퇴근은 몇 시에 할 건지 등등 수진은 진구에게 신경 쓰고 있었다. 매일 늦게 들어오는 진구가 걱정되어서, 하루도 빠지지 않고 전화를 걸었다. 그러면서도 수진은 바로 오질 않았다. 삼 일 째 되는 날, 진구가 언제 올 건지 물었다. 수진은 엄마가 독감이 너무 심해서 며칠 더 있어야 한다고 했다. 그녀의 엄마는 원래부터 천식이 있었다. 천식이 너무 심해져서 자리에서 일어서질 못했다. 자연히 수진도 엄마 곁을 쉽게 떠나올 수가 없었다. 엄마의 건강이 회복될 때까지, 며칠 더 엄마 곁에서 있다가 가겠다고 했다. 진구는 수진이가 없는 동안, 퇴근하면 비어 있는 방이 늘 허전했다. 퇴근 때면, 지아가 자꾸 따라붙어 가끔 같이 있는 시간이 생겼지만, 그래도 진구의 속마음은 언제나 수진에게 있었다. 그런 진구의 의도와는 다르게, 지아는 조금씩 조금씩 그에게 더 가까워졌다. 둘은 퇴근 시간이면 함께 영화도 보고, 커피도 마시면서 데이트하게 되었다. 말이 데이트지 지아가 일방적으로 떼를 쓰고 요구했다. 진구가 마지못해 따라가는 만남이었다. 그러면서도 진구는 수진이와는 정반대 스타일인 지아에게 호기심을 갖기에 충분했다. 화려하고 볼륨 있는 글래머 몸매의 지아가 싫지만도 않았다. 부잣집 딸인 지아는 여러모로 수진이와는 다른 모습들이 많았다. 진구는 그런 지아를 만날 때마다, 자신도 모르게 엄마한테 가 있는 수진이 생각을 잊고 있었다. 그런 자신에게 깜짝 놀라곤 했다.

15

두 사람

두 사람은 지중해와 연결된 작은 바다의 파도 소리를 들으면서 깊은 잠에 빠졌다. 현아는 꿈에서도 지중해의 파도 소리를 들었다. 꿈속에서 현아는 푸른 지중해의 수평선을 향해서 자꾸만 더 멀리멀리 하얀 요트의 돛을 올린 채 앞으로 나아갔다. 아무란은 보이지 않았다. 아무란은 꿈속에서 친구들과 함께 산토리니 마을을 거닐고 있었다.

아무란과 현아는 그리스에 도착했다. 유럽 신화의 땅 그리스. 현아에게는 아주 낯선 그러나 너무나 친숙한 나라로 다가왔다. 그녀가 사랑하는 남자 아무란의 나라였으니까. 아무란과 함께 지내면서 현아는 늘 그리스의 이야기를 들었다. 아무란의 어릴 적 이야기들과 부모님의 이야기, 그리고 학창 시절과 고향 친구들 이야기도 많이 들었다. 그럴 때마다 현아는 그리스를 생각했다. 현아에게 그리스는 막연한 호기심을 넘어, 자신이 좋아하는 남자의 고향이자 모국인 것이다. 그것은, 과거에 현아가 가지고 있던 그리스라는 나라에 대한 막연한 기대나 환상을 벗어나서, 현실 속의 나라가 되었다는 것을 의미했다. 그만큼 현아는 아무란과 그리스에 빠져들었다. 아무란이 동양의 작은 여자인 현아에게 빠져든 것처럼. 아무란에게도 현아의 조국인 한국은 정말로 매혹적인 나라였다. 두 사람이 만든 사랑의 행위들은, 이제 영원히 지울 수 없는 흔적이 되고 말았다. 그들이 원하고 스스로 쌓아 올린 인연의 탑은, 그들이 이 세상에 존재하는 한은, 영원히 사라질 수 없는 기억의 존재가 되었음을 의미했다. 모두가 치매에 걸려서 망각의 세계에 빠지지만 않는다면, 둘이서 만든 새로운 세계는 항상 기억 속에 존재해야 할 일부가 된 것이다. 두 사람은, 처음에는 너무나 먼 거리감을 느낄 수밖에 없었다. 성별도 다르고, 나이도 다르고, 나라도 다르고, 언어도 다른 사람들이었다. 다른 것은 어쩌면 너무도 당연했다. 이 당연한 이질감 속에서도 젊은 두 사람은, 글로벌 시대의 젊은이들답게 아주 빠르게 서로에게 적응해 나갔다. 점점 서로에게 적응이 될수록, 두 사람은 서로가 잘 어울린다는 것을 알게 되었다. 조용하면서도 부드러운 아무란의 성격은 적극적이면서 활발한 현아의 성격과 다르면서도 서로에게 조화를 이루었다. 그래서 새로운 시너지가 발생하는 면이 많았다. 동양과 서양, 남과 여, 큰 남자와 작은 여자, 금발과 흑발, 짧은 머리와 긴 머리, 파란 눈과 검은 눈, 너무나 털이 많고 너무나 털이 없고, 등등 이루 헤아릴 수 없이 많은 외모의 상대성들은, 처음에는 하나의 신비감으로 다가왔다. 그러다가 시간이 지날수록 하나씩 하나씩 너무나 친숙한 것들이 되어갔다. 서로가 너무나 달랐던 부분들이, 이제는 서로에게 없는 부분들을 채워주고, 메워주는 보완의 관계, 보충의 관계가 된 것이다. 아무란과 현아는 그래서 함께 있으면 더욱더 완전해지는 느낌을 받았다.

아무란의 부모님 집은 아테네 시내를 한참 벗어난 곳에 있었다. 외각의 작은 해안가에 있었다. 시내를 지나서 작은 시골길로 그들을 태운 택시가 접어들었다. 시골길은 아주 한적하였고, 길가로 가끔 작은 상점들이 보였다. 그 상점들은 간단한 물건들을 살 수 있는 마트나, 옷가게 그리고 작은 여행상품점들이었다. 아무란은 큰 수퍼마켓 앞에서 잠깐 택시를 세우고는, 금방 커다란 과일바구니를 하나 사 왔다. 택시는 다시, 그 길로 약 삼십 분쯤 들어가자 작은 마을이 나왔다. 아무란이 말했다.

"아~! 이제 다 왔어. 헤라! 여기부터가 우리 마을이야! 전체 가구수도 아주 적어!"

"마을이 아름다워 보여! 아랑! 동네가 너무 예쁘네!"

"어머니! 오 분 후에 도착합니다."

"그래. 아빠도 기다리고 있단다."

아무란이 엄마에게 전화했다. 아무란의 엄마 목소리가 핸드폰 너머로 들려왔다.

"아빠도 계시데?"

"응. 같이 있어. 후후!"

"어휴. 나 떨리는네!"

"걱정하지 마! 헤라! 내가 있잖아! 우리 부모님도 헤라를 좋아하시잖아!"

현아는, 이날을 위해서 서울에서도 여러 번, 화상통화로 부모님에게 인사를 드렸었다. 아무란의 집은, 멀리서부터 집 앞까지 작은 오솔길이 나 있었다. 가까이 다가가자 붉은 벽돌로 지어진 집이 나타났다. 두 사람은 택시에서 내렸다. 집 동쪽과 남쪽으로는 담쟁이넝쿨이 벽을 감싸고 있었다. 붉은 벽돌담의 대문은 나무로 되어 있었다. 그 색깔이 밝은 원목무늬 색 그대로였다. 자연스럽게 나이테 무늬를 잘 살려서 니스로 칠해져 있었다. 문은 열려있었다. 마당에서 아무란의 아버지와 어머님이 서서 기다리고 계셨다. 그들이 다가가자, 아버지와 어머님은 그들을 반갑게 맞았다. 아무란이 아버지를 안았다. 그리고 어머님도 그 큰 팔로 안았다. 현아는 쑥스러웠지만, 고개를 숙여 인사했다. 그리고 그들에게 다가가자, 아버지는 현아를 안아주었다. 어머님도 아주 밝은 미소로, 현아를 안아주었다. 그리고는 바로 현아의 두 손을 꼬옥 잡아주었다. 현아는 어머님의 두 손이 따스하다고 느꼈다. 마치 순창에 있는 그녀의 엄마처럼 느껴졌다.

"어서 와요! 현아! 사라에요!"

현아는 사라라는 아무란 어머님의 이름을 알고 있었다.

"반가워요 현아!"

굵고 묵직한 아무란의 아버지 제인의 목소리였다.

"아무란도 어서 와라!"

"네. 아버지! 잘 지내셨어요? 어머님도!"

"그래 우린 잘 지내고 있었지! 건강은 괜찮니?"

"그럼요! 현아랑 나는 좋아요! 어머님도 좋으시죠?"

"그럼! 난 괜찮지! 너희들이 와서 너무 좋구나!"

그들은 자연스럽게 서로 유창한 그리스어로 소통했다. 현아는 그리스어를 몰랐지만 세 사람이 인사말을 한다고 생각했다. 마당에는 갈색 털이 길게 난, 개 한 마리가 나와서 아무란과 현아에게 다가와 계속

꼬리를 흔들고 있었다. 부모님 집에서 기르는 개 해피였다. 아마도 그 개는 아무란을 잘 아는 것 같았다.

"들어가자!"

"네 엄마!!"

아무란이 현아에게 들어가자고 손을 잡아 이끌었다. 그들은 부모님을 따라서 현관 안으로 들어갔다. 거실 안은, 밝은색 나무 무늬가 선명하게 보이는 편백나무들로 전체 벽면을 장식하고 있었다. 사방을 나무로 마감해서, 따스하고 밝은 모습이었다. 현아는 나무 무늬결들이 너무나 아름답다고 생각했다. 거실에 놓인 소파와 의자, 그리고 잘 배치된 인테리어 가구들도 멋있었다. 부모님의 세련된 미적 감각을 느끼게 했다. 아무란의 아버지는 가구상이기 때문에, 자연히 질 좋고 품위 있는 가구들로 집안을 꾸몄을 것 같았다. 거실 한쪽 벽면에는 사진들이 흰색 액자에 넣어져 나란히 걸려있었다. 부모님 두 분이 다정하게 서 있는 사진 쪽으로 현아는 다가갔다. 한 이십 년은 더 젊었을 적에 찍은 사진 같았다. 아무란의 사진도 있었다. 그 위로는 할아버지와 할머니의 사진도 걸려있었다. 그분들의 사진만 나무결 무늬 액자에 걸려있었다. 부모님 사진 옆으로는, 가족사진들이 흰색 액자로 차례차례 벽면을 채우고 있었다. 아무란의 학사모를 쓴 대학 졸업사진도 걸려있었다. 그 옆으로 아무란의 어릴 적 사진들이 있었다. 개구쟁이 모습이었다. 그 모습을 보다가 현아는 아무란에게 말했다.

"호호! 개구쟁이 같아!"

"후후후!"

현아의 말에 아무란은 그냥 웃었다.

다른 사진은 대학 시절에 찍은 것 같았다. 배경은 그리스의 어느 바닷가로 보였다. 한 가족이 함께 찍은 것도 있었는데, 집 앞 마당에서 집을 배경으로 찍은 모습이었다. 해피도 맨 앞에 앉아 있었다. 어머님의 젊은 시절 사진이 현아의 눈에 들어왔다. 현아는 한참을 그 빛바랜 사진 앞에 서 있었다. 프랑스 에펠탑 앞에서 찍은 사진이었다. 어머님 얼굴이 스무 살처럼 앳돼 보였다. 긴 머리카락을 날리며 서 있는 모습이었다. 아무란은 옆에 있는 사진을 손가락으로 가리키면서, 아버지의 젊은 시절 모습이라고 말해주었다. 그 사진 속의 아버지는 이십 대 중반으로 보였다. 젊고 풋풋한 모습이 지금의 아무란과 많이 닮아 있었다. 커다란 거실 옆으로 들어가자, 그곳에는 주방이 있었다. 아주 넓은 주방에는 커다란 식탁이 놓여있고 의자들이 있었다. 모두가 고급스러운 가구들이었다. 벽 쪽으로 있는 커다란 싱크대 위로는, 주방 기구들이 잘 정돈되어 걸려있었다. 그 위로는 다양한 색상으로 알록달록한 접시들이 가지런히 놓여있었다. 그것을 보면서 현아는 아무란의 어머님이 주방을 많이 아끼시는 분일 거라고 짐작했다. 주방 한쪽으로 큰 창이 있었다. 그 창밖으로 바닷가가 보였다.

"와우~!"

현아가 나지막이 탄성을 질렀다. 그 소리에 가족 모두가 현아를 쳐다보았다. 아무란의 집 바로 뒤가 바닷가였다. 정말 너무 가까이에 있었다. 키 작은 소나무 숲 사이로 푸른 바다가 펼쳐져 있었다. 바닷가를 따라서 작은 산책로도 보였다. 현아는 아무란에게, 손으로 바닷가를 가리키면서 너무 멋진 곳이라고 말했다. 아무란도 현아가 좋아하자 함께 웃었다. 그 바닷가에는 작은 파도가 밀려올 때마다, 하얀 물거품들이 모래사장에서 부서졌다가 이내 사라지고, 다시 부서졌다가는 이내 사라지고 있었다.

"저곳에 가보고 싶어!"

현아가 아무란을 보았다.

"그래. 저녁 식사하고 같이 나가자. 헤라!"

두 사람은 서로의 눈을 보면서 웃었다. 두 사람을 보던 어머님도 웃었다. 어머님은 그리스 말로 아무란에게 뭐라고 말했다.

"헤라! 지금 배고프지?"

현아가 손목시계를 보았다. 다섯 시가 다 되었다.

"아무란 지금 저녁 식사할 거야?"

"헤라가 배고프면 식사 차리시겠다고 하시네."

"그럼! 나 먼저 씻고 나서 식사하면 안 될까?"

"그럴까?"

아무란이 그의 어머님에게, 현아가 씻고서 식사하고 싶다고 말했다. 어머님은 아무란에게 웃으면서 그럼 방을 안내해 주라고 했다. 아무란은 현아의 팔을 잡고서 식당 뒷문으로 나왔다. 그곳에 다른 별채로 된 건물이 이어져 있었다. 그 안으로 들어가자 아무란의 방과 거실이 나왔다. 하얀색으로 도배가 된 실내였다. 아무런의 이미니 시리도 띠라 들어왔다. 아무란의 방에는 책상과 걸상, 그리고 책꽂이와 그곳을 꽉 채운 현아가 모르는 책들로 가득했다. 아무란의 독서 열정이 느껴졌다. 현아는 아무란이 이곳에서 어려서부터 컸다는 것이 신기했다. 그 방과 거실에서도 바닷가가 바로 보였다. 현아는 책상을 만져보았다. 의자까지도 역시, 고급스러운 가구들이었다. 현아는 방을 나와 그곳

거실에 있는 화장실을 보았다. 어머님이 문을 열어주었다. 깨끗한 하얀색 타일이 바탕을 이루고 있었다. 욕실 벽면 한가운데는 포인트를 주기 위해서 해바라기꽃이 그려진 타일로 장식되어 있었다. 나머지 벽면엔 물결무늬의 푸른색 타일이 두 줄로 나란히 장식되어 있었다. 벽면 하단부분과 바닥까지도 같은 물결무늬의 푸른색 타일로 되어 있었다. 흰색과 푸른색의 조화가 간결하면서도 이국적인 느낌으로 다가왔다. 이곳이 지중해에 있는, 어느 작은 시골 마을이라는 사실을 현아에게 다시금 일깨워주는 기분이었다. 현아는 좋았다. 깨끗한 욕실에서 씻을 생각에, 입가에 약간의 미소가 떠올랐다. 아무란은 현아에게, 자신들의 여행용 가방을 아무란의 방으로 옮겨 놓겠다고 말했다. 현아는 그사이에 욕실에서 씻을 생각을 했다. 아무란의 어머니 사라는 식사를 준비하겠다고 일러주고는 주방으로 갔다. 사라는 주방에서 미리 준비해둔 요리 재료들을 펼쳐서 준비하기 시작했다. 샐러드와 칼라마리, 양고기구이와 생선구이를 준비했다고 아무란에게 알려주었다. 금방 주방은 맛있는 요리 냄새로 가득 찼다. 사라는 그사이에 싱크대 쪽에서 야채들을 씻었다. 그것으로 샐러드를 만들 모양이었다. 그리고 생선들을 구웠다. 아무란의 아버지 제인도 칼라마리를 만들기 위해서 양고기를 구웠다. 제인 역시 아무란처럼 요리하는 것을 좋아했다. 아무란이 어릴 적부터 아버지의 요리를 많이 먹어보았기에, 그의 요리 실력을 잘 알고 있었다. 제인은 그리스의 대표 요리인 옥토푸스나 칼라마리 같은 것을 잘 할 수 있었다. 금방 만든 요리가 식탁에 차려지고 있었다. 욕실에서 나온 현아가 편한 추리닝 복장으로 갈아입고서 주방으로 들어왔다. 현아는 서울에서 어렵게 준비한 올빼미 가족 인형을 선물로 부모님에게 드렸다. 서양에서는 올빼미 인형을 좋아한다는 것을 현아는 알고 있었다. 현아가 아무란에게 물어본 후에 어렵게 찾아서 준비했었다. 그때, 아무란의 동네 친구들이 찾아왔다. 아무란이 공항에 도착하자마자 통화를 했던 친구들이었다. 어릴 적부터 이곳에서 같이 학교 다니면서 자란 세 명의 친구들이었다. 원래는 마을 친구들이 더 많았었다. 하지만 이젠 다들 자신들의 학업을 위해서나 직장을 따라서 떠나고 없었다. 세 명만이 이곳 고향에 머문 친구들이었다. 알버트는 농사를 짓고, 휴즈는 부모님의 양식업을 돕는 중이었다. 클라라는 외동딸로, 그의 부모님과 함께 이곳에서 가게를 운영하고 있었다. 클라라는 아무란과 고교 때부터 단짝처럼 지내던 여자 친구였다. 마을 어른들까지도 다 아는 사실이었다. 몇 년 전까지도 두 사람이 나중에 결혼할 것처럼 믿고들 있었다. 적어도 아무란이 이탈리아로 가기 전까지는 그랬다. 아무란이 이탈리아로 가고 난 이후로는, 누구도 직접 그런 질문을 하진 않았다. 아무란이 서울에서 한국 여자와 사귄다는 말을 듣고는, 아무란의 부모들도 조금 놀랐었다. 사라는 그럼 클라라와는 어떻게 된 거냐고, 직접 아무란에게 묻기도 했었다. 아무란은 클라라와는 이 년 전에 이미 헤어졌다고 말했다. 클라라가 이탈리아로 아무란을 찾아왔을 때였나. 아무란은 앞으로의 미래가 불확실한 상태였다. 더 이상 서로에게 미래에 대한 부담을 갖지 말자고 했다. 그만 헤어져서, 자유롭게 서로 간섭하지 않기로 하자고 얘기했다. 그때는 클라라도 그런 아무란의 뜻을 이해할 수는 있었다. 하지만, 클라라에게 아무란은 미래의 전부였다. 클라라는 마음속으로 아무란을 더 기다리기로 했다. 하지만 아무란은 서로의 관계가 깨끗이 정리되었다고 생각했다. 사라는 아무란에게 여자 문제에 대해서 간섭하는 스타일은 아니었다. 두 사람이 헤어졌다는 아무란의 말을 믿었다. 그녀는 아무란이 요리를 다 배워서 취직하면, 그때에는 또 달라질 수도 있다고 생각했다. 그리고 아무란은 서울에서 현아를 만났다. 그리고 지금은 현아를 사랑하게 되었다. 그게 전부였다. 아무란은 부모님에게도 자연스럽게 전화상으로 숨김없이 말했었다. 사귀는 여자의 이름은 현아이고, 나이는 자신보다 세 살 적지만, 똑똑하고 자신처럼 요리를 배우는 아가씨라고 설명했다. 그때에도 현아가 옆에 있어서 너무 좋고, 이대로 현아와 결혼할지도 모른다고 말했다.

아무란과 친구들이 반갑게 인사를 했다. 그리고 세 사람에게 현아를 소개했다. 클라라는 현아 보다 약간 큰 키에 웨이브 있는 노랑머리를 길게 내리고 있었다. 현아는 클라라가 아무란과 고교 시절에 사귀던 사이라는 사실을 알지 못했다. 현아의 눈에는 그녀가 조용한 성격이라고 생각했다. 클라라와 현아도 인사를 나누었다. 세 사람이 오자 주방이 시끄러워졌다. 식탁에 모두가 둘러앉아 식사했다. 아무란의 아버지 제인은 고급 와인을 가져와서 땄다. 사라와 제인이 만든 저녁 식탁은 테이블이 모자랄 정도로 풍성하게 차려졌다. 모두가 즐겁게 식사를 마쳤다. 친구들은 모두 아무란의 방으로 갔다. 갑자기 아무란의 동네 여자 친구까지 찾아오니까 현아도 약간은 긴장이 되었다. 클라라 역시, 현아가 신경 쓰이는 것 같았다. 친구들과 아무란은 집 뒤쪽으로 독립된 거실에서, 기타를 치면서 노래도 함께 불렀다. 클라라는 노래를 아주 잘 불렀다. 목소리가 너무 고왔다. 나나무스꾸리의 노래를 정말로 아름답게 불렀다. 현아로서는 이국적인 분위기에 취할 수 있었다. 현아도 한 곡 부르라고 해서 현아는 '가곡 그리운 금강산'을 불렀다. 클라라처럼 잘 부르지는 못했어도 모두가 박수를 주었다. 사실 현아는 노래를 잘 부르는 편은 아니었다. 그래도 친구들은 열심히 부르는 현아가 좋아 보였다. 남자들은 아무란과 함께 그리스 노래를, 집이 떠나가도록 몇 곡씩 더 부르고서야 조용해졌다. 다들 소파에 걸터앉아서 아무란의 서울 생활에 대해서 알고 싶었다. 다들 한국의 수도 서울을 궁금해했다. 아무란은 직접 경험한 경복궁과 북촌 마을, 그리고 인사동과 남산 등등 자신이 겪은 서울을 신이 나서 얘기했다. 현아도 중간중간 그들 얘기에 끼어들어서 말하곤 했다. 그들은 시간 가는 줄 모르게 얘기했다. 아무란은 친구들이 그동안 무엇을 하면서 지냈는지 이것저것을 물었다. 두 친구 다 사귀는 여자가 있는지도 물었다. 휴즈는 사귀는 여자가 생겼다고 했다. 간호사인데 사귄 지 이 년 되었다고 했다. 다음에 소개하기로 했다. 알버트는 없다고 말했다. 그는 아무란에게 여자 친구 현아가 있어서 부럽다고 했다. 두 사람이 진심으로 잘 되길 바란다는 말도 잊질 않았다. 클라라는 아무란의 책꽂이에서 지나간 앨범을 보고 있었다. 그리고 알버트가 시계를 봤다. 벌써 아홉 시가 되었다.

"아무란 내일은 뭐 할 거야?"

"아! 내일은 산토리니에 갈 거야! 하룻밤 자고 올 건데 너희들은 어때? 너희들도 갈 수 있는지 묻고 싶었어."

"나는 괜찮아. 아무란!"

알버트가 말했다.

"나도 괜찮아!"

휴즈도 말했다.

"그럼 클라라! 너는?"

알버트가 클라라에게 물었다.

"으 음. 나는 내일 가게 일이 있어서 안 돼!"

"그럼. 클라라는 안 되겠구나! 가게 일이 있으니까. 그럼 우리 넷이서 다녀올게. 클라라. 미안해!"

휴즈가 클라라에게 말했다.

"클라라! 그럼 내일은 우리만 갔다 오고 다음에는 같이 또 만나자 우리!"

아무란이 미안한 마음에 클라라에게 말했다.

"난 괜찮아! 너희들이라도 잘 지내고 오면 되지!"

클라라가 말했다.

"클라라씨! 함께 가면 안 돼요? 클라라씨가 안 가면 여자는 저 혼자 잖아요!"

현아가 클라라에게 물었다. 아무란이 통역했다.

"네. 미안해요. 현아씨! 잘 다녀오세요!"

아무란이 현아에게 다시 통역해주었다.

"그럼 내일 오전 열한 시에 마을회관 앞 광장에서 출발하기로 하자!"

"그래 아무란 우리가 열한 시까지 광장으로 올게! 현아씨도 내일 봐요! 우리 이만 갈게. 아무란!"

"그래! 고맙다! 알버트! 휴즈!. 내일 봐! 잘 가! 클라라!"

클라라까지 세 사람은 아무란의 부모에게 인사를 하고는 돌아갔다.

이제 아무란과 현아 둘이 남았다. 현아가 아무란에게 뒤뜰에 펼쳐진 바다를 보고 싶다고 했다. 날은 이미 캄캄해져 있었다. 두 사람은 파도가 치고 있는 바닷가로 나왔다. 환한 달빛이 해변을 밝게 비추고 있었다. 해피도 두 사람의 뒤를 따라왔다. 작은 산책로를 따라서 현아와 아무란은 걸었다. 서로 손을 잡고서 나란히 걸었다. 다른 말은 서로 하지 않았다. 한참을 걷다가 아무란이 현아의 어깨를 살며시 감싸주었다. 달빛에 두 사람과 해피의 그림자가 해안 모래사장에 길게 드리워진 채, 그들이 움직이는 대로 따라왔다. 현아가 아무란에게 말했다.

"클라라는 어떤 여자야?"

"어떤 아이냐고? 그냥 착한 여자애야!"

"노래도 잘하고 예쁘게 생겼던데. 사귀는 사람 없어?"

"응. 아직은 없는 것 같은데. 내가 서울에 가기 전까지는!"

"왜? 여자답고 조용하고 노래도 잘하고 마치 누구에게 노래를 바치는 것 같았어! 아까는!"

"에이~ 그럴 리가! 클라라가 노래는 잘해! 어릴 때부터 합창단에 있었거든!"

"직업은?"

"선엔 직장에 다녔는데 지금은 부모님 미트를 같이 운영하고 있어! 한국에 있는 마트랑 비슷한 거야!"

"어릴 때는 어땠어?"

"다들 그냥 고향의 친구들이었지! 그때는 아이들이 더 많았어! 아이들이 다 모이면 작은 마을이어도 열다섯 명은 더 됐던 거 같은데!"

"그때 클라라가 아무란을 좋아하진 않았어?"

"아니야! 그냥 똑같은 친구였어!"

순간, 아무란은 클라라와의 사실을 말할까 생각했지만 말하지 않았
다. 괜히 여기까지 와서, 현아를 기분 나쁘게 하고 싶진 않았다. 클라
라와의 관계는 어차피 이 년 전에 다 지난 일이었다. 아무란은 더 이상
클라라의 얘기는 하지 말자고 생각했다. 아무란은 현아의 어깨를 더
꼭 안아주었다. 해변 끝까지 걸어간 두 사람은 그곳에서 진한 키스를
했다. 현아는 그 순간이 행복했다. 아무란도 역시 너무나 행복한 순간
이었다. 두 사람이 함께 서 있는 바닷가 밤하늘에는, 선명한 달과 무수
하게 떠 있는 은하수 별들이 눈이 부실 정도로 아름다웠다. 그 자체만
으로도 평화롭고 황홀한 풍경이었다. 아무란과 현아는 바닷가 산책을
마치고 집으로 돌아왔다. 긴 여행에 피곤하기도 했다. 두 사람은 일찍
잠을 자기로 했다. 부모님에게 인사를 하고서 아무란의 방으로 왔다.
두 사람은 지중해와 연결된 작은 바다의 파도 소리를 들으면서 깊은
잠에 빠졌다. 현아는 꿈에서도 지중해의 파도 소리를 들었다. 꿈속에
서 현아는 푸른 지중해의 수평선을 향해서 자꾸만 더 멀리멀리 하얀
요트의 돛을 올린 채 앞으로 나아갔다. 아무란은 보이지 않았다. 아무
란은 꿈속에서 친구들과 함께 산토리니 마을을 거닐고 있었다.

다음 날, 아무란이 먼저 일어났다. 현아는 피곤이 다 풀리지 않았는
지 일어나질 못했다. 아무란은 잠자는 현아를 보다가, 혼자 방에서 나
와 거실로 갔다. 냉장고에서 물을 꺼내 마셨다. 아무란은 오랜만에 마
시는 고향의 물맛이 변함없이 좋다고 생각했다. 아무란은 잠깐 어제
왔었던 클라라가 생각났다. 클라라에게서 현아를 바라보는 깊고도 우
울해 보이는 눈빛을 느꼈었다. 아무란은 마음속으로 클라라 역시 이제

좋은 남자를 만나기를 바랐다. 이 년 전, 클라라가 이탈리아에 찾아왔을 때가 떠올랐다. 아무란은 다 지나간 일이라고 생각했다. 그는 마당으로 나왔다. 마당에서 해피가 꼬리를 흔들면서 다가왔다. 아무란은 해피와 같이 마당에 있는 나무들을 보았다. 마당 이곳저곳을 다니면서 느린 발걸음으로 기웃거렸다. 정말 오랜만에 온 고향 집이었다. 변한 것은 거의 없었다. 전에 비해 조금 더 큰 나무들과 변함없는 잔디와 차고 안에는 아버지의 랜드로버 차가 있었다. 차고 한쪽 벽면에는 갖가지 차량 수리용, 또는 집수리용 공구와 기구들이 걸려있거나 한쪽 선반에 빼곡히 놓여있었다. 고향은 언제나 변함이 없다고 생각했다. 사라가 일어나서 나왔다. 아무란은 사라와 눈이 마주치자 다가가서 서로 따스하게 안았다.

"어머니, 그동안 잘 계셨죠? 어디 아프신 곳은 없어요?"

"나야 뭐. 괜찮아! 어디 불편한 곳은 없단다! 가끔 머리가 갑자기 어지러운 것을 빼고는 괜찮단다. 너희 아버지가 체력이 많이 떨어졌어! 무릎하고 허리가 자꾸 아프다는구나! 아버지 나이도 이제 팔십을 바라보지 않니!"

"이제 부모님 모두 건강이 제일 중요해요! 제가 셰프 생활 시작하면 생활비도 많이 드릴게요. 어머니!"

"말만 들어도 좋구나. 아무란! 우리 걱정은 말고 너만 잘 살면 된다. 우리는 여기서 잘살고 있지 않니!"

"엄마 우리 앞으로도 화이팅!"

"현아! 많이 피곤한 모양이다! 어떤 여자아이니?"

"좋아요. 그냥! 착한 여자 친구니까요! 밝은 성격이에요!"

"그건 너를 닮았구나!"

"근데 모험심도 있어요! 씩씩한 여자예요! 하하!"

"그래? 하긴 요즘 여성들은 우리 때와는 달라야지! 여성들의 권리가 커진 시대잖니!"

"똑똑해요! 그런 의미에선! 엄마가 보기에는 어때요?"

"얼굴도 예쁘고 마음도 예쁜 애 같구나! 잘 사귀어보렴!"

"네. 감사합니다! 어머님!"

"들어가자! 바람이 약간 차다!"

"네!"

두 사람은 거실로 들어왔다. 아버지 제인이 일어나 거실에 있었다. 그는 TV를 켜고 뉴스를 보면서 커피를 마시고 있었다.

"아무란! 커피 마셔라!"

"네. 아버지! 어머님도 드릴까요?"

"아니다. 난 우유를 마실게!"

"네!"

아무란은 냉장고에서 우유를 꺼내 머그잔에 따랐다. 전자레인지에 우유를 데워서 어머니에게 드렸다. 그리고 자신은 커피를 탔다. 그리고 함께 소파에 앉았다. TV에서는 그리스 경제를 이야기하고 있었다. 아무란은 뉴스에 집중되지는 않았다. 어머님은 아침을 준비하기 위해 부엌으로 갔다.

"서울 생활은 좋았니?"

"네! 아주 만족이에요! 한식 조리사 자격증도 땄어요! 현아랑 같이요!"

"전에 떠날 때보다 더 좋아 보이는 좋구나!"

"하하! 그래요! 아버지?"

"좋아 보여서 나도 좋다! 아무란!"

"고맙습니다!"

아무란은 소파에서 일어나 현아에게로 갔다. 현아는 아직도 일어나지 못하고 있었다. 여행 피로도 있지만 간밤에 두 사람의 섹스가 힘들었나 싶기도 했다. 아무란이 시계를 봤다. 아침 일곱 시 반이었다. 아직 이른 아침이었다. 아무란도 현아의 옆으로 들어갔다. 한 삼십 분이 지나자 현아가 눈을 떴다. 아무란은 현아 옆에서 잠을 자지 않은 채, 가만히 현아를 안고 있었다. 한참 후에 눈을 뜨는 현아를 보자 입술에 뽀뽀했다.

"잘 잤어? 헤라!"

"응! 언제 일어났어?"

"삼십 분 전쯤!"

"아랑! 부모님도 일어나셨어?"

"응!"

"그럼 날 깨워야지! 부모님이 잠꾸러기로 알겠다!"

"괜찮아! 여행 때문에 피곤한 줄 알고 있이!"

"그래도!"

"천천히 일어나도 돼!"

"아냐! 그만 일어나야지! 내가 아침 준비 거들어야지!"

"어머님이 지금 하고 계셔!"

"안 되겠다! 빨리 가서 같이 해야지!"

현아는 재빨리 일어나서 츄리닝으로 갈아입고는 식당으로 갔다. 현아는 거실에 있는 제인에게 인사를 하고 사라에게도 인사를 했다.

"안녕히 주무셨어요!"

현아가 큰 소리로 인사했다.

"오우! 현아! 굿모닝!"

거실에 있던 아버지가 먼저 현아에게 인사를 했다.

"굿모닝! 현아!"

사라도 주방에서 인사를 건넸다. 사라는 이미 아침 준비를 다 해놓았다. 간단한 토스트와 우유, 그리고 야채 샐러드와 아침 딸기, 그리고 커피가 식탁에 놓였다. 현아는 아무란을 불렀다.

"아무란 어서 나와! 식사해!"

네 사람은 함께 식사했다. 현아는 토스트를 먹으면서 아침 공기가 너무 맑다고 말했다. 파도 소리도 잠을 위한 자장가 같았다고 해서 모두가 웃었다.

"현아! 다행이야! 나는 현아가 파도 소리 때문에 잠을 못 잔다고 할까 봐 걱정했거든!"

사라 얘기를 아무란이 통역해주었다.

"어머님! 아니에요! 파도가 치는지 뭔지도 모르고, 전 아주 단잠을 잔걸요! 그냥 누군가 자장가를 불러주는 것 같았어요!"

"하하하"

아무란이 통역을 하자 네 사람이 동시에 함께 크게 웃었다.

네 가족이 즐거운 아침 식사를 마치고 커피를 마셨다. 이때, 아무란이 말했다.

"오늘 현아와 산토리니에 다녀올게요!"

"그러렴! 좋은 생각이다. 둘 만 가니?"

"알버트와 휴즈하고 함께 갈 거예요!"

"조심해서 잘 다녀와라!"

"네. 거기서 하루 묵을지도 몰라요!"

"그래라! 아무튼 조심하렴!."

제인이 말했다. 아무란과 현아는 커피를 다 마시고 다시 아무란의 방으로 왔다.

"헤라! 내 어릴 적 앨범 보여줄까?"

"어디 있어?"

열한 시까지는 한 시간 정도의 여유가 남아 있었다. 아무란의 어린 시절 사진들과 중고등학교 시절 그리고 가족들의 사진들이 차곡차곡 앨범에 잘 정돈되어 있었다. 현아와 마찬가지로 외아들인 아무란의 가족들이었다. 남다른 가족애를 앨범 가득히 느낄 수 있었다. 현아는 아무란이 정말 좋은 가정에서 밝게 자랐다는 것을 느꼈다. 두 사람은 앨범 사진을 보다가 여행 가방을 챙겼다. 간단하게 짐을 정리해서 아무란의 검은색 큰 캐리어에 넣었다. 그리고, 잠시 후에 부모님께 다녀오겠다는 인사를 하고는 밖으로 나왔다. 이무란은 제인의 차를 몰고 가기로 했다. 백색 랜드로버 사륜구동형이었다. 두 사람은 랜드로버에 올라탔다. 그리고 동시에 두 사람은 선글라스를 꼈다. 날씨는 눈이 부시도록 화창했다. 마을회관 앞 광장에는 동네 노인들이 일찍부터 나와서 벤치에 앉아 있었다. 아무란을 알아보는 어른들도 있었다. 아무란은 차에서 내려 동네 어른들에게 차례로 인사를 했다. 현아도 함께 인사했다. 아무란에게 요리 공부를 다 마쳤는지 물었다. 아무란은 그렇다고 했다. 이제 레스토랑을 차릴 거라고 말했다. 어떤 할머니는 여자친구 현아가 예쁘다고 말해주었다. 그러면서 결혼할 거냐고 물었다. 아무란은 아마도 그럴 거라고 대답했다. 현아도 할머니도 웃었다. 행복하게 잘 살기 바란다고 덕담까지 해주었다. 아무란이 현아에게 통역해주자 현아는 기분이 더 좋아졌다.

"헤라! 여기 어른들은 모두가 내가 어릴 때부터 잘 보살펴주시던 한가족 같은 분들이야!"

"그런 것 같아! 아랑! 보는 눈빛들이 모두 다 따뜻해 보여!"

현아도 그 할머니와 어른들이 고마웠다. 그때 알버트와 휴즈가 왔다.

"아무란!"

"어 그래. 알버트! 휴즈!"

"현아씨!"

"네! 어서 와요!"

네 사람이 랜드로버에 올라탔다. 차는 이내 시내를 달리기 시작했다. 알버트는 언제 준비했는지 그리스 과자와 빵을 꺼내서 현아에게 내밀었다. 휴즈는 음료수를 주었다. 네 사람은 흥이 나서 노래가 절로 나왔다. 아무란이 라디오를 켰다. 그리스 노래가 나왔다. 모두들 따라 불렀다. 현아도 함께 흥얼거렸다. 한참 그러는 사이 목적지에 도착했다.

그리스에서 산토리니는 티라로 불린다. 네 사람은 티라행 페리에 올라탔다. 장장 네 시간의 거리였다. 이곳에선 비행기 코스도 있지만 네 사람은 페리호를 이용하기로 했다. 에게 해의 아름다운 모습을 가슴에 담기 위해서는, 배로 가는 게 더 나을 것 같았다. 아무란이 내린 결정이었다. 네 사람은 산토리니에 도착했다. 신항구 아티니오스에 도착한 네 사람은 피라로 갔다. 산토리니의 중심지였다. 이아 마을까지는 언덕 위로 올라가야만 했다. 네 사람은 버스를 타고 올라가기로 했다. 고대 도시 티라까지는 당나귀를 타고 올라가는 관광객들도 있다고 들었다. 현아는 여행 사진으로만 보던 이곳에, 자신이 직접 왔다는 것이 감격스러웠다. 현아는 올라가는 내내 아무란과 친구들을 향해 너무 아름답다는 말을 계속했다. 지중해의 바다 빛깔도, 하얀 파도도, 마을의 집들도, 꼬불꼬불한 작은 골목길도, 작은 상점들도, 카페와 레스토랑도, 호텔들도 예쁘고 아름다웠다. 그리고 그곳에서 보는 햇빛도 너무나 깨끗하고 눈부셨다. 이곳은 푸른색과 흰색으로만 이루어진 꿈속의 동화마을 같았다. 현아에게는 사진으로만 볼 때보다 더 환상적이고 몽환적인 영감을 일으켰다. 현아는 행복했다. 사랑하는 아무란과의 이 여행을 죽을 때까지 잊지 못할 것 같았다. 네 사람은 푸른 에게 해가 내려다보이는 이아 마을 언덕 제일 높은 곳에 나란히 섰다.

"아랑! 고마워! 이곳을 볼 수 있게 해줘서!"

"나노 고마워. 헤라! 함께 와시! 친구들도 고맙고!"

"그래. 우리 모두 고마운 친구들이야!"

알버트가 말했다.

"우리들의 우정! 우리가 늙어서 움직이지 못할 때까지 영원히 같이하자!"

휴즈가 말했다. 모두가 그러자고 대답했다. 네 사람은 그 멋진 풍경을 바라다보면서 바다처럼, 그리고 언제나 그곳에서 부서지고 있을 하얀 파도처럼, 푸르고도 하얀 우정과 사랑을 확인할 수만 있다면 확인하고 싶었다. 아무란은 가지고 온 카메라로 현아와 친구들을 사진 찍었다. 알버트는 아무란과 현아의 사진도 찍어주었다. 그곳에서 한참 사진을 찍고는 네 사람은 돌아섰다. 그들은 마을 이곳저곳을 둘러보았다. 작지만 아기자기하게 매력 있는 골목길을 돌아다니면서, 아무란은 현아에게 얇은 스카프를 사서 목에 감아주었다. 현아는 세 남자에게 만남의 의미로 멋진 모자를 하나씩 고르라고 했다. 자신이 사주겠다고 말했다. 현아 자신도 하나를 골랐다. 네 사람은 제각각 고른 모자를 눌러쓰고서 기념사진을 찍었다. 세 남자가 누가 먼저랄 것도 없이, 현아를 향해 엄지손가락을 치켜세웠다. 그들은 배가 고파졌다. 네 사람은 길가에 있는 정원이 넓은 레스토랑으로 갔다. 꽤나 넓은 거실 안에는 여행객들로 넘쳐났다. 한쪽 비어 있는 자리로 안내되었다. 알버트는 자기가 이 점심은 사겠다고 했다. 메뉴판이 나왔다. 현아가 생각하기엔, 그리스는 정말 많은 섬으로 이루어진 나라였다. 그래서인지 싱싱한 생선요리를 많이 먹는 것 같았다. 메뉴도 생선요리들이 무척 많았다. 아무란과 알버트가 옥토푸스와 구운 생선요리를 시켰다. 현아는 아무란에게 옥토푸스가 무엇으로 만든 요리인지 물었다. 아무란은 말린 문어를 구워서 먹는 요리라고 말했다. 그리스에서 오랜 전통을 가진 요리 중 하나라고 알려주었다. 생선은 구워서, 그 위에 올리브유를 듬뿍 바른 채 나왔다. 콩과 아몬드 그리고 블루베리가 곁들여진 샐러드가 먼저 나왔다. 네 사람은 아주 즐거운 식사를 마치고 나올 수 있었다. 계산은 알버트가 했다. 모자를 선물 받았으니 디저트를 사겠다는 휴즈의 제안으로 그들은 다시 디저트 가게로 갔다. 그들은 그리스 전통 디저트인 루쿠마데스와 바클라바 그리고 냉커피를 시켰다. 그들은 한참을 그곳에서 놀다가 바닷가 산책을 마치고 나서야, 하룻밤 머물 숙소를 찾기로 했다. 네 사람은 산토리니 골목길을 따라 숙소를 찾아 발걸음을 옮겼다. 아무란과 알버트가 한 호텔로 들어갔다가 나왔다. 너무 비싸다고 했다. 다시 그 아래에 있는 조금 더 작은 호텔로 두 사람이 들어갔다. 잠시 후, 두 사람이 나왔다. 적당한 호텔을 찾았다고 했다. 네 사람은 바다가 바라다보이는 곳에 방을 두 개 잡았다. 이미 해가 기우는 저녁 무렵이 되고 있었다. 네 사람은 각자 방에서 좀 쉬다가 저녁 여덟 시쯤 다시 만나기로 했다. 아무란과 현아는 한 방으로 갔다. 알버트와 휴즈는 옆방으로 갔다. 현아는 피곤해서 이내 침대에서 잠이 들었다. 아무란은 친구들 방으로 다시 갔다. 알버트는 TV를 보고 있었다. 휴즈는 핸드폰으로 음악을 들었다. 아무란이 오자 심심해하던 휴즈가 먼저 맥주를 제안했다. 세 사람은 캔으로 할까 하다가 골목에 있는 카페에 가기로 했다. 아무란은 현아가 잠들었으니 깨우지 말고, 그냥 가까운 곳으로 가자고 했다. 세 사람은 밖으로 나왔다. 카페는 호텔 바로 앞에 있었다. 그들은 바깥쪽 파라솔 테이블에 앉았다. 아몬드와 건포도를 안주 삼아 세 사람은 병맥주를 마셨다. 저녁이 되니 바람이 약간 서늘했다. 그래도 세 사람은 바깥에서 마시는 맥주가 더 좋았다. 산토리니의 바람은 약간 비릿한 지중해의 냄새를 담고 있었다. 그 바람은 세 남자의 주변에다 계속해서 지중해의 향기를 한 꺼풀씩 풀어헤치고 있었다.

현아가 깼다. 아무란이 보이질 않았다. 현아는 얼른 핸드폰을 켜고 아무란에게 전화를 걸었다.

"아랑! 어디에 있어?"

"나 호텔 바로 앞 카페에 있어! 파라솔 테이블이야! 잠 깼으면 어서 나와! 헤라!"

"응 아랑!"

현아가 나가자 세 남자가 테이블에 앉아 맥주를 마시고 있었다. 세 남자는 현아를 보자 웃었다. 아무란은 현아에게도 맥주병을 하나 내주었다.

"현아씨! 아무란과는 어떻게 만났어요?"

휴즈가 물었다. 아무란이 통역했다.

"네! 한식 학원에서요!"

"결혼까지 할 계획인가요?"

알버트가 물었다.

"아직은 아냐!"

아무란이 먼저 대답했다. 그리고 현아에게 통역해주었다.

"아직은 아니에요! 시간이 되면 그럴 수도 있죠!"

"아무란의 어디가 좋아요?"

아무란이 웃으면서 또 통역했다.

"잘생겨서요! 또 차분하고 자상해서요! 내겐 좋은 남자이니까요!"

"다른 한국 여성들도 그리스 남자들을 좋아하나요?"

이번에는 휴즈가 물었다. 그 질문에 아무란과 알버트가 큰 소리로 함께 웃었다. 현아가 무슨 질문인지 궁금해하자 아무란이 또 통역해주었다.

"다 그렇진 않겠죠! 아무란 같은 남자가 또 있다면 몰라도요!"

아무란이 이번에는 친구들에게 통역해주자 세 남자가 동시에 또 크게 웃었다.

"언제 우리 서울에 놀러 가도 될까요?"

휴즈가 물었다.

"얼마든지 와! 너희들이라면 현아랑 내가 대환영이지!"

아무란이 대답을 먼저 하고 현아에게 통역해주었다.

"오시면 제가 서울에서 관광 가이드 해 드릴게요!"

아무란의 통역에 그들도 연신 좋아했다. 산토리니의 저녁 바람이 살짝 시려왔다. 그들은 저녁을 간단하게 빵과 우유로 대신하기로 했다. 네 사람은 아래로 내려가서 빵집에 갔다. 아무란과 현아는 큼직한 빵과 과자 그리고 우유를 잔뜩 사서 호텔로 돌아왔다. 알버트의 방에서 간단하게 빵과 우유로 채우고는 아무란과 현아는 자기네 방으로 돌아왔다. 아무란과 현아는 TV를 켜고 보다가 이내 침대에서 잠이 들었다. 그들이 호텔에서 잠든 사이에도, 산토리니 언덕에는 지중해의 부드러운 해풍이 쉬지 않고 불고 있었다. 그들이 묵고 있는 호텔 주위를 감싸듯이 지중해의 바다 냄새가 차곡차곡 내려앉고 있었다.

16

그녀를 따라서

그녀를 따라서 이층으로 갔다. 거기에는 하얀색 천으로 가려진 소파들과 금빛으로 빛나는 가구들이 창가 쪽 벽면을 장식하고 있었다. 안개 아니면 구름으로 만들어진 하얀색 비둘기가 그들 앞으로 날아다녔다. 실제 비둘기인가 자세하게 보려고 해도 진구의 눈에는 정확한 윤곽은 보이질 않았다. 그녀가 이층에서 밖으로 난 창을 활짝 열었다. 그러자 눈을 뜰 수 없는 햇빛이 이층 그들이 서 있는 거실 안으로 쏟아져 들어왔다. 그리고 얼마 있다가 김지아라는 그 여자가 사라졌다. 마치 창밖으로 빨려 나간 것처럼 햇빛 속으로 비둘기와 함께 사라졌다. 진구는 그녀가 비둘기와 함께 날아갔다고 생각했다.

수진은 엄마한테 간지, 이십 일이 지나서야 돌아왔다. 그날 저녁 수진이는 아픈 엄마가 우리 둘의 결혼을 재촉한다고 말했다. 진구도 가능하면 빨리 결혼할 수 있도록 서로 노력하자고 간신히 설득했다. 두 사람의 대화는 결혼 문제 외에는 별다른 건 없었다. 지아에게서 넥타이 선물을 받고 나서부터, 진구는 직장에서 자꾸 김지아에게 신경이 써졌다. 수진에게 늦어지는 결혼 때문에 미안한 마음도 있었다. 그는 자신이 자꾸만 지아에게로 향하는 호기심을 염려하고 있었다. 될 수 있으면 수진이만 바라보려고 마음으로나마 애를 썼다. 진구는 일주일 에도 몇 번씩 수진이가 좋아하는 꽃을 사서 들고 왔다. 수진은 오빠가 결혼식을 못 올려서 미안한 마음 때문이라고 생각했다. 하지만, 너무 지나치다 싶을 때도 있었다. 그럴 때마다 그녀는 알 수 없는 불안한 예감에 사로잡힐 때가 많았다.

그러다 며칠 전에 일이 터졌다. 진구가 외박했다. 진구는 지아와 직 원 동료들과 함께, 술을 한잔만 하고 갈 예정이었다. 한잔 두잔 하다 보니까 술이 너무 많이 취했다. 옆자리에서 자꾸 따라주는 지아의 술 잔을, 자신도 모르게 다 마셔버렸다. 그게 화근이 됐다. 너무 술 취해 서 움직일 수가 없었다. 직원들이 택시로 태워서 보내려고 했다. 지아 가 말렸다. 너무 취해서 어디로 갈지도 모르는 사람을, 그대로 보내면 안 될 것 같다고 했다. 자신이 지키고 있다가 깨어나면 보내겠다고 했 다. 동료들이 모두 가고, 한참 후에도 진구는 깨어나질 않았다. 술집 영업시간이 다 지나도 깨어나질 못했다. 지아는 술 취한 진구를 간신 히 끌고 가까운 모텔로 들어갔다. 비틀거리는 진구를 겨우 침대 위로 누이고 그녀는 바로 나가려고 했다. 지아는 아무것도 모른 체, 잠든 진 구를 보았다. 그 순간, 같이 있고 싶다는 욕망에 자신도 함께 침대로 들어갔다. 둘은 그렇게 함께 잠이 들었다.

그날도 수진은 진구를 기다리다가 잠이 들었다. 잠깐 잠든 사이에 악몽을 꾸었다. 악몽 속에서 시달리던 수진은 새벽이 되어서야 깼다.

창문 밖이 차츰 밝아올 때였다. 수진은 아직도 진구가 들어오지 않은 사실을 그제야 알았다. 수진은 불안했다. 자신이 방금 누군가에게 쫓긴 악몽 때문인 것 같았다. 다른 날 같으면 늦어도 새벽 두세 시에는 들어오는 오빠였다. 근데 오늘은 아예 들어오질 않은 것이다. 수진은 시계를 봤다. 여섯 시였다. 이건 필시 무슨 일이 일어난 것이라고 직감적으로 느꼈다. 전화를 걸었다. 핸드폰이 꺼져 있었다. 그녀는 온갖 상상을 하면서 웅크리고 앉아 있었다. 그로부터 한 삼십 분쯤 지났을 때, 현관문 버튼을 누르는 소리가 났다. 진구가 들어왔다. 수진은 안도의 한숨이 자신도 모르게 입안에서 흘러나왔다. 그러고는 시계를 봤다. 여섯 시 삼십 분을 가리켰다. 울컥, 화가 치밀었다. 하지만, 가라앉은 목소리로 진구에게 말했다.

"지금 오빠 어디서 오는 거야?"

"그게 있잖아! 어제 술을 너무 먹었나 봐! 술 취해서 그냥 도로 레스토랑으로 들어갔어! 거기 소파에서 잤어! 그러다가 술이 좀 깨는 것 같아서 바로 일어나서 왔어! 미안해!"

"그게 지금 말이 된다고 생각해?"

"정말이야! 수진아! 정말이라니까! 자다 보니까 막 춥더라고! 그래서 깨서 보니까 레스토랑 소파였어! 그래서 지금 오는 거야! 어휴 피곤해! 나 좀 더 자고 나가야겠다!"

진구는 자기 말이 끝나자마자 침대로 들어가려고 했다. 수진은 진구가 덮으려던 이불을 걷어버렸다.

"오빠! 나하고 얘기 좀 해!"

"으~응?"

수진의 단호한 말투에 진구는 침대에 다시 걸터앉았다.

"오빠! 지금 어디에서 오는 거야? 솔직하게 말해! 내가 다 알아볼 거야! 진짜로 거기서 자고 온 건지? 다른 데서 잔 건지 내가 알아보면 다 알 수 있어! 솔직하게 말해! 어서! 오빠!"

"그렇다니까! 어젯밤에 같이 술 마신 직원들에게 물어봐! 그들이 먼저 가고 난 다시 레스토랑에 들어가서 잤다니까!"

"오빠! 요즘 수상해! 매일같이 늦게 들어오고! 무슨 회식이 그렇게 많아! 몇몇 직원끼리 거의 매일같이 술 먹고 놀러 다니면서 회식이라고 거짓말하는 거! 내가 다 모를 줄 알아?"

"어쩌다 보니까 그렇게 되긴 했다! 같이 술 먹고 늦게 들어온 건 내가 잘못했다! 인정해 이젠 조심할게! 수진아!"

"혹시 오빠! 여자 생긴 거 아니야?"

"수진아! 무슨 소리야! 여자라니!"

"내가 미리 말해두는데 만약에 그런 거라면 지금 실토해! 나중에 발각되면 나 가만히 안 있어! 알았어?"

"어휴 진정해라 수진아! 그럴 리가 있어? 내겐 수진이 네가 있는데!"

"오빠! 내가 한 번 며 지켜볼 거야! 오늘부터 늦게 들어오면 가만 안 있을 거야! 그땐 이제 오빠하고 나하고는 끝인 줄 알아!"

"알았어! 알았어! 오늘부턴 일찍 들어올게! 미안해!"

그날 이후로, 수진에겐 진구의 행동 하나하나가 의심의 대상이 되었다. 혹시 여자 냄새가 나는지, 아니면 거짓말을 하는지, 옷에 여자 화장품 같은 것이 묻었는지 등등, 수진의 감시 목록이 갈수록 늘어나고 있었다. 그날 이후에도 진구와 지아의 밀애는 수진에게 걸리지 않으면서 순조롭게 진행되었다. 매일같이 두 사람은 함께 했다. 다른 직원들에게도 들키지도 않았다. 진구는 서서히 이중적 사랑 행위에 적응이 되어가고 있었다. 진구는 이제 수진에게 죄의식도 사라지는 듯했다. 지아와 심하게 사랑하고 온 날은 피곤해서 오피스텔에 오자마자 잠이 들었다. 그런 진구를 수진은 전혀 눈치채질 못했다. 그러다가 열흘 전에는 수진이와 진구가 아주 심하게 말다툼을 벌였다. 진구가 모처럼 일찍 들어온 날이었다. 발단은 수진이가 결혼식을 빨리 올리고 싶어서였다. 수진은 빨리 결혼식하고, 진구를 자기만의 남자로 만들길 원했다. 둘만의 아이도 더 늦기 전에 낳고, 당당한 부부생활을 바라고 있었다. 그러나 진구는 이번에도 자신이 레스토랑 사장이 되기 전엔, 절대 결혼은 안 된다고 말했다. 작은 가게라도 자신의 사업체를 가지고 나서, 떳떳하게 결혼식을 하고 싶다고 말했다. 진구는 자신의 부모님들에게도 그런 모습을 보이고 싶었다. 어려운 가정 형편에도 기꺼이 유학비를 지원해주신 부모님들이었다. 진구는 수진을 지금까지 홀로 키우신 그녀의 어머님에게도 당당하고 싶었다. 걱정하지 않을 만큼 자신 있는 모습으로 결혼을 승낙받고 싶다고 말했다. 수진은 그럼 언제까지 이대로 있어야만 하냐고 투정을 부렸다. 그 말에 진구도 화를 냈다. 지금 가지고 있는 돈으론 턱없이 부족했다. 가게를 임대로 얻어서 장사하려고 해도, 최소한 팔천에서 일억은 있어야만 가능했다. 오피스텔 보증금을 합쳐도 아직 오천도 안되는 돈으론 엄두도 못 낸다고 얘기했다. 그렇다고 이제 겨우 아르바이트하는 수진이가 삼천만 원이란 큰돈을 보탤 수도 없었다. 수진은 그냥 지금처럼 월급 생활도 좋으니까, 빨리 결혼해서 아이도 갖고 싶다고 했다. 두 사람은 계속 반복되는 말싸움에 둘 다 화가 단단히 났다. 발단은 수진이가 결혼하고 싶어서였지만, 그녀의 내심은 진구에 대한 불안감이 자리하고 있었다. 직접적으로 확인되진 않았지만, 수진은 진구에게서 무언가 수상한 느낌을 지울 수가 없었다. 그래도 확실한 증거가 없는 이상, 오빠를 의심해선 안 된다는 생각이 더 컸다. 그래서 이제껏 참고만 있었다. 하지만, 한번 말다툼이 시작되자, 참으려고 하면 할수록 그녀의 화는 점점 더 증폭되고 목소리는 커졌다. 여자의 직감이란 것은, 어떤 때는 그 어떤 과학적 근거보다도 더 빠르고 정확할 때가 있다. 두 사람이 너무 심하게 말다툼하다가 결국, 수진은 가방을 들고 엄마네 집으로 가버렸다.

그날 수진은 돌아오질 않았다. 진구는 수진이가 없는 오피스텔에서, 오랜만에 또 혼자서 잠을 자는 수밖에 없었다. 잠결에 진구는 꿈을 꾸었다. 꿈속에서 방안에 혼자 있었다. 그는 텅 빈 광장으로 나갔다. 자신이 누군가를 기다리고 있었다. 진구는 자신이 기다리는 여자가 수진이라고 생각했다. 그러자 저 멀리서 그녀가 손을 흔들면서 가까이 다가왔다. 수진이가 아니었다. 전혀 모르는 얼굴의 여자였다. 이 여자는 자신이 김지아라고 했다. 진구가 아는 김지아가 아니었다. 진구는 꿈에서도 깜찍 놀라 아닌 것 같다고 말했다. 그러자 김지이라는 그 여자는, 작은 회색 손가방에서 자신의 신분증을 꺼내 보여주었다. 신분증에는 분명 김지아라고 적혀 있었다. 진구는 어차피 같은 이름의 사람은 많은 법이니까, 하면서 그녀를 쳐다보았다. 뚫어지게 그녀의 눈을 바라보자, 그녀는 고개를 살며시 돌리면서 저리로 같이 가자고 했다. 그쪽에는 중세 시대에나 나올법한 거대한 흰색 성이 우뚝 서 있었다.

그녀는 그곳으로 진구를 안내했다. 그녀가 다가가자, 그 큰 성문이 자동으로 열리면서 그 안에서 황금빛이 쏟아져 나왔다. 진구는 눈이 부셨다. 너무 강렬한 빛에 진구는 눈물이 날 것 같았다. 그래도 그 김지아라는 여자는 아무렇지 않게 그를 안내했다. 성안으로 들어서면서, 자신이 부모에게서 물려받은 유산이라고 했다. 진구는 휘둥그레진 눈으로 사방을 보면서 그녀를 따라서 이층으로 갔다. 거기에는 하얀색 천으로 가려진 소파들과 금빛으로 빛나는 가구들이 창가 쪽 벽면을 장식하고 있었다. 안개 아니면 구름으로 만들어진 하얀색 비둘기가 그들 앞으로 날아다녔다. 실제 비둘기인가 자세하게 보려고 해도 진구의 눈에는 정확한 윤곽은 보이질 않았다. 그녀가 이층에서 밖으로 난 창을 활짝 열었다. 그러자 눈을 뜰 수 없는 강렬한 햇빛이 이층 그들이 서 있는 거실 안으로 쏟아져 들어왔다. 그리고 얼마 있다가 김지아라는 그 여자가 사라졌다. 마치 창밖으로 빨려 나간 것처럼 햇빛 속으로 비둘기와 함께 사라졌다. 진구는 그녀가 비둘기와 함께 날아갔다고 생각했다. 진구는 혼자서 텅 빈 거실을 두리번거리다가 꿈에서 깼다. 새벽이었다. 선명한 꿈이었다. 원래 꿈을 잘 기억 못하는 그였다. 그 꿈은 너무나 생생했다. 이상한 것은 김지아가 다른 사람이라는 거였다. 조금은 이상한 꿈이라고 생각했다. 그러나 심각하게 신경이 쓰이지는 않았다. 그는 다시 잠을 청했다.

열흘이 지나서야 수진은 돌아왔다. 돌아온 다음 날, 수진은 진구와 화해하고 싶은 마음이 들었다. 오빠와 같이 외식이라도 하려고, 진구네 호텔 레스토랑으로 갔다. 진구가 퇴근하는 시간에 맞춰서 갔다. 진구를 놀라게 해주려고 미리 전화는 하질 않았다. 그때 진구는 퇴근 시간에 맞게 옷을 갈아입고 있었다. 그때 지아가 옆으로 다가왔다.

"오빠! 밖에서 술 한 잔 어때요? 오늘 내차 안 가져왔어요! 정기 점검 때문에!"

"어~?"

"오늘은 가까이에서 술 한 잔 마시고 가요!"

"나 오늘 일찍 들어가 봐야 해! 어제 수진이가 왔어!"

진구는 열흘 만에 수진이가 돌아왔기 때문에 신경이 쓰였다.

"그럼 차 한잔만 해요! 내가 살게요! 요 앞에 골목 지나면 신축건물 옥상에 새로 생긴 카페가 있어요! 크고 얼마나 전망이 좋은지 몰라요! 오빠! 한 시간만 있다가 가요!"

"아~ 오늘은 그만! 어떡하지?"

"딱 한 시간만 요~ 네?"

"그럼~알았어! 한 시간만 차 마시고 있다 가는 거다!"

"그래요! 진구 오빠!"

두 사람은 길을 나서서 모퉁이를 돌아 새로 지어진 건물로 들어갔다. 지아는 진구의 팔에 매달려서 걸었다. 누가 봐도 둘은 연인 사이처럼 보였다. 지아의 말처럼 십 층 옥상에는 커다란 카페가 있었다. 옥상 전체를 정원으로 꾸며 놓았다. 군데군데에 벤치의 테이블을 놓아서, 야외에서 차를 마실 수도 있었다. 주변에, 옥상 전망을 가리는 건물들이 없어서 시야가 탁 트인 것이 좋았다.

"여기 멋진데~ 여긴 언제 와봤어?"

"지난주에 김윤혜 실장하고 와봤어요! 너무 좋아서 오빠하고 꼭 와보고 싶었거든요! 호호!"

"내부에 엔틱 인테리어도 죽이네! 돈 좀 들었겠는데!"

"그렇다니까요! 커피 맛도 좋아요! 가격도 저렴하고요!"

"그렇군! 비싸진 않네!"

"우리 가끔 여기서 차 마셔요! 오빠가 좋다고만 하면 찻값은 언제나 내가 쏠게요! 히히"

지아는 주변을 의식하지도 않고 진구의 볼에다가 가벼운 뽀뽀를 했다.

"고마워! 다음에는 내가 사야지!"

"여기는 내가 발굴한 아지트니까 여기선 내가 살게요!"

"그럼 나는 다른 데서 사야겠네!"

"그럼 되죠!"

커피가 나왔다. 둘은 마주 앉았다. 진구는 말을 먼저 꺼내지는 않았다. 지아가 먼저 말을 건넸다.

"오빠 언제 레스토랑 차릴 계획이 있어요?"

"아니! 그건 돈이 만들어져야 하니까!"

"난 이 년 뒤에 레스토랑 차려준다고 했어요! 집에서요!"

"부모님이 부자인가 봐!"

"그런 건 아니에요! 그냥 작은 레스토랑 할 정도는 지원받을 수 있어요! 부모님한테요!"

"그런 얘기 들으니까 지아가 부럽다! 난 언제 차릴지도 계획에 없어!"

"진구 오빠는 실력이 있잖아요! 그리고 진실하고요! 난 그게 제일 중요하다고 봐요!"

"내가 뭘!"

"아니에요! 진구 오빠가 제일 성실해요! 물론 실력도 최고지만요!"

"그렇게 말해주니 고마워!"

"오빠는 나중에 크게 성공할 거예요! 내가 보기엔!"

"그렇게만 되면 얼마나 좋겠어! 여기서 인생이 활짝 필 수만 있다면~ 하하!"

"내가 정신적, 물적 지원자가 될게요!"

"아니야! 너무 그러지 마! 실력도 없는데 괜히 부담만 되니까! 난 그냥 물 흐르듯이 기다릴 거야! 그러다 보면 좋은 날도 올 테지! 뭐!"

"그럼 요! 누구에게나 기회는 와요! 오빠 같은 사람은 꼭 기회가 올 거예요! 내가 장담할 수 있어요! 내가 그래도 사람은 볼 줄 알거든요! 이 세상에 오빠처럼 성실한 사람이 성공 못하면 누가 성공해요! 난 알아요! 지금 오빠는 기다리고 있다는 걸! 그리고 그 기다림의 끝은 성공이라는 걸요! 그래서 나도 그 성공에 같이 편승하고픈 거라고요! 어쩌면요! 호호!"

"그건 아니야! 사람의 앞날은 누구도 모르는 거야! 어떻게 될지는 알 수 없는 게 앞날이야! 우린 그냥 주어진 시간 안에서 열심히 하는 수밖에 없는 거야! 그 결과는 알 수 없는 거지! 내가 성공할지! 지아가 성공할지! 둘 다 성공하지 못할 수도 있는 거지 뭐!"

"지나친 욕심만 아니라면 누구나 적당한 성공은 할 수 있다고 난 믿어요! 저나 오빠도요!"

"그래~ 적당히! 좋은 말이네! 지아 말이 맞아! 우리가 모두 적당히만 성공했으면 좋겠어!"

"맞아요! 우리 적당하게 성공하도록 해봐요! 오빠! 오빠는 내겐 소중한 남자니까요!"

"응!......"

지아는 커피잔을 들어 건배하자고 했다. 그런 지아가 진구는 순간적으로 예쁘다는 생각이 들었다. 늘씬한 키에 하얀 원피스가 잘 어울렸다. 머릿결도 갈색으로 길게 늘어뜨려서 고와 보였다. 물론, 침대에서의 지아는 누구보다도 황홀한 여자였다. 이틀 전 모텔에서 본 알몸의 지아 모습이 떠올랐다. 진구가 찻잔을 들었을 때, 핸드폰이 울렸다. 수진이였다. 진구는 자기 입에 손가락을 대며, 지아에게 '조용히!'라는 사인을 보냈다. 진구는 핸드폰을 켰다.

"오빠 나야! 지금 어디 있어?"

"나 지금 퇴근해서 직원들하고 회식하고 있어!"

진구는 순간적으로 거짓말을 했다.

"나 지금 여기 오빠네 레스토랑에 왔는데! 퇴근했대서 전화하는 거야! 멀리에 있어?"

"응 좀 멀리에~!"

진구는 수진이가 여기로 오면 안 될 것 같아서 얼른 멀리 있다고, 또 거짓말을 했다. 수진과 지아가 마주치면 큰일이었다.

"그럼 언제 끝나? 나 여기 어디서 기다릴게!"

"아니야! 나 여기에 이제 막 들어와서 좀 시간이 걸릴 것 같은데! 그러지 말고 너 먼저 오피스텔에 가 있어! 아니면 어디 가까운 데 가서 쇼핑하고 있어! 그럼 내가 끝나는 대로 전화할게!"

"응! 알았어! 오빠! 나 이 근처에서 쇼핑하고 있을게! 끝나면 전화해!"

수진은 전화를 끊었다. 그리고 주변을 두리번거렸다. 마땅하게 갈 쇼핑센터나 백화점이 눈에 안 띄었다. 그 흔한 마트도 보이질 않았다. 수진은 그냥 근처 카페로 들어갔다. 거기서 차나 한잔 마시면서 기다리기로 했다. 작은 카페에서 수진은 허브차를 시켰다. 차가 나오는 동안 수진은 진구를 생각했다. 열흘 전에 싸운 것을 떠올렸다. 다시는 결혼이나 아이 낳는 문제로 오빠와 싸우지 않겠다고 생각했다. 진구는 수진의 전화를 끊고서 지아를 보았다. 지아는 자신 때문에 거짓말한 진구를 보고 있었다. 수진의 전화란 걸 직감적으로 알았다. 진구는 애써 태연한 표정을 지으려고 했다.

"진구 오빠! 내가 오늘 너무 시간을 많이 빼앗은 건가?"

"아니야! 약속도 없이 갑자기 온 거야. 천천히 가도 돼! 레스토랑은 언제 차릴 건데?"

"글쎄요! 우선 내가 경험이 좀 더 쌓이면요! 이 년 후쯤! 오빠 그때 내 레스토랑 오픈하면 도와주세요! 정식으로 일해도 되고! 호호호!"

"그거야! 어렵진 않지만! 그때 가봐야 아는 거지 뭐!"

"그때 가서 딴말하지 않기에요! 알았지? 내가 꼭 스카우트할 거니까!"

"그땐 내 연봉이 만만치 않을걸!"

"그건 상관없어요! 오빠라면 감당할 수 있어요!"

"후후후~ 듣기만 해도 나쁜 말은 아닌데~! 그런 날이 빨리 오길 기대하면서 우린 오늘을 열심히 살자구!"

"그래야죠! 그때까지 우리 열심히 해봐요!"

"그만 우리 나갈까? 지아! 수진이가 와서 기다리고 있어서!"

"그래요! 오빠 우리 다음에 또 여기 와요!"

"그래~! 나가자!"

"이건 제가 치울게요!"

지아는 재빠르게 빈 잔과 쟁반을 들어서 카운터로 갔다. 두 사람은 밖으로 나왔다. 작은 골목을 돌아서 큰길로 나왔다. 날이 벌써 어둠이 내리고 있었다. 자가용을 가지고 오지 않은 지아가, 택시를 잡을 수 있을 때까지 진구는 옆에 서 있었다. 그때 수진이는 커피숍에서 나와서 시간을 채워야겠다고 생각했다. 그녀는 큰길로 나오고 있었다. 오랜만에 길가에서 쇼핑하려고 마음먹고 있었다. 수진의 눈에 저만치 멀리 길가에 서 있는 진구가 보였다. 큰 길가에서 택시를 잡으려고 서 있었다. 그런데 그 옆에 어떤 모르는 여자가 같이 서 있었다. 순간, 수진은 보폭을 빠르게 움직이면서 다가갔다. 진구 오빠가 누구와 같이 있는 게 확실했다. 아까 통화로는 회식이 있어서 여럿이 함께 있다고 했는데 아니었다. 단둘이 있는 저 여자가 궁금해졌다. 수진은 너무 가까이 다가서서 두 사람에게 들킬 뻔했다. 얼른 건물 담으로 몸을 숨겼다. 그리고 지켜보았다. 그 여자는 진구의 팔을 감싸고 나란히 서 있었다. 뒷모습이 다른 연인들처럼 보였다. 자기가 아닌 다른 여자가 진구 옆에 서 있다는 것이 믿어지지 않았다. 너무나 낯설고 이해가 되질 않았다. '저 그림은 뭐지?' 하는 생각으로 자신의 머릿속이 멍해졌다. 잠시 후, 택시가 서자 그 여자는 택시를 타고 갔다. 그 여자는 가면서도 창을 열고는 길고 하얀 손을 흔들어 보였다. 진구도 손을 흔들었다. 진구는 가는 택시를 확인하고는 뒤돌아서 발을 옮겼다. 그리고 핸드폰을 꺼내서 누군가에게 전화를 거는 것 같았다. 수진은 그런 진구를 계속해서 살펴보고 있었다. 잠시 뒤, 수진의 핸드폰이 울렸다. 수진은 가능한 한 자연스럽게 전화를 받았다.

"오빠~! 회식 끝났어?"

"응~ 지금 막 끝내고 전화하는 거야! 어디에 있어?"

"오빠네 회사 근처 카페에! 이리로 올 거야?"

"그래 이름이 뭔데?"

"이름이 뭐더라? 잠깐! 어 그래! 민들레 카페야! 아주 작고 예쁜 카페야! 어디냐 하면 오빠네 레스토랑에서 길 건너면 첫 번째 작은 골목으로 들어오면 보여!"

"알았어! 수진아! 금방 가!"

수진은 방금 나온 카페를 알려주었다. 전화를 끊고서 진구가 만난 그 여자에 대해서 생각하고 있었다. 생각하지 않으려고 해도 자꾸만 궁금해졌다. 자신의 불길한 예감처럼 진구 오빠가 다른 여자를 몰래 사귀고 있다는 생각이 들었다. 화가 머리끝까지 치솟았다. 하지만 자초지종을 직접 들어봐야만 할 것 같았다. '무슨 말을 먼저 꺼내지? 어떻게 물어보지? 그 여자는 누구야? 좀 전에 내가 봤는데 다른 여자랑 있더라! 오빠! 언제부터 아는 사이야? 몇 살이야? 왜 나 몰래 만나?' 수진의 머릿속에선 이말 저말들이 막 궁금증으로 증폭하고 있었다. 그것도 모른 채, 진구는 태연하게 민들레 카페로 들어섰다. 저만치 수진이가 앉아 있었다. 분홍색 정장에 단정하게 늘어뜨린 갈색 머리가 가슴까지 내려와 있었다. 진구는 언제 봐도 수진이는 예쁘고 사랑스럽다고 생각했다.

"수진아! 내가 너무 늦었지?"

"아냐 오빠 나도 잠시 바람 쐴 겸 잠시 나갔다가 다시 들어와서 앉았어!"

"어~ 그래? 다행이네! 너무 늦어서 지루해할까 봐 걱정했는데!"

"오빠 차 시켜!"

"너는?"

"난 좀 전에도 마셨어! 오빠만 시켜! 내가 사줄게!"

"그럼 난 허브차 한 잔 시켜볼까!"

"내가 주문하고 올게!"

수진의 머릿속에선 뭐라고 첫 질문을 해야 할지 생각으로 가득했다. 잠시 후에 진동벨이 울렸다. 수진은 진구의 차를 가지고 왔다. 진구는 허브차의 향기를 마시면서 입으로 가져갔다. 진한 허브향이 진구의 코와 목 안으로 넘어왔다. 진구는 긴장했던 마음이 나른해지는 것 같았다. 진구는 수진의 얼굴을 보자 좀 전에 지아와 함께 있었다는 것이 마음에 걸렸다. 수진은 진구의 차 마시는 모습을 보면서 말없이 앉아 있었다.

"근데 수진아! 오늘은 어쩐 일로 전화도 없이 왔어? 내가 일찍 들어가려고 했는데! 늘 약속하고서 오더니!"

"그래서 조금 놀랐어?"

"아니! 놀라긴 왜 놀라! 그냥 궁금한 거지!"

"오빠! 근데 아까 그 여자 누구야?"

"누구?"

진구는 순간 깜짝 놀랐다.

"아까 같이 있던 여자! 조금 전까지!"

당돌한 수진의 질문에 진구는 당황하고 있었다. 수진이가 어디까지 본 건지 알 수 없었다.

"그 여자? 아하~! 수진이도 알잖아. 우리 레스토랑에서 같이 일하는 지아씨잖아! 어디서 봤어?"

"아니! 난 처음 보는 사람이던데! 아까 지루해서 나갔다가, 오빠랑 그 여자랑 다정하게 같이 서 있더라! 택시 기다리면서!"

"근데 왜 안 불렀어?"

"응~! 아니, 그냥 난 오빠가 여럿이서 회식 중인 줄 알았지! 근데 어떤 여자랑 있길래 바로 전화하기가 뭣해서 안 했지!"

"아하~ 그때 막 직원들하고 다 헤어지고 나서 택시 탄다고 해서! 택시 타면 너한테 전화하려고 기다리고 있었거든! 그래서 택시 타고 가는 것 보고서 너한테 바로 전화 한 거야!"

진구는 거짓말을 하는 순간 가슴속이 뜨끔했다.

"그랬구나! 그런데 두 사람 매우 친해 보이던데! 질투가 생길 만큼! 둘이 너무 친한 거 아니야?"

"아니야! 무슨! 그런 거 없어! 그냥 회사 동료일 뿐이야! 우린!"

"우리? 지금 우리라고 했어?"

"그게 아니라 지아씨하고 난 그냥 우리 회사 직장 동료일 뿐이라고! 수진아! 내 말 무슨 뜻인지 몰라?"

"근데 왜 우리야? 기분 나쁘게! 지아씨는 또 뭐야? 둘이 이름 부르는 사이야?"

"아니! 기분 나쁠 게 뭐야! 우리 회사! 우리 직원! 그냥 나온 말이지

수진이가 지아씨랑 나를 보았다니까 함께 말하느라고 우리라는 단어를 쓴 거지! 회사에서 친하니까 그냥 이름 부르는 거고! 수진아! 이러다가 우리 또 싸우겠다! 내 말 이해하지?"

"응! 오빠! 다신 그 여자한테 우리라고 하지 마! 기분 나쁘니까! 오빠는 괜찮지만 난 왠지 그 여자 기분 나빠! 알았지 오빠?"

"알았어! 알았다. 수진아! 으~그! 요 새침데기!"

"그리고 그 여자가 왜 오빠한테 팔짱을 끼고 있어? 연인처럼! 기분 나쁘게!"

"팔짱 낀 거 아니야! 그냥 팔을 어쩌다가 붙잡은 거겠지!"

"이러니까! 내가 우리 빨리 결혼하자는 거야! 오빠 알아? 우리 사이에 다른 사람 끼는 거 난 정말 싫어! 싫단 말이야!"

"그래 알았어! 수진아!"

진구는 수진의 볼을 살짝 손가락으로 꼬집는 시늉을 했다. 두 사람은 차를 마시고 같이 쇼핑하기 위해서 나왔다. 밖은 어두워져 있었다. 수진은 진구의 팔을 꼭 붙잡고서 나란히 걸어갔다. 가로등 불빛에 반사된 두 사람의 그림자가, 발아래에서 그들을 나란히 따라왔다.

그날 이후에도 진구는 지아에게서 미련을 버리질 않았다. 진구는 그런 자신이 부질없다고 생각했다. 하지만, 자기의 행동이 달라지진 않았다. 지아의 행동 역시 변함이 없었다. 수진은 그런 두 사람의 관계를 경계하면서, 진구의 마음을 바꿔서 빨리 결혼하고 싶었다. 둘의 관계를 결정짓는 것이 결혼밖에 다른 것은 없었다. 그런 수진의 마음을 아는지, 모르는지 진구는 그냥 덤덤한 나날을 보내고 있었다. 그럴수록 수진은 마음이 조급해졌다. 그러다가 결국, 다시 한번 두 사람은 심하게 싸우고 말았다. 이번에는 수진이에게 지아와 진구가 나란히 영화를 보고 온 사실을 들킨 것이다. 진구의 주머니에서 극장 영수증이 나왔다. 진구는 거짓말을 하려 했지만, 수진의 끈질긴 질문에 지아와 함께 보았다고 실토했다. 수진은 그 일로 다시 엄마에게로 갔다. 진구는 지아도 좋은 여자였지만, 결혼 상대로서의 사랑을 느끼지는 않았다. 연애 상대자, 그 이상도 이하도 아니었다. 그래도 자꾸 가까이 오는 지아가 싫지만은 않았다. 하루아침에 지아를 거부할 수도 없었다. 수진이 지아 때문에 싸우고 다시 가버리자, 진구는 다시 혼자가 되었다. 진구는 수진이와 둘이서 평화롭게 살아가려면, 결국은 결혼밖에 없다는 것을 새삼 느끼고 있었다. 하지만 아직은 부족한 자신이 너무 안타까울 뿐이었다.

17

불안감

불안감이 들었다. 아무란은 잠시 집 밖으로 다시 나와 옆길로 갔다. 집 옆에 서 있는 포플러 나무 아래에서 마음을 가다듬어야만 했다. 포플러 나뭇잎들이 밤바람에 세게 흔들리고 있었다. 그 잎사귀들처럼 세게 흔들리는 아무란의 마음도 좀처럼 가라앉질 않았다. 한참을 그곳에 있다가 아무란은 집으로 들어갔다.

아무란과 현아, 그리고 알버트와 휴즈는 어제 저녁 마을로 돌아왔다. 현아에게는 더없이 행복한 이틀간의 시간이었다. 아무란의 친구들이, 너무도 자신에게 친절을 베풀어준 것에 대해 현아는 고마웠다. 그들과 헤어질 때, 몇 번이나 감사의 인사를 전했다. 알버트와 휴즈도 현아에게 만나서 반가웠다는 인사를 빼놓지 않았다. 특히, 그녀가 그들에게 모자를 선물해 준 것에 고마워했다. 아무란도 친구들에게 고마워하고 있었다. 현아에게 산토리니는, 죽을 때까지도 잊을 수 없는 추억의 장소가 될 것 같았다. 아무란의 부모님도 두 사람이 돌아오자 반가워했다. 아무란과 현아는, 부모님 집에서 오늘 하루만 더 있다가 내일

파리로 갈 계획을 세웠다. 로마 여행은 다음 기회에 다시 계획하기로
했다. 현아가 긴 여행으로 너무 지쳐 있었기 때문이다. 오전 일찍 아무
란은 내일 밤에 출발하는 파리행 비행기표를 예매했다. 둘이서 머물
숙소도 저렴한 곳을 찾아서 예약했다. 오늘은 그냥 집에서 그동안의
여행 피로도 풀고, 푹 쉬면서 지내기로 했다. 아무란 역시 그의 부모님
과 그동안 못 나눈 정을 마음껏 풀고 내일 떠나기로 했다.

두 시쯤 되었을 때, 아무란에게 전화가 왔다. 클라라였다. 클라라는
아무란 혼자만 잠시 만나주면 좋겠다고 했다. 아무란은 내심 기분이
좋진 않았다. 현아와 함께 있는 이 시간에, 굳이 단둘이 만나자고 하는
지 기분이 썩 내키질 않았다. 하지만 클라라는 아무란이 망설이자, 막
무가내로 꼭 한 번만 만나자고 했다. 클라라는 마을 입구 바닷가 쪽에
있는, 카페에서 기다리겠다고 말하고는 전화를 끊어버렸다. 아무란은
난감했다. 전화를 끊고서 곰곰이 생각했다. 어쩔 수 없었다. 이번만은
마지막으로 클라라를 만나는 것이 나을 것 같았다. 현아에게 말을 하
지 않고 나갈 수는 없었다.

"헤라! 클라라가 잠깐 시간 좀 내 달라는데! 뭐~ 전해줄 것이 있는
지 마을 앞으로 잠깐만 나오라고 하네!"

"아랑! 나노 같이 가!"

"아니야! 별거 아닌 것 같은데 혼자 갔다 올게! 금방 올게!"

"응 그래! 그럼 금방 와! 나 심심하니까! 아랑!"

"응! 헤라!"

아무란은 현아에게 손을 흔들고는 재빠르게 집을 나갔다. 클라라는
약속한 그 카페에 앉아 있었다. 얼굴 안색이 안 좋아 보였다. 눈두덩도

약간은 부어있는 듯했다.

"클라라! 무슨 일이야? 왜 오라고 그런 거야?"

"……"

클라라는 오렌지주스를 앞에 놓고서 아무런 말이 없었다. 아무란은 내심 걱정이 들기 시작했다. 클라라의 얼굴을 살폈다.

"오렌지 할래?"

"응~!"

클라라는 카운터에서 오렌지주스를 가지고 왔다.

"클라라, 왜 오라고 했냐고! 응?"

"저기 아무란!"

"응 말해 봐! 클라라!"

"내가 며칠 생각했는데 아무란! 아무래도 나 널 이대로 보낼 수는 없을 것 같아! 그 여자애에게 널 보낼 수는 없다고! 내 생각에 아무란 이 이대로 서울 가면, 다신 여기로 올 것 같지 않아! 내가 여태까지 얼마나 널 기다렸는데! 너도 알잖아?"

"클라라! 우린 이 년 전에 그때 끝난 거 아니었어? 이탈리아에서 내 가 말했잖아! 너도 이제 나만 생각하지 말고, 각자 자유롭게 살자고 말 했잖아! 그때 난 진심이었다구! 생각 안 나?"

"아무리 그때 그렇게 말했어도 나는 그렇게 생각 안 했어! 그건 너 의 일방적인 생각이었지! 그때 집에 와서 나도 생각해봤지만 그대로 헤어질 순 없었어! 난 여태까지 너 생각만 하며 살았어! 난 아직도 널 사랑하고 있어! 너도 내 마음 잘 알잖아! 난 언제나 늘 변함없이 그대 로라는 거!"

"그런 말이 어디 있어 클라라! 사랑은 함께 만들어가는 거지! 일방적으로 혼자서 할 수 있는 게 아니잖아! 안 그래? 그리고 난 지금 사랑하는 여자가 생겼어! 지금! 같이! 여기에! 그리스에 와 있다고! 그리고 우린 내일 오후면 여기에 없을 거야! 파리로 갈 거라고! 그리고 우린 서울로 갈 거야! 여기 오기 전부터 그녀와 난 함께 살고 있었어! 우린 서로 사랑하는 부부나 마찬가지라구! 클라라! 너 제발 정신 좀 차려! 이제!"

"누가 그런 여자 만들라고 그랬어? 난 아직 끝나지도 않았는데! 그리고 그렇게 일방적인 절교가 어디 있어? 그때 이탈리아에서도 난 집으로 가서 생각해 본다고 했어! 생각할 시간이 필요했으니까! 그때 내가 정말로 끝낼 생각이 들었다면 아무란에게 전화를 했을 거야! 이제 내 마음도 정리가 되었으니 마음대로 떠나라고 했겠지! 근데 난 그게 안 됐어! 정말로 내 마음은 널 포기할 수가 없었다고! 아직도 난 널 포기가 안 돼! 그래서 말인데 그 여자 너가 포기하면 안 되겠어? 난 십 년이나 널 바라보면서 살아온 여자야! 그 여자애는 이제 사귄 지도 얼마 안 된 여자고! 그러니까 제발 그 여자를 그만 포기해! 내가 제발 부탁이야! 이제 우리 같이 새로운 삶을 잘 만들어 보자! 새롭게! 내가 노력할 서야! 신싸 노릭할세!"

"클라라! 너 제정신이 아니구나! 어떻게 사랑을 만난 시간으로만 평가하니! 물론 너하고 내가 안 지는 이십 년도 더 되지만! 진짜로 연애한 지는 대학교 때가 처음 아니니? 그것도 중간에 우린 두 번이나 헤어졌었잖아! 실제 연애는 삼 년도 채 안 돼! 더군다나 최종적으로 이탈리아에서 내가 헤어지자고 말했어! 너도 똑똑히 듣고서 돌아갔잖아!

근데 우리가 만난 시간만 가지고 어떻게 현아와 헤어지라는 거야! 현아도 나와는 벌써 육 개월이나 함께 사귄 여자야! 너하고는 연애였지만 이 여자는 현재 함께 생활하고 있다고! 그녀는 내 동거녀라구! 내 말 똑똑히 들어 절대로 현아와는 헤어지는 일은 없을 거야! 특히 너를 위해서 헤어지진 않을 거야! 난 이미 너에게 질렸어! 너의 그런 집착에 이젠 나도 신물이 난다! 알았어?"

"아무란! 제발 부탁이야 이게 내 마지막 소원이라구! 제발 그녀와 헤어져 줘! 안 그러면 나 죽을 것 같아! 모르겠어! 너 이대로 내일 떠나면 난 죽을지도 몰라! 아무란! 제발 날 버리지 말고 살려 줘! 제발! 응? 제발!"

"클라라! 너 갈수록 이상해지는 것 같아! 나 더 이상 네 얘기 듣고 싶지도 않아! 지금 집에서 현아가 기다리고 있다고! 할 얘기 다 했어! 나 이젠 간다! 너도 날 더 이상 기다리지 말고 포기해! 잘 살아 클라라! 내 마음 알 거야! 나 이제 가봐야 해! 갈 거야! 현아가 지금도 기다린다고! 안녕 클라라! 제발 다른 남자 만나! 이젠 그만 날 놔 줘! 이제 우리 그만하자!"

"내 말 좀 더 듣고 가! 아무란! 제발 아무란! 너 때문에 나 죽어도 좋아?"

"......"

아무란은 붙잡으려고 손을 내미는 클라라의 팔을 거칠게 내치고 밖으로 나왔다. 길을 걸어오면서 아무란은 좀 더 얘기를 들어주었어야 했나, 하는 생각도 들었다. 약간의 미안함도 들었다. 하지만 클라라가 마지막에, 죽을 것처럼 자신을 몰아붙이지만 않았다면 좋았을 텐데,

하는 생각도 들었다. 그럼, 좀 더 자신이 클라라를 설득할 수도 있었을지, 모른다는 아쉬움이 들었다. 아까 그 상황에선 더 길게 얘기하면 안될 것 같았다. 카페 사람들이 다 보는 데서 클라라가 죽겠다고 떼를 쓸 것만 같았다. 순간 더는 들어주면 안 된다는 생각에 벌떡 일어나고 말았다. 집에 도착해 대문으로 들어오면서, 클라라 얘기를 더 듣지 않길 잘했다고 생각했다. 아무란은 굳어진 자기의 얼굴을 손으로 문질렀다. 혹시 현아가 눈치채지나 않을까 불안감이 들었다. 아무란은 잠시 대문 밖으로 다시 나와 옆길로 갔다. 집 옆에 서 있는 포플러 나무 아래에서 마음을 가다듬어야만 했다. 포플러 나뭇잎들이 밤바람에 세게 흔들리고 있었다. 그 잎사귀들처럼 세게 흔들리는 아무란의 마음도 좀처럼 가라앉질 않았다. 한참을 그곳에 있다가 아무란은 집으로 들어갔다.

"아랑! 클라라는 잘 만났어? 그녀가 왜 오라고 했어?"

"아냐 아무것도! 내일 우리 가니까 얼굴 한 번 보려고 한 거래!"

"그럼 나도 그녀를 만나도 될 걸 그랬네! 작별 인사도 할 겸!"

"내가 대신 했으니까 됐지 뭐! 이제!"

"클라라는 노래 참 잘하더라! 목소리도 좋고!"

"……"

"우리 다음에 언제쯤 이곳에 다시 올까?"

"우리 부모님이 여기 계시니까 자주 와야지! 헤라!"

"그러니까. 그게 언제가 될지 생각해 본 거야! 이번에 서울로 돌아가면 아랑의 부모님 생각날 것 같아서!"

"다시 또 오면 되지 뭐!"

"아랑! 우리가 일 년 안에 레스토랑 빨리 차리고 나서 그때 한 번 더 오자! 그때 로마도 여행하고!"

"그래 알았어!"

현아는 여행 짐을 정리할 생각을 하다가 캐리어에 들어있는 김치하고 떡국용 떡과 라면 생각이 났다.

"아랑! 오늘 저녁은 내가 부모님께 한국 라면을 끓여드릴까? 내가 떡국떡이랑 김치 가지고 온 것도 그대로 있는데! 그 김치랑 같이 떡라면 만들어 드리면 부모님도 좋아하실까?"

"그거 좋은 아이디어인데! 부모님도 맛있어할 거야! 별미일 테니까!"

"내가 여기서 다른 것은 음식 해드릴 재료도 없고, 떡라면에 김치가 부모님에게는 별식이 될 것 같아서! 그치? 내가 부모님에게 여쭤보고 올게!"

"그래, 헤라!"

현아가 거실에서 TV를 보고 계신 아무란의 부모에게 서툰 영어로 물어보았다. 부모는 흔쾌히 승낙하면서 좋아했다. 떡라면이 어떤 맛인지도 궁금해했다. TV에서는 지난 이일 터키 바닷가에서 세 살배기 아기의 시체가 파도에 떠밀려 해변으로 올라왔다는 뉴스가 나오고 있었다. 이를 최초로 본 어느 여기자가 사진을 찍어서 기사로 실었다. 그 기사와 사진은 전쟁의 상처와 난민들의 고통을 전 세계에 알리는 계기가 되었다. 그 아기의 아버지는 전쟁 중인 시리아를 떠나고 싶었었다. 그날, 그들은 안전하게 아이들을 키울 수 있는 다른 나라를 찾아서 죽음의 사선을 넘기로 결심했다. 그들은 작은 배에 몸을 실었다. 지중해의 험한 파도에 작은 배가 뒤집히면서 아내와 큰아들을 모두 잃어버리고 말았다. 결국 막내 세 살배기 마저 죽은 모습으로 터키의 한 바닷가에 떠밀려 온 것이다. 그것은 현아가 어제까지 여행하고 온, 아름다운 지중해의 또 다른 모습이었다. 하지만 현아는 뉴스가 머리에 심각하게 들어오진 않았다. 뉴스를 다 이해할 수도 없었다. 그저 아프리카와 유럽 사이에서 일어난 비참한 뉴스 그 이상으로 현아에게 다가오진 않았다. 다만, 현아는 죽은 아이를 보면서 자신의 유산된 아기가 짧은 순간이었지만 생각났다. 마치 그 아기가 살았더라면 저 아이보다 더 컸을 텐데 하는 생각을 했다. 그 아기가 살아 있다가 저런 비참한 상황을 겪어야 했다면 어땠을까, 하는 생각에 온몸에 소름이 돋았다. 기억하기조차 싫은 과거의 상처가, 그 뉴스 때문에 다시 살아나자 현아는 마음이 편하질 않았다. 그래도 현아는 지금의 현실을 받아들여야만 했다. 새롭게 시작된 아무란과의 사랑이 어쩌면 그녀에겐 다행이었다. 이제 그녀에게 과거는 과거로만 존재했다. 그녀의 현실은 또 다른 새로운 인생을 향해 가고 있었다. 짧은 순간이었지만 현아는 그렇게 생각했고, 새로운 현실에 순응하며 그렇게 받아들였다. 현아는 아무란의 부모님을 위해서 떡국과 떡라면을 만들 생각에만 집중하기로 했다. 두 분에게 떡라면이라도 맛있게 해드리고 떠나면, 현이의 마음이 덜 아쉬울 것 같았다. 오랜만에 만난 외아들을, 이렇게 며칠 만에 다시 이별해야만 하는 부모님들이었다. 그분들의 마음이 느껴져서 현아의 마음이 무거웠다. 마치, 현아 자신이 아들을 빼앗아 가는 것 같은 기분이 들었다. 현아는 다음에 아무란의 부모님이 서울에 오신다면, 정성을 다해 한식을 대접해드려야겠다고 생각했다. 저녁 여덟 시가 넘고 있었다.

현아는 떡라면을 끓였다. 이건 요리도 아니지만 사라는 현아가 만드는 떡라면을 유심히 들여다보았다. 그리고 현아가 꺼내놓은 김치를 사라가 한 조각 맛보았다. 매콤 새콤한 맛에 인상을 쓰면서도, 그 끝맛은 좋은지 고개를 끄덕였다. 그러자 제인도 김치에 코를 대고 유심히 냄새를 맡아보았다. 그 역시 고개를 끄덕였다. 그날 저녁 식사는 한국식 떡라면에 김치로 해결했다. 사라와 제인은 아주 흡족해했다. 현아는 떡국도 따로 한 냄비 끓여서 두 분에게 나눠서 드렸다. 그녀 생각에도 떡국에 김치는 궁합이 괜찮았다. 그리고 떡라면과 김치도 맛이 잘 어울려서, 한국인들이 좋아한다고 말했다. 그리스 어른들 입맛에도 맞을지 현아는 궁금했었다. 현아와 아무란은 두 분의 얼굴을 살피면서 서로에게 윙크했다. 다행히 두 분 모두 맛있다고 만족스러워했다. 떡국의 담백함과 라면의 얼큰한 맛이, 그들 입맛에도 맞는 것 같았다. 덕분에 온 가족이 재미있는 저녁 자리가 된 것 같았다. 현아는 마음이 한결 좋아졌다. 현아는 다음에 두 분이 서울에 오신다면 정통 한식을 만들어서 대접해드리겠다고 말했다. 부모님들도 모두가 기대된다면서 좋아했다.

식사를 마치고 현아는 먼저 잠자리에 누웠다. 그녀는 어느새 잠이 들었다. 아무란은 아직 잠이 오질 않아 TV만 보고 있었다. 아무란은 아까부터 클라라를 생각하고 있었다. 괜한 TV만 틀어놓고는 멍하니 생각에 젖어 있었다. 어차피 내일 파리로 떠나면, 다시는 의도적으로 클라라를 만날 일은 없었다. 아무란은 클라라가 자신을 잊고서, 새로운 삶을 찾기를 간절히 바랐다. 그것이 서로를 위하는 최선의 길이었다. 한때, 아무란도 클라라를 좋아한 적도 많았다. 맨 처음 서로가 사랑을 시작했을 땐, 클라라를 무척 사랑했었다. 헤어졌다가 두 번째, 다시 만나서도 둘은 서로를 위해서 무척이나 노력했었다. 서로가 사랑이라고 믿는 울타리를 함께 지켜보려고 했었다. 처음에는 너무 어렸을 때 헤어졌지만, 두 번째 다시 만날 때는, 이미 둘은 어린 나이가 아니었다. 서로의 삶을 지켜야 할 책임과 의무도 충분히 인식하는 성인이되어 있었다. 그때 그리스 경제가 어려워지면서 아무란의 아버지 사업도 어렵게 되었다. 아무란은 아버지 사업을 도왔지만, 아무란이 막을수 있는 문제들은 아니었다. 그렇게 아무란의 경제적 환경이 흔들리게되자, 두 사람의 관계도 약간씩 멀어지게 되었다. 그러다 결국, 아무란이 이탈리아로 떠나고 말았다. 그 이후로 두 사람은 더욱 멀어질 수밖에 없었다. 아무란은 TV를 켠 채 소파에 앉아 있었다. 환한 방 소파끝에서 클라라와의 지나간 날들을 생각했다. 현아가 잠결에 몸을 뒤척이는 바람에, 아무란은 클라라 생각에서 벗어날 수 있었다. 아무란은그만 TV를 끄고, 현아 옆자리로 들어갔다. 그리고는 잠이든 현아를 살며시 감싸 안은 채, 내일을 위해 잠을 청했다.

18

세계는 지금

세계는 지금 어딜 가나 사람과 사람, 집단과 집단들이 서로의 생존을 위해서 갈등하고 있었다. 지금 서울에서도 비정규직 단체들이 광화문에서 피켓을 들고 시위하는 모습들이 떠올랐다. 이러한 갈등과 대립이 사라지고 언제나 평화로운 세상이 올지 현아는 자신의 인생 안에서는 불가능할 것이라는 생각을 했다. 이 문제가 해결되면 또 다른 문제가 생기는 것이, 현아가 아는 세상이었다.

아무란과 현아는 늦잠을 잤다. 아무란은 밤새 어젯밤 클라라가 했던 말을 생각하고 있었다. 그러다가 새벽이 되어서야 잠이 들었다. 현아는 오랜 여행으로 피로가 누적되었는지 어제는 침대에 눕자마자 바로 잠이 들었다. 사람은 집을 떠나면 긴장하게 되어 피로가 쌓이게 마련인 것이다. 그래서 누구나 여행을 해보면 자기 집이 최고로 편한 곳인 것을 알게 된다. 낯선 사람들과의 만남이나 낯선 장소에서의 적응은, 항상 불편한 긴장의 연속이었다. 현아도 그랬다. 자기만의 오피스텔에서 편하게 아무란과 일상적인 생활을 할 때와는 피로도가 달랐다. 전혀 다른 낯선 환경에서 팔 일째 긴장하며 여행 중이었다. 늦게 일어난 아무란은 거실로 나갔다. 아무란의 아버지 제인은 소파에서 커피를 마시며 TV를 보고 있었다. 식탁에는 아무란과 현아의 아침 식사로 빵과 우유, 그리고 토마토와 바나나가 가지런히 놓여 있었다. 아무란이 제인에게 물었다.

"엄마는요?"

"텃밭에 있다! 아무란!"

아무란은 텃밭으로 나갔다. 마당 옆 텃밭에 나가자 하늘이 유난히 푸르고 맑았다. 텃밭에는 햇빛을 받으며 다양한 채소들이 반짝거리고 있었다. 사라는 벌써 여러 가지 채소들을 바구니에 담아놓고서, 텃밭을 손질하고 있었다. 아무란이 옆으로 가서 사라의 구부린 등을 어루만졌다. 아무란도 가지와 오이를 따서 바구니에 담았다.

"피곤했니? 아침 먹어야지!"

"현아 일어나면 같이 할게요! 현아가 좀 피곤했나 봐요! 계속 여행했으니까!"

"그래! 천천히 해라! 저 아이랑 같이 있어서 그런지 얼굴 혈색이 좋아 보인다! 아무란!"

"현아랑 있으면 편해요! 늘 서로 배려해 줘요! 귀찮게 하는 일도 없고요!"

"다행이구나!"

아무란과 사라는 한동안 함께 텃밭을 가꾸었다. 얼마 있다가 현아가 늦게 일어나서 텃밭으로 나왔다.

"아랑! 내가 제일 늦었네! 헤헤!"

"더 자고 천천히 일어나도 되는데! 피곤할 텐데!"

"엄마가 헤라는 더 푹 자도 된대!"

"아니에요! 잘 잤어요. 파도 소리를 자장가 삼아서 푹 잤더니 이제 개운해요!"

"너희들 서로 그렇게 부르니?"

"네! 애칭이에요!"

"좋은 이름이다! 호호!"

아무란이 현아에게 통역을 해주자 세 사람은 함께 웃었다.

"아무란! 저기 고양이! 예쁜 고양이가 있네!"

현아가 가리키는 곳에는, 얼굴에 노란 점이 있는 하얀색 고양이가 텃밭 사이로 느리게 가고 있었다.

"저 고양이 우리 고양이에요?"

아무란이 사라에게 물었다.

"주인 없는 들고양이인데, 언제부터인가 여기서 산다. 해피하고도 친해. 서로 안 싸우고 잘 지내면서 살아!"

잠시 뒤, 해피가 고양이를 보자 고양이 뒤를 천천히 따라갔다.

"이제 그만하고 들어가자!"

사라가 일어나 거실로 들어갔다. 아무란과 현아도 따라서 들어갔다. 네 사람은 아침을 함께했다.

두 사람의 비행기는 여덟 시 행이었다. 그러면, 여기서 저녁 식사를 하고 바로 공항으로 떠나야만 한다. 아침 식사를 마치고, 두 사람이 짐을 정리하고 있을 때, 아무란의 핸드폰이 울렸다. 알버트였다. 지금 병원에서 거는 거라고 했다. 클라라가 지금 응급실에 와 있다고 했다. 알버트는 아무란이 와야 할 것 같아서 전화를 걸었다고 했다. 순간, 아무란은 기어코 클라라가 일을 저질렀다는 것을 직감했다. 그는 병원 위치를 확인하고 나갔다. 현아에게는 알버트가 병원에서 전화가 와서, 가봐야 한다고만 말했다. 클라라가 지금 병원에 있다고만 말했다. 아무란은 병원으로 가면서, 마음속으로 클라라에게 제발 별일이 없기를 바랐다. '나 죽어도 좋아? 나 죽어도 좋아? 나 죽어도 좋아?' 어젯밤에 클라라가 마지막으로 했던 말이 귓속에서 계속해서 윙윙거리면서 맴돌았다. 알버트가 병원 복도에서 아무란을 보자 뛰어왔다. 자살을 시도한 클라라는 중환자실로 옮겨졌다. 인공호흡기를 낀 채 의식이 없는 상태였다. 병실 밖에는, 발을 동동거리며 클라라의 어머니가 울고 있었다. 그녀는 아무란을 보자, 아무란의 두 손을 꼭 잡고는 어떻게든 클라라를 살려보라고 애원했다. 지금 상태에서 아무란이나 알버트가 할 수 있는 일은 없었다. 알버트는 클라라의 어머니가 연락해서 알게 되었다고 했다. 클라라의 어머니는 클라라가 평소에 잠을 못 자서 수면제를 복용하고 있었다고 말했다. 어제는 클라라가 수면제를 한꺼번에 너무 많이 먹은 것 같다고 했다. 아무란은 알버트와 함께, 간호실로 가서 상황을 다시 들었다. 간호사의 말로는 응급 처치는 모두 끝났으니, 환자가 이제 스스로 의식을 회복하는 길밖에 없다고 했다. 아무란이 깨어날 확률을 물어보자, 간호사는 그런 확률은 모른다고 잘라서 말했다. 아무란은 알버트와 병실 밖 복도를 걸어 나갔다. 병원 밖 정원에서 아무란은 어제 있었던 사실들을 알버트에게 말했다. 아무란은 너무 머리가 아파서 벤치에 주저앉았다. 알버트 역시 아무란에게 어떻게 달리 해줄 말이 없었다.

"그러니까 전부터 클라라와 잘 좀 하라고 했잖아!"

"······"

아무란은 아무 말도 하지 않았다. 알버트도 그 이상 다른 말을 할 수가 없었다. 두 사람의 관계를 누구보다도 잘 알고 있었다. 언제나 아무란은 클라라의 문제를 그와 상의하곤 했으니까. 엄밀하게 말해서 아무란의 잘못도 아니었다. 클라라가 아무란을 포기 못하는 게 문제였다. 알버트는 언제부턴가 마음속으로 클라라를 좋아하고 있었다. 하지만 클라라의 마음은 언제나 아무란에게만 가 있었다. 그런 마음을 잘 파악하고 있는 알버트는 클라라에게 선뜻 다가가질 못했다. 그냥 마음속으로만 좋아하고 있었다. 알버트에겐 클라라뿐만 아니라 아무란도 소중한 고향 친구였다. 두 사람의 관계를 잘 알기에, 그 사이에 자신이 비집고 들어갈 자리는 없다는 것을 느끼고 있었다. 그냥 멀리서 지켜보면서 두 사람이 잘되길 바랐다. 둘의 사이가 점점 멀어질수록, 클라라가 아무란 때문에 상처받고 있다고 생각했다. 클라라의 유난히도 강한 집착이 문제란 것까지도 잘 알고 있었다. 두 사람이 영영 헤어지면 그때, 자신이 클라라에게 다가가리라 생각하고 있었다. 그 전에 자신이 끼어들어서 둘 사이를 갈라놓고 싶진 않았다. 클라라가 가장 행복할 수 있는 길이 있다면, 알버트는 그렇게 해주고만 싶었다. 알버트의 클라라에 대한 사랑이나, 아무란에 대한 우정은 그만큼 순수했다. 하지만, 알버트의 사랑은 반대로 말하면 너무나 소극적인 사랑이었다.

둘이는 벤치에서 한참을 앉아 있었다. 아무란은 이대로 현아와 파리로 떠나야 하는지, 어떤 결정도 내리지 못하고 있었다. 알버트 역시 뭐라고 말을 해줄 수가 없었다. 알버트의 속마음은 지금 가면 안 된다는 생각이었지만, 아무란에게 강요할 수는 없었다. 아무란은 알버트가 자신에게 연락한 것만 봐도, 그의 마음을 짐작할 수는 있었다. 자신이 결정할 수밖에 없었다. 클라라와의 관계가, 이런 모습으로 끝나선 안 된다는 생각이 아무란을 힘들게 하고 있었다. '그럼 현아는 어떻게 하지. 같이 며칠만 남아 있다가 가자고 해야 하나?' 그건 또 아닌 것 같았다. 자기의 여자 문제 때문에 현아를 기다리게 할 수는 없었다. 둘이서 이대로 그냥 파리로 가면, 우선은 두 사람에게는 아무런 문제도 일어나진 않을 것이었다. 하지만, 주변 친구들과 클라라의 어머님과 자기의 부모들까지 생각한다면 그럴 수도 없었다. 어떻게 해야 할지, 아무란은 결정을 내리지 못하고 있었다. 클라라는 저녁때까지도 깨어나지 못했다. 아무란은 저녁이 다 되어서야 집으로 돌아왔다. 아무란은 현아에게 솔직하게 자초지종을 얘기했다. 어제 클라라가 자신을 찾아와서 한 얘기부터, 여태까지 클라라와 자신과의 지난날의 이야기들을 모두 다 털어놓았다. 그리고 현아의 생각을 물었다. 현아는 심각해진 표정으로 아무란의 얘기를 듣고만 있었다.

"헤라! 지금 이대로 내가 파리로 갈 수는 없어! 어떻게 하지?"

"......"

현아는 심하게 뒤통수를 맞은 기분이었다. 어제 아무런이 혼자 클라라를 만나러 갈 때부터 이상한 예감이 들긴 했었다. 그래도 둘의 관계가 이 정도일 거라고는 절대 생각하지 않았다. 서로 오래 한동네에서 살아 온 이상, 약간의 이성적 감정이 있으리라고는 생각했었다. 그 정도라면 현아도 이해할 수 있었다. 자신도 아직 아무란에게 박수정의 존재를 털어놓진 못했으니까. 서로의 과거사는 시간이 지나서 편해지면, 그때 꺼내거나 안 꺼내도 되는 문제들이었다. 현아는 클라라가 저렇게 약을 먹을 정도로, 아무란에게 집착하고 있다는 것이 문제였다. 사경을 헤매는 여자를 두고서, 아무란만 데리고 자신이 이곳을 빠져나간다는 것도 어색했다. 아무란의 부모님에게도 나쁜 인상으로 남을 것이 뻔했다.

"헤라! 우리 며칠만 여기 더 있다가 가면 안 될까? 클라라가 정신이라도 들면 그때 가는 걸로 하면 좋겠어!"

"내가 어떻게 여기에 남아 있어! 난 지금 한순간도 더 여기서 지체 못할 기분인데! 저렇게 대책 없는 여자가 깨어나길 기다린다는 것도 그렇고! 아랑에게 다시 매달릴지도 모르는 여자를, 내가 깨어나길 바라며 기다린다는 것이 말이 되는 소리야?"

"그럼 어떡해! 헤라! 클라라 일어나는 모습만은 보고 가야 내가 안심하지! 부모님이랑 주변 사람들 눈도 그렇고!"

"……"

"……"

아무란과 현아는 더는 아무런 말도 할 수 없었다. 그냥 허공만 멍하니 바라본 체, 마냥 생각에 생각만을 거듭하고 있었다. 그러다가 현아가 말을 꺼냈다.

"비행장에 갈 시간이야! 아랑! 내가 먼저 가 있을 테니까 아랑은 클라라가 깨어난 후에, 바로 파리로 와! 지금은 그 수밖에는 없어!"

"그래 주겠어! 헤라?"

"그 수밖에 없잖아! 지금 시간 다 되었어. 아랑! 짐 챙기자 우리!"

갑자기 찾아온 날벼락 소식에 온 가족이 비상사태처럼 혼란 그 자체였다. 다 같이 저녁 식사도 하질 못했다. 아무란과 현아는 짐을 챙겼다. 우선은 현아의 짐만 챙기면 되었다. 시간이 촉박했다. 현아는 가방과 자신의 흰색 캐리어만을 끌고서 나섰다. 아무란이 아버지의 차를 차고에서 꺼냈다. 아무란의 부모와 현아는 눈물이 글썽해져서 서로에게 작별 인사를 했다. 아무란은 부모에게 지금 자초지종을 다 말할 수는 없었다. 현아를 파리로 보내고 나서, 부모에게 설명할 생각이었다. 사라가 현아에게 자신이 끼고 있던 실반지를 손가락에 꼭 끼워주었다. 생각지도 못한 선물에 현아는 결국 눈물을 흘렸다. 너무 감사하고 슬퍼서, 사라의 품에 안겨서 현아는 눈물을 훔쳤다. 아무란의 아버지 제인도 현아를 안아 주었다. 이렇게 홀로 헤어지는 모습 때문에 서로가 너무 힘들었다.

아무란이 모는 차는 금세 비행장에 도착했다. 현아는 아무란과 이별의 포옹을 했다. 현아는 아무란에게 무조건 빨리 파리로 오라고 말했다. 아무란 역시, 내일이라도 클라라가 의식을 회복하면 뒤따라간다고 말했다. 현아와 아무란은 가볍게 포옹했다. 현아는 기다리겠다고 말하고는 승강장 안으로 들어갔다. 아무란이 보기에, 현아의 뒷모습이 너무나 힘이 없어서 쓰러질 것만 같았다. 현아는 아무란을 보기가 너무 힘들어서, 뒤를 보지 않은 채 그냥 들어갔다. 현이의 모습이 안 보이게 되자 아무란은 차를 몰고 집으로 다시 돌아왔다. 공항에서 오면서도, 현아 걱정에 자신이 어떻게 운전하고 왔는지도 모를 지경이었다. 클라라 일은 엄밀히 보면 클라라 자신이 저지른 일이었다. 아무란은 집으로 돌아와서 그의 부모님께 자세히 설명해야만 했다. 클라라의 갑작스러운 행동에 그의 부모님도 할 말이 없었다. 이제라도 아무란이 클라라와 잘 정리하길 바랐다. 이 일 이후로는 클라라와는 인연을 끊어야 한다고 사라가 강하게 말했다. 제인도 마찬가지였다.

현아는 파리로 왔다. 처음 와보는 파리는 너무도 낯설었다. 아무란이 없는 호텔 방에서, 혼자서 기다려야 한다는 생각에 현아는 두려움도 있었다. 어쨌든 하루나, 이틀 후에는 아무란이 올 거라는 생각만 하기로 했다. 예약된 호텔 방은 깨끗했다. 대로변에서 약간은 들어간 곳에 있었다. 조용하고 아늑했다. 작은 대신에 호텔은 깔끔했다. 호텔 로비에서 느낌은 나쁘진 않았었다. 사실, 현아는 그런 느낌까지도 생각할 겨를없이 안내해주는 방으로 들어왔다. 현아는 가방과 캐리어를 대충 내려놓고서 빈 침대에 앉았다. 앞으로 자신에게 어떤 일이 일어날지 걱정이 앞섰다. 만약에 아무란이 이곳에 오지 않는다면 큰일이었다. 있을 수 없는 일이었지만, 자꾸만 현아는 불안한 마음에 사로잡혔다. 그녀는 우선은 기분을 달래기 위해서 목욕하기로 했다. 욕실에 더운물을 가득히 채웠다. 더운 욕조에 들어가서 서서히 땀이 흐르자, 조금은 긴장이 풀리는 기분이었다. 내일이나 모레까지 이곳에서 잘 버티면서, 아무란을 기다리기만 하면 된다고 생각했다. 그러자 홀가분한 기분이 들었다. 어차피, 모든 일들은 시간이 가면 해결되는 것이 우리들의 삶 아닌가. 그렇게 자신을 위로하면서, 현아는 뜨거운 욕조에서 피로를 풀기로 했다. 욕실 안을 둘러보니 깨끗했다. 자신의 마음도 덩달아 깨끗해지는 기분이 들었다. 현아는 한참을 욕실에 있었다. 기분이 개운해져서 욕실을 나왔다. 새로운 옷으로 갈아입고 나니 한결 기분이 살아났다. 배가 고팠다. 무엇을 시킬까 생각하다가 호텔 안에 있을 식당을 찾아보기로 했다. 호텔 로비로 나왔다. 식당은 로비 옆 복도를 지나서 맨 끝에 있었다. 생각보다는 레스토랑은 넓었다. 다양한 음식들이 메뉴판에 있었다. 현아는 스테이크를 시켰다. 메뉴판의 그림과 이름을 읽어보고 시켰다. 배가 고팠는지 현아는 금세 식사를 마쳤다. 커피를 한잔 마시고 싶었다. 하지만 아무란이 없는 밤에 잠이 오지 않을까 봐 참기로 했다. 현아는 그냥 방으로 돌아왔다. 방으로 와서 현아는 TV를 켰다. 채널을 이곳저곳을 돌리다가, 어떤 다큐멘터리 프로에 고정했다. 뉴질랜드가 나왔다. 멋진 해변과 깨끗한 자연이 보기에도 좋았다. 다음에 기회가 되면 아무란과 저런 곳에도 가보고 싶었다. 비키니를 입고 해변을 걸어 다니는 연인들이 너무나 아름다웠다. 현아가 본 화면 속의 뉴질랜드는 천국 같았다. 천국이란 저렇게 의식주 걱정없는, 어떤 긴장감도 없이 밝고 깨끗한 세상일 것 같았다. 언제나 행복하기만 한 모습으로 사는 곳일 것 같았다. 어제까지만 해도 현아는 행복했었다. 아무란의 고향마을 해변을 아무란과 함께 걸을 때도 행복했었다. 조지아의 샤만다 성당 언덕에서, 웨딩드레스를 입고 사진을 찍을 때도 행복했었다. 순천만에서, 맨 처음 아무란과 키스할 때도 행복했었다. 그러고 보니 현아 자신도 행복한 시간 속에서 살아 온 사람이었다. '그런데 이 슬픈 기분은 무일까?' 생각하자 클리리기 떠올랐다. 노래를 잘 부르던 그녀가 생각났다. 그날 클라라는 너무나 슬프게 노래를 불렀다는 생각도 떠올랐다. '그녀는 의식을 되찾을 수 있을까?' 그렇게 생각하자 그녀에게 아무란을 빼앗길지도 모른다는 두려움이 찾아왔다. 현아는 클라라와의 삼각관계에서 자신이 풀어야 할 숙제란, 내가 그에게 다가갈 것인지, 아니면 그를 어떻게 내게로 다가오게 할 것인지 만이 문제였다. 그가 다른 사람에게 갈 것인지 다른 사람이 그에게 갈 것인지는 그들의 문제였다. 결국, 삼각관계도 현아 자신에게는 한 가지 문제만이 존재했다. 내가 아무란과 어떻게 할 것인가의 문제였다. 현아는 지금의 상황을 자신과 아무란의 문제로만 보기로 했다. 아무란에게 전화했다. 전화를 받질 않았다. 현아는 아무란에게 카톡을 했다. 〈나 여기 파리 호텔이야. 무사히 도착했어! 거기는 어때? 클라라는 좀 어때? 내일 올 거야? 사랑해 아랑!〉 카톡을 보내놓고 현아는 기다리기로 했다. TV를 보고 있으니까 졸음이 왔다. 침대에 누웠다. 잠은 오지 않았다. 아무란과 그의 부모님이 생각났다. 사라가 손가락에 끼워주던 반지를 보았다. 작은 루비 알이 박힌 금반지였다. 사라는 자신이 마음에 들어서 이 반지를 주었다고 생각했다. 가슴이 먹먹해져 왔다. 자신을 이렇게 생각해주는 사라가 너무나 감사했다. 이제까지 현아는 그녀의 부모님을 제외하고는, 반지를 받을 만큼 자신을 신임해주는 사람은 만나본 적이 없었다. 손수 요리해주던 아무란의 아버지 제인도 고마웠다. 그런 가족을 소개해준 아무란도 고마웠다. '아무란이 어서 와야 할 텐데!' 하며 생각하다가 현아는 잠이 들었다. 뜨거운 물에 목욕하고 식사까지 마친 뒤라서, 자기도 모르게 잠이 몰려왔다. 현아는 한참을 자다가 TV 소리에 잠을 깼다. 혼자서 TV가 떠들고 있었다. 심야 뉴스였다. 하루 동안 프랑스에서 벌어진 일들이 재현되고 있었다. 거리에는 경찰과 데모 행렬이 뒤섞여서, 난투극이 일어나고 있었다. 다음 화면에선 거리 곳곳에서 경찰들이 쏜 최루탄이 터졌다. 현아는 시간을 봤다. 밤 한 시였다. 현아는 핸드폰을 열어보았다. 아무란에게서 카톡이 와 있었다. 현아는 반가워서 얼른 열어보았다.

〈헤라! 잘 도착했다니 다행이야! 클라라는 아직 못 깨어났지만 내일 좀 기다려봐야 해! 여기 걱정은 말고 잘 있어. 내가 곧 그리로 갈게! 출발할 때 전화할게! 헤라 사랑해!〉 현아는 아무란의 짧은 문장이 너무나도 아쉬웠다. 그래도 아무란의 문자를 받으니, 조금은 안심이 되었다. 현아는 시끄러운 TV를 껐다. 그리고 다시 잠을 청했다. 현아는 금세 잠이 들었다.

아침이 되었다. 현아는 아무란에게서 무슨 연락이라도 왔나 싶었다. 핸드폰을 확인했다. 아무런 내용도 오질 않았다. 현아는 호텔에 있는, 어제 그 식당으로 갔다. 아침 식사로 빵과 우유, 그리고 샐러드로 아침을 해결했다. 그리고 다시 방으로 올라왔다. 아무란에게 카톡을 보냈다. 오늘 클라라에게 가보고 이상 없으면, 빨리 오늘 중으로 오라고 문자를 보냈다. 이 호텔은 삼 일 예약되어 있었다. 파리에 더 있을 거면 날짜를 연기하면 되었다. 아니면, 다른 호텔을 잡으면 어려움은 없었다. 현아는 TV를 켰다. 재미있는 프로가 없었다. 말을 못 알아들으니까 더 재미가 없었다. 그냥 뉴스가 나오는 곳에 고정해 놓았다. 프랑스 뉴스에선 또 데모 행렬이 나왔다. 최루탄을 터트리는 경찰들과 데모 행렬이 서로 대치하고 있었다. 서울 여의도랑 광화문에서 매일 데모하던 행렬과 거의 똑같았다. 그런데 프랑스 경찰들은 방탄복으로 완전무장을 하고서 집결해 있었다. 다른 곳에선 데모자 들을 붙잡아서 수갑을 채워 차에 태웠다. 여기저기서 돌과 각목들이 날아들었다. TV로만 봐도 그들이 이슬람 사람들이라는 것을 알 수 있었다. 자막으로 IS라는 글자가 떴다. 데모자 속에 IS가 숨어 있다는 걸 말하는 것 같았다. 유럽도 한국처럼, 도시에서는 서로가 물어뜯고 싸우면서 살고 있었다.

현아는 지난번에, 그리스에서 본 뉴스가 다시 생각났다. 내전을 피해서 유럽으로 배를 타고 오다가 죽은 아이 생각이었다. 그러자 현아는 전에 유산된 아기 생각과 함께 슬픔이 밀물처럼 밀려왔다. 사람들은 왜 싸워야만 하는지, 저 사람들은 왜 저렇게 서로를 죽여야만 하는지, 현아로서는 이해하기조차 싫은 모습이었다. 누구를 위한 국가이고, 누구를 위한 종교인지 이해가 되지 않았다. 누구를 위한 데모이고, 누구를 위한 체포인지, 어떠한 명분도, 의미도, 현아로선 찾을 수도 없었다. 현아는 TV를 껐다. 적막감이 호텔 안에 흐르자 현아는 다시 두려움이 생겼다. '아무란이 오늘 안 오면 어떡하지!' 현아는 혼자 있는 것 보다는 여러 사람과 같이 있는 게 나을 것 같아서 방을 나왔다. 레스토랑에 가서 커피를 시켰다. 그래도 거긴 사람들이 여럿 앉아 있었다. 현아는 한쪽 창가 쪽으로 앉았다. 사람들은 둘씩, 또는 셋씩 앉아서 수다를 떨거나 어디에 전화하고 있었다. 오늘 하루는 아무란을 기다리면서 보내야 한다. 현아는 무엇을 하며 보낼지 생각해 보았다. 차라리 다른 것에 집중하면 시간이 더 잘 갈 것 같았다. 파리 시내를 다녀봐야겠다고 생각했다. 현아는 파리 시내로 걸어 나갔다. 거리는 인파로 넘쳐났다. 단체 관광객들과 배낭 여행객들로 복잡했다. 현아는 시내 거리를 둘러보다가 박물관을 보고 싶었다. 택시를 잡아타고서 박물관으로 갔다. 현아는 일단 그 크기에 놀랐다. 수많은 사람 사이에 끼어서 그 많은 예술품 들을 보다가 현아는 다리가 아파서 박물관을 나왔다. 이젠 개선문으로 갔다. 개선문 광장에도 많은 인파가 있었다. 그곳에는 경찰들과 시위대가 마주한 채 대치하고 있었다. 에펠탑은 폐쇄되어 있었다. 뉴스에서처럼 이 거리도 언제 저들에 의해서 아수라장이 될지 모른다는 공포가 갑자기 들었다. 현아는 곧바로 호텔로 돌아가야만 했다. 호텔 앞에서 빵과 우유 그리고 콜라와 과자 등을 사서 들어왔다. 아무란이 있었으면 좋았을 텐데, 하는 생각이 들자 시간을 봤다. 아직 다섯 시였다. 아무란에게서 아무런 카톡도 전화도 없었다. 현아는 약간 불안했다. 하지만 어제 혼자 이곳에 왔을 때보다는 견딜 만했다. 현아는 카톡을 다시 보냈다. 〈아랑! 클라라는 좀 나아졌어? 지금 어디에 있어?〉 아무란에게서 카톡이 왔다. 〈나 지금 병원이야. 오늘 아침에 클라라가 정신이 조금 들었는데 아직 온전하진 않네. 좀 더 경과를 지켜봐야만 해. 지금 정신이 없어서 내가 다시 연락할게. 헤라! 바이!〉 〈아랑! 나 오늘 시내 구경도 했어! 개선문에도 가서 광장에서 사진 찍었어. 근데 여긴 지금 곳곳에서 시위 중이야! 시위대 때문에 언제 위험해질지도 몰라! 무서워서 바로 호텔로 돌아왔다고! 아랑이 있었으면 덜 무서웠을 텐데! 없어서 재미 하나도 없었어. 아랑이 빨리 오면 같이 돌아다니고 싶어! 박물관에도 갔다가 왔어! 사람들만 잔뜩 구경하고 왔어! 그럼 내일은 꼭 와야 해! 클라라도 깨어났으니까 자기가 더 있을 필요는 없잖아! 지금 바로 비행기 예약부터 하고 봐! 그럼 내일 출발할 때 연락해! 사랑하는 헤라가!〉 현아는 아무란의 카톡을 보고는 안심이 되었다. 아무란이 문자를 너무 짧게 남겨서 미웠지만, 클라라기 정신이 들어 좀 더 회복되었다니 안심이었다. '내일은 아무란이 온다! 그러면 그때까지 무엇을 할까?' 현아는 한결 기분이 나아졌다. 현아는 아까 사 온 빵과 커피를 마셨다. 커피 맛이 약간 신맛이 강했다. 그래도 프랑스 빵과 커피는 먹을 만했다. TV를 켰다. 이럴 줄 알았으면 책이라도 가지고 올 걸 하는 후회를 했다. 볼 게 오로지 TV밖에 없었다. 오디션

프로에서 노래 실력을 대결하고 있었다. 재미있었다. 프로가 끝나고 채널을 돌렸다. 뉴스였다. 어제처럼 IS를 잡는 장면이 나왔다. 독일에서는 난민들을 입국시키고 있었다. 한쪽에선 난민들이 몰려드는데, 한쪽에선 테러 때문에 난민 입국을 저지하고 있었다. 혹시, 난민 속에 테러리스트들이 함께 숨어들어올 것을 염려하는 것이 분명했다. 현아가 보기에는 둘 다 이해가 갔다. 그래도 현아는 기분이 좋지 않았다. 어렵게 파리에 왔는데, 파리는 생각처럼 낭만적이지 않았다. 현아는 TV를 끄고 방을 둘러보다가 한쪽 끝에 있는 컴퓨터를 켰다. 유튜브를 켰다. 이것저것 많이 나왔다. 현아는 요리 프로를 찾아서 열었다. 재미있었다. 한참 동안 유튜브를 보았다. 현아가 시계를 보자 벌써 여덟 시였다. 그녀는 컴퓨터를 껐다. 현아는 허브차 한잔을 마시고 싶었다. 가방에서 허브차 티백을 찾아냈다. 어제처럼 욕조에 따뜻한 물을 받았다. 욕조 속에 앉아 있으니까, 어제처럼 모든 피로가 서서히 풀리는 듯했다. 욕조 안에서 따스한 허브차를 마시면서 그녀는 내일을 생각했다. 내일은 아무란이 온다고 생각하자, 오늘 하루만 잘 자면 되겠다는 생각에 마음이 놓였다. 욕실에서 나와 물기를 말리고 머릿결도 드라이기로 곱게 말렸다. 잘 빗어서 단정하게 넘겼다. 현아는 거울을 봤다. 거울 속에 비친 자신의 알몸이 거기 서 있었다. 자기의 허리와 엉덩이가 약간 살이 찐 듯한 모습이었다. 그래도 자신이 밉지는 않았다. 얼굴이 창백하게 보였다. 파우치를 열어서 간단한 스킨로션을 바르고는 분홍색 립스틱까지 발라봤다. 립스틱은 다시 지우고, 잠들기 위해서 그녀는 침대에 들어갔다. 현아는 핸드폰을 열고 조지아에서 찍은 사진들을 보다가 잠이 들었다.

아침부터 아무란이 온다는 생각에 현아는 약간은 흥분되어 있었다. 거울을 보면서 아무란이 오면 많이 예쁘게 보이고 싶었다. 그런 그녀도 다른 여자들과 별반 다르지 않았다. 좋아하는 남자 앞에서는 예쁘게 보이고 싶은 여자였다. 어젯밤에 욕조에서 피로를 푼 탓에 몸이 가벼운 느낌이었다. 간단하게 샤워하고, 스킨로션을 바르고, 메이컵을 하고, 어제 그 분홍색 립스틱을 다시 발랐다. 머리도 다시 간결하게 빗어 넘겼다. 길지 않은 그녀의 머릿결이 어깨선 너머에서 찰랑거렸다. 기분이 나쁘지는 않았다. 그녀는 어제 사서 먹다 남은 빵이 있었지만, 오늘은 밖에 나가서 색다른 아침을 먹고 싶었다. 그녀는 호텔 밖 가까운 레스토랑에 갔다. 거기서 야채 샐러드와 빵 그리고 커피를 시켰다. 아침을 먹으면서도, 그녀는 오늘 오전을 잘 지내고 싶었다. 아무란이 올 때까지는 아직 시간이 많았다. 현아는 커피를 마시면서 아무란에게 카톡을 보냈다. 어제 예약은 했는지? 오늘 이따가 몇 시쯤 출발할 수 있는지 연락을 달라고 했다. 〈좋은 아침! 아랑! 나는 잘 잤어! 오늘은 무조건 자기가 와야 해! 오늘 낮 열두 시까지가 이 호텔 예약 마지막 날이야! 알고 있지? 자기가 오는 일정을 알아야 오전에 호텔을 하루 더 연장하든지 나가든지 정해야만 하거든! 이 호텔은 내가 있어 보니까 괜찮은 편이야! 자기랑 상의해서 하루나 이틀 더 있어도 될 것 같아! 빨리 연락해줘! 아랑!〉 현아는 카톡을 하면서도 기분이 좋았다. 금방 연락이 올 줄 알았는데, 아무란에게서 아무런 연락이 오질 않았다. 한 시간이 지났다. 그때 호텔 로비에서 현아의 핸드폰으로 연락이 왔다. 하루 더 있을 것인지를 물었다. 현아는 하루 더 있겠다고 했다. 열두 시가 다 되어도 아무란에게서 연락이 오질 않았다. 현아는 서서히 초조해지기 시작했다. 어차피 하루 연장해 놓았으니 좀 더 기다리기로 했다. 현아는 밖으로 나갔다. 호텔 앞길 건너에는 아랍에서 온 이민자들이 피켓을 들고 시위하고 있었다. 경찰들은 반대편에서 시위가 격해지지 않도록 통제하고 있었다. 세계는 지금 어딜 가나 사람과 사람, 집단과 집단들이 서로의 생존을 위해서 갈등하고 있었다. 지금 서울에서도 비정규직 단체들이 광화문에서 피켓을 들고 시위하는 모습들이 떠올랐다. 이러한 갈등과 대립이 사라지고 언제나 평화로운 세상이 올지 현아는 자신의 인생 안에서는 불가능할 것이라는 생각을 했다. 이 문제가 해결되면 또 다른 문제가 생기는 것이, 현아가 아는 세상이었다. 사람들이 모여서 산다는 것은, 그 자체가 어쩌면 서로를 향한 대립과 또 다른 대립을 향한 지속적인 순환에 불과한 건지도 모른다. 현아는 조심스럽게 길가를 거닐면서 시위의 불똥이 자신에게 튀지 않기를 바랐다. 현아는 긴장을 놓지 않은 채 길을 걸었다. 길가에 커다란 쇼핑몰이 나왔다. 현아는 그 안으로 들어갔다. 쇼핑몰은 아주 컸다. 이리저리 두리번거리면서 한참 동안 쇼핑했다. 딱히 사고 싶은 것은 없었다. 그때 아무란에게서 카톡이 왔다. 카톡 소리에 현아는 조금 놀랐다. 생각보다 카톡 소리가 크게 울려서였다. 현아는 얼른 카톡을 열었다. 〈헤라! 지금 여기 병원인데 클라라가 이제야 조금 안정을 찾았어. 그래서 오늘 말고 내일쯤 비행기 예약하고 모레나 출발했으면 해! 미안하지만 그곳에서 좀 더 기다려줘! 내 사랑 헤라!〉 현아는 자신이 잘못 읽은 줄 알았다. 그래서 다시 읽어보았다. 역시 아무란은 내일 모레에나 올 수 있다는 거였다. 현아는 화가 치밀었다. 아무란과 클라라 두 사람 모두에게 화가 치밀었다. 현아는 더는 참을 수가 없어서 아무란에게 전화를 걸었다. 아무란이 받았다.

"내일 모래에 온다는 게 뭐야? 아무란!"

"그게 헤라! 클라라가 이제 막 안정을 찾아서 지금 내가 바로 가면 다시 안 좋은 일이 생길지도 몰라서 걱정이라서 그래! 헤라! 모레에는 꼭 갈게! 힘들겠지만 내일 하루만 더 기다려 줘!"

"지금 내 앞에서 그 여자 걱정만 하는 거야! 난 지금 여기 다른 나라에서 삼 일을 자기만 기다리고 있는데 난 뭐야! 아무란!"

현아는 입에서 아랑이란 애칭이 나오질 않았다.

"헤라! 자기가 좀 이해해줘! 클라라는 지금 죽음의 문턱에서 이제 막 돌아왔잖아! 내가 하루 이틀만 위로해주면 괜찮을 것 같아서 그래! 헤라, 이해하고 그때까지만 기다려 줘! 힘든 거 다 알아! 알지 내가 왜 모르겠어!"

현아는 아무란의 설명들이 하나도 귀에 들어오지 않았다. 지금 안 온다는 소리로 밖엔 안 들렸다.

"지금 비행기표 예약하고 내일 무조건 와야 해! 아무란! 나 더는 못 참아! 안 그러면 나 혼자 내일 서울로 갈 거니까 알아서 해!"

현아는 더 이상 참을 수 없어서 전화를 끊어 버렸다. 전화는 끊었어도 걱정이 들었다. '아무란이 진짜로 안 오면 어떻게 하지?' 하는 생각에 두려움이 앞서기 시작했다. 한편으론 그가 늦더라도 더 기다려야 한다는 생각도 들었다. 여기서 아무란과 헤어지면, 절대 안 된다는 불안감이 현아에게는 있었다. 얼마 지나자 아무란에게서 카톡이 왔다. 〈헤라! 미안해 아무래도 내일 예약하고 모래에나 가야 할 것 같아! 제발 이해해줘! 헤라! 사랑해!〉 현아는 답장하진 않았다. 아직 분이 사라지지 않았기 때문에, 그녀는 대신 클라라를 생각하고 있었다. 그녀로서는 이해가 되질 않았다. 남자가 싫다는데 그토록 매달려야만 하는지, 도저히 이해되질 않았다. 아무란의 얘기를 들어보면 이미 끝난 사이인데, 저러는 게 정당한 건지 알 수 없었다. 아무란이 자신에게 말하지 않은, 또 다른 비밀이 있나 싶기도 했다. 아무란이 클라라와의 또 다른 비밀을 숨길 사람은 아니었다. 특히 여자 문제는 여자가 더 잘 아는 법이다. 현아 생각에는 클라라가 문제였다. 그녀의 특별한 집착이 문제라는 생각이 들었다. 여태까지 아무란 외에 다른 남자를 사귄 적이 없다는 것으로도 짐작이 갔다. 둘 사이에 두 번이나 이별이 있었는데도, 다른 남자를 안 사귀었다는 것이 그녀의 집착을 증명했다. 지나친 집착이, 다른 여자가 나타나자 자살이라는 극단적 선택을 한 거라고 결론을 내렸다. 현아는 그런 클라라를 위해서, 저렇게 옆에 남아 있는 아무란이 불쌍하기도 하고 한심하기도 했다. 아무란을 클라라로부터 구해줄 여자는 자신밖에 없는 것 같았다. '더 기다리자! 대신에 아무런 전화도 카톡도 보내지 말자!' 아무란의 결정을 존중해줄 필요도 있었다. 현아는 쇼핑몰에서 나왔다. 길가에는 아직도 시위대와 경찰들이 맞서고 있었다. 순간, 현아는 현기증이 났다. 현아는 어디로 들어가서 뭐든지 먹어야 힘이 날 것 같았다. 길가에 있는 레스토랑에 들어갔다. 현아는 그림을 보며 생선구이와 샐러드를 시켰다. 현아는 허겁지겁 점심을 먹었다. 이제 조금 현기증이 사라진 듯했다. 현아는 조금 더 길을 걷고 싶었다. 길에는 가로수들이 노란색으로 물들고 있었다. 파리에도 가을이 무르익고 있었다. 호텔 쪽 방향으로 길을 들어섰다. 그곳에는 경찰들과 이민자인 듯한 사람들이 실랑이하고 있었다.

잠시 후, 어디서 왔는지 더 많을 경찰들이 모여들었다. 경찰들은 한참을 실랑이한 끝에, 이민자 중에 두 명을 경찰차에 태웠다. 현아는 불안한 마음으로 발길을 재촉했다. 현아는 곧바로 호텔 방으로 돌아왔다. 호텔 방에 들어오자 조금은 안심이 되었다. 호텔 안에 들어와서도 현아는 뭔가 모르게 불안했다. 호텔 방이 더 낯설고, 어색하고, 이상했다. 현아는 아무란에게 카톡을 보낼까 하다가 보내지는 않았다. 아무란의 결정을 기다릴 필요가 있었다. 내일 오면 다행이고, 아니면 아무란은 모레에나 만나게 될 것이었다. 그럼 바로 이곳 파리를 떠나야 한다고 생각했다. 파리가 싫어졌다. 아무란이 없는 파리는 현아에겐 아무런 의미도 없었다. 더군다나 거리마다 외국인들의 시위를 보는 것만으로도, 현아는 공포감을 느끼기에 충분했다. 진압 경찰관들의 난폭한 체포 모습들은 현아에게는 불안감만 느끼게 했다. 조지아도 좋았고, 그리스도 좋았다. 아무란의 부모님은 정말 좋았다. 하지만 클라라가 자살소동으로 저렇게 아무란을 붙들고 있는 현실은, 현아가 감당하기에는 너무도 큰 돌발적인 사건이었다. 현아는 아무란만 오면 당장 서울로 가야 한다고 생각했다. 이곳에 더 머물고 싶지도 않았고, 머물 이유도 없었다. 호텔 밖이 어두워지고 있었다. 밤이 되었다. 현아는 아까 밖에서 본 이민자들이, 혹시 TV에 나오는지 확인하고 싶어서 뉴스를 틀었다. 파리 뉴스에는 지중해에서 배를 타고 밀려오는 난민들의 모습이 나왔다. 그들은 죽음을 무릅쓰고, 바다를 건너고 있었다. 유럽은 끝없이 밀려오는 그들 때문에 골머리를 앓는 모양이었다. 현아가 채널을 돌리려고 할 때, 커다란 자막과 함께 다른 뉴스가 떴다. 속보였다. 지금 파리의 어떤 극장에서 자살폭탄 테러가 발생했다는 뉴스였다. 아나

운서도 기자들도 엄청난 뉴스 속에 휘말려 실시간으로 떠들고 있었다. 극장 안에 있던 사람들은 목숨을 지키기 위해서 필사적으로 도망치고 있었다. 파리가 금방 전쟁터처럼 변하고 있었다. 경찰들과 테러범들이 극장 안과 밖에서 대치한 채, 총격전이 벌어졌다. 다른 길에서는 또 다른 테러범들과 경찰이 시가전을 벌이는 모습이 그대로 실시간으로 중계되고 있었다. 경찰들은 테러범들을 소탕하기 위해서 극장을 포위하고 있었다. 현아는 갑자기 공포심에 휩싸였다. 아무란에게 전화를 걸었다. 잠시 후 아무란이 핸드폰을 받았다.

"아무란! 지금 바로 비행기표 예약을 하고 내일 이곳으로 와 줘! 뉴스 봤는지 모르겠지만 여긴 무서운 테러범들이 나타났어! 지금 여기는 길에서 전쟁 중이라고! 여행이고 관광이고 다 소용없어졌어! 내일 당장 와서 나와 서울로 가! 나 지금 당장 서울행 비행기표 예약해!"

"헤라! 내가 모래 간다고 말했잖아! 클라라가 이제야 안정을 차렸다고. 내가 다신 이런 일 벌이지 않게 설득 중이야! 내일까지만 알아듣게 설득하고 갈게! 비행기표는 모레로 예약하고!"

아무란의 전화가 끊어졌다. 순간, 현아는 아무란이 의심스러웠다. 어쩌면 이 남자는 클라라를 영원히 못 놓을지도 모른다는 불길한 생각이 스쳐 지나갔다. 여기서 엄청난 테러가 발생했는데도, 이곳에 있는 내 걱정은 전혀 하질 않았다. 현아는 아무란을 더 이상 신뢰할 수가 없었다. 현아는 우선 비행기표를 두 장 예약했다. 내일 오후 두 시행이었다. 가장 빠른 시간이기도 했지만, 내일 서울행 자석 전체에서 그 좌석밖에 없었다. 잠시 망설이다가 현아는 그대로 예약했다. 지금 다시 오겠다는 연락이 없는 것을 보면, 어차피 아무란은 안 올 것이 뻔했다.

오더라도 내일이 아닌 모래에나 올지 몰랐다. 비행기표 예약을 마친 현아는 아무란에게 마지막 카톡을 날렸다. 〈아무란! 모래 올 거면 오지 마!. 난 내일 떠나! 지금 비행기표 두 장 예약했어! 현아가!〉 이제는 내일 아무란이 오질 않는다면 혼자서 서울로 갈 수밖에 없었다. 현아는 가슴이 울컥해서 눈물이 나올 것 같았다. 모래에나 온다는 아무란에게서 심한 배신감을 느꼈다. '클라라 때문에 모래에나 오니 차라리 안 오는 게 좋다'고 현아는 혼자 중얼거렸다. 총격전이 벌어지고 있는 이곳을 당장 벗어날 수만 있다면 그것으로 다행이었다. 나머지 문제들은 이곳을 벗어나서, 서울에 가서 생각해야만 했다.

아무란은 오질 않았다. 비행기가 이륙하기 전에도 그녀는 핸드폰을 다시 한번 확인했다. 아무란에게서 별다른 문자는 없었다. 현아는 비행기표 한 장은 취소하고 혼자서 떠났다.

현아가 떠난 다음 날, 아무란은 파리에 도착했다. 현아는 전화도 카톡도 받질 않았다. IS 테러가 유럽 전체로 퍼지면서 일반인들도 입국 심사가 까다로워졌다. 아무란은 아직도 현아가 파리에 머물고 있길 바랐다. 아무란은 택시를 잡고 호텔로 향했다. 이미 파리는 밤이었다. 거리는 한산했다. 어쩌다가 지나가는 사람이 하나 보였다. 경찰들도 두 녕씩 짝을 이루어 순칠하는 모습이 보였디. 현이의 말대로 파리는 지금 비상 상태인 것 같았다. 아무란은 어제 비행기표를 끊자마자 카톡을 보냈었다. 현아에게서 답장이 없었다. 전화를 걸었지만 벨 소리만 울릴 뿐 통화도 할 수 없었다. 아무란은 호텔에 도착할 때까지 초조했다. 제발 현아가 호텔에 남아 있어 주길 바랐다. 호텔에 도착하자 안으로 뛰어 들어갔다. 안내원에게 현아가 머무는 호실 확인을 부탁했다.

안내원은 어제 오전에 현아가 퇴실했다고 알려주었다. 아무란은 그럼 현아가 어제 서울행 비행기를 탔을 거라고 직감했다. 아무란은 무작정 공항으로 갔다. 공항에서 서울행 비행기 시간을 확인했다. 오후 두 시와 여섯 시가 있었다. 서울행 비행기들은 이미 모두 떠난 시간이었다. 아무란은 공항 대기실에 주저앉았다. 자신이 하루만 더 일찍 현아에게 왔어야 했다고 후회했다. 현아가 테러 상황을 전화했을 때, 그때 자신이 가겠다고만 했어도, 현아가 기다렸을 거라는 후회가 들었다. 이미 현아는 떠났다. 이제는 자신이 바로 서울행 비행기표를 끊든지, 그리스로 돌아가든지 결정만이 남았다. 아무란은 고민 끝에 그리스행을 선택했다. 어차피 현아와는 서울에서 만날 수밖에 없었다. 아직 병원에 남아 있는 클라라를 무사히 집으로 퇴원시킨 다음에, 서울로 가리라고 마음먹었다. 아무란은 그리스로 돌아왔다. 그의 부모님은 현아를 만났는지 물었다. 아무란은 현아가 이미 서울로 가고 없었다고만 말했다. 부모님은 크게 낙심했지만, 아무란에게 현아 얘기를 더는 묻지 않았다. 아무란이 너무 슬퍼 보였기 때문이었다.

며칠이 지나자 클라라는 많이 회복되었다. 내일이면 퇴원한다고 클라라의 엄마가 말했다. 아무란은 클라라와 그동안 많은 이야기를 했다. 자신이 왜 이별을 결심했는지, 또 클라라와 자신이 왜 안 맞는지를 누차 조금씩 설명하면서, 그녀의 포기를 유도할 수밖에 다른 길이 없었다. 클라라도 큰 사건을 치른 후로, 서서히 아무란의 뜻을 존중하기로 마음을 먹어가고 있었다. 아무란은 클라라가 정상으로 돌아와서 좋았다. 예전처럼 그녀의 엄마와 마트 일을 다시 시작하면 된다고 생각했다. 그때 현아에게로 돌아가기로 마음의 결정을 했다. 아무란의 서울행은 그만큼 늦어지고 말았다. 퇴원 후 클라라는 나날이 회복되었다. 그녀의 몸은 원래부터 건강했다. 그녀의 마음이 문제였다. 깊은 절망의 그늘에서 이제 나오려고 하고 있었다. 그녀의 몸도 마음도 서서히 회복되어가고 있었다. 아무란은 부모님과 함께 생활하면서 어머니의 텃밭 가꾸는 일을 도와주고, 아버지와는 낚시하면서 시간을 보냈다. 클라라는 이제 그녀의 엄마를 도와 마트 일도 거들었다. 그녀는 나날이 회복되어갔다. 이제는 아무란이 그녀를 두고 떠나도 될 때가 되었다. 아무란은 하루라도 빨리 서울로 가고 싶었다. 현아가 그리웠다. 전화를 받지 않는 그녀가 걱정이었다. 본인이 서울로 가서 만나는 수밖에 달리 방법이 없었다. 아무란과 현아가 그렇게 생이별을 하는 사이, 최진구와 이수진도 결혼 문제로 크게 싸우고 나서는 만나질 않고 있었다. 아무란은 최진구에게 연락했다. 최진구도 현아에 대해 아는 것은 없었다. 아무란은 현아의 오피스텔로 가보라고 부탁했다.

사람이 살아간다는 것은

사람이 살아간다는 것은, 새로운 누군가를 만나고 헤어지는 연속의 시간인지도 모른다. 사회 속에서 함께 부대끼며 살아가야만 하는 우리는, 결국 가족으로 만나고, 이웃으로 만나고, 아니면 사회 속 직장이나 단체에서 동료로 만나고, 학교 선후배로 만나고, 남과 여로 만나고, 그리고 헤어지는 것이 우리들의 삶인 것이다. 결국, 우리 모두 헤어지겠지만, 그때까지는 반복해서 만남과 헤어짐을 이어가게 되는 것이 우리들의 인생인 것이다.

연과장은 더 이상 박부장을 지금 이대로 놓아둘 수는 없었다. 하루라도 빨리 자신과 함께 살림을 차리길 원했다. 밤에는 일부러 꾀병을 부려서 외박하게 만들기도 했고, 떼를 써서 못 가게 막기도 했다. 박부장은 연과장이 그럴 때마다, 어쩔 수 없이 연과장 옆에 붙어있었다. 다른 방법이 없었다. 박부장은 이제 일주일에 두 번은 꼭 연과장과 같이 잠을 자야만 했다. 박부장의 부인은 이제 폐경에 갱년기까지 겹쳐서 함께 잠자리에 들지 못하는 날이 많았다. 그래서인지는 몰라도 박부장이 외박해도 별로 싫은 내색을 하진 않았다. 박부장은 외박할 때마다 친구들과 고스톱을 친다고 거짓말을 했다. 그때마다 박부장 부인은 쉽게 허락하곤 했다. 자신이 제대로 잠자리를 못 해주는 것이 미안해서였다. 그러다가 언제부터는 박부장이 일주일에 이틀씩 연달아 외박해도 뭐라고 잔소리하질 않았다. 그녀는 당연히 고스톱을 치고 왔겠지, 하고 믿어주곤 했다. 그런 아내를 박부장은 내심 고마워했다. 그런 날이 오래 지속되자 박부장과 연과장은 더욱 자연스럽게 새로운 부부의 모습을 갖춰가게 되었다. 연과장의 오피스텔은 갈수록 짐이 많아지고 있었다. 모두가 박부장의 물건들과 옷가지들이었다. 오피스텔이 비좁아 보일 정도가 되어도 연과장은 행복했다. 이제는 좀 더 큰 아파트로 이사 갈 준비를 했다. 아예 박부장과 살림을 차릴 계획이었다. 박부장은 그건 안 된다고 말했지만, 연과장 혼자서 착착 준비했다. 박부장은 그런 그녀를 지켜보면서도 적극적으로 말리지는 않았다.

"금숙아! 연금숙! 아무리 그래도 내가 집을 나오지는 못하는 거 자네가 더 잘 알잖아!"

"알았어요! 오빠! 누가 나오래요? 불편하니까 하루를 살더라도 더 편하게 살려고 그러는 거잖아요. 오빠 신경 안 써도 돼!"

"일있어! 너무 무리하지는 말고! 알았지?"

"네! 오빠! 우리 멋진 부장님!"

"어이구 귀여운 내 애기!"

박부장은 그런 연과장이 대견하기도 하고, 애틋하기도 해서 더 힘껏 안아 주곤 했다. 그런 날이면 하루라도 더 있어 주려고 노력했다. 하지만, 두 사람의 그런 알콩달콩한 밀애의 시간은 더 이상 오래가지는 못했다. 박부장 아내의 친구가 말을 해줘서 알게 되었다. 친구가 우연히 길을 가다가, 박부장이 연과장 오피스텔 건물에서 나오는 것을 보았다. 그 친구는 아무런 생각 없이 박부장 아내에게 말해주었다. 그래서 아내는 그곳이 노름하는 곳인가 보다 생각했다. 친구가 말해 준 날도 그녀의 남편은 외박했으니까 친구가 잘못 보았을 리는 없었다. 그 위치를 친구에게서 자세하게 확인하고는 하루는 날을 잡았다. 그녀는 허구한 날 외박을 하는 남편의 도박이 늘 걱정이 되었다. 그동안 그녀는 자신이 남편에게 밤일을 못 해주니까 그냥 참아 온 것이다. '도박중독증은 인생이 다 망가져야 끝이 난다!' 하던 시골 어른들의 얘기가 늘 그녀의 머릿속에 남아 있었다. 남편에게 심하게 표현은 안 했지만, 그녀는 잔소리처럼 늘 말했었다. 도박하는 사람치고 노후가 제대로 된 사람 없다며, 남편에게 잔소리한 지도 벌써 삼 년째였다. 그녀는 오늘이야말로 비로소 수년째 이어온 남편의 도박 병을 끝장낼 수 있는 마지막 날이라고 다짐했다.

박부장의 아내는 친구가 말해준 그 건물 입구를 지키고 있었다. 박부장이 나타나기만을 기다렸다. 다른 날과 다름없이 박부장은 아내에게 말도 없이 퇴근 시간을 넘기고 있었다. 분명히 오늘도 외박하는 날이라고 확신한 아내는, 선글라스를 쓴 채 연과장의 오피스텔 입구를 뚫어져라 보며 지키고 있었다. 아니나 다를까, 박부장은 평소처럼 의젓한 걸음걸이로 자연스럽게 오피스텔 건물 앞에 나타났다. 그의 손에는 하얀 비닐봉지가 들려 있었다. 봉투 안은 보이질 않았지만 두툼하게 종이에 싸여 각진 물건이 담겨 있었다. 그녀는 저 봉투가 현금 뭉치일지도 모른다고 생각했다. 그런 생각이 들자, 진짜로 그 크기나 부피가 딱 돈뭉치처럼 보였다. 어림잡아도 오만 원권으로 오백 장은 넘어 보였다. 그녀는 그 순간에도 오만 원짜리가 오백 장이면 이천오백만 원이라고 머릿속으로 계산하고 있었다. 기가 찰 노릇이었다. 노름은 현찰로만 하는 거니까 현금을 잔뜩 만들어서 가는 게 분명했다. '저 인간이 이젠 완전히 미쳤군!' 그녀는 속으로 속삭였다. 그녀는 가슴이 쿵쾅거려서 숨을 제대로 쉴 수가 없을 지경이었다. 하지만 그녀의 남편이 어떤 호실로 들어가는지 확인해야만 했다. 자신이 몰랐으면 모르지만, 현장을 안 이상 이대로 모른 척할 수는 없었다. 그녀의 남편이 허구한 날 여기서 돈을 갖다 버렸다고 생각하자, 참을 수 없는 분노가 일었다. 저 인간이 삼 년 동안 대체 얼마나 많은 돈을 날렸는지, 그녀는 가늠할 수도 없었다. 오늘이야말로 경찰에 신고해서, 저 노름꾼들을 모조리 일망타진을 할 수 있는 절호의 기회였다. 그녀는 다시 한번 어금니를 꽉 깨물었다. 얼마나 세게 깨물었는지 빠지직거리는 소리가 이빨 사이에서 났다. 오늘 이 방법밖에 다른 방법은 없었다. 박부장은 그의 아내가 지켜보고 있는지도 모른 채, 왼쪽 손에 비닐봉지를 들고 오피스텔 건물 안으로 들어갔다. 그의 아내는 조심조심 그의 뒤를 밟고 있었다. 이윽고 박부장은 어느 호실에 멈춰 서서 벨을 눌렀다. 안에 있는 누군가가 '누구세요?'라고 묻는 듯했다. 그러자 그녀의 남편은 특유의 낮으면서도 중후한 중저음의 목소리로 '나 왔어!'라고 말했다. 바로 안에서 누군가가 문을 열어주었다. 그의 아내는 '나왔어'라는 말이 암호가 틀림없다고 생각했다. 암호치곤 기가 막히게 자연스러워서 누구도 눈치를 못 챌 것 같았다. 이것들이 미리 내통해서 신분이 확인된 사람들만 들여보낸다고 생각했다. 기가 찰 노릇이었다. 그녀는 가까이

가서 남편이 들어간 호수를 정확하게 확인했다. 그녀는 다리가 후들거려서 바로 건물 밖으로 나왔다. 그리고, 건물 앞에 있는 전봇대에서 박부장에게 전화했다. 전화를 받은 박부장은, 오늘도 어김없이 고스톱 좀 치고 간다고 말했다. 그녀는 지금 당장 나오라고 말하고 싶었지만 그러질 않았다. 그건 그녀가 이를 악물고서 결정한 계획이 아니었다. 그녀는 시간을 봤다. 시간은 일곱 시를 가리켰다. 좀 더 기다리기로 했다. 노름이 한참 무르익으려면 여덟 시 반은 넘어야 한다고 생각했다. 어디 가서 기다리다가 시간에 맞춰서 경찰서에 신고하면 되었다. 근처를 두리번거리다가 그녀는 작은 카페로 들어갔다. 한 네 평쯤 되어 보이는 아주 작은 카페였다. 카페 이름이 '제일 좋은 날' 카페였다. 그녀는 카페 이름을 보고는 하마터면 웃음이 터질 뻔했다. 입가에 작은 미소가 번지는 걸 막을 수는 없었다. 남편에겐 오늘이 제일 안 좋은 날이 될 것 같아서였다. 그러나 미소는 금세 사라졌다. 지금 상황이 상황인지라 자신이 웃을 처지가 아니기 때문이었다. '제일 좋은 날' 카페에서 그녀 인생에서 두 번은 볼 수 없을, 남편의 아주 안 좋은 모습을 목격하게 되었다고 생각했다. 시간을 기다리는 내내 그녀는 야릇하게 씁쓸한 아주 묘한 기분이 들었다. 그녀는 자몽에이드를 시켰다. 자몽의 쓴맛이 그녀의 목을 타고 넘어갔다.

"이크~써!"

그녀는 이를 악물면서 몸서리를 쳤다. 자몽의 쓰고 신맛도 왠지 모두 다 원수 같은 남편 때문이라고 생각했다. 자몽 차를 홀짝홀짝 다 마시자 시간이 여덟 시 십오 분이 지나고 있었다. 그녀의 계획대로라면, 이제 이십 분만 더 있다가 경찰에 전화하면 모든 것이 끝난다고 생각했다. '참자! 이십 분만 더 참고 기다리자! 참는 자에게 복이 있나니! 그럼 저 병신같은 남편의 도박도, 외박도 모두 끝날 것이다!' 그녀는 속으로 말하면서, 잠시 뒤에 벌어질 일들에 대해서 생각했다. 경찰에 신고하고, 자신도 직접 그 현장을 두 눈으로 목격하리라고 다짐했다. 그 집 안에서 잡혀 나오는 남편을, 두 눈으로 똑바로 확인하리라고 결심했다. 경찰이 출동하려면 지금쯤은 신고해야만 했다. 그녀는 손가락이 후들거렸지만 억지로 힘을 꽉 쥐고서 경찰서로 전화를 걸었다.

"거기 경찰서죠?"

"네 맞는데요! 말씀하세요!"

"여기 000오피스텔 000호인데요. 도박하는 일당들이 있어서 신고하려 구요!"

"네? 진짜입니까?"

"네 진짜입니다. 제가 거짓으로 전화하겠습니까?"

"신고하시는 분은 누구신데요?"

"전 아내입니다! 몇 년 전부터 제 남편이 하루가 멀다고 도박하면서 외박을 일삼으니까요! 오늘은 참을 수가 없어서 신고합니다. 다 잡아가 주세요! 경찰 아저씨!"

"거기 주소 좀 알려주세요!"

"주소는 모르고요! ○○동 ○○○오피스텔 ○○○호실입니다. 지금 빨리 와주세요!. 제가 오피스텔 현관 앞에서 지키고 있어요!"

"알겠습니다! 잠시만 기다리세요! 바로 연락드리겠습니다! 출동할 때까지 아주머니도 거기서 지켜보고 계세요! 이삼 분 안에 전화하겠습니다!"

전화가 끊어졌다. 그녀는 카페에서 나와서 전봇대 뒤에 숨어서 경찰의 전화가 오길 기다렸다.

"여보세요? 도박 신고하신 분 맞으시죠?"

경찰의 전화였다.

"네!"

"지금 출발할 건데 정확한 주소 좀 알려주세요!"

"주소는 모르고요! 00동에 000오피스텔 000호실입니다!"

"잠시만요! 아~네~! 지금 출발합니다! 거기서 십 분만 기다리세요!"

"네! 빨리 와주세요!"

진짜로 십 분이 되자 경찰차 세 대가 오피스텔 건물 앞에 도착했다. 경찰차 안에서 다섯 명의 경찰이 쏟아져 나왔다. 경찰들은 순식간에 건물 안으로 뛰어 들어갔다. 그중 한 명이 두리번거리면서 그녀를 찾았다. 그녀는 그 경찰에게 다가가서 자기가 신고한 사람이라고 말했다. 그녀는 그 경찰과 함께 오피스텔 안으로 들어갔다. 아까 보았던 호실까지 그녀는 경찰과 함께 올라갔다.

"아주머님은 따라오지 않으셔도 됩니다! 위험할 수도 있어요!"

"아닙니다! 전 하나도 안 무서워요! 제 눈으로 남편의 노름 현장을 직접 목격해야만 되겠어요!"

경찰도 완강한 그녀를 더는 제지하지 않았다. 그녀는 이 사건의 중요한 제보자였기 때문이었다. 두 사람은 000호실로 올라갔다. 먼저 올라온 경찰들은 입구를 양옆으로 에워싸고 지시를 기다리고 있었다. 한 명은 비상계단에 숨어서 만일의 사태에 대비하고 있었다. 그녀와 함께 온 경찰이 고개로 지시했다. 한 경찰이 초인종을 눌렀다.

"네! 누구세요?"

여자의 목소리였다. 경찰은 다시 세게 초인종을 눌렀다.

"누구시냐고요?"

"경찰입니다! 어서 문 열어요! 다 알고 왔으니까 빨리 문 열어!"

강압적인 경찰의 목소리에 안에서 남자 목소리가 다시 들렸다.

"누구야? 누가 왔다고?"

"경찰입니다. 허튼소리 그만하고 빨리 문 열어! 안 열면 이 문 부수고 들어갑니다!"

심상치 않은 상황을 파악한 남자가 문을 열었다. 그녀의 남편 박부장이었다. 옷은 잠옷 차림이었다. 제일 앞에 있던 경찰이 박부장을 보자 그대로 덮쳤다. 나머지 경찰들이 갑자기 밀물처럼 밀고 들어갔다. 박부장의 아내는 경찰들 뒤를 따라서 안으로 들어갔다. 이미 다른 경찰한테 손목이 꺾인 채, 제압당해 허리를 못 펴고 있는 남편을 보았다. 그녀는 한심하다는 듯이 혀를 차면서 두 눈으로 남편을 째려보았다.

"아니 당신 지금 뭐 하는 거야?"

"당신이야말로 여기에서 맨날 무슨 짓거리하는 거예요? 아주 팔자가 늘어지셨구려! 이 시간에 벌써 이런 곳에서! "

"아니 이 여편네가 진짜! 당신 미쳤어?"

"오늘도 밤을 새워 놀려고! 어림없어요! 이젠!"

박부장이 더 거칠게 저항하자, 경찰에게 팔을 꺾인 채 수갑이 채워졌다.

"도박에 미친 건 당신이에요! 당신 자신이 미친 건 알아요?"

그녀도 악을 쓰면서 소릴 질렀다. 그러자 박부장은 기가 꺾여서 조용해졌다.

"나 도박 안 했어요! 저 여자가 제정신이 아니라고요! 무슨 도박을 했다고 그래?"

"당신 가만히 있지 못해!"

경찰이 소리치자 박부장은 할 말이 없었다. 오피스텔 안으로 몰려들어간 경찰들은 어리둥절했다. 아무리 봐도 뭔가 잘못된 것 같았다. 오피스텔 안에는 박부장과 여자 한 사람만 있었다. 제보와는 다르게 도박한 흔적도 없었다. 그 여자 또한 잠옷 차림이었다. 경찰들이 옷장 속이랑, 서랍이란 서랍을 모두 뒤져봐도 돈이란 건 없었다. 그리고 도박에 쓰는 담요나 화투 비슷한 것도 없었다.

"아니! 이거 잘못 제보한 것 아냐?"

아까 그 우두머리 경찰이 그녀를 쳐다보았다.

"아주머니! 남편 맞죠?"

"네 맞아요!"

"근데 도박을 한 것 같진 않은데요! 사람들도 없고요! 증거물들도 아무것도 없습니다! 아까 분명히 도박하고 있다고 하셨잖아요? 어떻게 된 거죠?"

"그러게요! 근데 이 사람은 그럼, 여기서 뭘 하고 있었나요?"

그녀는 자기의 신랑을 가리켰다.

"그거야 저희도 모르죠! 뭘 하고 계셨는지는! 이제 경찰서에 가서 조사해보면 알게 되겠죠!"

"경찰 양반 이것 수갑 좀 풀어요! 나 도박 안 했다니까요!"

"그건 안 됩니다! 지금은 당신의 아내가 직접 도박 혐의로 신고를 한 상태에서 잡힌 겁니다. 경찰서에 가서 조사해보면 도박했는지, 안 했는지는 자세하게 나올 테니까 조금 참으세요!"

"아~나! 미치겠네! 여보! 당신 이따가 집에 가서 봐!"

"경찰 아저씨! 그럼 저 여자는 누구예요? 도박꾼 아니에요!"

박부장 아내인 걸 눈치챈 연과장은 아무런 말도 안 하고 있었다. 고개만 가로저으며 방바닥만 보고 있었다. 그때 박부장 부인의 눈에 그녀가 입고 있는 잠옷이 눈에 들어왔다. 남편이 지금 입고 있는 잠옷과 똑같은 커플 세트란 걸 알았다. 순간, 그녀의 머릿속에 번득이며 스치는 생각이 있었다. 순간, 그녀는 미친 여자처럼 '에~잇 썅!' 괴물 같은 소릴 지르더니, 자신도 모르게 허공을 향해 두 팔이 뻗어졌다.

"어디서 이년이! 남의 남편을 꼬드겨서 방에 들여!"

갑자기 소릴 지르면서 연과장에게 달려드는 부인의 양손이, 덥석 연과장의 머리털을 움켜쥐었다. 경찰들은 순식간에 벌어진 일이라 미처 말릴 틈도 없었다.

"니네~! 두 연놈이 여기서 뭣하고 지냈냐! 이년아! 응? 이 죽일 년아!"

"아악~ 내 머리야! 나 죽는다. 오빠야!"

어떨결에 연과장이 박부장을 불렀다. 박부장은 수갑에 묶인 채, 그런 두 여자를 보고만 있을 수밖에 없었다. 자신이 어떻게 말릴 수도 없었다.!

"뭐어~ 오빠! 무슨 오빠 같은 개 소리야? 이 년이 놀고 자빠졌네! 개 같은 이 년이! 아직도 정신을 못 차렸구나! 이 썅년아!"

"경찰 아저씨! 이 여자 좀 말려줘요! 살려주세요! 아~악! 내 머리카락 다 빠지겠어요! 아이구! 내 머리!"

"아! 아! 이러시면 안 됩니다. 이건 폭행입니다! 이러시면 아주머님도 폭행죄로 잡혀가십니다! 얼른 놓으세요! 네?"

"에이~ 죽일 년! 재수 없는 개 같은 년!"

그녀는 분이 안 풀렸지만, 경찰이 폭행이라는 말에 더는 잡질 못하고 연과장의 머리카락을 놓았다.

"너 여기서 내 남편하고 삼 년 동안이나 매일같이 뭐하고 뒹굴었냐? 이년아!"

"......"

"여보! 창피하게 여기서 이러지 말고 집에 가서 얘기합시다!"

"뭐! 창피해? 이 원수가 창피한 걸 다 알아? 야! 맨날 고스톱 친다고 하고선, 여기서 저년하고 놀아난 거지? 이 원수야! 더는 내가 참을 수 없으니까 각오해! 당신!"

"자자! 모두 진정들 하시고 모두 다 경찰차에 타세요! 조사할 게 있으니까요! 김순경! 세 분 다 차에 태워!"

세 사람은 오피스텔을 나와서 경찰차에 나눠서 태워졌다. 박부장은 연과장과 같은 차에 타고, 부인은 다른 차에 탔다. 경찰서로 간 세 사람은 차례로 조사받게 되었다.

박부장은 도박을 언제부터 어디서 했는지, 안 했으면 연과장하고는 어떤 관계인지, 경찰은 상세하게 꼬치꼬치 캐물었다. 신고한 부인에게는 왜 거짓 신고하게 되었는지를 집중적으로 추궁했다. 연과장에게는, 두 사람의 관계는 무슨 관계인지가 추궁 대상이었다. 부인이 보았다는 그 돈뭉치는 현장 조사 결과 아이스크림 봉투였다. 박부장은 연과장이 좋아하는 아이스크림을 사서 가지고 간 것이다. 이번 조사로 두 사람의 관계는 적나라하게 다 밝혀졌다. 경찰은 이번 사건을 도박은 없었다는 것으로 마감했다. 박부장의 아내는 경찰서에서 연과장을 간통죄로 고소하겠다고 했다. 하지만 경찰이 정말로 할 생각인지를 묻자 망설였다. 경찰은 사건의 현장은 목격된 상태이니, 집에 가서 좀 더 신중하게 생각해 보고 결정해도 늦진 않다고 말해주었다. 부인은 그렇게 하겠다고 대답했다. 세 사람은 오랜 시간을 경찰서에 붙들려서 조사를 마쳤다. 세 사람은 지친 모습으로 경찰서를 나왔다. 이 사건으로 부인은 도박은 애초부터 없었고, 두 사람의 연애질만 확인한 셈이 되었다. 세 사람은 경찰서 앞에서 흩어져야만 했다. 부인은 혼자서 집으로 갔다. 부인은 박부장을 끌고 가려고 했지만, 박부장이 옷을 갈아입고 온다고 해서 어쩔 수 없이 보내주었다. 자신이 따라가서 같이 데려올까도 했다. 그때 연과장이 택시를 불러 세웠다.

"택시! 택시! 택시 왔어! 오빠! 어서 타요!"

연과장은 부인을 쳐다보지도 않고, 택시에 올라타면서 박부장을 불렀다.

"저년이! 님의 님편을 보린 듯이 막 불러!"

부인은 다시 또 울화가 치밀어 끌어내릴까 했다. 하지만, 태연하게 연과장을 따라서 타는 남편을 보자 기운이 쭉 빠지고 말았다.

"병신같은 놈! 저런 년이 뭐가 좋다고 꽁무니를 졸졸 따라다니는 거야! 미친놈!"

택시가 떠난 곳을 향해 부인은 혼자 떠들고 있었다. 그녀는 자신 앞에서, 당연한 듯이 택시를 타고 가버린 두 사람의 모습에 기가 막혔다. 둘의 관계가 어느 정도인지는 짐작하고도 남았다. 자신 몰래 남편이 바람 필지도 모른다고, 막연하게 생각했었다. 마침내, 신랑의 바람을 두 눈으로 확인하게 되었다. 그녀의 심장이 벌렁벌렁하면서 뒤집히려고 했다. 피가 거꾸로 솟구쳐서 현기증이 나려고 했다. 분하고 억울해서 견딜 수가 없었다. 그녀의 눈에선 자꾸 눈물이 흘러나왔다. 멈추려고 해도 멈춰지질 않았다. 아까 그 오피스텔로 다시 쫓아갈 기세였지만 그러진 않았다. 남편이 집에 들어오면 절대 용서하지 않으리라 결심했다. 마음속으로 다짐에, 다짐을 하면서 그녀는 집으로 왔다. 그날 밤, 늦은 시간에 박부장은 집에 와서 잘못했다고 사과했다. 그런 박부장을 그녀는 큰 가방에 짐을 싸서 밖으로 내쫓았다. 잘못을 인정하고 싹싹 비는 박부장을 그녀는 용서고 뭐고 다 필요 없었다. 당장 이혼할 기세였다. 박부장은 할 수 없이 집주변에 있는 모텔로 갔다. 집에서 쫓겨 난 박부장은 해결할 실마리를 찾지 못해 머리가 아팠다. 연과장과 이대로 헤어져야만 한다고 생각했다. 어떤 면에선 유부남을 좋아한 연과장도 불쌍했다. 아내의 심정은 충분히 이해가 갔다. 이렇게 모텔로 쫓겨난 자신이 한심스러웠다. 입에선 자꾸 한숨만 나왔다. 일이 이렇게 되고 보니까 아내도 피해자고, 자신도 피해자고, 그리고 연과장도 피해자였다. 물론 잘못은 둘이서 했지만, 그 결과는 세 사람 모두가 다 피해자였다. 한순간의 잘못된 선택의 결과였다. 모텔에서 거의 뜬눈으로 밤새우며 박부장은 생각했다. '이대로 연과장에게 가야 하나? 아니면 집에 가서 다시 빌어야 하나? 아예 혼자서 독립해서 살아야 하나?' 어느 것 하나 정답은 없었다. 박부장은 다음 날 회사에서 연과장을 만났다. 자초지종을 알게 된 연과장은 박부장을 당장 자기 집으로 데리고 갔다. 이제 연과장은 더 잘됐다고 생각했다. 들통이 났으니 이제 둘이서 살면 된다고 생각했다. 하지만, 박부장의 마음은 그렇지만도 않았다. 이대로 연과장과 함께 살면, 아내와 자식들과는 영원히 끝일지도 모른다는 두려움이 들었다. 쉽게 결정을 내릴 수가 없었다. 박부장은 사실, 연과장보다는 가정이 더 소중했다. 아내보다도 자신이 여태껏 지켜오고 쌓아 온, 가정이라는 이름의 울타리가 소중했다. 그 안에서, 함께 살아 온 아이들이 더 필요하고 귀중했다. 아이들은 아직 결혼도 안 한 상태였다. 그는 다시 돌아가야 한다고 생각했다. 아내가 무슨 짓을 하든지, 다 참고서 가정을 지켜야 한다고 생각했다. 이대로 아내와 이혼할 순 없었다. 그건 자신이 여태껏 쌓아 온 공든 탑들이 다 무너지는 것이나 마찬가지였다. 박부장은 그날, 연과장과 함께 밤새 이야기를 나누다 잠이 들었다. 다음 날, 박부장은 연과장에게 다시 모텔로 간다고 말했다. 연과장은 못 가게 말렸지만 박부장은 모텔로 갔다. 그는 연과장을 설득했다. 좀 더 신중하고 완벽하게 일이 마무리되면, 다시 만나자고 했다. 연과장은 화가 났지만 어쩔 수 없었다. 자신이 좀 더 세게 고집을 부리면 박부장이 반대로 멀어질 것도 같았다. 연과장은 빅부징이 스스로 다시 찾아올 때까지, 더 인내히고 기다릴 수밖에 없었다. 박부장은 모텔로 와서 다시 아내에게 전화를 걸었다. 한번 만나서 대화하자고 했다. 아내는 필요 없으니까 이혼할 생각이나 하라고 말했다. 그녀는 화를 버럭 내고는 핸드폰을 끊었다. 박부장은 아이들에게 기대보는 수밖에 없었다. 아들을 먼저 만나기로 했다. 이제 막 직장에 들어간 아들은, 부모가 싸울 때면 늘 아빠 편이었다. 그런 아들에게 부탁하기로 했다. 퇴근 시간이 다 지나고 나서, 집 근처 카페에서 둘은 만났다. 아들은 아빠의 말을 다 듣고서 말했다.

"아빠! 말씀은 다 이해하지만요! 지금 아빠 연세에 무슨 바람이에요? 그리고 최소한 엄마에게 들키지는 말았어야죠! 이게 뭐예요! 집이 쑥대밭이 됐잖아요! 아빠 엄마가 헤어져도 우리야 다 컸으니까 상관없다고 해요! 하지만 우리가 누구 편을 들 수도 없잖아요!"

"그러니까 아빠가 우선은 다 잘못했다고 솔직하게 털어놓지 않니! 너희가 엄마 마음을 잘 좀 돌려 보렴! 넌 엄마에게 그런 말 할 수 있잖아! 아들이니까! 부모님이 이혼하면 안 된다고 말하란 말이야! 알았니?"

"아빠는 어쩌다가 이런 실수를 저질러서 그래요? 이번 일은 진짜 아빠한테 실망입니다!"

"그래! 아빠가 잘못했다! 인정한다! 너희들한테 진짜 미안하다! 이건 아빠의 진심이다! 여동생한테는 말하지 말고! 아빠가 이렇게 잘못을 인정하고 용서를 구한다! 엄마한테 잘 좀 말해줘라. 아들아! 응?"

"아~참! 송이도 다 커서 눈치가 얼마나 빠른데요! 아마 엄마가 다 말할걸요! 일단은 엄마한테 말은 해볼게요! 하지만 안 되면 어떻게 해요? 엄마가 너무 많이 화나셨는데요! 엄마 요즘 건강 상태도 심상치가 않아요! 매일 골골한다고요! 일단은 제가 말은 해볼게요! 그러고서 엄마의 태도를 또 봐야죠! 뭐!"

"그래~ 고맙다! 아들!"

"아니에요! 이제 그 여자와는 헤어지는 거죠?"

"그럼! 그렇게 해야지! 차 다 마셨으면 나가자!"

"네!"

박부장은 아들과 헤어졌다. 아들에게 생전 처음으로 미안함과 수치심을 동시에 느꼈다. 그때 연수원에서 연과장이 자기에게 다가오지만 않았어도 좋았을 텐데, 하는 생각이 절로 났다. 또 자기가 그때 연과장의 고백을 무시만 했어도 좋았을 텐데, 하는 후회도 했다. 이제 다 부질없는 후회였다. 되돌릴 수도 없는 일이었다. 그나저나 아내가 자신을 용서해줘야 집에 다시 들어갈 수 있었다. 언제까지 이 모텔에서 살아야 할지 앞날이 캄캄했다. 그렇게 일주일이 지났다. 박부장의 핸드폰이 울렸다. 아내였다. 이제 풀어주려나 싶어서 얼른 핸드폰을 받았다. 며칠 전 아들을 만났던 그 카페로 나오라는 것이었다. 핸드폰 속에서 아내의 목소리가 너무 단호하게 들렸다. 박부장은 자칫하면 '네!'라고 존댓말을 쓸 뻔했다. 그만큼 박부장은 이제 마음속으로 아내를 두려워하고 있었다. 카페에서 마주 앉은 박부장과 그의 아내는 서로 얼굴만 쳐다보고 있었다. 한참 후, 아내가 먼저 입을 열었다.

"요즘은 우리처럼 오래 산 사람들은 졸혼도 하면서 산다고 하잖아요? 우리에겐 이제 그런 좋은 이별 법은 물 건너갔으니까 조용히 이혼하고 따로 삽시다!"

"아니! 당신은 내가 그만큼 잘못했다고 인정하는데도 이혼을 또 말하는 거야?"

"그것밖에 답은 없어요! 나도 이제 당신 뒤치다꺼리하는 것도 싫고! 젊었을 때처럼 아웅다웅 싸우는 것도 힘들고! 다 싫으니까 이혼하고, 조용히 혼자서 살게 그렇게 해줘요!"

"누구 마음대로 그렇게 해! 못해 난 이혼 안 해! 아이들을 위해서도 그건 안 되잖아! 애들도 머지않아 결혼도 해야 하고! 애들을 생각해 보라고! 애들을!"

"아이들 생각하는 사람이 딸 같은 젊은 애랑 바람을 피워요? 기가 막혀서 진짜!"

"무조건 내가 잘못했으니까 사과할게! 미안해요! 여보!"

"아이 시끄러워요! 다 끝났고요! 이혼 서류 여기 있으니까 준비나 해요! 준비되면 연락해요! 그럼 그때 법원에서 봅시다! 그렇게 아시고 요! 나 이만 가요!"

박부장의 아내는 퉁명스럽게 말을 끊고는 혼자 일어나서 나가버렸 다. 그녀는 더 앉아서 말해봐야 울화만 치밀고 눈물이 나올 것 같았다. 남편에게 자신의 약한 모습을 보이지 않으려고 급하게 일어선 것이다. 박부장은 일어나 나가는 아내를, 잡지도 못하고 멍하니 쳐다만 봤다. 저렇게 찬바람이 나는 아내는 처음이었다. 아내가 변한 것 같았다. 그 날 박부장은 모텔 밖에 있는 술집에서, 혼자 술을 취하도록 마셨다. 그 리고는 그날 밤, 연과장에게 갔다. 그날 이후, 박부장은 연과장과 새살 림을 차리고 말았다. 이후에도, 아내가 원하는 이혼은 하질 않았다. 대 신, 아이들이 결혼하고 나면 그때 이혼하기로 합의했다. 아내에게는 미리 재산을 나눠주기로 했다. 재산도 반으로 똑같이 나누어서 주었 다. 서로에게 더 이상 간섭하지 않는 별거가 된 것이다. 아내는 집에 홀로 남았다. 아이들은 성인이 되었으니까 걱정은 없었다. 서로가 어 디서 생활하든 상관하지 않기로 했다. 연과장은 신이 났다. 박부장이 온데다가, 박부장이 가지고 온 절반의 재산도 적지 않았기 때문이었 다. 연과장은 자신이 갑자기 부자가 된 기분이었다. 두 사람은, 매일같이 외식에다 드라이브를 즐기며 안 가는 곳이 없었다. 연과장은 그동안 못해본 것을 다 해보고 싶은 마음이었다, 박부장은 가정을 버리고 나온 허전한 자리를, 그렇게 억지로라도 채우고 싶었다. 이참에 그는 연과장이 하고 싶다는 것은 다 해주고 싶은 마음이었다. 그만큼 두 사람의 씀씀이도 커졌다. 그래도 두 사람은 함께할 수 있어서 나름 행복했다. 박부장은 가끔 자식들을 만나서 식사했다. 이때 연과장은 같이 하지 않았다. 자식들의 마음을 배려하기 위해서 그랬다. 박부장은 아들딸에게 전화로 아내가 어떤지를 묻곤 했다. 그의 아내는 잘 지내는 편이었다. 아이들에게 자신도 별일 없이 잘 지내고 있다고 알려주곤 했다. 현대인에게 남녀 간의 영원한 사랑이란 존재하지 않는 것인지, 이별의 상처 속에서 그들은 한동안 아파했다. 사람이 살아간다는 것은, 새로운 누군가를 만나고 헤어지는 연속의 시간인지도 모른다. 각자 서로 다른 색깔로 만나고, 서로 다른 의미로 사랑하다가 헤어지는 것이다. 사회 속에서 함께 부대끼며 살아가야만 하는 우리는, 결국 가족으로 만나고, 이웃으로 만나고, 아니면 사회 속 직장이나 단체에서 동료로 만나고, 학교 선후배로 만나고, 남과 여로 만나고, 그리고 헤어지는 것이 우리들의 삶인 것이다. 결국, 우리 모두 헤어지겠지만, 그때까지는 반복해서 만남과 헤어짐을 이어가게 되는 것이 우리들의 인생인 것이다.

20

두 사람이 새롭게

두 사람이 새롭게 시작한 재결합은 서로를 다시 바라보는 계기가 되었다. 첫발을 내딛는 심정으로 서로를 좀 더 이해하기 시작했다. 그러자 신기하게도 서로의 눈에 그동안 보이지 않던 많은 것들이 새롭게 보였다.

김사봉 과장은, 미스 서에게서 어렵게 합의서를 받았다. 법원에 제출해서 형은 감면되었다. 그는 경찰서 구치소에서 삼 개월 동안 있다가 나왔다. 이 일로 그의 아내가 이혼을 요구했다. 사실 김사봉의 아내도 남편 모르게 사귀던 내연의 남자가 있었다. 그녀는 이번 일이 터지자 이혼을 결심했다. 하지만, 김사봉은 다시는 절대로 이런 일이 없을 것을 맹세하면서 이혼을 회피했다. 김사봉은 이번 사건으로 말수가 줄어들었다. 자신의 가벼웠던 말투와 행동들이 결국, 자신을 구속하는 결과를 가져왔기 때문이었다. 김사봉은 구치소에서 있는 동안에, 자신을 다시 되돌아보았다. 신혼 초를 빼고는 김사봉은 주말이면 나이트클럽에서 살다시피 했다. 거기서 새로운 여자를 만나는 것을 인생의 유일한 낙으로 여겼다. 그 당시, 그가 만난 여자들이 수도 없이 많았다. 그런 그의 외도 때문에 아내와 말싸움도 많이 했다. 두 사람 사이에 아이마저 생기질 않았다. 둘은 점점 더 각자 따로따로 노는 사이가 되었다. 그의 아내는 아내대로 주말이면 친구들을 만나서 외식하면서 늦게 들어왔다. 김사봉은 다른 여자들과 실컷 놀다가 새벽이 되어서야 집으로 기어들어 왔다. 그가 퇴근했는지, 그녀가 출근했는지도 모른 채, 그들은 서로에게 무관심한 세월을 살고 있었다. 그 결말이, 지금 김사봉 자기의 모습이었다. 또한, 아내의 현재 모습이기도 했다.

그는 이제 달라지고 싶었다. 그러자, 그는 조금씩 변하기 시작했다. 우선 말부터 고치기로 했다. 여성들을 비하하지 말아야겠다고 생각했다. 그리고 여성들에게 성적 농담이나 성희롱은 절대로 하지 말아야겠다고 다짐했다. 그런 그에게 이젠 아내가 이혼을 요구하고 있었다. 아내의 말은 전부터 그럴 줄 알았다는 식이었다. 그녀는 말끝마다 김사봉의 인격을 무참하게 깎아내렸다.

"너 같은 인간은 콩밥을 몇 배는 더 처먹어야 정신 차릴 거야! 당장 이혼해! 창피해서 밖에다 얼굴을 들고 다니질 못하겠으니까! 이 썩어 빠진 인간아!"

"……"

김사봉은 어쩔 수 없이 이혼했다. 정확하게 말하면 그는 이혼당한 것이다. 아내의 무지막지한 등쌀에 떠밀려서 짐을 싸야만 했다. 그녀는 자신도 내연의 남자가 있었기에, 이번 일로 모든 걸 깨끗하게 정리하고 싶었다. 그녀는 이번 일을 질질 끄는 것을 원하지 않았다. 그렇게 김사봉 과장의 일은 아내와 이혼하는 것으로 정리가 되었다. 김사봉은

늘은 나이에 다시 취직하기가 쉽지 않을 것이 큰 걱정이었다. 우선 숙소를 얻어야만 했다. 아내에게 아파트를 내어주는 대신에, 통장에 있는 잔액과 주식으로 묻어둔 돈이 그의 전 재산이었다. 그는 우선 일부 주식을 팔았다. 통장에 있던 돈과 합쳐서 빌라를 전세로 얻었다. 새로운 주거지는 그런대로 김사봉의 마음에 들었다. 이제부턴 직장을 다시 구하는 것이 문제였다. 김사봉의 이력을 알고 있는 같은 계열의 회사들은 취직이 어려웠다. 그래서 김사봉은 영업직으로 나가기로 했다. 자동차 딜러 일이 자신에게 맞을 것 같았다. 어릴 적부터 자동차에 애착이 많았기 때문이었다. 자동차 지식이라면 누구보다도 자신 있었다. 그는 자동차 영업점에 찾아가서 무턱대고 취직을 부탁했다. 다행히 어떤 영업점에서 김사봉을 나오라고 했다. 그는 이제 부장 명함을 가지고 자동차를 영업하기 시작했다. 김사봉은 특유의 붙임성 있고, 능글맞은 성격으로 그곳에서도 잘 적응했다. 자동차 영업점에선 여성 손님들도 많이 상대해야만 했다. 하지만, 전처럼 그런 성적 농담이나 성희롱은 하지 않았다. 적당한 거리를 확실하게 두고서 항상 여성 고객을 대했다. 그런 그의 태도는 전에 비하면 완벽한 신사처럼 보일 정도였다. 그 자신도 이제야 철이 든 것처럼 생각될 정도였다. 김사봉은 주위의 칭찬에 더욱 자신감이 붙었다. 자동차 영업이 자신에게 맞는 것을 알게 되자 더욱 열심히 영업에 몰두했다. 성과는 나타났다. 두 번째 달에, 그는 영업점에서 매출실적으로 일등을 달성했다. 지점장이 내건 포상금도 받았다. 그는 자동차 영업의 매력에 점점 빠져들었다. 김사봉이 자동차를 판매한다는 소문은, 전에 있던 회사 사람들에게도 금방 퍼졌다. 그가 새사람이 됐다더라 하는 소문도 나돌았다. 김사봉이 영업하다가 우연히 마주친 사람들에게서 퍼진 입소문들이었다. 그러던 어느 날, 연과장이 김사봉 과장에게 전화했다. 자기도 차를 바꾸고 싶다고 했다. 그는 그동안 연과장이 차를 안 가지고 다닌 것으로 알고 있었다. 김사봉 과장은 의문이 들었다. 하지만 차를 사겠다고 하니 우선은 너무나 기뻤다. 연과장과 김사봉 과장은 자동차 영업점에서 만났다. 김사봉은 연과장을 만나자 카페에서 지난 일들을 먼저 사과했다. 그래도 이렇게 찾아주고 연락해 줘서, 너무나 고맙다는 인사를 여러 번 했다. 김사봉 과장은 새로운 사람이 된 것처럼 연과장에게 깍듯하게 대했다. 연과장은 김사봉 과장의 그런 모습이 참 신기하게 보였다. 그렇게 징그럽던 사람이 하루아침에 이렇게 변한 것이 놀라울 따름이었다. 그것도 좋은 쪽으로 변한 것이, 오히려 그에게 고마울 정도였다. 연과장은 신형 대형세단을 골랐다. 그리고 김사봉 과장에게 앞으로도 일이 잘되길 바란다는 인사도 잊질 않았다. 연과장의 진심 어린 인사였다. 김사봉 과장은 연과장의 진심 어린 격려에 울컥해져서 눈물이 쏟아질 뻔했다. 그는 진심으로 고맙다고 했다. 그는 연과장도 어서 좋은 남자 만나서 행복하게 살라는 덕담을 잊지 않았다. 연과장도 감사하다고 말했다. 일주일 뒤 연과장은 박부장과 함께 자동차 영업점에 나타났다. 두 사람은 내형세단을 찾아서 직접 몰고 돌아갔다. 그는 두 사람이 왜 같이 왔는지는 알 수 없었다. 연과장은 자신이 운전을 못하니까 박부장님께 대신 운전을 부탁했다고만 말했다. 김사봉 과장은 그녀의 말을 그대로 믿는 수밖에 없었다. 연과장 말고도 몇몇 회사 직원들이 김사봉 과장에게서 차를 구했다. 그런 일이 몇 번 생기자, 그는 자신의 과거를 진심으로 후회하게 되었다.

그의 아내 김춘자는 이혼한 후에 내연의 남자와 사이가 더 좋아졌다. 집을 비우는 날이 흔해졌다. 김사봉이 있었다면, 그는 매일 밖으로만 도는 아내에게 잔소리했을 것은 뻔했다. 하지만 이혼한 후로, 이젠 그럴 사람이 집에 없었다. 그런 의미에서 그녀는 이제 자유로웠다. 그녀의 내연의 남자는 배기성이라는 사람이었다. 그는 김춘자보다 나이가 열 살 위였다. 그는 카바레 춤꾼이었는데 어떻게 나이트클럽에서 그녀를 만나게 되었다. 김춘자도 김사봉 과장처럼 원래부터 나이트를 다니는 취미가 있었다. 그녀는 결혼 후 나이트클럽에 가는 것을 자제하며 살았었다. 하지만 김사봉이 맨날 나이트에서 살다시피 하자 자신도 나이트에 드나들기 시작했다. 그날은 김춘자가 자기 친구들과 부킹이 심한 나이트클럽에 갔다. 룸 안에는 배기성과 그의 친구들이 함께 있었다. 배기성의 휜칠한 키와 현란한 입담에 반한 김춘자는, 그날로 배기성의 여자가 되었다. 원래부터 남편의 바람기를 못 참아 왔던 김춘자였다. 기회가 되면 똑같은 방법으로 복수한다고 벼르던 참에, 그녀의 눈에 딱 맞는 남자를 만난 것이다. 그래서 그녀는 한 치의 망설임도 없이 배기성의 여자가 되었다. 그날부터 김춘자는 가정생활은 소홀해지고 시간만 나면 오직, 밖으로 나가서 배기성과 돌아다니면서 놀기 시작했다. 그때 마침, 김사봉 과장이 성추행을 일으켰다. 배기성 주변에는 건달들이 많았다. 건달들과 어울리며 젊은 시절을 살아온 배기성은 그때까지도 살림다운 살림을 차려본 적이 없는 인간이었다. 배기성이 거쳐 간 여자는 수없이 많았다. 그가 보기에는, 김춘자 역시 그런 여자 중의 하나에 불과했다. 하지만 김춘자는 이 남자에게서 새로운 삶의 가치를 찾고 싶었다. 배기성은 그런 김춘자를 가만히 두질 않았다.

   그녀의 이혼으로, 김춘자는 아예 배기성이 머무르는 원룸에서 보내
는 시간이 더 많아졌다. 유흥비는 주로 김춘자가 냈다. 특별히 직업이
없는 배기성은 항상 주머니가 비어 있었다. 그의 씀씀이는 컸다. 그 큰
씀씀이에 김춘자까지 함께 다니려니, 그녀가 저축해둔 돈으로 쓸 수밖
에 없었다. 김춘자는 신혼 초부터, 모든 생활비를 김사봉이 벌어다 주
는 돈으로만 지출했다. 함께 맞벌이하면서도, 자신이 번 돈은 한 푼도
안 쓰고 모았다. 꽤 많은 돈이 모였다. 우선은 그 돈으로 배기성과의
유흥비를 충당하면서 당분간은 걱정 없었다. 배기성의 말대로, 조만간
그가 일자리를 잡으면 둘이서 먹고살 것은 충분하다고 생각했다. 김춘
자가 보기에 배기성은 능력도 있고, 자신을 진짜 좋아하는 것만 같았
다. 자신이 말하면 무엇이든 잘 들어주고, 이해해주려는 마음씨가 마
음에 들었다. 이 남자는 자신을 위해서라면, 어떤 힘든 일도 견디면서
해 줄 것 같았다. 하지만 배기성은 다른 생각을 했다. 우선 김춘자의
돈을 이용해서 장사를 벌이고 싶었다. 그럼, 쉽게 다른 사람들처럼 사
장 소리 들으면서 살 수 있을 것 같았다. 그러다가 일이 잘되면, 그녀
의 원금도 나중에는 돌려주고, 생활비도 약간은 지원하면서 같이 살
생각이었다. 그는 나름대로 멋진 그림을 그렸다. 배기성은 김춘자의
돈으로 몇 달 후, 호프집을 차렸다. 자신이 특별한 기술이 없는 사람이
기 때문이었다. 자신이 술을 좋아하고, 주변 친구들도 술친구들이 많
기 때문이었다. 그는 호프집이 제일 편하다고 생각했다. 그는 그렇게
쉽게 돈을 벌 수 있다고 철석같이 믿는 남자였다. 그의 생각도 나름대
로 일리는 있었다. 하지만, 매일 같이 들어오는 손님들의 비위를 맞추

면서, 가게를 지키는 게 쉬운 일만은 아니었다. 배기성처럼 놀기 좋아하는 사람에겐 더더욱 어려웠다. 자신의 표현에 따르면 콧구멍만 한 가게에서, 치킨을 튀기면서 손님을 대하는 게 너무나 갑갑하고 힘이 들었다. 그는 늘 스스로 그래도 큰 건달이라고 생각하고 있었다. 자신은 친구들을 불러 모아서 술잔이나 팔 수 있게 도와주면 된다고 생각했었다. 처음부터 가게는, 김춘자와 종업원이 하면 된다고 생각해서 벌인 사업이었다. 그런 그가, 가게에 온종일 붙어있을 리는 없었다. 매일 들어오는 돈은 모두 자신이 가지고 가서 다 써버렸다. 김춘자는 매일 매일 통장에서 돈을 꺼내 장사를 이어가야만 했다. 그렇게 몇 달이 지나자 그녀의 통장에 든 돈은 간 곳도 없이 사라졌다. 그리고 가게 월세는 밀린 채, 장사마저 오픈 때처럼은 되질 않았다. 가게를 차릴 때, 김사봉 모르게 모아둔 종잣돈을 모두 다 쓴 것이다. 그녀는 장사할 돈이 떨어지자, 아파트를 담보로 삼천만 원을 더 대출받았다. 그녀 생각에, 그 정도면 호프집을 잘 일으킬 것도 같았다. 자신의 통장에 다시 삼천만 원이 들어오자 약간은 용기가 되살아났다. 가게의 인테리어를 바꾸고, 테이블과 의자들도 다 바꿨다. 그렇게 천오백 정도를 금세 다 써버렸다. 장사는 그런대로 되는 날도 있고, 안되는 날도 있었다. 그렇지만 통장에 돈이 쌓이는 것은 아니었다. 그런 나날이 계속되었다. 잘 안되는 장사도 문제지만, 그녀에겐 배기성이 더 큰 문제였다. 허구한 날 밤늦게 가게에 들어오는 데다, 돈만 보면 달라고 성화를 부리니 이젠 어떻게 할 수가 없었다. 배기성은 원래부터 그런 백수건달이라는 것을 그녀는 이제야 알게 되었다. 연애도 좋고, 사랑도 좋지만, 이러다간 자신의 노후가 캄캄해질 것은 불을 보듯 뻔했다. 하루는 아침에 통장을 보다가 깜짝 놀랐다. 삼천만 원이나 있던 돈이, 이제 천만 원밖에 없었다. 나름대로 열심히 장사한다고 했는데 이해가 되질 않았다. 그녀는 매일 같이 밤늦게 들어와서는, 피곤해서 지쳐 떨어졌다. 통장을 확인할 새도 없었다. 그냥, 그때그때 필요한 물건을 주문하고 장사했다. 그녀는 본사에서 보내온 것으로, 매일같이 장사만 열심히 했었다. 그녀는 다음 달이면 통장이 또, 바닥이 날까 봐 걱정이었다. 이러다가는 은행 이자도 못 물고 재산을 다 잃을 것만 같았다. 이혼하면서 유일하게 건진 아파트도, 이자와 원금 상환에 모두 다 날아갈지도 모른다는 생각이 들었다. 그녀는 가게를 접어야겠다고 생각했다. 아직 천이라도 남아 있을 때, 빨리 접는 게 더 낫다고 판단했다. 그녀는 그날, 가게에 들어온 배기성에게 장사가 안되고 남은 돈도 없다고 말했다. 그녀는 가게를 부동산에 내놓았다. 가게는 새로 인테리어를 한 탓에 헐값에 쉽게 나갔다. 배기성도 비좁고 힘든 치킨집에 아쉬움은 없었다. 오히려 없애버리는 것이 그는 더 후련했다. 모든 일이 그렇듯이 생각한 대로 다 이루어지는 세상은 아니었다. 김춘자는 큰 인생 공부를 한 셈 치고, 배기성과는 헤어지기로 결심했다. 차라리 전에처럼, 마트에서 일하는 것이 자기에게는 훨씬 더 낫다고 생각했다. 배기성이 쉽게 놓어시지는 잃겠지만 어쩔 수 없었다. 가게를 우선 접고, 배기성과 만나는 횟수를 줄여 나가는 수밖에 없었다. 그녀는 하루하루 착실하게 실천해나갔다. 배기성과 점점 만나는 횟수가 줄었다. 배기성도 이젠 김춘자에 대한 미련은 없었다. 그는 지독하게 악랄한 성격은 아니었다. 그대로 천천히 김춘자를 놓아주었다. 대신 오백만 원만 빌려오라고 했다. 그녀는 어렵게 빌려 온 모양을 취하고서 배기성과 헤어졌다.

배기성은 김춘자에게 더 빨아먹을 것이 없다는 것을 알고서야 물러났다. 그녀는 전에 아르바이트로 일하던 마트에 다시 취직했다.

김사봉의 아내가 배기성과 놀아나는 사이, 김사봉은 완전히 다른 사람이 되어 있었다. 여자를 탐하지도 않았고 술도 마시질 않았다. 오로지 자동차를 파는 재미에 푹 빠진 사람처럼 영업에만 매진했다. 전 아내의 외도를 아는지 모르는지, 그는 일에만 열심히 집중했다. 그런 김사봉의 얘기는 몇 다리 건너서 김춘자의 귀에까지 들어갔다. 김춘자는 자기도 이제 마트에서 열심히 벌어야겠다고 생각했다. 전처럼 자신의 통장에 오천만 원을 다시 모아야겠다고 결심했다. 두 사람은 이번 일들을 계기로 조금 더 새로운 인생을 살고자 했다. 모든 문제는 생각하기 나름이었다. 김사봉 역시 몇몇 사람에게서 전 아내 김춘자의 얘기를 전해 들었다. 호프집을 차려서 다 망했다는 소리도 들었다. 다시 마트에서 일한다는 소식까지 들을 수 있었다. 그런 소식을 들을 때마다 기분이 좋질 않았다. 그래도 전 아내와 함께 살던 때가 더 좋았었다고 생각하는 김사봉이었다.

하루는 자동차를 다섯 대나 판매하고서 큰 수수료가 들어왔다. 김사봉은 전처 생각이 났다. 그는 전처가 다시 일한다는 마트에 찾아갔다. 멀리서 보이는 김춘자는 열심히 카운터에서 계산하고 있었다. 김사봉은 자신도 모르게, 마음속이 울컥해져서 눈가가 촉촉하게 젖어 들었다. 그날 저녁에, 그는 전처와 단둘이서 커피를 마시면서 다시 시작해볼 것을 제안했다. 이 말에 김춘자도 눈에 이슬이 맺혔다. 바람둥이 백수건달 배기성과 살아보니, 그래도 그녀에겐 김사봉이 훨씬 좋은 남자였다. 그녀는 그날로 김사봉을 아파트로 불러들였다. 둘은 이제 다시,

재결합 부부로 살아가게 되었다.

두 사람이 새롭게 시작한 재결합은 서로를 다시 바라보는 계기가 되었다. 첫발을 내딛는 심정으로 서로를 좀 더 이해하기 시작했다. 그러자 신기하게도 서로의 눈에 그동안 보이지 않던 많은 것들이 새롭게 보였다. 김사봉의 눈에는, 김춘자가 어딘가 매력이 넘치고 복이 많은 사람으로 보였다. 김춘자 눈에도 김사봉이, 세상 누구보다도 깔끔하고 준수한 신사처럼 보였다. 다른 사람들은 믿진 않겠지만, 두 사람 사이에 새로운 행복과 사랑이 싹트고 있었다. 정말 다행스러운 일이었다.

21

수퍼문

수퍼문이라고 하는 거대한 달이 서쪽으로 기울어 가고 있었다. 그 거대한 달덩어리는 아직 떠오르지도 않은 동쪽의 햇빛을 받아, 지구에 반사 시키면서 이 어둠을 향해 따스하고도 밝은 빛을 비추고 있었다. 그 때 외롭고 고독한 그녀의 가슴속으로 그 밝은 달빛이 스며들어왔다. 달빛 때문인지 그녀는 더 이상 외롭고 고독하지 않았다. 가슴 속에 묻어두었던 어두운 상처들이 말끔히 사라지는 것만 같았다. 이젠 외로움을 이겨낼 수 있을 것 같았다.

서울로 현아는 돌아왔다. 아무란은 끝내 파리로 오지 않았다. 오 일간의 파리 생활은 그녀에겐 악몽이었다. 아무란이 야속했다. 현아는 비행기를 타기 전, 아무란의 전화번호를 차단했다. 애초부터 아무란에게 그렇게 매달리는 여자가 있는 줄은 꿈에도 몰랐다. 그런 그가, 자기에게 다가오면 안 되는 거였다. 어쩌면 목숨을 걸고 덤비는 여자 앞에서, 현아는 자신이 패배했다고 생각했다. 남자도 목숨을 걸고 지켜야만 하는 존재라는 걸, 현아는 그동안에는 알지 못했다. 불현듯, 하루아침에 하늘나라로 가버린 전 남자친구 박수정이 떠올랐다. 가슴이 미어졌다. 현아는 자신도 모르게 이를 악물었다. 다 지나간 일이었다. 세상을 구경조차 하지 못하고 떠나간 아기가 생각났다. 현아의 눈이 고여오는 눈물로 붉게 충혈되었다. 현아에게 그 아기는 분명 자신의 또 다른 생명이었다. 하늘나라에 있는 그 남자의 아기였다. 자신의 첫 아이였다. 현아는 고개를 흔들었다. 과거를 기억하긴 싫었다. 영영 잊을 수는 없겠지만, 지금은 그런 생각들로 자신이 약해지는 게 싫었다. 현아는 오피스텔을 둘러보았다. 현아의 오피스텔에는 아직 아무란의 흔적들이 남아 있었다. 일회용 면도기와 수건, 그가 쓰던 스킨로션과 추리닝, 그리고 양말들과 속옷 몇 개가 아무란을 기다리고 있었다. 하지만 아무란은 오지 않을 것 같았다. 현아는 피곤에 지친 몰골로 있었다. 그녀는 겨우 세수만을 하고는 그대로 잠이 들었다.

아침이 되었다. 현아는 달력을 보았다. 시월도 거의 다 가고 있었다. 다음 주 월요일에는 회사에 나가야만 했다. 현아는 회사에 가면 바로 사표를 내겠다고 생각했다. 더 이상 자신의 인생을 비정규직으로 이렇게 소모해선 안 된다는 생각만이 가득해졌다. 내일은 무얼 할까 고민 중이었다. 현아는 엄마에게 전화를 걸었다.

"엄마 나 오늘 서울에 왔어!"

"오 그래야! 잘 다녀왔나?"

"그럼!"

현아는 엄마의 목소리를 듣자 눈물이 왈칵 쏟아져 나왔다. 자신이 우는 소리가 엄마에게 들릴까 봐, 호흡을 참으면서 전화를 받고 있었다.

"친구랑 다 잘 다녀왔어야? 별일 없나?"

"그렇다니까. 엄마는 우리가 애들인가!"

"거시기 유럽인가 뭣이당가 댕겨 본께 좋아?"

"너무 멋있어! 경치도 좋고!"

"그럼 다행이제!"

"너무 좋은 여행이었어! 엄마!"

"회사는 언제 나가야?"

"다음 주 월요일부터 나가면 돼!"

"엄마! 아빠도 잘 계시지?"

"그럼! 아빠야 잘 있어 불어! 썩어빠진 친구들이랑 맨날 당군가 멋이당가 헌께!"

"그럼 됐지 뭐!"

"느그 아빠야 아적은 건강 혀!"

"그럼 된 거야! 엄마! 내가 또 연락할게요!"

"그래 피곤헌께 어여 들어가 쉬그라 잉!"

현아는 흐르는 눈물 때문에 전화를 계속할 수가 없었다. 현아는 침대 이불에 엎드려서 한참을 그렇게 울었다. 실컷 울자 그녀는 마음이 좀 가라앉았다. 속이 시원한 것도 같았다. 박수정이 다시 떠올랐다. 그가 그렇게 가지만 않았어도 지금처럼 혼자는 아닐 거였다. 그때 유산한 아기를 잘 낳아서 키웠더라면 지금쯤은 유치원에 다닐 거였다. 아기를 생각하자 가슴속이 쓰라렸다. 현아는 그동안 잊고 살아온 그때의 상처가, 가슴속 깊은 곳에서 다시 돋아나는 것 같았다. 현아는 자기의 삶이 어디로 가는지 도대체 알 수가 없었다. 아무리 자신이 주관적으로 계획을 세우면서 살아도, 제멋대로 가는 게 인생인 것만 같았다. 그렇게 생각하자, 앞으로 자신의 미래가 어디로 흘러갈지 아득하고 암담하기만 했다. 식당을 차리기로 했으니, 이제는 식당 자리나 알아보는 것이 그녀가 할 수 있는 최우선의 선택이었다. 우리는 미래를 예언할 수는 없다. 단지 미래의 모습을 상상하면서 오늘 최선을 선택하며 갈 뿐이다. 어쩌면, 우리의 바람과는 상관없이 미래라는 세계는 다가오는지도 모른다. 미래의 세계는 우리에겐 큰 의미가 아닐 수도 있다. 그건 신의 영역일 수도 있다. 아니면 자연의 영역이거나. 결과를 예측할 수는 없는 미래를 향해서, 오늘이라는 주사위만을 던지면서 사는 것이, 우리의 운명일 수 있는 것이다. 현아는 이제부턴 자신에게 주어진 주사위만을 던지기로 했다. 무엇이 나오는지는 그다음의 문제라고 생각했다. 그때 가서 또다시, 자신에게 주어진 주사위를 던지리라고 생각했다.

월요일에 현아는 회사에 가서 사표를 냈다. 회사 사람들과 연과장이 깜짝 놀랐다. 이유를 궁금해했다. 현아는 별다른 이유를 대지 않고, 그냥 당분간 쉬고 싶다고만 했다. 그리고 일주일이 지났다. 그다음 주가 되자, 현아의 통장에 적은 퇴직금이지만 목돈이 고스란히 들어왔다. 그때까지도 현아는 아무란의 물건들을 치우지는 않았다. 현아가 서울로 오고 나서, 한 달이 다 되어가고 있었다. 현아는 그때까지도 아무란의 전화를 차단하고 있었다. 그날 파리로 오지 않은 아무란은, 그녀에겐 더 이상 필요 없는 사람이라고 생각했다. 클라라와 잘살아보라고 속으로 여러 번 내뱉었다. 하지만, 그때마다 가슴 속 어딘가에, 서늘한 바람 한 줄기가 느껴졌다. 그 서늘한 바람은 그녀의 마음 구석구석을 헤집고 지나가는 것만 같았다. 결국, 아무란과도 이렇게 되고 마는 것인가 싶었다. 며칠 뒤, 최진구는 아무란의 전화를 받았다. 그는 현아의 오피스텔로 와서 현아를 만났다. 현아는 최진구와 이수진의 전화까지 차단하진 않았었다. 현아는 아무란에 대해서 분노하고 있었다. 두 사람은 일 층 카페에서 만났다.

"현아씨! 아무란이 그날 파리로 갔었다고 합니다! 그때 현아씨는 서울로 간 상태였고요! 아무란이 파리까지 갔다는 건 아무란이 현아씨를 사랑한다는 증거 아니겠습니까?"

"아니요! 어쩌면 나보다 클라라가 더 어울리는 사람일지도 몰라요! 그렇게 악착같이 좋아하는 여자가 아무란에게는 더 필요할지도 모르죠!"

"아무란에게 말은 들었습니다! 그래도 그런 말이 어디 있습니까? 사랑과 집착은 다른 겁니다! 또, 그가 그렇게 생각했다면 현아씨 찾아서 파리에 갔겠습니까?"

"그럼, 파리에 온 날 그날로 왜 서울에는 안 왔대요? 다시 클라라에게 돌아간 건 무슨 뜻이죠? 난 이제 아무란에 대해서 기대도, 실망도 하지 않기로 했어요! 그게 내 삶에도 좋아요! 서로에게도 좋다고 결론 내렸어요! 다시 서울로 와서 날 찾아온다고 해도 말이죠! 물론 그럴 아무란이 아니라는 걸 저는 알지만요!"

"아무란은 분명히 여기로 온다고 했어요! 그래서 현아씨와 같이 살 거라고 했습니다! 제 말 믿으세요! 전 아무란을 잘 알아요!"

"……"

현아는 최진구의 말을 듣고는 내심 동요했다. 그만큼 현아는 아무란을 믿었다. 그녀는 상처가 컸다. 아무튼 현아는 최진구에게 찾아와

줘서 고맙다고 인사를 했다.

"이수진씨 하고는 어떻게?"

현아는 최진구를 만나자 이수진의 안부가 궁금했다.

"그게~! 저희도 지금 멀어졌다가 어제야 수진이가 다시 오피스텔에 돌아왔어요! 요즘은 우리도 전 같진 않아요! 다 제 잘못이죠! 수진이는 결혼하자고 난리고요! 난 처지가 그대로인데! 맨날 티격태격하면서 싸우다가 헤어지고 다시 만나선 웃다가 그래요!"

"서로 잘 어울렸는데! 제가 볼 때는요! 수진씨는 마음씨도 착하고, 성격도 밝고, 그런 여자 요즘 없어요! 여자인 내가 봐도요! 다시 한번 잘 생각하세요! 진구씨가 먼저 아량을 베풀어야지요! 여자니까 겉으로는 표현 안 해도 아마 속으로는 무척 사랑할 겁니다! 진구씨보다 수진씨가 더 좋아했었잖아요! 돈이 좀 부족하면 어때요! 결혼해서 둘이 살면서 벌면 되잖아요! 난 그렇게 생각하는데!"

"그렇긴 한데! 그게~ 잘 안되네요! 이번에 수진이가 다시 왔으니까 한 번 더 깊이 생각해 볼게요!"

"꼭 그렇게 하세요! 진구씨! 아무란하고 나는 이렇게 잘 안됐지만요!"

"아니에요! 현아씨! 아무린은 틀림없이 올 겁니다! 이제 그만하고 핸드폰 차단도 풀어놓으세요! 통화가 안 되니까 아무란도 미칠 것 같다고 그랬어요! 한 달 안에 꼭 서울로 온다고 했다니까요! 아무란은 진실한 친구입니다. 그건 현아씨도 잘 알잖아요! 조금만 더 기다려 봐요! 네? 현아씨! 아무란이 저한테 현아씨에 대한 자신의 감정은 진심이라고 여러 번 말했어요! 전 아무란을 믿어요! 요즘 세상에 그런 친구도 없거든요! 제가 본 아무란은 정말 좋은 친구입니다!

"그거야 친구니까 그렇게 생각하는 거겠죠! 아무리 그렇다고 해도 그에겐 지금 목숨을 건 여자 친구가 옆에 있으니까요! 제가 참 힘이 드네요! 사실 어떻게 해야 할지도 잘 모르겠어요! 솔직히!"

"아마 아무란이 잘 마무리하고 돌아올 겁니다! 우리 그때까지 미리 속단하지 말고 기다려요! 현아씨도 그러면 되는 겁니다! 아직 결론 난 것은 아무것도 없잖아요! 그 친구가 꼭 온다고 했으니까 기다려야죠!"

"……"

현아는 더는 할 말이 없었다.

"오늘은 이만 아무란의 안부를 전했으니 전 가볼게요! 현아씨! 나오지 마세요!"

"네 그럼 입구까지만 나갈게요! 고마워요. 진구씨!"

최진구를 보내고 나서 현아는 오피스텔로 돌아왔다. 자신과 아무란과의 문제만큼이나 최진구와 이수진의 문제도 안타까웠다. 남녀가 사랑한다는 것이 이토록 힘든 일인가 싶었다. 그녀의 엄마와 아버지는, 삼십 년 동안이나 별 탈 없이 잘살아온 것 같아 신기했다. 자신의 주위를 둘러봐도, 친구들이나 동료들은 잘만 사귀고 결혼도 잘하고 있었다. 자신의 첫 남자는 지구 밖 우주로 영영 사라지고, 두 번째 남자는 지구 반대편으로 가버렸다. 그녀는 자신만이 이처럼, 유독 힘든 것 같아 너무나 억울했다. 그날 현아는 아무란의 짐을 정리했다. 그가 남긴 모든 것들을 모아서 두 개의 종이상자에 담았다. 그리고 한쪽 벽면에 있는 수납공간 안에 넣어두었다. 현아는 침대에 누워 잠을 청하려고 했다. 아무란에 대한 생각으로 잠이 잘 오질 않았다. 아까 다녀간 진구씨의 말들이 다시 생각났다. 여러 생각으로 엎치락뒤치락하다가 잠이 들었다.

현아는 이제 출근 시간에 목을 매는 회사도 없었다. 무언가 새로운 삶을 시작해야 할 시점에 서 있었다. '무엇부터 하지?' 이럴 때 아무란 이 옆에 있다면 훨씬 더 쉬웠을 텐데 그것이 아쉬웠다. 이제, 아무란에 게 그녀가 먼저 연락할 수는 없었다. 아무란이 직접 찾아올 때까지는, 자신이 연락하지는 않겠다고 다짐했다. 그녀의 머릿속에는 이제 서서히 괜찮은 식당을 차릴 때가 되었다는 생각만으로 가득 찼다. 차라리 이럴 때일수록, 어떤 일에 몰두하는 것이 훨씬 더 정신적으로 좋다고 생각했다. 그녀는 머릿속으로 식당을 그려보고 메뉴를 생각해 보는 것은 늘 즐거웠다. 레스토랑은 이층이 좋겠다고 생각했다. 왜냐하면 일층은 가겟세가 비쌀 것이 분명하기 때문이었다. 목도 좋은 곳이라야 하고, 주변에 회사가 많아서, 젊은이들이 많으면 좋겠다고 생각했다. 오피스텔이나 대학생들이 많아도 좋을 것 같았다.

며칠 후, 현아는 오피스텔을 나왔다. 홍대 정문 앞에서 지하철 출입구까지 상가들이 밀집된 지역으로 갔다. 그곳에는 음식점들로 넘쳐났다. 대학교 정문 앞에서 지하철역과 연결된 길을 따라서, 그녀는 괜찮은 자리가 없나 확인했다. 식당을 차릴만한 자리는 없었다. 그리고 몇 군데 확인해 본 결과, 가겟세가 너무나 비싸서 엄두가 나질 않았다. 현아의 돈으로는 감당이 안 되었다. 그렇다고 여기서 포기할 수는 없었다. 현아는 요즘 젊은이들이 새롭게 모인다는 성수동으로 가보기로 했다. 그녀는 지하철을 탔다. 그곳은 아직 가겟세가 홍대만큼 비싸진 않았다. 잘만 고르면 절반에도 구할 수 있었다. 그날 마지막으로 간 부동산에서, 현아는 마음에 드는 가게를 찾았다. 그곳은 그녀의 마음에 딱 드는 넓은 테라스가 딸린, 창이 넓은 이층이었다. 통유리창에 길에서도 이층이 잘 보여서, 간판을 크게 달면 선전 효과도 있을 것 같았다. 일 층에는 무슨 식당 같기도 하고, 카페 같기도 한 가게 하나가 리모델링하고 있었다. 그 바로 위가 그녀가 맘에 들어 한 가게였다. 올라가서 유리창으로 그 안을 들여다봤다. 생맥주 점이었다. 장사가 잘되는지는 모르겠지만 내부는 한 사십 평 내외로 보였다. 현아가 찾는 크기였다. 창을 향해서 좌석을 배치하면 좋을 것 같았다. 그녀는 이곳을 마음속으로 찜해두었다. 현아는 그 가게에 대해서 궁금한 것을 물어보았다. 부동산 여사장은 현아가 그 가게에 관심을 보이자 이것저것을 되레 되물었다.

"아가씨! 그 가게에 대해서 관심이 많아 보이는데 맘에는 들어요?"

"네! 조금만 손질하면 괜찮을 것 같아서요! 가게도 깨끗한 것 같고요!"

"그렇긴 하죠! 그래서 그 가게는 다른 데 비해 월세가 센 편이거든요!"

"전 그 가게가 맘에 들어요! 그 가게 월세를 잘 조정해주시면 좋겠어요!"

"그거야 해봐야지 뭐! 한번 내가 물어는 보겠지만요!"

"그럼 물어 봐주세요! 사장님께서 또 말씀하신 곳은 어떤 곳인데요?"

"거긴 전에 이태리 음식점을 하던 곳인데 장사가 잘되던 곳이에요! 근데 직접 운영하던 사장이 갑자기 집안 사정이 생겨서 가게를 처분한다지 뭐야! 외국으로 이민 간 데요! 목도 좋고 유동 인구도 꽤 많은 곳이야! 가보면 알겠지만, 전철역도 가깝고! 주변이 다 먹자골목이라서 저녁에는 손님들이 바글바글한 곳이에요! 온 식구가 이민 가기 때문에 그 집 며느리가 운영하던 가게를 내놓은 거라네요!"

"그럼 괜찮겠는데요! 한번 가 봐요. 사장님!"

"그럴까요? 앞 큰길이니까 바로 건너가면 돼요!"

"네!"

현아는 부동산 여사장을 따라 나갔다. 여사장 말대로 그 가게는 먹자골목 입구 대로변 일 층에 있었다. 크기는 약 이십여 평 되어 보였다. 아직도 이태리 메뉴들이 벽면에 그대로 보였다. 인테리어도 깔끔했다. 현아는 자신이 조금만 손을 보면, 여기도 크게 돈을 들이진 않아도 될 것 같았다. 여사장 말에 의하면 가게 안에 있는 가구와 조리기구들을 싸게 인수하는 조건이었다. 가격만 잘 맞는다면 초기 투자금이 많이 절약될 거라고 했다. 현아는 그보다는 가게 목이 더 중요하다고 생각했다. 현아는 나와서 부동산 여사장과 가게 근처의 유동 인구 흐름을 두리번거리면서 지켜보았다. 그리고 근처의 음식점들의 메뉴도 살펴보았다. 자신이 생각하는 메뉴는 주변에서 보이질 않았다. 현아와 부동산 여사장은 다시 부동산 기게로 돌아왔다. 현아는 좀 더 생각해 보기로 하고 부동산을 나왔다. 현아는 다른 부동산으로 갔다. 거기서도 가게 하나를 보았다. 그리고 현아는 집으로 돌아왔다. 피곤했다. 남들도 가게를 차릴 때는 이렇게 힘들여서 결정하리라고 생각했다. 여기저기 돌아다니면서 가게 자리를 보는 게 생각처럼 쉽지만은 않았다. 다음날에도 현아는 문래동 부동산들을 뒤지면서 하루를 보냈다. 현아

눈에 맞는 가게는 나오질 않았다. 가게가 좋아 보이면 월세가 맞질 않고, 월세가 맞으면 가게가 맘에 들지 않았다. 너무 비싼 곳은 안 되었기 때문에, 현아는 좀 더 찾아보기로 했다. 그렇게 일주일을 소비했다. 현아는 나름 지쳐가고 있었다. 다음 날, 성수동에서 제일 먼저 갔었던 부동산 여사장에게서 나오라는 전화가 왔다. 현아가 보았던 가게가 어느 정도 흥정이 되었다는 소식이었다. 현아는 그 부동산으로 갔다. 여사장은 웃으면서 현아를 맞았다. 알아봐 달라고 했던 이층 가게는 월세 오천에 이백오십에, 보증금 이외에 권리금을 요구했다. 그것도 팔천이었다. 그만큼 장사가 잘되는 이유라고 말했다. 그리고 이민 간다는 가게는 월세를 약간 하향해서 조정이 가능하다고 말했다. 삼천에 이백까지 내려놓았다고 부동산 여사장은 자랑스럽게 말했다. 물론 권리금도 없었다. 현아는 권리금 없는 곳에서 장사를 성공시키고 나서, 자신이 권리금을 만드는 것이 합리적이라고 생각했다. 그 정도의 자신감은 현아에게 있었다. 그럴 자신이 없다면 아예 장사할 생각을 말아야 한다고 생각했다. 현아는 그 가게가 마음에 들었다. 하루만 더 생각해 보고 계약하겠다고 했다. 부동산 사장의 말로는 이십팔 평이라고 했다. 주방 기구들도 모두 새것처럼 보였다. 약간의 손만 본다면 아주 좋은 음식점이 될 것 같았다. 현아는 '돌솥 치즈비빔밥 전문점'을 열 생각이었다. 다음 날, 현아는 부동산으로 가서 계약했다. 한 달 후 잔금을 하기로 했다. 잔금 후에 인테리어 기간은 두 달간 랜트프리 기간으로 쓰기로 했다. 현아는 잔금을 낼 때까지 메뉴 결정과 요리의 맛을 정립하는 데 도전하기로 했다. 기존의 식기 및 주방 기구들을 아주 싼 값으로 인수했다. 구하러 다니는 시간과 비용도 절약되었다. 현아는 성수동에서 제일 맛있는 비빔밥 전문점을 만들겠다고 결심했다. 종업원도 구해야 했다. 다음날에 가게 유리창에 크게 종업원 모집 광고 글을 만들어서 갖다가 붙였다. 〈오래도록 함께 식당 일할 직원분을 모집합니다. 삼 개월 수습 기간이 통과된 직원은 정식 직원으로 승격 채용됩니다. - 정식 직원은 4대 보험과 퇴직금이 적용됩니다.〉 현아는 자신이 비정규직에 대한 경험을 거울삼아 자기의 직원들은 자신이 생각하는 정당한 방법으로 채용해야 한다고 생각했다. 현아는 밤이 늦도록 메뉴에 매달렸다. 이렇게 만들어 보고 저렇게 만들어도 보았다. 그래서 이십 일이 다 되어서야 결국 메뉴를 결정했다. 돌솥 치즈비빔밥, 돌솥 카레비빔밥, 돌솥 소고기버섯비빔밥, 돌솥 시래기비빔밥, 돌솥 산채비빔밥, 돌솥 곤드레비빔밥, 모든 메뉴에는 구수한 된장국이 나갔다. 그리고 밑반찬으로는 겉절이김치와 아삭하게 익은 깍두기가 결정됐다. 기준 가격은 칠천 원부터 팔천 원까지로 결정했다. 사이드 메뉴로는 카레돈가스와 일본식 우동으로 단 두 가지 메뉴로 한정했다. 비빔밥 메뉴는 운영 중에도 계속해서 추가로 개발하기로 했다. 그때까지도 아무란에게선 아무런 연락도 오질 않았다.

드디어 잔금을 치르는 날이 되었다. 현아는 자신이 모아둔 돈을 절반 이상이나 사용해야만 했다. 하지만 현아는 흔들리지 않았다. 이미 회사도 그만둔 마당에 다시 과거로 돌아가서 비정규직으로 사는 것보다는 낫다고 생각했다. 이제는 앞으로 나아가는 수밖에는 다른 방법은 없었다. 현아는 가게 잔금을 치르자 미리 준비했던 인테리어 회사에 연락했다. 가게의 이곳저곳을 현아는 자신의 취향에 맞게 바꿔나갔다. 주방이 제일 중요했다. 우선은 제일 널찍하게 배치하고는 일하는 동선들을 정했다. 그러고 나니까 객실 공간이 비좁아 보였지만 어쩔 수 없었다. 손님 테이블을 열 개밖에 놓을 수 없었다. 그리고 출입구에 작은 계산대겸 카운터를 놓았다. 현아는 주방 그릇이며, 수저며, 필요 도구들을 사들였다. 그러자 현아에게 남아 있던 돈도 거의 바닥을 보였다. 하는 수 없었다. 모든 준비가 이루어졌다. 식당 오픈 날을 일주일 후로 잡았다. 그때까지 한 번 더, 메뉴 점검과 레시피를 확인하기 위한 준비 시간으로 채웠다. 현아는 시골 부모님에게도 연락해서 식당 오픈을 알렸다. 현아는 드디어 자신이 원하던 식당의 주인이 되는 순간을 기다리고 있었다. 유난히도 밝은 밤이었다. 수퍼문이라고 하는 거대한 달이 서쪽으로 기울어 가고 있었다. 그 거대한 달덩어리는 아직 떠오르지도 않은 동쪽의 햇빛을 받아, 지구에 반사 시키면서 이 어둠을 향해 따스하고도 밝은 빛을 비추고 있었다. 그때 외롭고 고독한 그녀의 가슴속으로 그 밝은 달빛이 스며들어왔다. 달빛 때문인지 그녀는 더 이상 외롭고 고독하지 않았다. 가슴 속에 묻어두었던 어두운 상처들이 말끔히 사라지는 것만 같았다. 이젠 외로움을 이겨낼 수 있을 것 같았다.

드디어 현아의 식당 오픈 날이 되었다. 그녀의 부모님도 시골 마을 옆집에 사시는 이웃 분과 함께 오셨다. 점심시간 세 시간은 선착순 이백 명 무료 시식회를 준비했다. 전날에 이미 신문 삽지로 동네에 '개업 기념 무료 시식회'전단을 살포했다. 다른 광고하는 대신에 주위 사람들에게 무료 시식을 제공하는 것으로 시식회 겸 광고 효과를 기대하기로 한 것이다. 다행히 길 건너 아파트에 있는 노인정에서 어르신들 모두가 시식회에 참여한다고 연락이 왔다. 첫날은 주방 식구들과 홀써빙

손발도 체크하는 기회가 되리라고 생각했다. 원래는 현아 본인은 주방을 맡고, 주방에 아주머니 한 분과 홀에 한 명을 채용하기로 했었다. 시식회 날은 아르바이트 아주머니들 세 분 더 대기시키기로 했다. 모든 식당 식구들은 앞치마를 두르고 머리는 챙이 없는 흰 모자나 두건을 쓰기로 했다. 현아가 식당에 가면 항상 신경 쓰이는 것이 머리카락과 청결이었기 때문이다. 우선 빈 테이블에 손님 예약용을 세팅해 놓고, 오전에 일찍부터 음식을 만들기 시작했다. 미리 준비해둔 김치와 밑반찬들을 준비했다. 다음에는 본 요리를 위한 준비에 들어갔다. 우선 밥은 백 명분을 준비하기로 했다. 모자라면 중간에 한 번 더 준비하기로 했다. 그리고 요리에 필요한 양념과 주방 기구들을 완벽하게 배치하고 모든 준비를 마쳤다. 이때 손님들이 들어오기 시작했다. 한꺼번에 다섯 명 또는 세 명씩 연달아서 들어왔다. 미리 준비해둔 식당 밖 임시테이블까지 좌석은 금세 인원이 꽉 찬 느낌이었다. 홀 안에는 앉을 수 있는 좌석이 사십 명 정도였다. 바깥에 임시테이블 네 곳에 열여섯 명이 더 앉을 수 있었다. 밑반찬 음식들을 먼저 세팅했다. 손님이 앉아서 주문하면 그때부터 본 음식들이 나왔다. 이미 가게 밖에는 몇 명의 손님들이 대기하는 분위기가 연출되고 있었다. 현아는 정신없이 주방과 홀을 오가면서 점심시간을 보냈다. 손님들이 한두 바퀴가 돌았을 때, 이미 시계가 한 시를 알리고 있었다. 그래도 아직 손님들이 줄을 서서 들어오고 있었다. 미리 준비해둔 밥이 거의 바닥을 보이고 있었다. 약 어림잡아 백 명은 왔다 갔다는 뜻이었다. 현아는 백 인분을 더 앉혔다. 현아는 손님들의 표정으로 약 팔십 프로의 성공이라고 생각했다. 우선 주변에서 비빔밥을 좋아하는 사람들이 많다는 생각이 들었다. 그다음에는 맛이었다. 이제 맛만 인정받으면 승산이 있다는 생각이 들었다. 현아가 홀 가운데 기둥 사면에는 어떤 내용이든 적을 수 있는 초록색 메모판을 만들어 놓았다. 어떤 사람들은 그곳에다 감사의 인사를 깨알같이 적고 가는 사람들도 몇 명 있었다.

오픈 일주일째가 되었다. 현아네 식당은 처음치고는 잘 되었다. 한명, 두 명씩 단골도 형성되어가는 느낌이 좋았다. 아직은 서투른 가게 일에 현아는 아무란을 생각할 여유가 전혀 없었다. 처음 삼 일은, 시골에서 올라 온 엄마가 가게 일을 거들어 주었다. 하지만, 현아는 이내 엄마를 시골로 내려보냈다. 먼저 시골로 내려간 아버지 때문이었다. 엄마는 어쩔 수 없이 시골로 내려갔다. 아버지와 엄마는 현아의 새로운 출발을 기특하고 안쓰러운 마음으로 격려해 주었다. 현아는 비정규직 직원으로 오 년을 버틸 때처럼, 꿋꿋하게 가게 일을 해 나갔다. 가끔, 연과장이 직원들을 몰고 찾아와서 말동무도 해주었다. 현아는 그런 연과장이 마치 친언니인 것처럼 좋았다. 회사를 그만두고 나서, 두 사람의 사이가 더 돈독해진 느낌이었다. 연과장이 찾아온 날은, 밤늦도록 함께 있다가 가게 문을 잠그고는 같이 호프집으로 가곤 했다. 그곳에서 둘만의 지난 얘기들을 털어놓곤 했다. 현아는 연과장의 연애 이야기가 늘 궁금했다. 박부장님은 어떻게 지내시는지 묻곤 했다. 그럼, 기다리기라도 한 것처럼 연과장은, 현아에게 시시콜콜 지난 얘기들을 털어놓았다. 박부장님의 말 한마디 한마디를 다 기억하고 있는 것 같았다. 함께 영화관에 간 얘기, 청평으로 드라이브 간 얘기, 일박이일로 동해안 펜션에 묵은 얘기, 시간 가는 줄 모르고 연과장의 얘기를 듣다 보면, 어느새 열두 시를 가리켰다. 그럼 연과장과 현아는 아쉬운 작별을 하곤 했다. 현아는 연과장 언니가 가고, 홀로 오피스텔에 들어오면 아무란 생각이 나곤 했다. 어떻게 지내는지, 최진구씨에게 물어보고도 싶었지만, 전화를 걸지는 못했다. 현아는 서울로 돌아오지 않는 아무란이 너무 미웠다. 그러다가도 마음속으로는 그가 그리웠다. 그럴수록 현아는 식당 사업에 집중하려고 노력했다. 그런, 다음 날에는 장사가 더 잘되었다. 그래서 금세 가게 일에 파묻혀서 지낼 수 있었다. 늘 밤늦게 파김치가 되어서 돌아온 현아는, 꼭 잊지 않고 현금출납부를 적었다. 현금출납부를 통해서, 사업의 균형을 찾고 잘못된 것을 바로잡기 위해서였다. 현아의 사업은 힘든 만큼 잘 되었다. 약간의 돈이 들어오고 있었다. 어느 정도 사업이 균형을 찾아가고 있었다. 현아 자신도 마음의 여유를 갖게 되었다. 개업한 지 벌써 삼 개월이 지났다. 이대로만 잘 되어준다면, 일 년이면 기초 투자금 회수가 가능해 보였다. 보증금이야 살아있는 자금이니까 걱정이 없었다. 기초시설 투자금액만 회수가 되면, 손해를 보거나 밑질 일은 없겠다고 현아는 생각했다. 그런 면에서, 이제 현아는 어린 숙녀가 아니었다. 서서히 음식점 사업가다운 면모를 보이고 있었다. 그럴수록 그녀는 식당 일에 매진했다. 가끔은 아무란이 생각났지만 더는 깊이 생각하지 않기로 했다. 그렇게 현아의 식당 영업은 순조롭게 되어가고 있었다. 밤늦게 모두 퇴근시키고 혼자 가게에 앉아 정산을 마쳤다. 그럴 때면, 혼자만의 여유로운 시간이 되었다. 텅빈 가게를 둘러보다가 불쑥불쑥 아무란의 안부가 생각났다. 잘살고 있는지. 그 여자하고 그리스에서 결혼이라도 한 건 아닌지 그런 생각도 들었다. 그러면 더 외로움이 엄습해왔다. 그런 날은, 먼저 하늘나라로 간 박수정도 생각나곤 했다. 그리고 그의 아기도 생각했다. 비록 유산으로 끝이 났지만, '그가 살아있고 그 아기도 이 세상에 태어났더라면 어땠을까?'하는 생각을 하곤 했다. 아마도 경제적으론 힘들고 어려웠겠지만 따뜻한 가정이 되었을 것 같았다. '그 아기가 살아서 지금까지 자랐으면 나이가 여섯 살은 됐겠지?' 현아는 머릿속에 여섯 살 아이가 노는 모습이 그려졌다. 상상만 해도 흐뭇한 미소가 그녀의 입가에 번졌다. 그런 생각들을 가끔은 했지만, 다행스럽게도 현아는 식당 사업에 몰두했다.

22

앞으로 나아가는 것

앞으로 나아가는 것, 그것이 현아가 아는 인생이
고 행동하는 방향이었다. 어쩌면 우리는 모두 인생이
라는 시계 위에서, 앞으로만 나아가도록 태엽이 감
겨진 시계바늘인지도 모른다. 어떤 경우에도 우리는,
시간 위에서 앞으로 나아갈 수밖에 없기 때문이다.
그런 운명으로 태어난 존재들이다. 언제나 우리가 생
각할 수 있는 후퇴란, 생각과 행동의 후퇴이지 시간
의 후퇴는 아니기 때문이다.

몇 개월이라는 시간이 지났다. 현아는 아무란을 서서히 잊고 있었
다. 가끔은 생각이 났지만 생각하지 않으려고 했다. 가능한 한 잊으려
고 했다. 장사에 빠져 지내다 보니 잊고 지내는 시간도 점점 늘어났다.
현아는 가게 근처로 오피스텔도 옮겼다. 어차피 먼 이국에서 살아야만
할 사람을 애타게 기다리지 않기로 했다. 잊지 못해서 안달해 보았자
자신에게 득이 될 일이 아니었다. 둘 사이에서 현아가 할 일은 없었다.
남겨진 문제들은 모두가 아무란 스스로가 해결해야 할 문제였다. 아무
란 본인의 문제를 가지고 그녀가 속을 태워봐야 소용없었다. 현아는

지금 이 시점에서 아무란을 잊는 것이, 최우선의 선택이라고 생각했다. 아무란이 어떤 결정을 내리든지 그 결정을 존중해주기로 했다. '아무란은 클라라를 벗어나진 못할 거야! 클라라는 아무란을 잡기 위해서라면 자신의 목숨도 버리는 여자 아닌가! 몇 개월이 지난 지금까지도 아무란이 그곳에 남아 있다는 것이 이를 증명하는 거야!' 현아는 이제 아무란이 그곳에서 살아야 한다면, 행복하게 살기를 바랐다. 현아는 같은 여자로서 클라라에게도 잘 살기를 바라는 마음이 들었다. 미워하거나 싫어할 대상은 없었다. 단지 상황이, 현아 자신에게 안 좋아진 것일 뿐, 다른 것은 없었다. 자신은 남자 복이 없는 여자인 것만 같았다. 어쩔 수 없는 현실을 그녀는 받아들이기로 했다. 부디, 아무란이 행복하기를, 그리고 클라라도 행복하기를. 또 현아 자신도 행복하기 위해서 그녀는 식당 일에 몰두해야만 했다. 그것이 다가오는 현실 앞에서, 현아가 취할 수 있는 최선의 방향이기 때문이었다. 앞으로 나아가는 것, 그것이 현아가 아는 인생이고 행동하는 방향이었다. 어쩌면 우리는 모두 인생이라는 시계 위에서, 앞으로만 나아가도록 태엽이 감겨진 시계바늘 인지도 모른다. 어떤 경우에도 우리는, 시간 위에서 앞으로 나아갈 수밖에 없기 때문이다. 그런 운명으로 태어난 존재들이다. 언제나 우리가 생각할 수 있는 후퇴란, 생각과 행동의 후퇴이지 시간의 후퇴는 아니기 때문이다. 우리들의 생각과 행동이 후퇴하는 순간에도, 시간은 무조건 앞으로 나아간다. 설령, 그 순간이 아주 절망적인 순간일지라도. 우리들의 모든 삶은 나아가는 시간 즉, 나아가는 삶인 것이다.

현아가 식당을 차리고 나서 한 가지 변화가 생겼다. 그건 광화문에서 '중대재해 처벌법' 시위가 있는 날이면, 그녀는 언제나 광화문 광장으로 나가 시위에 참석했다. 그건 박수정을 위해서였다. 또 '비정규직 철폐' 시위에도 나갔다. 며칠 전부터는 전국적으로 '미투운동'이 일어나고 있었다. 그녀는 '미투운동'에도 동참했다. 몇 년의 시간이 지났어도, 그녀의 첫사랑이었던 박수정의 일을 그녀는 잊을 수가 없었다. 시간이 지나고 과거의 상처는 아물었지만, 아문 상처 위로 새살이 돋아나도 상처 자국은 더욱 선명해졌다. 그 상처가 그녀를 광화문으로 향하게 했다. 국회에서 '중대재해 처벌법'이 통과될 때까지 그녀는 광화문 시위를 멈춰서는 안된다고 생각했다. '비정규직 철폐' 시위도 마찬가지였다. 한 여성으로서 '미투운동' 역시 그녀는 방관할 수 없었다. 그녀가 광화문으로 가는 날엔 그녀의 식당에선 직원들이 그녀의 몫을 대신해야 했다. 그날만은 어쩔 수 없었다. 그날을 제외한 나머지 날들은 그녀에겐 똑같은 날들의 반복이었다. 식당 문을 열고, 하루의 장사를 준비하고, 손님을 받고, 저녁이면 지친 몸이 되었다. 그래도 마감 때까지 그녀는 열심히 일했다. 늦은 밤이 되면 다음 날을 준비하면서 하루하루가 지나갔다. 그러던 어느 날, 최진구와 수진은 결국, 결혼했다. 진구는 아직은 자신의 레스토랑을 차리진 못했지만, 수진이 어머님의 간곡한 부탁을 거부할 수는 없었다. 자나 깨나 결혼을 원하는 수진을 위해서도, 더는 결혼을 늦출 수가 없었다. 진구는 어쩔 수 없이, 자신의 계획보다 조금 먼저 결혼식을 올리게 되었다. 수진의 간절한 바람처럼, 두 사람의 결혼은 이렇게라도 이루어져 다행이었다. 수진은 마음속으로, 이제 결혼했으니까 진구 오빠가 다른 여자에게 눈을 돌리지 않게 되길 바랐다. 진구도 이제 수진이와 결혼 때문에 다툴 일은 없어졌으니 나름 좋았다. 두 사람은 가까운 지인들과 친척들만 대동한 채, 작지만 예쁜 결혼식을 올렸다. 가까운 경기도 외곽에 있는 예쁜 펜션을 예약했다. 야외 잔디밭에서 결혼식을 하기로 했다. 꽃들이 활짝 피어있는 잔디밭에서 두 사람은 미래의 삶을 약속했다. 사회는 진구의 대학교 친구가 맡았다. 주례는 진구가 다니던 호텔 레스토랑 회장님이 서주셨다. 그분은 경기도의 한 대학의 문과대 교수님이셨다. 최진구의 부모님도 맨 앞자리에 자리를 잡고 앉았다. 진구의 아버지는 새로 맞춘 짙은 남색 정장을 차려입었다. 그의 어머님도 푸른빛 저고리에 금색 치마를 곱게 차려입었다. 수진의 홀어머님도 좌측에 혼자서 연분홍빛 예쁜 한복을 입고서 앉아 있었다. 그녀의 눈은 간밤에 흘린 눈물 때문에 약간은 충혈이 된 듯도 보였다. 아직도 그녀의 눈에는 촉촉하게 눈물이 맺혀 있었다. 그녀는 가끔 넘치는 눈물을 옷고름으로 훔쳤다. 아마도, 혼자서 수진을 키워왔던 지난날들이 자꾸 생각나는 듯했다. 그 뒤로 친구들과 친척들이 나란히 하얀색 의자에 줄지어 앉아 있었다. 진구의 레스토랑 사장님과 직원들이 그 뒤를 채우고 있었다. 그 뒤, 어디에도 김지아의 모습은 보이질 않았다. 그날, 지아는 자신의 멋진 외제 차를 몰고서, 어떤 남자와 함께 인천공항으로 갔다. 그리고 곧바로 발리로 여행을 떠났다.

최진구는 아무란에게도 둘의 결혼을 알렸다. 아무란은 어머님이 아프신 관계로 올 수 없다는 답장을 받았다. 진구와 수진은 현아에게도 연락했다. 현아는 경기도에 있는 결혼식장을 혼자서 찾아왔다. 현아는 야외 잔디밭에서, 결혼식이 진행되는 내내 아무란을 생각하고 있었다. 그녀의 예상대로 아무란은 오질 않았다. 그녀가 예식장에 도착하자 수진과 진구는 반갑게 맞이해 주었다. 두 사람은 바쁜 와중에도, 몇 번씩 현아 곁에 와서 말을 걸어주었다. 현아는 두 사람에게 고마운 마음이 들었다.

"현아씨! 아무란은 엄마가 아파서 못 온다는 연락을 받았습니다!"

"이제 결혼식을 올려서 다행이에요! 축하드려요!"

"사실 전 좀 더 늦게 하고 싶었는데, 수진이가 너무 원해서 그냥 하기로 했어요! 우리의 레스토랑은 좀 더 돈 벌어서 만들기로 했고요! 하하하!"

"오빠도 좋으면서!"

"그래 나도 좋아! 사랑해! 수진아! 오늘 같은 날 아무란이 꼭 왔어야 하는데!"

"난 괜찮아요! 진구씨! 수진씨! 두 분의 결혼 진심으로 축하해요!"

"감사해요! 바쁘실 텐데 여기까지 와 주시고~! 그동안 어떻게 지내셨어요?"

"저는 그냥 있었어요! 전과 똑같이요!"

현아는 순간, 자신이 가게를 차린 걸 말하려고 했다. 하지만 진구가 아직 레스토랑을 차리지 못했다는 소리를 듣고는 말하지 않기로 했다.

"수진씨두 정말 예뻐요! 두 분 오래오래 잘 살아야 해요!"

"현아씨! 정말 고마워요! 아무란은 오늘은 못 왔지만 머지않아 꼭 온다고 했어요! 오빠랑 약속했대요! 그리고 현아씨가 오면 이 말을 꼭 전해달라고 했대요! 미안하지만 자기가 꼭 올 테니까 기다려달라고요!"

"……"

현아는 그들에게 뭐라고 달리 할 말이 없었다. 진구는 아무란이 왔으면 좋았을 텐데 미안하다고 몇 번을 말했다. 현아는 그들의 마음을 이해했다. 그리고 두 사람의 결혼을 진심으로 축하해 주었다. 마지막 주례사가 끝나자, 두 사람이 잔디밭 가운데로 펼쳐진 붉은 카펫 위로 행진을 시작했다. 두 사람의 미래를 위한 첫걸음을 나란히 내디뎠다. 기다린 듯이 일제히 박수가 터져 나왔다. 오색 종이로 만든 꽃가루가, 그들이 걸어갈 길 위로 아름답게 뿌려졌다. 그 사이사이로 무지갯빛 비눗방울들이 주변으로 날리다가 하늘로 날아올라 흩어졌다. 테이블 어디선가 축하하는 샴페인이 터졌다. 행진이 끝난 신부 신랑이 잔디밭 위에 놓인 커다란 케이크 앞으로 왔다. 두 사람이 나란히 케이크를 자르는 순서를 마지막으로, 결혼식은 끝나고 있었다. 이어서 신랑 신부의 부모님들도 차례로 케이크를 잘랐다. 그리고, 모든 원형 테이블 위에서 샴페인이 터졌다. 연거푸 샴페인이 터지면서 축하가 이어졌다. 화려하진 않았지만, 나름 세련되고 깔끔한 결혼식이 끝이 났다.

어느 날, 갑자기 아무란이 서울로 왔다. 현아와 그렇게 헤어진 지, 일 년이란 시간이 지난 뒤였다. 아무란은 전에 있던 오피스텔로 거처를 정했다. 아무란은 서울에 오자마자 현아를 찾았지만 찾을 수가 없었다. 전화를 해봤지만 다른 사람이 받았다. 진구도 전화했지만 역시 다른 사람이 받았다. 진구의 결혼식 때만 해도 전화가 됐었는데 이상했다. 아마도 현아의 전화번호가 바뀐 것 같았다. 요리학원 선생님들에게도 가보았지만, 현아의 바뀐 전화번호를 알 순 없었다. 아무란은 최진구와 함께 현아를 찾아다녔지만 찾을 수가 없었다. 아무란은 서울에 온 지, 한 달 이상을 아무것도 하지 않은 채 현아만을 찾아다녔다.
아무란은 서울에 올 때, 최진구와 함께 레스토랑 사업을 구상하기로
했었다. 아무란은 어차피 현아를 쉽게 찾을 수 없다면, 무엇이든 일하
면서 찾는 수밖에 없었다. 최진구는 아무란을 설득했다. 최진구도 다
니던 레스토랑을 이젠, 그만 정리하고 싶었다.

"아무란! 이렇게 시간만 보내느니, 우선 우리들의 사업을 만들어 놓
자! 가게를 운영하면서 현아는 우리가 계속해서 찾는 거야! 그게 더
좋을 것 같아! 시간만 자꾸 더 가고 있잖아! 벌써 아무란이 온 지도
한 달하고도 반이란 시간이 흘러가고 있어!"

"... 그래야 할까?"

두 사람이 돈을 합치면 쉽게 좋은 식당을 만들 수 있었다. 아무란은
그리스의 부모님에게서 사업 자금을 지원받기로 했다. 그날부터 최진
구와 아무란은 레스토랑이 될 만한 가게를 찾아다녔다. 식당 경험이
많은 최진구의 안목으로 쓸 만한 가게를 찾았다. 두 사람은 계약을 마
치고, 거의 모든 내부 인테리어는 두 사람이 직접 만들었다. 그리스에
서 아버지의 가구 사업을 도왔던 아무란이었다. 그는 인테리어와 가구
에 남다른 감각이 있었다. 최진구는 주방에서 쓰는 모든 기구와 식기
그리고 레스토랑 운영 방법까지, 세심하게 계획을 잡아 나갔다. 아무
란과 최진구는 요리 선택까지도, 두 사람이 함께 의논해서 결정했다.
두 남자는 그리 크지 않은 평수의 가게에서, 한 가지 요리에 전문성을
살리는 것이 좋다고 판단했다. 다양한 이탈리아식 돈가스와 파스타가
함께 나오는 레스토랑으로 정했다. 메인요리는 생토마토가 곁들여진
토마토 카레돈가스로 결정했다. 토마토 카레돈가스는 아무란의 제안

으로 최종 결정되었다. 최진구도 찬성했다. 깍두기 김치와 백김치 그리고 물김치를 사이드 반찬으로 정했다. 오이피클과 단무지도 보조 반찬으로 정했다. 간단하면서도 한국적인 취향으로 정했다. 단, 카레돈가스는 정통 이탈리아식으로 만들기로 했다. 아무래도 주변 식당과 차별화가 필요했기 때문이었다. 토마토 카레돈가스와 토마토 치즈돈가스 등 다섯 가지 돈가스와 두 가지 생선가스를 주요리로 하고 부요리로는 이탈리아 파스타 네 가지로 서로 세트 메뉴로 가능하게 했다. 그렇게 요리 메뉴는 결정되었다.

한 달 후, 두 남자의 '토마토 카레돈가스점'이 드디어 개업했다. 홍대 앞에 아무란의 오피스텔에서도 아주 가까운 곳이었다. 가겟세가 비싼 대신 유동 인구는 정말 많은 자리였다. 두 사람은 자신감이 있었다. 돈가스점은 잘되었다. 첫날부터 실력 있는 젊은 세프들의 집이라는 소문이 났다. 젊은 대학생들 사이에서는 맛집으로 이름이 나기 시작했다. 아무란은 이참에 수진씨도 가게에 나와서 함께 일하면 더 좋겠다고 제안했다. 최진구도 동의했다. 수진이도 사랑하는 신랑의 사업이니까, 함께 힘을 보탠다는 생각에 승낙했다. 아무란은 이제 현아만 돌아오면 된다고 생각했다. 옛날처럼, 네 사람이 다시 뭉칠 수 있으면 더 바랄 것이 없었다. 퇴근 시간이면 아무란은 늘 현아를 그리워했다. 네 사람 중 현아의 빈자리가 늘 아쉬웠다. 그는 어떻게 해서든지 현아를 찾고야 말겠다고 다짐했다. 틈틈이 현아의 소식을 알아보았다. 혹시나 하는 생각에, 요리학원에는 자주 들러서 선생님들을 만나곤 했다. 그곳에서도 아무란의 돈가스점은 장사 잘되는 곳으로 유명해졌다. 아무란은 개업할 때, 요리학원 선생님들을 초대했었다. 요즘도 아무란은 선생님들에게, 자신들의 가게가 돌아가는 소식을 자세하게 전해드리고 있었다.

아무란과 최진구가 돈가스점을 오픈한 지도 벌써 삼 개월이 지나고 있었다. 그때까지 현아의 소식은 들리지 않았다. 다시 또 일주일이 지나고 있었다. 며칠 뒤, 아무란은 요리학원을 또 찾았다. 그날, 선생님이 한 학원생에게서 현아의 소식을 들었다고 알려주었다. 그 학원생은 성수동에서 동료들과 식사하러 갔다가, 거기서 우연히 현아를 만나서 반가웠다는 것이다. 아무란은 선생님으로부터, 현아가 성수동에서 비빔밥전문점을 개업했다는 소식을 전해 들었다. 그리고 그 위치까지도 들을 수 있었다. 아무란은 현아 소식에 가슴이 설레었다. 어떤 모습으로 그녀에게 찾아가야 할지 금방 떠오르지 않았다. 아무란은 식당으로 돌아와 최진구에게 우선 알렸다. 최진구도 너무나 기뻐했다. 아무란은 드디어 현아를 다시 만나게 된 것이다. 아무란은 실감이 나질 않았다. 오피스텔로 돌아와서도 아무란은 현아 생각뿐이었다. 내일 오전에 가게 일을 일찍 마치고, 오후에 찾아가는 것이 좋을 것 같았다. 그녀도 장사하는 만큼, 오후 늦은 시간이 한가하리라고 생각했다. 그때가 식당이 제일 여유 있는 시간이었다.

아무란은 선생님이 가르쳐 준 성수동 주소를 찾아갔다. 긴가 횡단보도 앞에 새롭게 오픈한 듯, 깨끗한 식당 하나가 보였다. '돌솥 치즈비빔밥 전문점' 상호가 눈에 들어왔다. 유리창 선팅에 적힌 것을 보면 다양한 비빔밥 메뉴가 있는 것 같았다. 아무란이 찾던 바로 그 현아의 식당이었다.

아무란은 길 건너 횡단보도 앞에 서 있었다. 길을 건너기 위해서 초록색 신호등으로 바뀌기를 기다리고 있었다. 그 순간이 얼마나 긴지, 한 일 년은 더 되는 듯했다. 그 사이에 아무란은 수많은 생각을 했다. 먼저, 현아를 보면 무슨 말을 해야 할지 몰랐다. 울컥 눈물이 날 것만 같았다. 현아와 헤어져 있던 시간이 바로 어제 일처럼 생각되었다. 하지만 벌써 일 년이 넘게 흐른 시간이었다. 현아를 만나면, 왜 이제 올 수밖에 없었는지를 설명해야 할 것 같았다. 그때, 자신이 하루 늦었지만 분명, 파리에 갔었다고 꼭 말하고 싶었다. 아무란은 그동안에 있었던 사실들을 모두 다 얘기하고, 이해를 구해야 한다고 생각했다. 아무란은 횡단보도에 서서 식당에서 누가 나오는지를 보고 있었다. 현아는 밖으로 나오지를 않았다. 잠깐 아르바이트생이 밖으로 나왔다간 다시 들어갔다. 아무란은 용기를 내어 식당으로 들어가기로 했다. 신호등이 바뀌면 횡단보도를 건너서 식당 입구로 가면 되었다. 이런 생각들로 가득 찬 아무란의 머릿속에는 이미 현아와 재회의 순간들이 사실처럼 그려지고 있었다. 그리고 둘만의 수많은 대화가 벌써 오고 가고 있었다. 홀에는 아르바이트생 말고는 다른 종업원이 보이질 않았다. 종업원은 아무란을 보자 한 테이블로 안내했다. 현아는 안 보였다. 아무란은 테이블에서 일어서서 주방이 있는 안쪽으로 가서 들여다보았다. 현아가 뒤돌아서 열심히 음식을 만들고 있었다. 그녀의 뒷모습만 보고도 현아라는 것을 아무란은 알았다.

"헤라~!"

"헤라라는 소리에 현아는 깜짝 놀랐는지 고개를 뒤로 확 돌렸다. 그녀의 두 눈에 키 큰 아무란이 거기 서 있었다. 현아는 믿을 수가 없다.

"아무란!"

오지 않을 줄 알았는데, 아무란이 돌아온 것이다. 아무란은 현아와 눈빛이 마주치자, 자신도 모르게 두 눈에 이슬이 맺혔다. 미안함과 반가움의 눈물이었다. 현아는 그런 아무란을 아무 말 없이 응시했다. 아무란의 눈동자가 붉게 물드는 모습을 보던, 현아 역시 두 눈에 눈물이 맺혔다. 한동안, 두 사람은 말을 할 수가 없었다. 현아의 눈가에서 이슬방울 같은 눈물이 한줄기 떨어졌다. 이윽고, 현아가 주방에서 나오자 두 사람은 힘차게 포옹했다. 현아도 뭔가 말을 할 수가 없었다. 주방 보조 아주머니와 홀 아르바이트생이, 두 사람을 번갈아 보면서 상황을 파악하려 애쓰고 있었다. 현아는 그들에게, 잠시 앞에 있는 카페에 갔다 온다고 말했다. 아무란은 그녀를 따라 나왔다. 카페에서 아무란과 현아는 마주 앉았다. 무슨 말부터 해야 할지를 모르는 현아에게, 아무란이 먼저 말했다. 누가 먼저랄 것도 없이, 두 사람의 손은 마주잡은 채 놓질 못하고 있었다.

"너무 늦게 와서 미안해! 혜라!"

"……"

현아는 고개를 깊숙이 떨구고는 아무란의 목소리만을 듣고 있었다. 누 손을 꼭 낮잡은 손끝이 살짝 떨리고 있었다. 현아는 짧게 말했다.

"여기 서울은 언제 왔어?"

"사 개월 됐어!"

"날 어떻게 찾았어?"

"처음에는 매일 찾아다녔지! 결국 못 찾고는 진구와 식당을 차렸어! 삼 개월 전에! 근데 학원 선생님이 어제 알려 주었어! 여기에 있다고!"

"그랬었구나! 아무란!"

"왜 이곳에 숨어 있었어? 헤라!"

"숨기는 내가 왜 숨어? 그날 오지 않은 사람은 아무란인데!"

"오피스텔도 옮기고 핸드폰 번호도 다 바꾸고! 나 안 보려고 작정했나 봐!"

"엊그제 일처럼 말하네! 벌써 일 년도 넘은 일이야! 아무란!"

"최진구씨가 찾아왔을 때만 해도 기다렸었지! 그들이 결혼할 때까지도! 그런데 일 년이 지나도 안 오는 사람을, 더 이상 기다리면 내가 바보인 거잖아! 그래서 사실은 잊기로 했었어!"

"그건 내가 미안해! 헤라! 클라라가 회복하고 나서 바로 오려고 했어! 사실이야! 그런데 그때 갑자기 어머님이 편찮아지셨어! 내 문제 때문에 어머님도 정신적으로 힘들었었나 봐! 거의 육 개월을 누워 계셔야만 했으니까! 그리고는 휠체어로 통원 치료를 계속해서 다니셨어! 내가 모시고 다녔어! 아버지는 연세가 많으셔서 힘도 들고 내가 해야만 했어! 이제야 좀 회복이 되었지! 그래서 몇 개월 전에야 겨우 서울로 올 수 있었어! 헤라!"

"지금 우리가 다시 만난다는 게 의미가 있을까? 아무란!"

"내가 파리에 갔을 때 현아를 만났다면! 그때 같이 서울로 왔을 거야 난!"

"아무란! 그때에도 바로 뒤따라오진 않았잖아! 그렇게 클라라가 중요했어?"

"우리들의 사랑이 영원히 행복해지려면 클라라가 우선 회복되어야만 한다고 생각했어! 정말로 몇 달 뒤 클라라는 회복되었어! 어머님이 그때 아프지만 않았으면 난 그때 바로 서울로 왔을 거야!"

"어머님이 얼마나 아프셨는데?"

"응! 뇌출혈이 오셨어! 그때 나 때문일 거야! 신경을 너무 많이 쓰셨어! 쓰러지고 나선 언어도 안되고 걸음도 못 걸으셨어!"

"지금은?"

"언어는 정상으로 돌아오셨어! 걸음걸이는 아직 좀 많이 힘들어! 지팡이 하나는 꼭 필요해! 그래도 이젠 많이 좋아지신 거지! 그땐 일어날질 못했거든! 조심조심 아버지하고 같이 산책 다닐 수는 있으시니까! 그러니까 내가 서울로 올 수 있었어! 그리고 부모님들은 이번에 현아를 꼭 찾으라고도 하셨어! 엄마는 현아가 자기의 며느리라고도 하셨어!"

현아는 이탈리아에 갔을 때를 생각했다. 아무란의 어머님이 자신이 끼던 반지를 현아에게 건네던 모습이 생각났다. 그러자 그녀의 눈에 다시 눈물이 맺혔다.

"아직 다 안 나으셨구나! 정말 고마우신 어머님이야! 이 반지도 어머님이 그때 주신 거였지!"

현아는 왼손가락에 낀 반지를 다시 보았다. 아무란도 보았다.

"헤라~ 우리 지금부터 나시 해보자! 이젠 이디에도 안 갈 거야! 현아 곁에 늘 있겠어!"

"지금 그 말을 믿으라구? 테러가 발생해도 안 오던 사람인데!"

"이젠 그런 일은 안 일어날 거야! 여긴 서울이잖아! 이곳에선 그런 일이 안 일어나! 일어나도 함께 있으면 되잖아!"

"혹시 또 모르지! 다른 클라라가 나타날지 말이야!"

"그런 사람 이젠 없어! 진짜야! 헤라!"

"……"

현아는 아무란의 얼굴을 유심히 살폈다. 재미있고 사랑스러운 얼굴은 그대로였다. 아무란의 얼굴이 다소 야위어 보였다. 아무란도 현아의 얼굴을 살펴보았다. 그사이 약간 핼쑥해진 것을 빼면 옛날 그대로였다. 아마도 식당 일이 힘들어서라고 생각했다.

"이제 어디 안 간다고 약속할 수 있어?"

"그럼 당연하지! 현아가 있는 곳에 무조건 같이 있을 거야! 이젠!"

"그말 믿어도 돼? 아랑!"

"그럼! 헤라~!"

두 사람이 카페에 있는 동안, 현아의 식당에는 그사이 손님들이 밀려 들어오고 있었다. 하지만 종업원들은 현아를 부르지 않았다. 그들도 두 사람의 관계를 짐작하고 있는 것 같았다. 진구의 레스토랑도, 수진과 둘이서 손님을 받느라고 정신이 없었다. 하지만, 아무란에게 전화하진 않았다. 아무란이 현아의 가게를 찾았다는 소식을 들었기 때문이었다. 현아와 아무란이 다시 만난 재회의 순간에도, 두 사람의 눈이 응시한 창밖에서는, 사람들이 더 맛있는 음식들을 찾아서 이곳저곳으로 몰려다니고 있었다. 좀 더 새롭고 달콤한 음식은 어디 없을까? 새콤쌉싸름한 보다 더 독창적인 또 다른 음식은.

아무란이 그렇게 많은 생각에 젖어 있는 사이에 기다리던 초록색 신호등이 드디어 바뀌었다. 아무란은 길 건너에 있는 '돌솥 치즈비빔밥 전문점'을 향해서, 횡단보도 아래로 차분하지만 망설임 없이 그의 발을 내디뎠다.   – 끝 –

돌솥 치즈비빔밥과 토마토 카레돈가스

지은이 ‖ 유충열

펴낸이 ‖ 유충열

펴낸곳 ‖ 유랜드출판사

발행일 ‖ 2022년 11월 25일

주 소 ‖ 인천광역시 계양구 장제로 755번길 6-10,
　　　　　 101동 902호 (계산동, 뉴서울아파트)

등록번호 ‖ 469-93-01573

등록일 ‖ 2022.02.21.

전 화 ‖ 1666-8619

이메일 ‖ duf951753@naver.com

ISBN 979-11-980505-0-2 (03810)

가 격 ‖ 13,500원